LES FILLES
de la CÔTE

FERN BRITTON

Traduit de l'anglais
par Denoîte Dauvergne

City
Roman

Publié pour la première fois en langue anglaise par HarperCollins
Publishers Ltd, sous le titre *Daughters of Cornwall.*
Photo de couverture : © Mark Owen / Trevillion Images

ISBN : 978-2-8246-2115-9
Code Hachette : 77 9921 5
Collection dirigée par Christian English & Frédéric Thibaud
Catalogues et manuscrits : city-editions.com

Dépôt légal : Octobre 2022

Here's tae us. Wha's like us?
Damn few, an' they're a' deid.[1]

Ceci est un toast porté par tous les régiments écossais à la mémoire du premier bataillon du Scottish Regiment dont les membres s'entraînaient tranquillement au camp fin 1914 sans se douter qu'en 1918, peu d'entre eux rentreraient vivants de la guerre.

En mémoire de mon grand-oncle, le sous-lieutenant Herbert Edward Hawkins du 1/14e bataillon du London Scottish, compagnie d'infanterie de réserve du London Regiment, 1887-1917.

1. « À la nôtre ! Y en a combien comme nous ? Pas beaucoup, et ils sont tous morts. »

PROLOGUE

Caroline, Callyzion, Cornouailles
Aujourd'hui

On raconte qu'au sein d'une famille, les mêmes fautes se répètent de génération en génération jusqu'à ce qu'un de ses membres rompe enfin le cycle, parfois au bout de plusieurs siècles. Il est impossible de savoir si cette personne y parviendra en commettant une faute inédite ou en introduisant dans la lignée un patrimoine génétique qui poursuit son propre parcours chaotique.

Quoi qu'il en soit, je suis certaine que votre famille n'est pas différente de la mienne, longue lignée de femmes aguerries par les épreuves de la vie ; mariages brisés, cœurs meurtris et secrets trop longtemps gardés.

Je suis témoin de l'histoire que je m'apprête à vous raconter depuis ma naissance. Il s'agit de récits et d'anecdotes que j'ai écoutés discrètement, comme le font les enfants quand les adultes oublient leur présence et livrent à d'autres leurs secrets troublants.

Ceux de ma famille ont laissé tomber un à un leurs cailloux dans la mare et leurs ondulations se sont propagées à travers leurs vies et la mienne, qu'elles font tanguer aujourd'hui encore.

J'ai travaillé dur pour obtenir toutes les choses que je possède aujourd'hui.

Absolument toutes.

Mais je n'éprouve aucune rancune.

Je ne suis pas une femme matérialiste. Veuve, je vis dans la limite de mes moyens tandis que ma merveilleuse fille fait le grand saut dans l'âge adulte en traçant son propre chemin. Elle se trouvera un jeune homme convenable, s'installera avec lui et fera une épouse et une mère formidable. Comme je l'ai été.

Comme ma mère l'a presque été.

Contrairement à sa propre mère, Clara.

Séduisante, forte et passionnée, cette femme a vécu sa vie en obéissant à un seul précepte : « Pour bien mentir, il faut avoir très bonne mémoire. »

On peut dire qu'elle l'a parfaitement appliqué.

Je n'ai appris tout cela que très récemment, et je dois dire que mon équilibre s'en est trouvé assez perturbé. J'aime me considérer comme une femme capable de maîtriser ses émotions.

La perte de ma mère a été un coup terrible, bien sûr, tout comme la maladie et le décès de mon mari. Mais j'ai été fière de parvenir à me montrer stoïque ; résistante malgré la puissance de mon chagrin.

Enfin, c'était avant que j'entende par hasard quelques femmes parler dans mon dos à l'église. Elles discutaient dans les stalles du chœur de ma « froideur », de mon « insensibilité », puis elles ont fait allusion à une chose à laquelle je préfère ne pas penser, car c'était parfaitement grossier et déplaisant. Tout ce que je peux dire, c'est que leurs rires méchants m'ont poursuivie pendant des jours.

Mon mari me manque terriblement. Ainsi que sa gentillesse. Son affection. Son professionnalisme. En gravissant rapidement les échelons du monde de l'entreprise, il m'a offert la sécurité dont je rêvais.

Ce cher Tom savait combien j'avais souffert de grandir sans père et combien je me démenais pour mener une vie normale après une jeunesse passée dans le giron tumultueux de ma mère.

Tout cela me paraît cependant bien dérisoire depuis que j'ai découvert un nouveau cadavre dans le placard familial. Ma mère n'était pas la seule à avoir des secrets. À donner naissance à un enfant hors mariage.

Tout ce que je pensais savoir n'était qu'un tissu de mensonges.

La boîte à secrets a franchi ma porte il y a seulement quelques jours. C'était en réalité une énorme malle-cabine fabriquée à l'époque où les gens parcouraient le monde en bateau plutôt qu'en avion. Comme j'hésitais à l'accepter, le livreur a paru se vexer.

— Cette malle a fait beaucoup de chemin pour parvenir jusqu'à vous, a-t-il dit en me tendant le formulaire à signer d'un geste brusque. D'après ce que je vois, elle est partie de Malaisie avant de passer par Singapour et le Kent. Et elle est sacrément lourde.

— Vous êtes sûr qu'on vous a donné la bonne adresse ?

— Vous êtes bien Caroline Bolitho ?

— Oui. Enfin, c'est mon nom de jeune fille.

— Dans ce cas, c'est la bonne adresse. J'ai d'abord sonné au presbytère de Callyzion un peu plus haut sur la route. Mais la femme qui m'a ouvert a dit que vous étiez la seule Bolitho qu'elle connaissait, alors elle m'a donné votre adresse.

Il pointa le formulaire du doigt.

— Veuillez signer et inscrire votre nom ici. J'espère que vous n'allez pas découvrir un cadavre là-dedans.

Il a ri jusqu'à ce que je lui lance mon fameux regard, celui que mon mari et ma fille redoutaient.

Après avoir signé le document, j'ai ouvert la porte en grand afin qu'il dépose la malle dans le vestibule.

— Désolé, m'dame. Mon boulot, c'est de livrer sur le pas de la porte. Je n'ai pas le droit d'aller plus loin. Au revoir ! Oh, attendez.

Il s'est mis à tapoter sa poche de poitrine.

— Tenez. C'est la clé, vous allez en avoir besoin.

Il m'a tendu une petite enveloppe brune puis m'a laissée seule avec mon mystérieux colis.

Après avoir traîné la malle jusque dans le salon, j'ai eu besoin d'une tasse de café. Cela me donnerait peut-être l'énergie nécessaire pour ouvrir cette gigantesque boîte.

Pour être honnête, je me méfiais beaucoup de son contenu. Qu'est-ce qu'il pouvait bien y avoir là-dedans ? Pourquoi me l'avait-on envoyée ? Qui était son mystérieux expéditeur ?

J'avalai un deuxième biscuit, puis je rinçai ma tasse de café avant de la poser sur l'égouttoir.

« Allez, Caroline, me dis-je. Quand il faut y aller, il faut y aller. »

Dans le salon, la malle m'attendait patiemment. J'en fis le tour en lisant les différentes étiquettes qui la couvraient. La plupart des inscriptions étaient anciennes et indéchiffrables, mais un nom semblait inscrit en caractères d'imprimerie sur l'avant. Je retournai chercher un chiffon et une bombe d'encaustique dans la cuisine.

À mesure que je frottais la crasse, le cuir naturel de la malle commença à briller. Je parvins à déchiffrer les lettres « E. H. B. » et l'adresse d'une plantation d'hévéas sur l'île de Penang, en Malaisie. Je reconnaissais ces initiales. Ernest Hugh Bolitho, mon grand-père. Le père de ma mère. Tout ce que je savais de lui, c'était qu'il était mort à Penang dans les années 1970 sans être jamais retourné auprès de sa famille anglaise.

Je continuai à astiquer le cuir en attendant que brille la vieille malle tout entière. J'avais vécu tant d'épreuves ces derniers temps que l'idée de lever le voile sur le passé était à la fois réconfortante et terrifiante. J'avais maintenu ma famille à distance pendant des années ; seul Tom connaissait les circonstances de ma naissance.

Je me demandais souvent si le fait de protéger mon secret ne dissuadait pas les gens de se rapprocher de moi.

Tom était mon premier petit ami. Le jour où il m'avait parlé un dimanche de Pâques après la messe, je n'arrivais pas à y croire. Ses parents et lui, membres de la Haute Église anglicane, formaient le type de famille normale et respectable dont j'avais toujours rêvé.

La malle était à présent presque propre, mais je continuai à la frotter jusqu'à ce que mes efforts paraissent inutiles.

Le moment était venu de l'ouvrir.

Première partie

1

Clara, du Kent à Callyzion en Cornouailles
Décembre 1918, un mois après l'armistice
de la Première Guerre mondiale

Je suis arrivée du Kent hier soir.

Toute seule.

Dès l'arrivée de la lettre de la mère de Bertie, je sus que je devais partir. Je fis mes bagages en me répétant qu'il fallait rester forte. J'embrassai ensuite Philippa et Mikey et leur assurai que je reviendrais bientôt ; puis je refermai la porte derrière moi et partis en direction de la gare. Je ne voulais pas qu'ils voient mes larmes. De toute façon, plus rien ne serrait mon cœur flétri, désormais insensible aux coups de la vie. Une petite voix dans ma tête me criait de faire demi-tour, de rentrer, d'abandonner cette quête futile. J'hésitai et faillis revenir sur mes pas, mais l'envie de voir la maison de Bertie et de rencontrer la famille qui aurait dû devenir la mienne était plus forte que tout.

À Londres, je trouvai une pension de famille près de la gare de Paddington.

— C'est juste pour cette nuit, annonçai-je à la propriétaire austère.

Au lieu de répondre, elle se contenta de pointer du doigt l'écriteau derrière elle. *Silence après 18 heures, aucun visiteur, petit déjeuner à 8 heures, règlement d'avance.*

Je lui remis la somme demandée, puis elle me montra ma chambre. Celle-ci se trouvait à l'avant de la maison et avait vue sur une rangée de maisons mitoyennes enduites de stuc blanc. Absolument charmant.

Après une mauvaise nuit, je me levai tôt de peur de rater le train de 7 h 35 pour la Cornouailles. Je me lavai et m'habillai en me déplaçant sans bruit sur le tapis miteux en lirette qui couvrait à peine le plancher fissuré. Par chance, le bois ne craquait pas.

Après avoir descendu l'escalier, je sortis discrètement dans la rue encore sombre. Par la fenêtre en saillie, j'aperçus la salle à manger. Les tables étaient mises pour le petit déjeuner. Je n'avais rien avalé depuis mon départ du Kent la veille, mais je n'avais pas faim.

Je marchai d'un bon pas jusqu'à Paddington. Dans l'air froid du matin, mon souffle formait des traînées nuageuses. La gare éclairée se profilait au loin, une lueur bienvenue pour les voyageurs matinaux comme moi.

Bien que le soleil ne soit pas encore levé, une certaine agitation y régnait déjà. Un flot continu de banlieusards s'écoulait vers le métro et les sorties de la gare. Jeunes femmes actives élégantes, hommes d'âge mûr coiffés de chapeaux melon et vêtus de manteaux à col en velours, jeunes hommes en uniforme, certains appuyés sur des béquilles, d'autres manchots ou portant des lunettes noires et une canne blanche. Je dus ravaler la boule qui s'était brusquement formée dans ma gorge tandis que je les observais rapidement tour à tour. Bertie pouvait-il se trouver parmi eux ? Peut-être que ces hommes l'avaient vu ? Qu'ils s'étaient battus à ses côtés ? Qu'ils avaient des nouvelles de lui ? Qu'ils l'avaient regardé m'écrire ses longues lettres d'amour ?

Une femme âgée salua un soldat aveugle en lui touchant le bras et prononça son nom.

— Maman ?

Je dus détourner les yeux ; il aurait été trop douloureux d'assister à ce moment d'intimité. Je sursautai lorsqu'un porteur me tapota l'épaule.

— Un coup de main pour porter vos bagages, mademoiselle ?

— Non, ça va, merci.

Je serrai mon sac de voyage contre ma jambe et partis à la recherche de mon quai.

Je m'apprêtais à effectuer le plus long trajet en train de toute ma vie. Bertie et moi avions imaginé ce voyage tant de fois ! Ma rencontre avec ses parents, son frère et sa sœur promettait d'être excitante.

— Nous pique-niquerons dans les dunes ou sur la plage, avait-il annoncé un jour. Il y a des flaques pleines de petits crabes et de crevettes dans les rochers. Tu aimes nager ?

— Je n'ai jamais essayé.

— Je t'apprendrai, avait-il dit en passant ses bras autour de moi. L'eau est froide, mais je te réchaufferai.

Jamais un homme n'avait été aussi gentil avec moi. Il m'avait embrassée sur la tête.

— Mes parents vont t'adorer.

J'étais nerveuse à présent. Mon train attendait le long du quai.

J'envisageai un instant de rentrer chez moi dans le Kent, auprès des deux personnes que j'aimais le plus au monde. Une bouffée d'angoisse, un sentiment de terreur même, montait dans ma poitrine. La famille de Bertie estimerait-elle que je ne faisais pas l'affaire ? Ou m'accepterait-elle immédiatement en son sein ? Ses proches m'apprécieraient peut-être, mais moi, les apprécierais-je ?

Chaque wagon était traversé par un long couloir et composé d'une suite de petits compartiments abritant six sièges chacun. Je m'arrêtai près d'un employé des chemins de fer qui tenait un sifflet et un drapeau.

— Excusez-moi. Pourriez-vous m'indiquer où se trouve la voiture C, compartiment 2, s'il vous plaît ?

— C'est la suivante, répondit l'homme sans quitter des yeux la foule de passagers qui affluaient de tous côtés sur le quai.

— Merci.

Je la repérai facilement. Une feuille de papier blanc sur laquelle était inscrit un C était collée sur la porte ouverte du wagon.

Une fois à bord, je tournai à gauche et trouvai mon compartiment. Par chance, il était désert. Je n'étais pas d'humeur à bavarder avec des inconnus.

Je m'installai à côté de la fenêtre dans le sens de la marche et posai mon sac de voyage sur le siège voisin. Si je m'étalais ainsi, cela dissuaderait peut-être d'autres passagers de s'asseoir près de moi.

Je retirai mes gants et mon manteau puis les pliai et les empilai sur mon sac. Voilà qui ferait un rempart efficace. N'ayant plus rien à faire, j'observai les adieux des voyageurs par la fenêtre. Des baisers pour les femmes. Des poignées de main pour les hommes.

— Je t'écrirai pour te raconter comment ça se passe.

— Tu vas me manquer.

— À bientôt.

— Je t'aime.

J'aurais bien aimé connaître leurs histoires. Dieu seul savait quels secrets cachaient tous ces gens souriants.

J'aperçus un homme d'âge mûr qui se frayait un chemin à travers la foule. Plutôt petit, il portait une minuscule moustache hérissée et traînait péniblement sa valise, un journal plié sous le bras. Je le détestai instantanément. Il avait cet air arrogant et sûr de lui qu'affichent tant d'hommes. Alors qu'il cherchait manifestement son wagon, il croisa mon regard à travers la fenêtre, dont je m'éloignai aussitôt.

Mais il leva le poing et frappa à la vitre.

— Est-ce bien la voiture C ? cria-t-il.

Je baissai les yeux vers mes pieds et fis comme si je n'avais rien entendu.

Il frappa plus fort.

— Est-ce que c'est la voiture C ? hurla-t-il, l'air de me prendre pour une sourde.

Je fus bien obligée de lui répondre.

— Oui.

— Pourquoi ne l'avez-vous pas dit plus tôt ?

Il secoua la tête en marmonnant puis se pencha pour soulever sa lourde valise.

Quelques secondes plus tard, il franchit maladroitement la porte coulissante de mon compartiment.

— Ah ! Quelle chance que cette voiture soit presque vide.

Sa présence rendit instantanément l'atmosphère suffocante. Il laissa lourdement tomber sa valise sur le sol.

Je compris alors qu'il avait l'intention de s'étaler davantage encore que moi.

Toussant et soufflant, l'homme souleva à nouveau sa valise et la lâcha à quelques centimètres de mon petit sac. À présent, je me sentais cernée pour de bon.

Pendant qu'il s'affairait, je gardai le regard braqué sur l'extérieur. Au moins il ne pourrait pas s'asseoir à côté de moi. Il n'allait tout de même pas choisir le siège d'en face ? Sans tourner la tête, je le regardai en coin afin de vérifier ce qu'il faisait. Il était occupé à épousseter son chapeau melon avec la manche de son manteau. Je le soupçonnai de chercher à attirer mon attention. Un subterfuge pour engager la conversation. Je gardai le silence.

Il finit par poser son chapeau sur le porte-bagages au-dessus des sièges. Il retira ensuite son manteau, le plia soigneusement et le rangea juste à côté. Enfin, tout en frottant des peluches invisibles sur sa veste, il s'assit juste en face de moi, les genoux à seulement quelques centimètres des miens. Exactement ce que je redoutais. Il se mit à l'aise et ouvrit son journal.

— Ah, voilà qui est mieux. Belle journée pour voyager, n'est-ce pas ?

Je ne répondis pas. Mieux valait ne pas encourager le dialogue. Je tournai les yeux vers la fenêtre. Comment ça, une belle journée pour voyager ? Au-dessus de nos têtes, le toit de la gare nous empêchait de voir si le soleil était levé, et, sur le quai, le souffle des gens formait encore des nuages blancs dans l'air froid.

— Je vais ouvrir la fenêtre, dit-il. Je ne supporte pas d'être enfermé.

Lorsqu'il posa son journal et se leva, j'éloignai mes genoux pour éviter de le toucher. Il tira sur la sangle en cuir de la fenêtre, baissa la vitre qui s'arrêta avec un bruit sourd et se rassit.

— C'est tout de même mieux ainsi.

L'odeur du charbon brûlé et de la suie, les cris des porteurs chargés de bagages ainsi que l'air glacial de ce mois de décembre s'engouffrèrent dans le compartiment.

Je songeai à renfiler mon manteau, mais cela ne ferait qu'encourager davantage de remarques de sa part.

Je sentis son regard sur moi. Il m'examinait par-dessus ses demi-lunes.

— Si je peux me permettre, vous semblez avoir bien besoin d'un bol d'air, dit-il.

— Je me porte parfaitement bien, merci.

— Vous allez jusqu'au bout ?

— Pardon ?

— Jusqu'à Penzance ?

— Non.

Je baissai les yeux vers mes genoux. Dans mon petit sac à main en velours se trouvaient mon billet de train, mon porte-monnaie, mon mouchoir, mon rouge à lèvres et mes cigarettes. Si seulement j'avais également emporté un livre ou un magazine !

— Moi, je descends au terminus, poursuivit-il. Je rends visite à mon fils. Il revient tout juste de France. Avec quelques doigts en moins, mais il est vivant, Dieu merci. C'est vraiment un miracle. Une grenade lui a explosé sous le nez. Il est passé caporal, comme son grand-père en Crimée. Je suis très fier de lui. Connaissez-vous Penzance ?

Je secouai la tête et regardai à nouveau par la fenêtre en priant pour qu'il se taise. Hélas, ma prière ne fut pas exaucée.

— Terrible, cette guerre. Elle est censée mettre fin à toutes les autres, à ce qu'on dit.

Il reprit son journal et l'agita sous mon nez.

— Mais tous ces jeunes hommes disparus ! Ce sont des héros, ces gars-là. À part les objecteurs de conscience, évidemment.

Il esquissa une moue de dégoût.

— Belle bande de lâches. Ah, ça, ils sont tranquilles. Ils n'ont jamais eu à affronter l'ennemi. Mais pendant ce temps-là, nous perdons une génération entière de garçons courageux. Les meilleurs, les plus intelligents. Il n'en reste quasiment pas un en vie.

Je resserrai les doigts sur la trame du velours de mon sac. Ce discours n'avait rien de nouveau. J'avais entendu tant de gens disserter sur ce sujet auquel ils ne connaissaient rien. Ils me tapotaient la main. Répétaient que je devais être très fière de Bertie. J'avais tellement envie de les injurier. De hurler : « Mais bien sûr que je suis fière de lui, bande d'idiots ! »

Sentant ma colère revenir, je serrai les poings dans l'espoir de maîtriser la violence qui couvait en moi.

— Nous avons gagné cependant, poursuivit l'homme. C'est le plus important.

— Arrêtez, je vous prie.

La véhémence de mon ton me surprit. Il cessa de sourire et me regarda avec étonnement.

— Quoi donc ? De parler de la guerre ? Je cherchais seulement à engager la conversation. C'est ce que font les personnes polies. Comme je le dis souvent à ma femme, tout est la faute des suffragettes. Les jeunes femmes d'aujourd'hui n'ont plus de conversation. À force de conduire des ambulances et de se croire capables de remplacer les hommes…

Il se tut brusquement comme s'il venait de comprendre quelque chose, puis il hocha lentement la tête.

— Oh, je vois. Vous avez perdu quelqu'un, n'est-ce pas ? Une personne très proche ? Je le devine toujours. Beaucoup de femmes souffrent. Leurs amoureux ne sont pas revenus. Je suppose que vous n'aurez plus jamais l'occasion de vous marier, vu le nombre de jeunes disparus. Comme je vous plains.

Ces paroles mirent le feu aux poudres dans mon esprit.

— Comment osez-vous ! Vous n'avez pas honte de me parler ainsi ? Vous ne savez rien de moi.

— D'accord, d'accord. Ne vous énervez pas. Vous souffrez, ma petite, voilà tout. Le chagrin a déjà rendu plus d'une femme aigrie, vous savez.

— Taisez-vous. Taisez-vous, fermez cette fichue fenêtre et quittez ce compartiment.

Ma voix était de plus en plus aiguë.

— Nom d'une pipe, dit-il en rassemblant ses affaires. Ce pauvre gars est mieux mort que marié à une furie comme vous. Mais vous, vous n'en retrouverez jamais un pareil.

Il se leva pour récupérer son chapeau et son manteau.

— Puisque vous y tenez, je vais aller chercher des compagnons de voyage plus aimables ailleurs.

La dernière porte du train claqua, le sifflet du chef de gare retentit et le train démarra avec une secousse. L'homme faillit tomber à la renverse sur mes genoux. Je le repoussai aussitôt, ce qui le fit basculer vers l'avant. Il s'effondra alors sur son énorme valise et lâcha son journal, le souffle coupé. Enfin, il se releva péniblement en se massant l'épaule.

Je ramassai son journal et le lui lançai.

— Je plains la pauvre femme qui vous a épousé.

L'homme me regarda en secouant la tête puis, les lèvres serrées, il quitta le compartiment.

Enfin tranquille, je refermai la fenêtre puis cherchai mon mouchoir dans mon petit sac et essuyai rageusement mes larmes brûlantes, tandis que le train, ses roues mises en branle par la puissance de la vapeur, s'éloignait du quai avec une nouvelle secousse.

Pendant l'heure qui suivit, je continuai à verser des larmes de chagrin et de colère, consternée à l'idée de pleurer dans un lieu public, mais soulagée que cela dissuade les quelques passagers qui traînaient encore dans le couloir d'entrer dans mon compartiment.

Plusieurs longues heures plus tard, je franchis enfin le Royal Albert Bridge, ce grand pont métallique construit par Brunel qui enjambait la Tamar, frontière entre le Devon et la Cornouailles.

2

Clara, Callyzion
Décembre 1918

J'appuyai la tête contre la vitre froide du train et admirai le paysage qui défilait. Bertie me l'avait décrit tant de fois. Un jour, il avait insisté pour me réciter tous les noms romantiques des gares de Cornouailles.

— Dès qu'on franchit le pont, on arrive à Saltash. La porte de la Cornouailles.

— Pourquoi cette ville s'appelle-t-elle ainsi ?

— Aucune idée. Ensuite, après Saltash, on passe par St Germans, Menheniot, Liskeard…

— Je ne retiendrai jamais tous ces noms. Dis-moi juste où descendre.

— J'y viens, mademoiselle Pressée.

Bertie prit une profonde inspiration d'un air comique et poursuivit :

— Saltash, St Germans, Menheniot, Liskeard, et puis Bodmin. C'est là que je t'attendrai.

— Tu y seras vraiment ?

Nous étions couchés dans notre lit minuscule à Ealing.

— Je ne crois pas que quelqu'un m'ait déjà attendue quelque part.

— Quel genre d'homme serais-je si je laissais ma fiancée adorée en plan après qu'elle aurait fait tout ce chemin pour me voir ?

— Un sale type, assurément.

Je souris. Il me serra plus fort contre lui et déposa un baiser sur ma tête.

— J'ai tellement hâte que tu rencontres ma famille. Mon père va t'adorer. Ma mère aussi, mais il lui faudra peut-être un peu de temps. Elle se méfie toujours des inconnus. Mais Amy et toi serez de très bonnes amies. Elle a toujours voulu avoir une sœur. Mon frère Ernest peut être assez prétentieux, mais ce n'est pas un mauvais bougre.

— Quel bonheur ce sera de faire à nouveau partie d'une famille !

— Tu es la personne la plus courageuse que j'aie jamais rencontrée. Mon petit écureuil aguerri.

Il fallait bien admettre qu'à ce stade, j'avais déjà raconté plusieurs mensonges à Bertie sur mon enfance. Parfois, on n'a pas le choix.

— Mes parents étaient merveilleux et ils me manquent chaque jour, mais je pense qu'ils seraient très heureux pour moi s'ils me voyaient aujourd'hui.

J'étais une menteuse éhontée.

— Tu crois qu'ils m'auraient apprécié ? demanda Bertie.

— Oh, Bertie, ils t'auraient adoré.

Le contrôleur longea le couloir comme il le faisait chaque fois que nous approchions d'une gare.

— Bodmin Road ! Prochain arrêt : Bodmin Road !

Je me préparai à descendre.

Sur le quai, je regardai le train s'éloigner poussivement en direction de Penzance. Le soleil était à présent couché et la brise hivernale soufflait doucement sur ma peau. J'aspirai une grande bouffée d'air parfumé.

Bertie m'avait dit qu'il faisait suffisamment bon en Cornouailles pour qu'on y fasse pousser des palmiers.

— Tu te moques de moi, m'étais-je exclamée en riant.

— Mais non, c'est la vérité. Nous en avons un dans notre jardin. Je te le montrerai.

Je soulevai mon sac, passai devant le poste d'aiguillage élégamment peint en noir et blanc et me dirigeai vers le guichet où un panneau indiquait la direction de la station de taxis. Le souffle coupé, je pris conscience que j'espérais malgré moi trouver Bertie en train de m'attendre. Le cœur empli de nostalgie, je l'imaginai courant vers moi. Ses longues jambes le portant sans effort. Ses bras forts me cueillant au vol de sorte que mon visage se trouve au-dessus du sien, nos regards brillants d'amour plongés l'un dans l'autre.

— Excusez-moi, mademoiselle.

Un homme coiffé d'une casquette à visière marchait vers moi.

— Mademoiselle Carter ?

— Oui.

— C'est ce que je pensais. Vous m'aviez l'air un peu perdue ici toute seule.

Il avait un visage aimable, mais plus beaucoup de dents.

— Bienvenue en Cornouailles.

Je serrai la main qu'il me tendait. Celle-ci était ferme et sèche.

— C'est moi qui vais vous conduire à Callyzion. Je m'appelle Chewton. À votre service. Permettez-moi de prendre votre bagage, mademoiselle.

— Ah oui. Le révérend Bolitho me l'a expliqué dans sa lettre. C'est très gentil de votre part.

— Pas de problème. Je vais poser votre sac à l'arrière et vous vous installerez à l'avant à côté de moi. Il y fait plus chaud.

Chewton était un véritable puits de connaissance en ce qui concernait la région. Il avait un tas d'anecdotes à me raconter sur chaque maison familiale que nous dépassions. Il pointa même du doigt quelques magasins qui pourraient selon lui m'intéresser.

— Voici la poste, et cette boutique de vêtements pour dames est très appréciée. Ça ne vaut pas vos magasins londoniens, évidemment, mais vous y trouverez sûrement quelque chose de joli à vous mettre. C'est Mme Chewton qui m'a demandé de vous le dire.

J'éprouvai une pointe d'inquiétude.

— Est-ce que beaucoup de gens sont au courant de ma venue ?

— Oh, oui. On ne parle que de vous dans la commune. M. Herbert était aimé de tous. Nous avons tous été tristes quand il est parti s'occuper de sa plantation d'hévéas en Malaisie. Sacré voyage, hein.

Chewton secoua la tête d'un air incrédule.

— La Malaisie. Mince alors ! Il avait un singe domestique, vous savez.

Je sentis des larmes familières me picoter les yeux.

— Oui. Bingo ?

— C'est ça. M. Herbert m'a raconté tous les tours que lui jouait le singe. Il s'enfuyait avec son petit déjeuner, cachait des objets dans la maison.

Le chagrin me serrait la gorge.

— J'aurais tellement aimé le rencontrer.

— Bah, vous n'avez peut-être pas connu le singe, mais vous avez connu l'homme, dit Chewton avec un sourire.

Je déglutis péniblement.

— En effet. C'était un homme merveilleux, n'est-ce pas ?

— Oui, et courageux. Un des meilleurs d'entre nous.

Chacun de nous se tut, plongé dans ses souvenirs.

Nous avions quitté Bodmin et les phares éclairaient faiblement la chaussée assombrie. De grands tunnels formés par les arbres empêchaient la lumière des étoiles de parvenir jusqu'à nous. Je distinguais vaguement de petits cottages dont certaines fenêtres étaient éclairées. Au moment où l'automobile prit un virage serré, une chouette blanche s'envola d'un montant de barrière et s'éloigna en hululant.

Enfin, nous dépassâmes une pancarte indiquant que Callyzion ne se trouvait plus qu'à un kilomètre. Descendant une pente raide et sinueuse, le véhicule quitta brusquement l'obscurité d'un dernier tunnel d'arbres puis tourna à gauche au minuscule carrefour près duquel se trouvait un petit parc communal. Dans l'herbe boueuse et couverte de taupinières, on avait planté une pancarte sur laquelle était inscrit *BRADERIE DE NOËL, SALLE PAROISSIALE, DIMANCHE, 14 HEURES.*

— Nous récoltons des fonds pour le monument aux morts du village, expliqua Chewton. Le nom de M. Bertie apparaîtra dessus.

Trois maisons plus loin, il arrêta son auto. Nous nous trouvions devant un grand portail en fer.

— Nous sommes arrivés, mademoiselle, dit-il en serrant le frein à main. Voici le presbytère. Attendez, je vais vous ouvrir la portière.

Il m'aida à sortir de l'auto avec précaution puis prit mon sac sur la banquette arrière. Je cherchai mon porte-monnaie dans mon petit sac en velours.

— Combien vous dois-je ?

— Rien du tout, mademoiselle. La course a été réglée par Mlle Amy.

Je lui tendis un shilling.

— Tenez. Pour le dérangement.

Chewton refusa d'un geste de la main.

— Pour le monument aux morts dans ce cas ?

Il regarda la pièce avec hésitation avant de se décider.

— Merci, mademoiselle. C'est très gentil. Je l'accepte au nom de M. Bertie.

Il toucha la visière de sa casquette.

— Bon séjour chez le pasteur. Vous verrez, c'est un homme charmant.

Chewton se réinstalla derrière le volant et s'éloigna avec un joyeux signe de la main. J'étais à présent seule devant le portail froid du presbytère. Je levai les yeux vers la maison de Bertie qui se dressait devant moi. C'était une vaste demeure semblable à celles que je dessinais quand j'étais petite. Une porte d'entrée au milieu et, de chaque côté, quatre fenêtres en saillie ; deux en bas, deux à l'étage.

La maison était entourée d'un jardin carré encadré d'une haie. Un chemin menait du portail à la porte d'entrée.

Une fine volute de fumée montait des cheminées des maisons voisines, signe qu'il y faisait bon. Mais celle du presbytère ne laissait rien échapper. Bertie m'avait prévenue : mieux valait emporter deux fois plus de sous-vêtements chauds que nécessaire, car ses parents ne chauffaient la maison que si c'était absolument indispensable.

— Lorsque le givre commence à recouvrir l'intérieur des vitres, mais pas avant.

Ce que j'avais omis de lui dire, c'était que j'avais eu l'habitude de vivre dans une maison glaciale tout au long d'hivers rigoureux. Je n'avais raconté le cruel début de ma vie à personne. Je cultivais le mystère sur mon passé. C'était mon secret. J'avais expliqué à Bertie que mes parents étaient fermiers dans le Kent. C'étaient des gens travailleurs, mais à l'aise financièrement, et j'étais fille unique. Cette partie était vraie, mais pas la suite. Je lui avais raconté qu'un événement tragique nous avait un jour frappés : un incendie s'était déclenché dans un de nos séchoirs à houblon, et mes deux parents, ainsi qu'un des ouvriers de la ferme, avaient perdu la vie en essayant de l'éteindre. Par chance, la vente de l'exploitation avait rapporté assez d'argent pour qu'on m'envoie dans un pensionnat pour jeunes femmes où des enseignantes très gentilles m'avaient aidée, avec soin et amour, à me construire une nouvelle vie. Ce qui était totalement faux.

À présent que je me trouvais devant la maison de Bertie, j'étais soulagée à l'idée qu'il ne découvrirait jamais la vérité.

Un chapitre de ma nouvelle vie était sur le point de s'ouvrir. Un chapitre sans Bertie.

La température baissait et je frissonnais. Je resserrai mon manteau autour de moi, soulevai mon sac et poussai le haut portail. Après avoir pris une profonde inspiration pour me donner du courage, je suivis le chemin pavé en damier jusqu'à la porte d'entrée.

Sa peinture bleu marine s'écaillait, surtout autour de la fente de la boîte aux lettres. Je visualisai les lettres de condoléances qu'on y avait glissées après l'arrivée du funeste télégramme.

NOUS AVONS LE PROFOND REGRET... TOMBÉ AU CHAMP D'HONNEUR... LONGUE VIE AU ROI.

Au moment de faire sonner la cloche, j'hésitai. Bertie aurait voulu que je sois courageuse. « Aucune raison d'avoir des scrupules, ma belle », l'entendis-je me dire.

La cloche résonna dans toute la maison.

Je visualisai les deux domestiques dont Bertie m'avait parlé redressant la tête. Dora, la bonne à tout faire, et Cook, la cuisinière, m'attendaient probablement. J'imaginai Dora se séchant les mains sur son tablier, glissant sous sa charlotte les mèches de cheveux qui s'en étaient échappées avant de quitter la cuisine en hâte et de longer le couloir glacial jusqu'à la porte d'entrée. Cook avait dû la réprimander plus d'une fois aujourd'hui. « Arrête donc de t'agiter comme ça. Elle va bien finir par arriver. Finis ton repassage, ça distraira ta cervelle de moineau. »

Et maintenant, j'étais là. L'inconnue que tout le monde attendait. La promise de M. Herbert. Clara Carter. Une femme mince, âgée d'une petite vingtaine d'années, au teint pâle et aux yeux noisette qui auraient paru vifs s'ils n'avaient été aussi tristes.

Comment Dora me décrirait-elle plus tard, derrière la porte close de la cuisine ?

— Cette pauvre petite est brisée par le chagrin. J'ai bien failli la serrer dans mes bras en la voyant.

Pleine de compassion, Cook joindrait les mains sur la poitrine.

— Oh, pauvre chou. Que portait-elle ?

— Du noir, évidemment. Je pense qu'elle s'était mis du fard à joues pour se donner bonne mine. Elle portait aussi du rouge à lèvres rouge.

— Oh là là, Mme Bolitho ne va pas aimer ça. Mlle Amy non plus. Décris-moi ses cheveux.

— Châtain et ramassés en chignon. Elle était si mince. La peau sur les os, vraiment.

Cook secouerait sans doute la tête tristement.

— Eh bien, ce n'est pas dans cette maison qu'elle va engraisser. Une bouche de plus à nourrir avec le maigre budget que m'accorde Mlle Amy. Et ensuite, tu lui as parlé ?

— Je lui ai dit le plus poliment possible : « Bonjour mademoiselle. Bienvenue au presbytère. Entrez, je vous prie. » Elle m'a remerciée avec une jolie voix, puis elle a regardé autour d'elle pendant que je posais son sac de voyage au pied du portemanteau. Ensuite, je l'ai informée que Mlle Amy arriverait dans un instant et je l'ai conduite au petit salon.

— Tu as pris son manteau ?

— Non. Je le lui ai proposé, mais elle a refusé. Elle grelottait de la tête aux pieds.

— Mlle Amy devrait nous autoriser à allumer un feu de cheminée et vite, dirait Cook avec une moue. S'il était vivant, M. Herbert serait horrifié à l'idée que sa bien-aimée attrape des engelures sous son toit.

Dora secouerait la tête.

— Après le déjeuner, j'ai demandé à Mlle Amy si elle souhaitait qu'on allume un feu pour réchauffer la pièce, mais elle a répondu…

J'imaginai Dora creusant ses joues et se grandissant un peu avant de poursuivre d'une voix snob et méprisante.

— « Mais enfin, pour quoi faire ? »

Cook lèverait alors les yeux au ciel.

— Si elle ne change pas, cette Mlle Amy finira par devenir une vieille fille toute rabougrie. Quelle façon d'accueillir la fiancée de son frère ! Et où est Mme Bolitho ?

— Elle a dû monter se reposer à cause de toute cette agitation. En tout cas, c'est ce que m'a expliqué Mlle Amy. Si tu veux mon avis, c'est elle qui cause des tracas à sa mère.

— Passe-moi les œufs, je vais préparer un gâteau de bienvenue. Et un gros. C'est le moins que je puisse faire pour cette pauvrette.

Dora vint enfin m'ouvrir la porte et tout ce que j'avais imaginé devint réalité. Elle souleva mon sac, m'emmena dans le petit salon et m'y laissa seule.

Je ne cessais de frissonner. Pas une brindille ni une poussière de cendres ne souillaient la cheminée lugubre du salon. Et aucun panier de bûches n'était posé à côté.

Je me demandai si je devais enlever mon manteau et mes gants. Serait-il impoli de les garder ? Comme mes gants étaient couverts de suie à cause du voyage en train, je les retirai et les fourrai dans mes poches. En avais-je aussi sur le visage ? Un miroir était fixé au-dessus de la cheminée. Mais il était tout tacheté et si haut qu'il fallait bien mesurer un mètre quatre-vingts pour parvenir à s'y regarder. Vu sa taille, Bertie pouvait sûrement y admirer son reflet autrefois. Je sortis mon mouchoir encore humide de larmes et m'essuyai le visage.

Si Bertie avait été là, il l'aurait fait pour moi en pliant son grand corps afin de me rendre présentable. Il plaisantait souvent au sujet de sa taille. Il mesurait au moins trente centimètres de plus que moi.

Quand nous étions allongés côte à côte, il m'enveloppait de son corps chaud et m'appelait son petit écureuil.

— Ne pleure pas. Ne pleure pas. Sois forte, me répétai-je dans la pièce déserte.

Je rangeai mon mouchoir dans mon sac puis y cherchai mon étui à cigarettes. Un fin boîtier argenté que Bertie m'avait offert la première fois qu'il était rentré au pays. Avant qu'il ne soit obligé de retourner en France. Nous nous promenions dans le parc d'Ealing Common. Il m'avait prise par la main et emmenée jusqu'à un petit banc sur lequel nous nous étions assis.

— J'ai quelque chose pour toi.

Il avait sorti un petit paquet d'une poche intérieure de sa veste militaire, l'avait pressé dans ma main et m'avait regardée l'ouvrir.

— Bertie !

Je me revoyais le retournant dans mes mains et suivant du doigt les gravures qui décoraient le précieux métal.

— Il est magnifique. Je vais devoir me mettre à fumer pour de bon maintenant, avais-je dit en riant.

— C'est le but de ce cadeau. Chaque fois que tu glisseras une cigarette entre tes lèvres, tu penseras à moi, avait-il dit en caressant ma bouche avec le pouce.

Il avait ensuite incliné la tête vers moi et m'avait embrassée.

— Je penserai tout le temps à toi, avais-je répondu, honteuse d'avoir l'air aussi nunuche. Je rêverai même de toi la nuit.

Et voilà que je me trouvais chez lui, dans sa maison, dans une pièce dont il connaissait le moindre recoin. Mes genoux flageolèrent et je reconnus les symptômes du puissant chagrin qui menaçait de me terrasser à tout moment.

Je sortis une cigarette de mon étui et la tapotai contre le couvercle, afin de tasser les brins de tabac comme Bertie me l'avait appris.

— Ressaisis-toi, ma belle.

Je l'allumai puis tirai une longue bouffée en tachant l'extrémité sans filtre avec mon rouge à lèvres. Une sensation de calme emplit mes veines.

Je fermai les yeux et essayai d'imaginer Bertie à côté de moi ; prêt à me présenter à ses parents.

Fier de moi.

Et moi tout aussi fière de lui.

J'imaginai sa mère joyeuse et accueillante.

— Vous devez avoir froid ! Je vais demander à Dora d'allumer un feu et à Cook de nous préparer du thé.

Je serrai les paupières dans l'espoir de retenir mes larmes, mais dans mon stupide cerveau apparurent des images de Bertie enfant : il rampait sous la nappe en chenille de la table ; s'entortillait dans les lourds rideaux vert bouteille ; sautait d'un canapé à l'autre sans laisser une seule empreinte dans les coussins rigides en crin de cheval.

Je sentais même son odeur. Un parfum de tabac et cette huile de macassar qu'il appliquait sur ses cheveux.

L'espace d'un instant, je crus l'entendre prononcer mon nom. J'ouvris les yeux en tremblant de peur et d'espoir.

Puis sa voix s'éleva de nouveau.

— Clara ?

Bertie était ici ? S'agissait-il d'une erreur ? Était-il en vie ?

Je tendis la main vers le bord de la cheminée en marbre et m'y agrippai de toutes mes forces de crainte de m'évanouir.

Il m'appela encore une fois.

— Clara ?

Il se trouvait juste de l'autre côté de la porte. J'entendais ses talons claquer sur le carrelage du couloir.

Lorsque la porte s'ouvrit, mon cœur fit un bond dans ma poitrine. Grand, souriant, Bertie se trouvait devant moi.

Je lâchai le bord de la cheminée, ouvris les bras et attendis qu'il m'étreigne.

Mais il se contenta de tendre une main vers moi.

— Clara ! Nous nous rencontrons enfin. Je suis Ernest Bolitho. Le frère de Bertie.

Au moment où mes genoux flanchèrent, il m'attrapa par le bras.

— Mon Dieu, ce voyage vous a épuisée.

— Je suis vraiment désolée. Puis-je m'asseoir ?

Je cherchai le fauteuil le plus proche à tâtons.

— Pas celui-ci, dit-il d'un ton brusque. C'est celui de mon père. Et…

Il regarda la cigarette qui se consumait entre mes doigts.

— Je suis navré, mais ma mère n'aime pas que les femmes fument.

Il prit ma cigarette, traversa la pièce et ouvrit la grande fenêtre à guillotine qui donnait sur le jardin, comme je le découvrirais le lendemain à la lumière du jour.

J'aperçus le clocher de l'église éclairé au loin.

Je savais que dehors se dressait le palmier dont Bertie m'avait parlé, ainsi qu'un pommier où était suspendue une balançoire au milieu de la pelouse.

« Je l'adore, m'avait-il dit. C'est ce que mon père nous a fabriqué de mieux quand nous étions petits. Je t'emmènerai chez moi à l'époque où le pommier est en fleurs. Tu t'installeras sur la balançoire et je te pousserai jusqu'à ce que tes pieds touchent le ciel. »

— Bertie se faisait toujours prendre en train de fumer.

La voix d'Ernest interrompit mes souvenirs. Il jeta le mégot par la fenêtre puis se tourna vers moi.

— Mieux vaut la laisser ouverte. Ma mère a un flair de limier. Comment s'est passé le trajet ? Vous avez l'air fatiguée. Je vous vois frissonner.

— Non, ça va maintenant.

Mon regard était fixé sur les branches nues et sombres du pommier dehors. En fin de compte, Bertie ne me pousserait jamais sur la balançoire sous l'arbre en fleurs. Brusquement, j'éclatai en sanglots. Ernest parut aussi embarrassé que moi. Se retenant de me dévisager, il balaya la pièce du regard.

— Miséricorde, fit-il maladroitement. Vous a-t-on montré où se trouvent les sanitaires ? Vous aimeriez peut-être faire un brin de toilette ?

— Oui, merci, parvins-je à articuler.

— Notre bonne n'est pas très vive, j'en ai peur. Dieu sait où Amy l'a dégotée. Enfin, je suppose que nous n'avons d'autre choix que de la garder.

Il tira sur le cordon de la cloche qui pendait le long de la cheminée. Quelques secondes plus tard, Dora entra dans la pièce.

— Oui, monsieur ?

Il me désigna d'un geste.

— Veuillez montrer à Mlle Carter où se trouvent les sanitaires et demander à Cook de nous préparer une collation.

La domestique hocha la tête.

— Bien, monsieur.

Je me ressaisis et m'empressai de traverser la pièce pour la suivre.

Je pris soudain conscience que j'avais terriblement besoin d'aller aux toilettes, ainsi que de me débarbouiller.

— Oh, Dora ! aboya Ernest alors que nous quittions le salon. Montez également les bagages de Mlle Carter dans sa chambre. Laquelle a préparé ma sœur ?

La domestique nous regarda tour à tour d'un air anxieux.

— Celle de M. Ernest, monsieur.

Je crus à nouveau que j'allais m'évanouir.

Ernest tira légèrement sur les genoux de son pantalon repassé à la perfection puis s'assit sur l'un des affreux canapés sans prêter attention à mon désarroi.

— Parfait. Revenez une fois que vous serez installée.

Je suivis Dora dans le couloir, la regardai récupérer au passage mon petit sac au pied du portemanteau puis commençai à grimper l'escalier.

— Je vais vous montrer votre chambre. C'est une jolie pièce. Elle a vue sur l'église.

En silence, je contemplai mon nouvel environnement. Du linoléum, froid et usé par endroits, recouvrait le palier. Dora s'arrêta devant la deuxième porte à gauche.

— C'est celle-ci.

Elle ouvrit la porte de sa main libre et se plaça sur le côté afin de me laisser entrer.

Un lit étroit pourvu d'une tête de lit en bois brun était placé face à l'unique fenêtre. On avait installé une table de toilette dans un coin, tandis qu'une imposante garde-robe en acajou était adossée au mur d'en face.

Dora posa mon sac de voyage sur le lit.

— Les toilettes se trouvent au bout du couloir à gauche. La chambre de Mlle Amy est juste en face de la vôtre sur le palier.

Je la remerciai en tremblant et attendis qu'elle referme la porte derrière elle.

Et voilà, j'étais dans la chambre dont Bertie m'avait parlé. Il avait dormi dans ce lit. Il avait lu ces livres rangés sans ordre précis dans sa bibliothèque. Il avait passé des heures assis à cette petite table, penché sur ses devoirs. Je l'imaginai mordant le bout de son crayon, le regard fixé sur l'église au bout du jardin, à court d'inspiration.

J'ouvris l'une des portes de la garde-robe et fus surprise par l'odeur puissante des boules d'antimites. Les trois cintres suspendus au portant m'étaient sans doute destinés. J'ouvris l'autre porte et fis aussitôt un pas en arrière. Le manteau de Bertie. Celui qu'il portait lors de notre rencontre. Je tendis une main, caressai sa manche puis l'approchai de mon nez. Oui, c'était le sien. C'était bien son odeur.

— Bertie, murmurai-je, la bouche contre la laine rêche. C'est moi. Je suis dans ta chambre. Je suis là.

On frappa à la porte. Je lâchai la manche et refermai rapidement les portes de l'armoire.

— Entrez, criai-je.

Je vis alors apparaître une femme très grande au visage anguleux. Sa robe bleu marine à ceinture et col montant effleurait le sol. Impassible, elle m'observa depuis l'entrée. Ses yeux perçants m'examinèrent de la tête aux pieds.

— Clara, mère et moi avons pensé que vous seriez à votre aise dans cette chambre.

— Oh, oui, c'est… parfait. Merci. Vous devez être Amy ? Bertie m'a beaucoup parlé de vous.

— En effet.

Son regard se posa sur mon sac de voyage qui était toujours posé sur le lit.

— Je vois que vous n'avez pas encore défait vos bagages.

— Je viens seulement d'arriver. J'aimerais faire un brin de toilette avant de redescendre, si possible.

— La collation sera servie dans le petit salon. Père ne va pas tarder à rentrer.

Elle se tourna pour partir, mais parut se raviser.

— Je n'aime pas que le repas attende, lâcha-t-elle.

3

Clara, Callyzion
Décembre 1918

Je me brossai les cheveux, enfilai un cardigan plus élégant et retouchai mon rouge à lèvres.

La cloche de l'église sonnait lorsque je descendis l'escalier et pénétrai dans le petit salon. L'atmosphère n'y était pas plus gaie qu'à mon arrivée, mais un feu avait enfin été allumé. Même s'il brûlait trop faiblement pour me réchauffer, il apportait au moins un peu de joie dans la pièce.

Ernest était toujours assis sur l'un des canapés. Amy s'était installée sur celui d'en face à côté d'une femme âgée. Il se leva en me voyant entrer et sourit.

— La voilà. Mère, je vous présente Clara.

— Approchez-vous, mon ange.

Son sourire était empreint de chagrin.

— Ma vue n'est plus ce qu'elle était, mais j'aimerais vous regarder.

Je marchai jusqu'à elle.

— Madame Bolitho. Merci beaucoup pour votre invitation.

Ses yeux gris se promenèrent rapidement sur ma silhouette et ma tenue simple.

— Vous avez un visage bon, ordinaire. Cela me plaît. Bertie l'aimait aussi, je le sais. Mais trop de rouge à lèvres.

Je ne me laissai pas intimider.

— Cela plaisait à Bertie.

Sa mère croisa les bras et émit un petit rire.

— Mon fils a toujours apprécié les personnes vives. C'est bien. Son ami nous a expliqué que vous aviez de la famille dans le Kent.

— En effet.

— Et que font vos parents ?

— Ils étaient fermiers. Ils cultivaient surtout le houblon et des vergers de pommiers. Mais nous avions aussi de très bonnes vaches laitières.

Les mensonges s'échappaient naturellement de ma bouche.

— Combien d'hectares ?

— C'est une bonne question. Quatre-vingts au moins.

— Belle propriété ! s'exclama Ernest.

— C'est vrai, dis-je avec un sourire triste. Mais rien ne compense la perte de ses parents quand on est enfant.

— Dieu du ciel ! Nous ignorions que vous étiez orphelines, dit Ernest. Cela a dû être terrible pour vous.

Cette information sembla donner un coup de fouet à Mme Bolitho.

— Oh, ma chère, venez vous asseoir ici à côté de moi.

Elle agita les mains devant le visage d'Amy.

— Pousse-toi, ma chérie, laisse donc Clara prendre place entre nous.

Je me glissai entre les deux femmes sur le canapé trop rembourré et sentis leurs fémurs contre mes cuisses.

Amy essaya d'éloigner sa jambe de la mienne, tandis que sa mère se tortillait pour mieux me voir.

— Que s'est-il passé exactement ? Comment vos parents sont-ils morts ?

Craignant de ne pas être suffisamment convaincante, je baissai la tête et cherchai un mouchoir dans la poche de mon cardigan.

— Mère, intervint Ernest, Clara nous le racontera un jour si elle le souhaite.

Mme Bolitho eut du mal à cacher sa déception.

— Ma foi, je suis simplement surprise que Bertie ne nous ait pas parlé de vous quand il en a eu l'occasion.

Elle poussa un soupir et se tut brièvement.

— Vous lui aviez raconté votre passé, n'est-ce pas ?

— Oui, bien sûr. Je n'avais aucun secret pour lui.

— Je suis ravie de l'apprendre. Et tout se passe bien à Londres ? Vous y travaillez, m'a-t-on dit.

— Oui. Je suis secrétaire au *London Evening News.*

— Comme c'est intéressant. Nous ne le recevons pas ici, évidemment. Mon époux préfère *The Times.*

Brusquement, Amy s'inclina devant moi et lança :

— Mère, il est temps de prendre votre médicament pour la toux.

— Je me sens parfaitement bien, merci.

Mme Bolitho se tourna de nouveau vers moi.

— Je veux tout savoir sur votre rencontre avec notre cher Bertie. Ernest, mon cher, veux-tu bien attiser ce feu ?

Je regardai Ernest s'agenouiller devant l'âtre et attraper une bûche. Chacun de ses gestes me rappelait ceux de Bertie, ainsi que notre première rencontre.

— Nous avons fait connaissance dans un club de bridge. À Piccadilly.

Mme Bolitho hocha la tête.

— Jouez-vous bien au bridge ?

— Pas aussi bien que Bertie.

Je le revis assis en face de moi à la petite table, ses cartes serrées entre ses longs doigts fins.

— Nous avons remporté quelques tournois ensemble.

— Vous devez être plutôt douée dans ce cas.

Mme Bolitho se tourna vers Ernest qui s'occupait toujours du feu.

— Clara joue au bridge. Nous pourrions organiser une partie un soir.

— Pourquoi pas, répondit-il. Amy ? Tu te joindrais à nous ?

— Je ne préfère pas.

Cette idée la fit presque frissonner. Elle regarda sa montre.

— Qu'attend donc Dora pour nous servir cette collation ? Elle est en retard. Je vais aller la secouer.

Amy quitta la pièce dans un froissement de jupes, tandis que sa mère, son frère et moi contemplions le feu en cherchant quelque chose à dire.

— Vous devez me trouver très impolie, m'exclamai-je. Je ne vous ai pas remerciés d'avoir envoyé un taxi me chercher à la gare.

Mme Bolitho agita une main en direction de la porte.

— C'est Amy qui s'en est chargée. Elle tient la maison à ma place. Ces dernières semaines ont durement affecté mon moral.

Elle toussota.

— Chewton vous y attendait-il ?

— Oui.

Ernest rit.

— Je parie qu'il en a profité pour vous faire faire la tournée des lieux de plaisir de Callyzion.

— Inutile de te montrer aussi grossier, le gronda Mme Bolitho. Cela déplairait beaucoup à ton père.

Elle souleva la petite montre épinglée à son corsage.

— Il devrait arriver d'un instant à l'autre. Je lui ai demandé d'être à l'heure pour la collation.

À peine eut-elle terminé sa phrase que nous entendîmes une clé tourner dans la porte d'entrée puis la voix grave d'un homme lancer :

— Je suis rentré ! Mlle Carter est-elle arrivée ?

— Nous sommes dans le petit salon, répondit Ernest.

Lorsque la porte s'ouvrit, je vis apparaître une silhouette aussi grande que corpulente. Bertie avait un jour décrit son père comme un homme « à la stature rassurante », et à présent que je le regardais, je n'aurais pu trouver d'expression plus appropriée. Il portait une redingote, une chemise, un pantalon et des guêtres noires. Le blanc éclatant de son col romain était la seule touche de couleur de sa tenue.

— Aha !

Il me regarda avec chaleur.

— Mon Dieu, qu'il est merveilleux de vous voir enfin ici.

Il traversa la pièce en deux grandes enjambées, me prit la main et la tapota.

— Vous êtes la bienvenue chez nous. Bertie n'a pas eu le temps de nous parler de vous, aussi voulons-nous tout savoir à votre sujet. Vous êtes assurément aussi jolie que nous l'imaginions.

Il se tourna vers sa femme.

— Ne trouvez-vous pas, ma chère ?

Sans attendre sa réponse, il balaya la pièce du regard.

— La collation n'est pas encore servie ?

Quelques minutes plus tard, la génoise et les petits sandwichs au pâté de Cook arrivèrent. Tout le monde se réjouit d'y goûter et de pouvoir échanger sur un sujet plus léger.

Après ce léger repas, le révérend Bolitho se retira dans son bureau et sa femme retourna se reposer dans sa chambre.

Tout en remettant le petit salon en ordre, Amy donna des instructions à Dora pour le dîner.

Je finis par me retrouver seule avec Ernest qui entama la conversation.

— Je suis très content que vous soyez venue. D'après ce que m'a raconté son ami Jimmy, Bertie était très épris de vous.

— C'était réciproque.

Je baissai les yeux.

— C'est si bon d'être ici, auprès de sa famille. Des personnes qui l'aimaient le plus.

Ernest se racla la gorge.

— Bertie nous manque.

Une étincelle jaillit du foyer et atterrit sur le tapis. Il tendit une de ses longues jambes et l'éteignit sans avoir besoin de se lever. Chacun de nous contempla un moment les flammes.

— Il me manque beaucoup à moi aussi, dis-je.

Une bûche dont l'écorce s'enflammait roula doucement. Les flammes bleues jaunirent peu à peu puis prirent une teinte orange.

— Comment vos parents ont-ils trouvé mon adresse ?

— Cela n'a pas été facile.

Il sourit malicieusement.

— Nous ignorions tout de votre existence. Ce n'est que lorsque nous avons reçu les effets personnels de Bertie…

Je levai les yeux, effrayée par ce qu'ils y avaient découvert. Pas toutes mes lettres quand même ? Je repensai aux mots intimes, aimants, mais scandaleux, que nous nous étions écrits. *Oh, mon Dieu, faites qu'il ne s'agisse pas de ça !*

— Parmi ses affaires se trouvaient des lettres de ses vieux copains. Vous connaissez Jimmy, n'est-ce pas ?

Mon cœur fit un bond dans ma poitrine. Jimmy était l'homme qui nous avait loué l'appartement d'Ealing. J'eus soudain la gorge sèche.

— Oui, un bon ami de Bertie. Que… Que disait sa lettre ?

— Nous avons eu une sacrée chance. Il y mentionnait une adresse à Ealing.

Les poings serrés, je me préparai à subir une profonde humiliation.

— Ah oui ?

— C'était la première fois que nous entendions parler de vous. Il était écrit quelque chose comme : *J'espère que Clara est bien installée dans l'appartement d'Ealing.*

— Rien d'autre ?

— Jimmy demandait à Bertie comment il allait. Les trucs habituels. Il parlait de son propre mariage. Bref, comme nous avions une adresse où vous trouver, mon père a jugé que nous devions vous rencontrer et partager avec vous nos...

Ernest s'éclaircit la voix.

— Nos plus beaux souvenirs de Bertie.

Je me détendis. Par chance, Jimmy ne m'avait pas trahie.

— J'ai été tellement surprise et heureuse de recevoir la lettre de vos parents. Elle a parcouru un bout de chemin avant de me parvenir. J'ai été obligée de quitter Ealing il y a un moment, voyez-vous, afin de rentrer dans le Kent pour régler un problème familial, mais j'avais laissé une adresse. Au cas où.

— Eh bien, je suis désolé que cela ait pris autant de temps. Mais vous voilà parmi nous à présent.

— Oui. Me voilà.

— Pouvez-vous passer Noël avec nous ?

Cette invitation me prit au dépourvu. J'avais pensé rester chez ces gens quelques jours et vivre pleinement mon deuil dans la maison où avait grandi Bertie, puis rentrer dans le Kent où on avait le plus besoin de moi.

— Je ne voudrais pas déranger.

— Au contraire. Il se trouve que ma mère aimerait beaucoup que vous restiez jusqu'au Nouvel An.

Le Nouvel An ? Je ne pouvais tout de même pas loger chez ses parents aussi longtemps !

— Je ne suis pas sûre que ce soit possible.

— Avez-vous d'autres projets ?

Je reconnaissais Bertie dans les yeux d'Ernest, dans sa voix.

— Eh bien, je... Je n'ai rien emporté de convenable à me mettre.

Je ne pouvais pas rester. Il ne le fallait pas. Qu'allait penser Philippa ? Comment manquer mon deuxième Noël avec Mikey ?

— Amy vous prêtera tout ce qu'il vous faudra. Acceptez et la question sera réglée.

Ernest me sourit. Ce n'était pas le sourire de Bertie, mais il lui ressemblait tant.

— Ma foi, je… Je n'ai rien de prévu.

Il se leva.

— Parfait. Bon, que diriez-vous d'une partie de cartes à présent ? Un rami peut-être ?

C'est ainsi que nous nous occupâmes jusqu'au dîner. Ernest me raconta des anecdotes d'enfance amusantes sur Bertie, Amy et lui. Leurs parties de cache-cache dans la tribune de l'orgue, la fois où ils avaient remplacé le sermon de leur père par une liste de courses et le jour de Pâques qu'ils avaient tous passé au lit à cause de la varicelle. Ernest était de bonne compagnie finalement. Je commençais à le trouver sympathique.

Je continuai à faire connaissance avec la famille de Bertie autour d'un dîner composé d'un bouillon de bœuf, de minuscules côtelettes d'agneau et d'un crumble aux pommes.

Nous évitions soigneusement de parler de Bertie, chacun craignant d'attrister les autres. Lorsqu'Ernest annonça que je resterais jusqu'au Nouvel An, ses parents laissèrent éclater leur joie.

— Amy, j'ai dit à Clara que tu lui prêterais tout ce dont elle aurait besoin, déclara-t-il avant d'adresser un grand sourire à sa sœur.

Levant les yeux, je surpris son regard horrifié.

— Non, non, dis-je rapidement. Ça ira, je vous assure.

— Amy a plein de jolis vêtements dans sa garde-robe, renchérit Mme Bolitho. Elle les porte si peu que ce sera un plaisir de les voir sur vous.

La jeune femme lui décocha un sourire crispé.

— Mère, vous savez bien qu'il est difficile de tenir une maison dans ses habits du dimanche.

Percevant sa gêne, je lui souris.

— Franchement, je n'oserais jamais emprunter vos beaux vêtements. Je risquerais de les abîmer et, ensuite, vous n'auriez plus rien à vous mettre pour les grandes occasions.

Mme Bolitho se pencha vers moi en riant.

— Amy n'aime pas les grandes occasions. Je ne me souviens même pas de la dernière fois où elle est sortie s'amuser.

La sœur de Bertie pâlit et serra sa serviette dans son poing.

— Je vous en prie, mère.

Mme Bolitho continua gaiement à embarrasser sa fille.

— Mais tu es jeune. Tu as toute la vie devant toi, ma chérie.

Amy lâcha sa serviette et se leva.

— Je me demande ce que Dora attend pour nous servir le crumble.

Elle quitta la pièce d'un pas rageur.

— Ne vous en faites pas pour elle, me dit Mme Bolitho.

Le révérend regarda son épouse par-dessus ses lunettes.

— Louisa, laissez-la tranquille.

Amy revint, puis chacun de nous mangea son dessert en silence.

Une fois que Dora eut débarrassé la table, Amy alla trouver Mme Bolitho en évitant soigneusement de me regarder.

— Venez, mère. Vous êtes fatiguée, il ne faudrait pas que votre rhume s'aggrave.

Les hommes se levèrent tandis que mère et fille s'éloignaient ensemble. Au moment où elle passa devant moi, Mme Bolitho s'arrêta pour m'embrasser sur la joue.

— Bonne nuit, ma chérie, dormez bien.

— Si vous n'y voyez pas d'inconvénient, je pense que je vais me retirer aussi, dis-je quelques minutes après leur départ. Ce fut néanmoins une belle journée, merci de m'avoir invitée.

— C'est tout naturel, Clara. Louisa et moi y tenions car c'est ce que Bertie aurait souhaité, dit gentiment le révérend. Vous devez être fatiguée.

Ernest et lui se levèrent tandis que je repoussais ma chaise.

— Bonne nuit, révérend.

— Je vous en prie, appelez-moi Hugh. Si Bertie était encore parmi nous, je vous aurais demandé de m'appeler père.

Des larmes me montèrent aux yeux et ma gorge se serra.

— Quoi que l'avenir nous réserve, vous ferez toujours partie de notre famille, ma chère, dit-il chaleureusement.

Ernest sourit.

— Bonne nuit, Clara. Le petit déjeuner sera servi à sept heures et demie.

— Merci. Vous êtes tous si gentils.

— Faisons quelque chose ensemble demain. Que diriez-vous d'une promenade après le petit déjeuner ?

— Cela me plairait beaucoup.

— Parfait. Bonne nuit, ma belle.

C'étaient les mots exacts que Bertie aurait employés.

Nerveusement épuisée, je grimpai l'escalier d'un pas lourd jusqu'à ma chambre. La chambre de Bertie. J'avais tant besoin d'être seule.

Je refermai la porte avec un soupir de soulagement, m'appuyai contre elle et versai des larmes douloureuses.

4

Clara, Callyzion
Décembre 1918

Je pleurai jusqu'à ce que mes larmes se tarissent. Malgré l'épuisement, je m'obligeai à vider mon sac de voyage, puis je me déshabillai. Je suspendis mon unique tailleur élégant, celui que je portais au bureau, dans la garde-robe à côté du vieux manteau de Bertie, ainsi qu'une robe à peu près neuve qui lui plaisait, et, enfin, celle que je portais.

Je rangeai mes sous-vêtements et mes bas dans les petits tiroirs de la table de chevet, alignai soigneusement mes chaussures à côté de la garde-robe et posai ma chemise de nuit sur l'oreiller. L'oreiller de Bertie. Je le soulevai et y enfouis mon nez. Il sentait l'air frais et la lavande, mais pas son odeur.

Retirant rapidement mes sous-vêtements, je me demandai si je devais les laver dans la salle de bains puis les suspendre au dossier d'une chaise comme je le faisais chez moi. Cela serait-il mal vu ? Devais-je laisser Dora faire la lessive à ma place ? Ou bien cela ne se faisait-il pas non plus ? Après avoir longuement hésité, je décidai de les laver sans attendre. Je me renseignerais discrètement le lendemain sur l'organisation de la lessive.

Après avoir enfilé la chemise de nuit en pilou que Bertie m'avait offerte avant son dernier départ pour la France, je m'enveloppai dans ma robe de chambre et pris ma trousse de toilette.

Une serviette râpée avait été posée sur le lit – par Dora, supposai-je. Je roulai mes sous-vêtements à l'intérieur et la coinçai sous mon bras. Craignant de faire une rencontre embarrassante sur le palier, je longeai le couloir sur la pointe des pieds jusqu'à la salle de bains.

Un peu plus tard, après avoir étendu ma lessive sur le dossier du vieux fauteuil de Bertie, je soulevai l'édredon et les draps puis glissai mes pieds jusqu'au fond. Le lit était froid et légèrement humide. Je ramenai la couverture et l'édredon sur moi, mais ils ne me procurèrent aucune chaleur.

Me vint alors une idée.

Je sortis du lit et me dirigeai vers la garde-robe. Le manteau de Bertie glissa facilement de son cintre. Je l'étalai sur l'édredon et me glissai à nouveau sous les draps. C'était mieux ainsi. Je tirai le manteau jusque sous mon menton. C'était celui que portait Bertie le jour où nous avions acheté des billets pour un récital au Wigmore Hall. Était-ce Beethoven ou Bach ? Je ne savais plus très bien. Mais je me rappelais clairement qu'une fois rentrés à Ealing, nous avions fait l'amour pour nous réchauffer.

Je sortis la main droite des draps qui se réchauffaient peu à peu et fouillai les poches du manteau. Mes doigts se refermèrent sur un morceau de papier presque décomposé. Je le sortis et l'approchai de mes yeux. Son billet pour le récital au Wigmore Hall. Je le serrai dans ma main et l'embrassai. Les doigts de Bertie avaient été les derniers à le toucher. Je le gardai quelques instants de plus dans ma paume puis le glissai sous mon oreiller.

Après avoir soufflé la bougie posée sur la table de nuit, j'aperçus la nuit noire derrière la fenêtre. J'avais oublié de tirer les rideaux, mais j'étais trop lasse pour sortir de nouveau du lit et aller les fermer. Je restai couchée les yeux grands ouverts et regardai un fin nuage voiler quelques instants la faible lueur de la lune déclinante.

Bertie me voyait-il en ce moment ? Son esprit pouvait-il être en train de m'observer dans cette pièce ?

S'il avait été couché à côté de moi, l'absurdité de la situation l'aurait fait rire : nos deux corps serrés l'un contre l'autre dans son lit étroit. Sous son manteau pour nous tenir chaud. Un billet de concert sous notre oreiller. Bertie riait tout le temps. S'il avait été là, il m'aurait tenue tendrement dans ses bras, transmis sa chaleur et tout simplement aimée.

Je rêvai cette nuit-là que nous étions de retour dans notre petit nid à Ealing. Je préparais des oignons au vinaigre dans notre minuscule cuisine. Ce devait être la période de Noël, car des cartes de vœux étaient posées sur la table et nous avions décoré un petit sapin de nœuds rouges et d'un rouge-gorge fixé au sommet. Bertie ayant planté des oignons avant de repartir en France, j'en préparais un bocal afin de le lui offrir à Noël.

Penchée au-dessus de la vaisselle, je regardai notre minuscule jardin. J'avais versé tant de produit dans l'eau que des bulles flottaient devant mes yeux et se transformaient peu à peu en flocons de neige. Dans le jardin, des flocons blancs tourbillonnaient et, au milieu de cette tempête, se tenait Bertie. Il portait son gros manteau et l'écharpe vert vif que je lui avais tricotée. Il souriait et me faisait signe de le rejoindre. J'ouvris la porte et courus vers lui, mais il n'était plus là. À sa place, je trouvai un bonhomme de neige, son écharpe verte autour du cou. Soudain, une boule de neige atterrit sur ma nuque. Je me retournai et aperçus Bertie. À présent, il était à l'intérieur de l'appartement. Je revins sur mes pas en courant. De la neige me dégoulinait dans le dos. J'en ramassai une poignée pour la lui lancer. Bertie se trouvait dans le salon où il saupoudrait notre petit sapin de neige. Je le rejoignis et passai les bras autour de lui.

— La guerre est finie, dit-il. Je suis rentré.

Nous nous étreignîmes. Le bonheur, la joie et l'amour que je ressentis à ce moment-là étaient sans pareil. Ils étaient à la fois réels et purs. Cette comparaison peut paraître superficielle, mais j'avais l'impression que nous étions au paradis, que les anges nous entouraient. Ses larmes et les miennes étaient la création d'une puissance supérieure dont je ne doutais plus de l'existence.

— La guerre est finie. Je suis rentré, répéta-t-il.

Je le serrai davantage, mais son corps n'était plus solide. Sous son manteau, il s'évaporait comme du brouillard. Je me retins d'ouvrir les yeux de peur de constater sa disparition. Quand enfin je les rouvris, je vis son manteau glisser de mes bras, vide. Il était parti.

Je me réveillai terrifiée. Il était mort. Bertie était mort.

Je ne connaissais pas grand-chose à l'amour avant de rencontrer Bertie.

J'étais née à Ospringe dans le Kent. Enfant, la seule personne dont j'étais proche était mon grand-père. Lui au moins tenait à moi. Il m'aidait à me sentir fière de moi. À sa mort, comme tout le monde avait oublié d'où je venais, je commençai à changer. La chambre miteuse que je partageais avec lui dans un hospice bondé sentait terriblement mauvais. Sous sa vieille paillasse vivait toute une famille de rats. Lorsque les fossoyeurs sortirent son corps du cercueil qu'on nous avait prêté pour la cérémonie, un coffre muni de gonds afin qu'il puisse être réutilisé à volonté, je jurai devant sa tombe que j'aurais une vie meilleure que la sienne. Je retournai à notre chambre, traînai sa paillasse jusqu'au champ voisin au milieu des rats qui détalaient en couinant et la brûlai. Je vidai ensuite la pièce tout entière. Puis je regardai les flammes dévorer mon ancienne vie. Tout ce qu'il me restait, c'étaient les vêtements que je portais, un petit morceau de miroir brisé que grand-père avait trouvé à la décharge publique du village, une paire de vieilles bottes, une pièce vide et mon esprit vif. Deux enfants vivaient à l'hospice, l'un de trois ans, l'autre de cinq. Leur mère étant à nouveau enceinte, je savais qu'il lui faudrait bientôt plus de place. Je savais aussi qu'elle me donnerait quelques pennies si j'hébergeais ses enfants dans ma chambre. Les semaines puis les mois suivants, j'économisai le plus possible en attendant que la chance me sourie. J'étais certaine que cela finirait par arriver.

Ensuite, je mettrais mon plan à exécution. Je comptais rompre définitivement avec mon ancienne vie avant qu'elle n'entache ma réputation irrévocablement. Ma mère était morte de la phtisie, mon père n'était rien d'autre qu'un ivrogne, alors j'avais toujours vécu dans la peur de finir à la rue. C'était mon grand-père qui nous avait sauvés d'une vie de mendiants en cueillant le houblon et les pommes chaque été dans les fermes du Kent. Après des hivers entiers de dur labeur dans une cimenterie, il avait fini par mourir misérablement d'une maladie pulmonaire.

Désormais, personne ne découvrirait que j'étais pauvre et mal née. J'allais réécrire mon histoire.

Et le moment n'aurait pu être mieux choisi.

Le 4 août 1914, la Grande-Bretagne déclara la guerre à l'Allemagne. Les hommes en âge de combattre quittèrent aussitôt leur travail – que ce soit dans les fermes, les mines, les bureaux ou les usines – et s'engagèrent dans l'armée. Du jour au lendemain, les employeurs eurent besoin de femmes pour conduire les tracteurs, surveiller les convoyeurs et travailler dans les bureaux de l'industrie britannique.

J'avais confiance en moi. Une confiance innée. Grâce à mon grand-père, je savais lire et écrire. J'étais suffisamment douée en arithmétique pour compter les points pendant nos parties de crib au vieux pub. N'ayant rien d'autre à me mettre que des guenilles, je choisis une des jupes usées de ma mère ainsi qu'un chemisier et les rendis assez présentables avec un peu de couture et de raccommodage astucieux. Je commençai également à prendre soin de ma peau autant que me le permettaient mes moyens et à démêler mes boucles châtains à l'aide d'une brosse à récurer, comme me l'avait appris ma mère.

À l'époque, je ne savais pas très bien à quoi je me préparais. En tout cas, je devais être élégante, vive et jolie pour obtenir ce que je voulais. J'en avais la certitude.

C'est ainsi que, le 15 septembre 1914, la jeune Clara Carter, orpheline de la commune d'Ospringe, devint Mlle Clara Carter, apprentie dactylographe au *London Evening News* dont les bureaux se trouvaient à Fleet Street, longue avenue londonienne.

Le *News*, comme on l'appelait, avait pour réputation d'employer des femmes. Conscientes du manque de main-d'œuvre provoqué par le départ massif des hommes, toutes étaient prêtes à travailler. Ce que les dirigeants du journal savaient, c'est qu'ils n'avaient pas besoin d'accorder à ces nouvelles employées le même salaire qu'à leurs homologues masculins, un immense avantage à leurs yeux. Les membres du conseil d'administration avaient dû se frotter les mains en faisant leurs comptes. La guerre était une nouvelle source de profit pour eux. Les ventes de journaux grimpaient, tandis que la charge salariale diminuait.

Ce fut tout à fait par hasard que je découvris leur offre d'emploi au cours de mon trajet à pied d'Ospringe à Faversham où je travaillais comme femme de ménage.

La mercerie de Mlle Hampton, située dans High Street, était petite mais fréquentée. Elle proposait toutes sortes de tissus, des satins les plus séduisants qui tombaient en ondulant aux épais tweeds rêches qui protégeaient efficacement du vent. Mlle Hampton était une respectable femme célibataire âgée de la quarantaine. Au début, je la plaignis sincèrement. Son existence de vieille fille ne devait pas être très amusante, mais je m'aperçus assez vite qu'elle était très heureuse de dorloter ses clientes et de choisir ce qu'elle mangerait au dîner sans demander l'avis de personne. Je l'enviais assez car elle faisait ce qui lui plaisait.

Chaque matin, j'arrivais juste avant l'ouverture afin de faire le ménage dans le magasin, la réserve, la pièce qui servait à la fois de cuisine et salon, ainsi que dans la petite chambre de ma patronne à la décoration féminine.

Sur mon trajet ce jour-là, j'avais trouvé un exemplaire de l'*Evening News* de la veille. Je l'avais ramassé dans l'intention de m'entraîner à lire et de l'utiliser plus tard pour allumer un feu dans la cheminée de ma chambre à l'hospice.

— Bonjour, mademoiselle Carter, je ne savais pas que vous aviez commencé à lire les nouvelles, dit Mlle Hampton en apercevant le journal sous mon bras.

— Je l'ai trouvé par terre. Je n'ai jamais vraiment lu le journal, mais j'ai pensé que ce serait intéressant d'apprendre des choses sur la guerre et tout le reste.

— Bonne idée. Vous pourriez me le lire pendant le déjeuner, qu'en dites-vous ?

— Oui, avec plaisir.

— Parfait. Il est important pour nous les femmes de se tenir au courant de ce qui se passe dans le monde. Nous avons le devoir de comprendre ce que font les hommes en notre nom.

Mlle Hampton était une suffragette. Elle ignorait cependant que je le savais. Chez nous, les suffragettes taisaient leurs convictions. La plupart des hommes et nombre de femmes les considéraient comme des fautrices de trouble anormalement masculines. J'avais compris qu'elle en était une le jour où j'avais trouvé une broche ronde faite de pierres aux couleurs des suffragettes dans le tiroir de sa coiffeuse. J'admirais beaucoup ma patronne, et si elle tenait à ce que cela reste secret, je serais muette comme une tombe.

— En tant que femmes, nous devons nous montrer fortes, poursuivit-elle. Continuer à faire bouillir la marmite. Rappeler aux pauvres diables qui se battent contre l'ennemi que l'Angleterre les attendra toujours à bras ouverts.

Elle replia le journal et le rangea sous le comptoir.

— Bon, je vous propose de commencer par balayer le magasin.

J'adorais passer mes journées à la boutique de Mlle Hampton. Pour commencer, je n'avais pas besoin de me salir. Et puis il y avait toujours quelque chose à faire : trier et mesurer les coupons de tissu. Enrouler les rubans. Compter les boutons.

Au début, quand les clientes entraient dans la boutique, Mlle Hampton préférait que je disparaisse. Je poursuivais donc mon travail dans le reste de la maison. Mais quelques mois après mon arrivée, elle me proposa d'emporter chez moi un coupon de tissu en laine gris clair afin de m'en faire un vêtement que je porterais au travail. Elle n'eut pas besoin de m'expliquer que je n'étais pas assez présentable dans la vieille jupe et le chemisier de ma mère. Je me confectionnai une robe simple à manches longues et au décolleté élégant, dont le corsage ajusté et la jupe mettaient en valeur ma fine silhouette. Dès lors, je la portai chaque jour au travail. Une fois que j'avais terminé le ménage, Mlle Hampton me permettait de servir ses clientes, faisant ainsi de moi son assistante.

Ce jour-là, après avoir rangé la réserve et soigneusement aligné les rouleaux de tissu sur les étagères, je me préparai à partager avec elle un déjeuner léger. Chaque jour, Mlle Hampton verrouillait la porte à treize heures tapantes. Pendant ce temps-là, je remplissais la bouilloire au robinet et la faisais chauffer sur la cuisinière.

Mlle Hampton me rejoignit dans l'arrière-boutique puis balaya la pièce du regard afin de s'assurer que tout était en ordre.

— Dites-moi, mademoiselle Carter, avez-vous mangé un petit déjeuner ?

— Non, je n'avais pas très faim, madame. Mon grand-père nous avait préparé un ragoût de mouton hier soir pour le dîner.

J'étais plutôt convaincante lorsque je mentais, mais ma patronne, même si elle ne me le révéla jamais, savait très bien qu'il n'y avait jamais eu de ragoût de mouton et que mon grand-père reposait à présent dans une fosse commune.

— Auriez-vous quand même une petite place pour un sandwich au jambon ? J'ai fait cuire du pain hier soir.

— Merci, madame.

— Vous le trouverez dans le cellier. Nous n'avons qu'à déjeuner à cette table.

— Puis-je aller chercher le journal ?

Mlle Hampton sortit des assiettes et des couverts.

— Mais oui, je vous en prie.

Elle prépara le thé puis disposa rapidement mais soigneusement la nourriture sur la table.

J'étais toujours contente de partager avec elle ces déjeuners légers. Non seulement la nourriture était bonne, mais c'était également une véritable leçon de bonnes manières pour moi. Il me suffisait de l'observer, de retenir quels couverts elle utilisait et d'imiter sa façon délicate de boire et de manger. J'étudiais aussi sa façon de s'exprimer et faisais de mon mieux pour employer la même voix douce qu'elle, ainsi que le même vocabulaire précis.

Après avoir avalé sa dernière bouchée de pain, elle tapota les coins de sa bouche avec une serviette, posa son couteau et sa fourchette dans son assiette vide et prit mon exemplaire de l'*Evening News*. Elle feuilleta les nombreuses pages qui traitaient de la guerre en marmonnant quelques « Mon Dieu ! » et « C'est insupportable », avant de s'arrêter sur une publicité présentant la dernière mode féminine.

Elle haussa les sourcils.

— Les jupes se raccourcissent. Jamais on n'aurait montré ses chevilles dans ma jeunesse. D'ailleurs, je ne le fais toujours pas.

— Puis-je voir ?

« *La nouvelle tenue de travail des jeunes femmes* », clamait le slogan. Les deux mannequins portaient des vêtements très différents. L'une était habillée d'une élégante veste cintrée qui s'évasait à partir de la taille et d'une jupe étroite assortie, tandis que l'autre posait dans une longue robe ample à fleurs.

— Ce sont des tenues idéales en toute saison pour le travail de bureau. J'aime bien les deux.

Mlle Hampton se leva et emporta la vaisselle du déjeuner dans la cuisine.

Je tournai quelques pages du journal et arrivai à la rubrique des offres d'emploi.

LE *LONDON EVENING NEWS*
A BESOIN DE VOUS.

Vous êtes jeune et prête à effectuer un travail essentiel à l'effort de guerre ?
Alors rejoignez l'équipe audacieuse de notre rédaction et devenez dactylo.
Formation complète, gîte et couvert disponibles.
Envoi des candidatures à :
The London Evening News
Fleet Street
Londres

C'était le signe que j'attendais. Le moment auquel je me préparais. Un travail à Londres avec gîte et couvert, une formation professionnelle et un salaire.

Je me levai d'un bond et rejoignis Mlle Hampton qui essuyait une assiette.

— Mademoiselle, s'il vous plaît, est-ce que vous m'aideriez à écrire une lettre ?

Pendant des jours, je me rendis à maintes reprises au bureau de poste du village dans l'attente d'une réponse. Puis celle-ci arriva enfin.

Chère mademoiselle Carter,
Nous vous remercions pour votre lettre du 17 août.
Nous souhaiterions vous proposer un poste d'apprentie dactylographe au *London Evening News.*
Nous pouvons vous proposer une chambre dans une pension de famille située à proximité de nos bureaux où logent beaucoup de nos employées. Le loyer sera déduit de votre salaire.
Si ces conditions vous conviennent, nous serons ravis de vous accueillir dès le 15 septembre prochain.
Je vous prie, Mademoiselle, d'agréer l'expression de nos sentiments distingués.

Mademoiselle Anita Flint
Responsable administrative

Mlle Hampton était presque plus excitée que moi.
— Vous allez avoir besoin de vêtements.
Je baissai les yeux vers ma robe en laine grise.
— Qu'est-ce qui ne va pas avec celle-ci ?
Elle me regarda d'un air amusé.
— Eh bien, je vous rappelle que, contrairement à ce qu'on dit, l'habit fait le moine. Et vous êtes si mince qu'il ne faudra pas beaucoup de tissu.
Elle déroula son mètre ruban.
— Ne bougez pas.
Une fois la boutique fermée, Mlle Hampton et moi choisîmes de vieilles chutes de tissu et fabriquâmes ensemble deux robes, un tailleur et deux chemisiers.
— Cela devrait suffire si vous en prenez soin. Et les chaussures ?
Je regardai mes bottines éraflées et usées.
— Je cirerai ces godillots. Cela devrait aller.
Mlle Hampton soupira.

— Non, non, ils sont importables. Attendez, je vais voir ce que j'ai au fond.

Il s'avéra que les chaussures de ma patronne m'allaient plutôt bien, même si mes pieds étaient un peu plus fins que les siens.

— Vous n'aurez qu'à porter des bas plus épais pour les remplir. Mais vous n'en possédez pas, je me trompe ?

J'étais embarrassée.

— Non. Je n'ai que ces chaussettes longues.

Je remontai ma robe pour les lui montrer. Elle se gratta le menton.

— Misère ! Et qu'en est-il de vos sous-vêtements ?

Je rougis et secouai la tête. Mlle Hampton sourit.

— Ma parole, vous êtes une vraie petite Cendrillon ! Heureusement que je suis là.

Les jours suivants, elle me tricota tout ce dont une jeune femme pouvait avoir besoin selon elle pour commencer un travail dans une nouvelle ville. Mais ce n'était pas tout : elle me laissa également utiliser sa baignoire en étain. Ce fut le premier bain chaud et moussant de toute ma vie.

Le matin de mon départ à Londres, je me glissai hors de ma chambre sans réveiller les deux enfants profondément endormis, après avoir laissé un mot adressé à leur mère – au cas où elle saurait lire –, puis je pris le chemin de la boutique de Mlle Hampton.

Elle avait suspendu ma tenue de voyage dans l'arrière-boutique et le reste de mes vêtements étaient rangés dans la petite valise qu'elle m'avait achetée.

— Merci, mademoiselle, dis-je en me regardant dans son miroir.

— Oh, ce n'est rien. Je me suis bien amusée, répondit-elle, avant de toussoter pour masquer son émotion.

Je pivotai sur moi-même afin de m'examiner sous toutes les coutures.

— Je n'arrive pas à croire à ce qui m'arrive.

Mlle Hampton fit la moue et garda le silence un instant.

— J'ai foi en vous. Vous avez une force de caractère qui vous permettra de surmonter tous les défis de la vie. Et si vous avez besoin d'aide, vous saurez où me trouver.

Son ton était à la fois chaleureux et sincère.

— Bon, vous avez tout ce qu'il vous faut ?

— Oui.

— N'oubliez pas de vous brosser les ongles chaque jour, ainsi que les cheveux.

— Bien sûr.

— Et les dents aussi ! Et écrivez-moi, je vous en prie. Je veux avoir de vos nouvelles.

— Je vous taperai une lettre.

— Ah oui, parfait.

Elle commença à s'agiter nerveusement.

— Bon, je suppose que c'est le moment de se serrer dans les bras.

J'étreignis en riant cette femme que j'admirais tant puis embrassai sa joue veloutée.

— Je ne vous oublierai jamais, mademoiselle.

— C'est réciproque.

Les larmes aux yeux, ma patronne me regarda grimper dans la charrette que nous avions fait venir. Ainsi m'apprêtais-je à entamer la première partie de mon voyage du Kent à Londres.

— Au revoir, mademoiselle Hampton.

J'agitai la main tandis que l'attelage commençait à avancer.

— Au revoir ! cria-t-elle en agitant la main à son tour.

Je regardai ensuite droit devant moi et ne me retournai pas une seule fois.

— Vous allez où comme ça ? demanda le jeune charretier avant de faire claquer ses rênes.

— À Londres, répondis-je avec un sourire. Vous y êtes déjà allé ?

J'avais réussi. Je m'étais échappée.

— Non, mais ça viendra peut-être un jour.

Il tendit un bras et cueillit une tige d'herbe sèche dans une haie. Il la glissa entre ses lèvres puis la fit rouler d'un côté sur l'autre pendant un moment.

— Mais vous y êtes déjà allée, pas vrai ?

— Bien sûr. En fait, j'y suis née.

Je n'avais même pas l'impression de mentir. Après tout, c'était la nouvelle Clara Carter qui parlait.

Il me lança un regard en coin sans cesser de mâcher son herbe.

— J'ai décidé de m'engager. Je pars en France. Mes frères s'y trouvent déjà.

Je plissai les yeux.

— Mais quel âge avez-vous ?

— Presque dix-huit ans.

J'éclatai de rire.

— Je ne vous en donnais pas plus de seize.

— Et vous alors ?

— Il est très impoli de demander son âge à une dame.

— Je ne le ferais pas si vous en étiez une.

— Oh, petit insolent !

Je croisai les bras et redressai la tête.

— J'ai dix-huit ans, puisque vous tenez tant à le savoir.

La glace était brisée. Nous continuâmes à bavarder et à plaisanter jusqu'à ce qu'il arrête la charrette et m'aide à descendre.

— Votre prochain taxi vous attend là-bas.

Il pointait du doigt un élégant attelage tiré par deux chevaux.

— Je vous préviens, il prend un peu plus cher que moi.

Je sortis un penny de ma poche et le lui donnai.

— Un demi-penny suffira.

— Très bien, rendez-moi la monnaie dans ce cas, répondis-je d'un ton hautain.

— Bon, ça va.

Il empocha finalement ma pièce.

— Conservez-la comme un porte-bonheur. Si jamais vous partez en France, il vous sera sûrement utile.

Il me tendit ma valise.

— C'est plutôt à moi de vous souhaiter bonne chance. Je pense qu'à Londres, vous en aurez plus besoin que moi.

Le soir était déjà tombé quand j'arrivai à Southwark. J'avais dormi pendant la majeure partie du trajet. Ce furent les secousses provoquées par les profondes ornières d'Old Kent Road qui me réveillèrent.

Après que le cocher eut descendu ma valise, je lui montrai le morceau de papier soigneusement plié que je conservais dans ma poche.

— Sauriez-vous par hasard où se trouve cette adresse ? C'est celle d'une pension de famille à proximité de Fleet Street.

L'homme me conseilla de franchir le pont puis de redemander mon chemin à quelqu'un.

Quarante minutes plus tard, je repérai le bâtiment que je cherchais. Il s'agissait d'une haute maison de style géorgien, étroite et bien proportionnée, pourvue de fenêtres à vitres carrées et d'une porte d'entrée peinte en noir sur laquelle étaient inscrits les mots : *Logements pour femmes.*

Mon nouveau chez-moi.

5

Bertie, Penang, Malaisie britannique
28 juillet 1914

Mon quotidien à Penang était aux antipodes de l'existence ennuyeuse que je menais autrefois en Angleterre. La vie au presbytère en Cornouailles auprès de ma mère hypocondriaque et de ma sœur aigrie ne me manquait nullement. La seule personne qui me manquait, c'était mon père. L'homme le plus indulgent et tolérant au monde. J'avais beaucoup de chance d'être son fils. Mon petit frère Ernest me manquait aussi, bien sûr. Enfants, nous avions été très proches, mais c'était un peu moins le cas depuis cinq ans. Une rivalité s'était installée entre nous, comme dans nombre de fratries. Je supportais mal la façon dont il menait notre mère par le bout du nez, tandis qu'il m'enviait d'avoir été soutenu par notre père dès l'instant où j'avais décidé de partir en Malaisie.

J'avais dit adieu à Callyzion, à ma mère et à ma sœur, et embarqué avec une excitation indicible à bord d'un bateau pour l'Orient au port de Tilbury.

J'étais tout juste âgé de vingt-quatre ans lorsque le père d'un copain de Cambridge m'avait convaincu de le rejoindre à Penang. Il y possédait une plantation d'hévéas et avait du mal à trouver une personne prête à passer plusieurs années loin de sa famille et de l'Angleterre pour s'en occuper. À vrai dire, j'étais tellement pressé de fuir la maison que, lorsqu'il m'avait proposé un salaire correct, une part dans son affaire et un voyage tous frais payés, j'avais été bien incapable de refuser.

Le trajet en bateau depuis Tilbury avait duré six semaines. Six merveilleuses semaines pendant lesquelles j'avais flirté avec les jeunes passagères et joué sans arrêt au bridge, complétant ainsi mes maigres économies de façon plus que satisfaisante.

Cela faisait maintenant deux ans que j'étais installé à Penang et je m'étais bien acclimaté à mon nouveau pays. Les employés de la plantation, pour la plupart des Malaisiens et des Indiens, me respectaient. En contrepartie, je m'occupais bien d'eux ; je prenais en charge leurs frais médicaux ainsi que les besoins de leurs familles dans la limite du raisonnable.

Je commençais à penser que je ne rentrerais jamais en Angleterre. J'avais trouvé dans ce pays tout ce dont j'avais besoin. Le soleil, la mer, la belle vie et de bons amis au sein de la communauté d'expatriés. Mais comme aimait le dire mon père : « Quand l'homme fait des projets, Dieu rit. »

Dieu commença à rire un jour où je parcourais les allées de la plantation afin de vérifier si le latex s'écoulait correctement des hévéas. Je vis mon contremaître, Nizam, traverser les rangs serrés de troncs argentés en courant dans ma direction. Il faisait chaud en cet après-midi de mousson ; de la vapeur s'élevait du sol de la jungle après la forte averse qui venait de tomber

— Ralentis, Nizam. Il fait trop chaud pour courir, lui criai-je.

En réponse, il agita un morceau de papier beige.

— Un télégramme urgent pour vous, sahib ! D'Angleterre.

Oh mon Dieu, pensai-je, *qu'est-ce qui a bien pu arriver ?* Bien entendu, je songeai immédiatement à mes parents. Père était-il malade ? Mère était-elle encore victime d'un de ses étranges malaises ?

Nizam me rejoignit enfin, à bout de souffle.

— Le porteur de télégrammes a dit que c'était urgent, sahib.

Il me tendit l'enveloppe puis se pencha en avant, les mains sur les genoux, le temps de reprendre son souffle.

Mon nom, Herbert Bolitho, ainsi que mon adresse, Plantation d'hévéas Batu, y étaient griffonnés au crayon à papier.

Nizam, qui respirait de nouveau à peu près normalement, me regardait, l'air d'attendre que je lui lise le message.

Je ne lui fis pas ce plaisir.

— Tu veux bien remonter à la maison me préparer un en-cas, s'il te plaît ? J'arrive.

La déception se lut dans son regard. Toute nouvelle importante, surtout si elle avait parcouru plusieurs milliers de kilomètres pour nous parvenir, se devait d'être communiquée. Mais j'avais beau lui faire confiance, mieux valait éviter les rumeurs. C'est pourquoi je parlais malais à mes employés et anglais seulement avec les autres planteurs britanniques. Chacun de nous faisait en sorte que le personnel n'apprenne pas notre langue.

J'ouvris l'enveloppe qui contenait une simple feuille de papier. Il y était écrit au même crayon gris :

AUTRICHE*HONGRIE*
DÉCLARE*GUERRE*ALLEMAGNE
–STOP– PAPA

La brièveté familière de mon père. Il faut dire que les télégrammes étaient facturés au mot. Son travail à la paroisse lui rapportait si peu qu'il avait dû être vraiment inquiet pour se permettre cette dépense.

J'aurais pu remonter à la maison et lui répondre sans attendre, mais je préférai terminer mon travail avant ; il était important que je vérifie la production de chaque arbre et que je marque ceux qui ne donnaient plus. Ainsi veillais-je au quotidien sur mes huit hectares de plantation et mes quatre-vingt-dix employés. Tous gagnaient un revenu convenable, mais le milieu était touché par la corruption et la fraude. Je faisais par conséquent tout mon possible pour rester fidèle à ma réputation de bon « protecteur ».

Mais pourquoi donc mon père m'avait-il envoyé ce télégramme ? S'attendait-il à ce que je rentre au pays ? L'Angleterre allait-elle se retrouver impliquée dans cette guerre ? Si c'était le cas, ferais-je mon devoir ? Mon père souhaitait-il que je m'engage ? Que j'affronte l'ennemi et que je meure à cause d'une guerre stupide ?

Sous la voûte des arbres, je réfléchis aux options qui s'offraient à moi. En vérité, même si je prenais un bateau dès le lendemain, le risque était que la guerre se termine avant que j'arrive au pays. Je devrais alors faire demi-tour tout en sachant que j'allais retrouver ma plantation abandonnée aux rats et aux singes.

Je continuai à travailler pendant une heure – la production était très prometteuse –, puis je rentrai prendre une collation. Le thé et le gâteau aux cerises avaient l'air délicieux, mais je commençai par me servir un cocktail bien tassé.

Je n'envoyai finalement aucun télégramme ce jour-là. J'attendis de voir si la menace d'une guerre était bien réelle ou si mon père avait simplement réagi de façon excessive, mais je n'appris finalement rien de plus. Quelques jours plus tard, je me levai tôt et partis flâner en ville pendant qu'il faisait encore frais.

Le seul endroit où j'obtiendrais des informations raisonnablement précises était le bar du splendide Eastern & Oriental Hotel de George Town.

Les ventilateurs de la galerie ombragée qui chassaient la chaleur matinale offraient un peu de répit aux clients qui petit-déjeunaient dehors.

Je levai mon chapeau.

— Messieurs-dames.

— Bonjour.

Je grimpai les quelques marches qui menaient au bar puis tendis mon panama à l'un des garçons.

— Bonjour, sahib, lancèrent tous les employés en chœur avec un large sourire.

— Bonjour, jeunes gens. Mon petit déjeuner habituel, s'il vous plaît.

Je me dirigeai vers ma table préférée et m'y assis afin d'observer le marché en contrebas, ainsi que les bateaux dans le port. Deux navires de guerre y étaient amarrés. L'un d'eux arborait le pavillon britannique. J'éprouvai une pointe d'inquiétude. Était-ce une bonne ou une mauvaise nouvelle ?

L'arrivée de mes œufs brouillés et de mon jus de mangue, accompagnés d'une théière de thé, chassa la présence de ce navire de la Royal Navy de mon esprit.

— Bolitho, mon ami !

Je levai les yeux.

— Duncan. Assieds-toi donc.

Duncan était l'exploitant d'une immense plantation située à deux ou trois kilomètres de la mienne. Son accent écossais était prononcé et chantant.

— Des nouvelles du pays ? demanda-t-il.

— Tu veux parler de la guerre ? Oui. Mon père m'a envoyé un télégramme.

— J'en ai reçu un hier soir, moi aussi. Le mien pense que l'armée britannique va devoir intervenir, car le gouvernement allemand n'a pas réagi aux avertissements lancés par les autorités au cas où il prendrait la Belgique.

— Mon Dieu.

— Je ne te le fais pas dire.

Duncan remonta ses épaisses lunettes sur son nez puis se tourna vers le garçon qui s'était posté à côté de lui.

— Je vais prendre la même chose que M. Bolitho, ainsi qu'un grand verre de whisky écossais.

Le garçon hocha élégamment la tête puis partit à la cuisine.

— Bon, chuchota Duncan, qu'est-ce que tout ça veut dire, d'après toi ?

— Cette déclaration de guerre ? Dieu seul le sait. Tout cela me semble très irréfléchi. Quand a-t-on arrêté de croire en la diplomatie ? Je croyais qu'il fallait sauver la paix à tout prix.

— Il suffit que quelques fous jouent les durs pour que tout le monde veuille en venir aux mains, dit-il, le regard dans le vague, les sourcils froncés, avant de lever les yeux vers moi. Tu comptes rentrer ?

— Pour m'engager, tu veux dire ?

— Oui.

J'avalai ma dernière bouchée d'œufs brouillés puis je reculai ma chaise et croisai les jambes d'un air que j'espérai décontracté.

— Ma foi, je n'en suis pas totalement sûr. Et toi ?

— C'est la meilleure chose à faire si on a besoin de nous.

Il caressa sa grosse moustache rousse.

J'avais justement peur qu'il joue la carte de la « meilleure chose à faire ». J'allumai une cigarette en feignant de réfléchir.

— Oui, bien entendu. Mais bon sang, tout ce tapage sera terminé le temps que nous rentrions, non ?

J'espérais de tout cœur que ce soit vrai.

— Tu crois ?

Duncan me regarda dans les yeux comme s'il cherchait à se rassurer. Détournant le regard, j'observai le marché bondé et soufflai deux ronds de fumée dans l'atmosphère tendue qui nous entourait.

— Pour être honnête, je n'en sais rien. Mais franchement, tu ne penses pas que nous ferions mieux de rester ? Il vaut sûrement mieux que nous continuions à entretenir nos plantations afin de produire assez de caoutchouc pour les bottes, les tentes, les imperméables… toutes ces choses dont on a terriblement besoin en temps de guerre, pas vrai ?

— Peut-être.

Je fus soulagé de voir le garçon réapparaître avec le petit déjeuner de Duncan. Il n'est jamais bon de débattre de la politique l'estomac vide. J'écrasai mon mégot, allumai une nouvelle cigarette et commandai à mon tour un grand whisky.

Lorsque je fus servi, Duncan et moi levâmes nos verres.

— À la nôtre, dit mon ami.

Nous n'échangeâmes pas un mot pendant qu'il mangeait et que je buvais. La nourriture était toujours bonne et le thé excellent dans cet établissement, mais le scotch surpassait tout le reste. Je sentis l'alcool me réchauffer le sang en un rien de temps.

— Bref, repris-je, comment savoir si toute cette histoire est vraie ? Ce n'est peut-être qu'une rumeur. Nos compatriotes se laissent peut-être trop facilement effrayer par les discours alarmistes de…

— De qui ? Des Allemands ? Des Russes ? Des Français ? grogna Duncan.

Il s'essuya la moustache puis murmura :

— Imagine qu'ils aient raison de s'inquiéter ?

Un silence morose s'installa entre nous. Un peu éméché, je contemplai le port.

— Apparemment, des navires de guerre sont arrivés, dis-je au bout d'un moment.

— Je les ai vus ce matin. L'un britannique, l'autre français, il me semble.

— Ah oui ? Je suppose qu'ils sont là pour se ravitailler.

— Sûrement.

Duncan vida son verre.

— Tu en veux un autre ?

Dès que je levai le mien, le garçon se précipita vers nous. Il savait déjà ce que nous allions lui demander.

— Le problème, dit Duncan en le regardant repartir à vive allure, c'est que la marine allemande est techniquement supérieure à la nôtre et il paraît qu'elle déploie actuellement ses navires dans tous les ports importants.

— Mais bon sang, depuis quand le port de George Town est-il important ?

— Il est proche de Singapour. Dangereusement proche, même.

— Dans ce cas, pourquoi les Allemands ne foutent-ils pas le camp à Singapour ?

— Une fois que tu as pris George Town, prendre Singapour n'est plus qu'un jeu d'enfant, répondit calmement Duncan, qui tenait mieux l'alcool que moi.

— Non. Ils ne peuvent pas débarquer ici et prendre le pouvoir aussi facilement. La Malaise est une colonie de l'Empire britannique, je te rappelle.

— Justement.

Je compris peu à peu où il voulait en venir

— Merde alors !

— Comme tu dis, oui.

Je réfléchis un moment en faisant tourner l'alcool dans mon verre.

— Où préférerais-tu servir ? finit par me demander Duncan. Dans l'armée de terre, la marine ou l'aviation ?

— S'il faut en arriver là, dans l'armée de terre, je suppose. C'est ce que voudrait mon père. Le sien s'est battu en Crimée. Et toi ?

— Pareil. Mon arrière-grand-père maternel a été tué en 1814 en Amérique. C'est une sorte de héros dans la famille. Un homme que mes frères et moi sommes obligés d'admirer, même si nous ne l'avons jamais connu. Quand, enfants, nous avions fait une bêtise, ma mère disait que le fantôme du grand-père Ewan allait nous tourmenter jusqu'à la fin de nos jours. Elle répétait qu'il méprisait les garnements et qu'il avait horreur de la lâcheté. Nous redoutions de ne pas être à la hauteur de ses attentes.

— Eh bien, quelle pression !

— Tu peux le dire.

Chacun de nous avala un autre grand scotch, puis la conversation dévia sur les dernières bourdes de nos employés, le prix du caoutchouc et l'éventualité d'un prochain dîner ensemble.

Environ une heure plus tard, je jetai un coup d'œil à ma montre.

— Bon, je crois qu'on ferait mieux d'y aller.

— Oui, je vais passer au bureau de télégraphe afin d'envoyer une réponse à mon père.

Après m'avoir dit au revoir, Duncan partit vers la ville d'un pas lourd, tandis que je descendais tranquillement au port dans l'intention de jeter un coup d'œil aux navires de guerre.

Mon but était de faire traîner les choses. Je ne voulais pas quitter cette île. J'aimais la plantation et la compagnie de tous ces employés qui comptaient sur moi. Je les considérais presque comme une famille.

Je fus néanmoins obligé de prendre une décision le 4 août suivant. Duncan, quelques amis et moi venions de passer une soirée conviviale à l'Eastern & Oriental. Les querelles de nos compatriotes européens nous semblaient trop loin pour être réelles. Le sang réchauffé par les cocktails, nous étions convaincus que nos vies resteraient inchangées. Tandis que nous fumions de bons cigares sous la galerie en cette belle nuit étoilée, la possibilité d'une guerre nous paraissait inexistante. Comment imaginer un tel enfer alors que nous vivions dans ce paradis tropical au parfum d'hibiscus, loin, très loin de la réalité qu'affrontaient nos proches ?

Plongé dans la contemplation de la rue en contrebas, j'aperçus Nizam qui courait à fond de train vers nous.

— Nizam ! m'écriai-je. Mais qu'est-ce que tu fais dehors à cette heure ? Un problème à la plantation ?

Je redoutais par-dessus tout qu'elle soit détruite par un incendie.

À bout de souffle, Nizam s'arrêta sous la galerie de l'hôtel.

— Un télégramme pour vous, fit-il en haletant. Urgent.

— Viens me le donner. Monte donc, je t'offre un verre, mon vieux, criai-je sur un coup de tête.

Quelques instants plus tard, il s'approcha de moi d'un air embarrassé. Au même moment, un garçon revint avec une bière glacée sur un plateau.

— Vous êtes sûr, sahib ? demanda Nizam.

— Mais oui, sers-toi. Tu en as bien besoin.

— Je te rappelle qu'on ne sert pas les domestiques dans cet hôtel, murmura Duncan avec son fort accent écossais.

— Oh, bon sang !

Je pris la bouteille sur le plateau et la tendis à Nizam.

— Voilà, c'est moi qui lui ai servi la bière. J'en assume la responsabilité.

Le jeune serveur me lança un regard craintif.

— Je risque de perdre mon travail, sahib.

— Je m'assurerai qu'il ne t'arrive rien. Laisse-nous maintenant, et toi, Nizam, bois-moi cette foutue bière.

Celui-ci me remit l'enveloppe et avala sa boisson à grandes gorgées. J'ouvris le télégramme et lus les mots suivants :

ANGLETERRE*EN*GUERRE*AVEC*ALLEMA
GNE –STOP– PAPA

Je fis passer la feuille de papier à Duncan et aux autres.

Tout le monde échangea des regards silencieux, la même insupportable question aux lèvres. Devions-nous rentrer au pays ?

Je pris le bateau pour l'Angleterre neuf mois plus tard. Si j'avais autant retardé mon départ, ce n'était pas par lâcheté.

J'avais pris la décision de rentrer bien avant d'assister au terrible torpillage d'un croiseur de la marine impériale russe et d'un destroyer français dans le port de George Town. Tous deux avaient été attaqués par un croiseur allemand qui se faisait passer pour un navire britannique ; à des milliers de kilomètres de mon pays, la guerre était à nos portes.

Mon voyage eut lieu au début du mois de mai 1915. Je n'avais pas réservé sur un paquebot, mais sur un navire de commerce qui transportait des épices jusqu'au port de Tilbury.

Suivirent six angoissantes semaines en mer. L'équipage guettait constamment les torpilleurs et les croiseurs allemands. Les mines représentaient une toute nouvelle menace et le capitaine recevait chaque jour, parfois même chaque heure, un message radio l'informant des endroits où se trouvait l'ennemi et des moyens de l'éviter. Histoire de calmer nos nerfs, j'appris à jouer au bridge à une bonne partie de l'équipage. Les Chinois qui s'occupaient de la lessive sur le bateau étant des joueurs invétérés, je compris rapidement qu'il valait mieux parier seulement quelques shillings quand je les affrontais.

Notre arrivée était prévue un vendredi de bon matin. Ce jour-là, je fus levé avant le soleil. J'avais déjà remballé la majeure partie de mes affaires. Aussi, après m'être rapidement rasé, je dis adieu à la cabine exiguë qui avait été ma chambre pendant toutes ces semaines, puis je montai sur le pont et attendis que les blanches falaises de Douvres apparaissent tels des spectres à l'horizon. Je fus surpris par l'émotion que je ressentis au moment où elles se matérialisèrent enfin dans la lumière matinale. Il n'était même pas sept heures du matin, mais j'étais prêt à filer chez moi.

De Tilbury, je pris le train jusqu'à la gare Victoria qui était bondée. Je notai que la foule était composée de quatre groupes distincts.

Hommes et femmes en tenue civile vaquant à leurs occupations.

Jeunes hommes fièrement vêtus d'uniformes neufs. Souriants. Pressés de rejoindre leurs unités.

Soldats blessés, tout juste rentrés au pays, de la boue française encore collée aux bottes. Tête bandée et bras ensanglantés, des béquilles sous les aisselles. Partageant des cigarettes, hébétés par le spectacle d'horreur qu'ils venaient de quitter.

Et enfin il y avait ces femmes blêmes à force d'attendre. Qui dévisageaient chaque homme dans l'espoir qu'il soit un des leurs.

Je quittai la gare puis parcourus la courte distance qui me séparait du 59 Buckingham Gate. Le quartier général londonien du premier bataillon du London Scottish. Fier Écossais, Duncan s'était engagé dans le régiment des Argyll and Sutherland Highlanders à Stirling, et je lui avais promis de rejoindre son équivalent à Londres.

Après avoir donné mon nom à l'agent de recrutement puis passé un examen médical (taille, vue, audition), je reçus mon équipement de campagne et fus intégré sur-le-champ.

J'étais le soldat numéro 4192.

Caroline
Aujourd'hui

J'ouvris la petite enveloppe brune décolorée et la secouai afin d'en faire tomber la courte clé.

Le métal des fermoirs de la malle était froid sous mes doigts tandis que je tournai la clé dans chacune des deux serrures.

La première étant grippée, elle mit un peu de temps à céder. Celle de gauche s'ouvrit aussi facilement que si elle était neuve.

Après avoir posé la clé sur le sol, j'appuyai avec les pouces sur les deux fermoirs et les poussai vers le haut. Je sentis le mécanisme cliqueter puis les fermoirs glissèrent comme par enchantement. Avec un profond soupir, je soulevai lentement le couvercle. Une odeur de camphre et de vieux livres s'éleva aussitôt de ses profondeurs. Mais ce que je vis en premier, posée sur le reste, c'était une veste militaire.

Bertie, Callyzion, Cornouailles
Juin 1915

Ernest m'attendait à la gare de Bodmin Road.

— Salut, mon vieux ! Alors, est-ce qu'au moins tu parles toujours anglais ?

Il me donna un petit coup de poing dans le bras puis prit un de mes sacs et le hissa sur son épaule.

— Tu n'as pas perdu ton sens de l'humour à ce que je vois, dis-je en me frottant le muscle.

— J'ai sorti la vieille guimbarde. Elle ne roule pas si mal, à vrai dire.

— Ne me dis pas que papa t'a acheté une voiture !

— Hélas, non. Comme maman ne voulait pas que je rejoigne l'armée, j'ai dû trouver un travail.

— Parce que les étudiants travaillent maintenant ? plaisantai-je.

— J'ai obtenu une mention très bien en anglais, je te ferais remarquer. Autrement dit, je t'ai battu.

Il esquiva la tape que je tentai de lui flanquer.

— Bon, félicitations. Où travailles-tu au fait ?

— Chez ce vieux M. Sands.

— Il doit avoir pas loin de quatre-vingt-dix ans maintenant.

Je revis le mécanicien qui réparait nos bicyclettes quand nous étions enfants ; il me semblait déjà si âgé à l'époque.

— Son atelier marche toujours ?

— Très bien, même. Ses deux gendres lui ont redonné un coup de jeune. Ils vendent des moteurs plutôt classes dans l'avant-cour. Ils ont même installé une pompe à essence.

— Je vois. Tu es donc concessionnaire automobile ?

— Non, pas encore. C'est le boulot de ses deux gendres. Moi, je travaille dans l'atelier où je répare les tondeuses à gazon. Il m'arrive de bricoler un moteur de voiture. De cette façon, maman est contente, et moi, je passe moins de temps dans cette foutue maison.

— Tant mieux.

— De temps en temps, j'ai le droit d'emprunter une voiture.

Il s'arrêta et pointa du doigt une petite automobile rouge au toit de toile.

— La voici.

Je sifflai lentement.

— La classe.

Nous entassâmes mes sacs sur la banquette arrière, puis chacun de nous se plia en deux pour s'installer dans le minuscule habitacle.

— Une petite pinte avant d'affronter les parents, ça te dit ? demanda-t-il en faisant démarrer le moteur.

— J'en rêve, répondis-je gaiement.

— Parfait. C'est parti.

Dans un grincement de vitesses, la voiture quitta la gare, puis Ernest donna un coup de klaxon avant de filer sur la route en direction de Newquay et de Callyzion.

— Le Rifle Volunteer, ça te va ? cria-t-il par-dessus le bruit.

Je levai les pouces et regardai le paysage familier se déployer devant nous.

Au pub, Ernest commanda deux pintes puis les apporta à la table que nous avions choisie dans un coin tranquille près du feu.

— Santé !

Chacun de nous leva solennellement son verre et se mit à boire. Ernest s'essuya les lèvres d'un revers de la main.

— Maman a hâte de te remettre le grappin dessus. Tu es doué pour enrouler la laine ?

— Toujours pas, répondis-je en riant. Le truc, c'est que…

— Je suis resté coincé ici pendant toute ton absence, Bertie. Et je ne t'en veux pas d'avoir profité de toute cette liberté et de cette indépendance, mais en attendant, il a fallu que je joue au fils obéissant.

J'avalai une nouvelle gorgée de bière. J'avais l'impression de deviner ce qui allait suivre. Et je n'avais pas tort.

— Alors voilà, j'ai maintenant vingt-deux ans et j'estime que c'est à mon tour de quitter la Cornouailles pour voir du pays.

— Je te comprends.

— Tant mieux. Parce que tu vas devoir jouer le rôle du bon fils. Je pars combattre en France.

Je songeai aux documents pliés dans ma poche.

— C'est vrai ? Eh bien, c'est un peu embarrassant, parce que je me suis engagé ce matin même.

Sur son visage, la stupéfaction fit place à la colère.

— Ah non ! C'est moi qui pars en France. Je me suis inscrit la semaine dernière. J'ai tous les documents à la maison.

— Les miens se trouvent juste ici.

Je tapotai ma poche de poitrine.

— Mais je me suis engagé une semaine avant toi.

— Ça ne change rien. Aucun de nous ne peut reculer maintenant.

— Sale égoïste.

Mon frère leva les yeux vers le plafond taché et jaunissant puis soupira.

— Qu'est-ce qu'on va faire ?

— Il va bien falloir le leur annoncer.

— Il leur restera toujours Amy, dit-il en même temps que moi.

Chacun de nous éclata de rire, assez cruellement, il faut bien l'admettre.

Arrivé au bout de notre ruelle, Ernest éteignit le moteur et fit rouler sa petite voiture en silence jusqu'au presbytère. Il était à présent très tard ; tout autour de nous, les maisons étaient plongées dans une obscurité respectable, tandis que leurs propriétaires dormaient sur leurs deux oreilles.

Ma vieille clé de la maison étant toujours suspendue à la chaîne de ma montre, j'ouvris la porte d'entrée afin qu'Ernest emporte mes bagages à l'intérieur.

Mon frère posa un index sur sa bouche puis referma rapidement la porte derrière lui avec le pied. Celle-ci claqua bruyamment. Tels deux garnements, nous nous regardâmes en étouffant nos rires, presque terrifiés à l'idée que le visage furieux de notre père apparaisse au sommet de l'escalier. Mais il n'y eut aucun bruit à l'étage.

— Encore une petite bière ? chuchota Ernest.

— Je préférerais un scotch.

Il posa ma valise au pied du vieux portemanteau et me fit signe de le suivre dans le bureau de notre père.

Je refermai la porte derrière moi tout doucement, tandis qu'Ernest cherchait des allumettes dans le noir dans l'intention d'allumer la vieille lampe à huile que j'avais toujours vue posée sur le bureau paternel. Il gratta une allumette, alluma la mèche et tourna la molette. Aussitôt, cette pièce adorée qui conservait tant de souvenirs apparut devant moi, telle que si je ne l'avais jamais quittée.

Le fauteuil en cuir usé n'avait pas changé de place en face de la cheminée. Et le sol était toujours couvert du tapis en lirette que notre mère avait fabriqué un Noël et que des centaines d'étincelles avaient parsemé de petits trous noirs.

Les rideaux tirés sur la nuit noire nous protégeaient des courants d'air que laissaient passer les vieilles fenêtres à guillotine.

Dans cette pièce, j'avais reçu plus que ma part de coups de règle sur les paumes infligés par mon père. C'était également ici que j'avais appris, avec un certain soulagement, que j'avais été admis à Cambridge pour y étudier les lettres classiques. Et c'était ici que j'avais fait pleurer ma mère en lui annonçant que je partais en Malaisie dans l'espoir d'y faire fortune.

Je n'aurais jamais cru revoir un jour les rangées de livres familiers sur leurs étagères, ni le stylo-plume et son encrier que ses parents avaient offert à mon père quand il avait été ordonné pasteur, pas plus que le portrait de famille sur lequel nous posions tous les cinq. Maman minuscule, Amy très grande et anguleuse, moi dans mon vieil uniforme d'écolier, et Ernest raide et sérieux en bermuda, la main reposant sur l'épaule de notre père qui était installé dans son fauteuil. Son trône.

— Mon Dieu, rien n'a changé.

Je m'assis près du feu, pendant qu'Ernest parcourait des yeux la bibliothèque. Il finit par dénicher une bonne bouteille de malt entre *Faune et flore des îles britanniques* et l'*Annuaire de l'*Église libre, édition *1912*.

Il fit tinter son verre contre le mien.

— Allez, avale-moi ça. Bienvenue à la maison, grand frère.

— Santé !

Je levai mon verre et bus.

Ernest s'installa en face de moi, puis chacun de nous profita de l'agréable compagnie de l'autre sans éprouver le besoin de parler.

Le scotch me détendit instantanément et je fermai les yeux. Et dire que j'étais à la maison.

Brusquement, notre mère en chemise de nuit, un châle sur les épaules, fit irruption dans la pièce.

— Oh, Bertie ! Mon chéri !

Elle tenta de chasser la main de mon père qui la retenait. Puis elle pointa mon frère du doigt.

— Ernest. Comment as-tu pu oublier de nous réveiller ?

Celui-ci haussa les épaules.

— J'ignorais que je devais le faire.

— Je suppose que les garçons ont plein de choses à se raconter, dit calmement mon père.

Je me levai d'un bond et posai mon verre.

— Ma chère mère, vous avez l'air en pleine forme.

Je la serrai dans mes bras.

Elle m'embrassa sur la joue et recula d'un pas pour me regarder.

— C'est formidable que tu sois rentré pour l'été ! Mais tu es trop maigre. C'est à cause de tout ce riz et de ces épices. Cook te préparera un bon repas anglais demain. Que dirais-tu d'une tourte à la viande ? On trouve encore du bon mouton.

— Mon plat préféré ! Comment va cette chère Cook ?

Ma mère fit la moue.

— Toujours pareil. Elle n'arrête pas de se plaindre. C'est Amy qui a affaire à elle maintenant, mais je me demande comment elle s'en sort. Cette femme se plaint sans cesse des marches, de ses mauvais genoux et du budget accordé à la cuisine.

Mon père interrompit son monologue.

— Ma chère, je doute que Bertie ait envie d'entendre parler de tout cela maintenant.

Il avait pris un peu de poids et sa barbe était peut-être un peu plus longue qu'avant, mais sa corpulence réconfortante me donnait toujours envie de le serrer dans mes bras, de presser mon visage contre le sien et d'inspirer son odeur apaisante. Je serrai plutôt la main qu'il me tendait. Il me lança un clin d'œil.

— C'est bon de te voir, mon garçon. Bienvenue à la maison.

Il se tourna ensuite vers Ernest avec un sourire espiègle.

— Quant à toi, donne-moi cette bouteille maintenant.

Ernie regarda la main tendue de notre père puis lui remit la bouteille de whisky qu'il cachait derrière son dos. Celui-ci vérifia la quantité d'alcool que nous avions bue.

— Hmm. Vous avez été plutôt raisonnables. Nous partagerons le reste demain après le dîner, les garçons.

— Il n'est pas question que j'attende jusqu'à demain pour parler avec Bertie, dit ma mère avec irritation. Je veux qu'il me raconte tout ce qu'il a fait ses derniers mois sur-le-champ.

— Ma chère Louisa, les garçons ont besoin de dormir. Nous aurons tout le temps nécessaire pour discuter ces prochains jours, maintenant que Bertie est rentré pour de bon.

Mon père me regarda.

— N'est-ce pas, mon fils ?

Je vis Ernest me jeter un rapide coup d'œil, mais je gardai les yeux fixés sur mon père.

— En effet, nous avons plein de choses à nous dire. Pas vrai, Ernest ?

6

Herbert, Callyzion
Juin 1915, le calme avant la tempête.

— Sers donc davantage de saucisses à Bertie, Amy, lança ma mère depuis son siège à la table du petit déjeuner. Il a besoin de se nourrir convenablement.

Sans un sourire, ma sœur se leva, prit mon assiette et alla au buffet sur lequel Cook et Dora avaient disposé un véritable festin : œufs, bacon, saucisses, tomates et champignons.

— Combien en veux-tu ? demanda-t-elle sans se tourner vers moi, le dos raide. Je sais que Cook prévoit d'utiliser les restes dans le gratin de demain.

— Amy ! s'exclama notre mère. Cook devra cuisiner autre chose, c'est tout.

Ma sœur me rapporta une pleine assiette de saucisses.

— Suis-je bête ! dit-elle en se rasseyant. J'avais oublié le veau gras que nous conservons dans le cellier.

Notre père lui lança un regard sévère.

— Cette attitude insolente n'est pas digne de toi, Amy.

Je souris à ma petite sœur.

— C'est bon. Je ne suis pas venu vider le garde-manger de la maison.

Elle tritura nerveusement sa serviette sur ses genoux.

— Je te demande pardon, Bertie. C'est un plaisir de te revoir parmi nous.

— Je suis content d'être rentré, déclarai-je avec sincérité. Comment vas-tu, Amy ?

Ma sœur jeta un coup d'œil à notre mère qui beurrait un toast.

— Comme d'habitude.

— Des nouvelles de Peter ? demandai-je en coupant une saucisse.

Elle secoua la tête, les yeux baissés.

— Aucune idée de l'endroit où se trouve son bataillon ?

— Non.

— Mais il t'écrit tout de même ?

Elle se leva.

— Excusez-moi, j'ai oublié de faire quelque chose.

Quand elle fut partie, je regardai mes parents tour à tour.

— Je crois que je viens de faire une gaffe.

Ma mère prit un air très sérieux.

— À vrai dire, elle lui écrit deux fois par semaine, mais n'a reçu aucune réponse depuis six semaines. Elle parcourt chaque jour la liste des victimes dans les journaux, mais il n'y a aucune nouvelle de lui.

— Dans ce cas, il ne lui est probablement rien arrivé, dis-je d'un ton optimiste. Ce doit être terriblement difficile de faire circuler le courrier entre l'Angleterre et la France dans les circonstances actuelles.

Mon père s'essuya la bouche et la barbe avec sa serviette.

— Tout ce que nous pouvons faire, c'est prier.

Il se leva.

— Ma chère, c'était un excellent petit déjeuner. Remerciez Cook de ma part.

— Mais où allez-vous ? demanda ma mère sur un ton irrité.

— J'emmène les garçons dans mon bureau. Nous avons beaucoup de choses à nous dire.

— Dans ce cas, je viens aussi.

Elle se leva à son tour, mais mon père leva la main.

— Non, très chère.

— Mais je veux écouter tout ce que vous avez à vous dire. Bertie doit avoir un tas de choses à raconter.

— Chaque chose en son temps. Nous devons d'abord discuter entre hommes.

Il se dirigea vers la porte puis nous fit signe, à Ernest et moi, de le suivre.

Maintenant que les rideaux du bureau étaient ouverts, le soleil de juin tombait sur le grand bureau derrière lequel s'installa mon père.

Il nous fit signe de nous asseoir. Je pris mes cigarettes dans ma poche et en offris une à Ernest.

— Merci, mon vieux, marmonna-t-il en cherchant une allumette dans sa poche.

— Ne vous faites pas prendre par votre mère, grogna notre père.

Mais à en juger par son regard, nous avions son accord. Il se cala dans son fauteuil, les mains sur le ventre, et leva les yeux vers le plafond.

— Je suppose que vous partez tous les deux en France ?

Ernest me lança un regard terrifié. Je glissai ma cigarette entre mes lèvres et inspirai profondément. Mon frère était blanc comme un linge.

— Oui, père, répondis-je. Je me suis engagé hier.

— Dans l'armée ? demanda-t-il sans quitter le plafond des yeux.

— Oui. Le London Scottish.

— Pour quelle raison ?

— C'était le bureau de recrutement le plus proche de la gare Victoria.

— Et tu t'es engagé sur un coup de tête ? Ou bien pour ton pays ?

J'écrasai ma cigarette et en allumai immédiatement une deuxième pour me donner le temps de réfléchir.

— J'ai vu un navire allemand se faire passer pour un croiseur britannique à Penang. On l'avait même équipé d'une fausse cheminée, imaginez un peu. Nous n'avons compris ce qui se passait que lorsque le capitaine a hissé le pavillon allemand. Il était déjà trop tard pour intervenir.

J'étais incapable d'oublier les cris de ces hommes condamnés qui se débattaient, ni la vue et l'odeur de leurs corps qui flambaient.

— Il est entré dans le port de George Town et je l'ai vu torpiller un navire russe.

— Quelle bande de salauds, cracha Ernest.

— Dieu ait pitié de leurs âmes, dit notre père.

Je changeai de position sur mon siège et tentai d'alléger l'atmosphère.

— Vous imaginez bien qu'après ça, j'ai compris que la marine n'était pas pour moi.

Ernest ricana, mais pas notre père.

— Et comme je ne raffole pas de l'altitude, je me suis dit que l'armée de l'air se passerait très bien de moi. Il ne me restait donc que l'armée de terre, conclus-je sans grande conviction.

— Quand pars-tu ?

— Je dois me présenter dans six jours à la caserne d'Abbots Langley pour l'entraînement.

— Je vois.

Notre père se caressa la barbe d'un air pensif.

— Et toi, Ernest ?

— J'ai un poste de professeur à Oundle, comme tu le sais, répondit celui-ci, mal à l'aise.

— En effet. Mais je sais également qu'on ne t'y attend pas avant la fin de la guerre. Car tu les as prévenus, n'est-ce pas ?

Mon frère était bouche bée.

— Je ne suis pas idiot, Ernest. J'aurais fait la même chose à ton âge. Quel régiment ?

— La Duke of Cornwall Light Infantry, répondit mon frère à voix basse.

Mon père continua à se caresser la barbe en nous regardant. Au bout d'un moment, il se redressa et posa les mains sur son bureau.

— Ne dites rien à votre mère. Je veux qu'elle passe les prochains jours sans la moindre inquiétude. Quand vous devrez partir, et je vous suggère de le faire en même temps, je lui remettrai les lettres d'explication que chacun de vous lui aura écrites. Est-ce que vous comprenez ?

— Oui, père.

— Bon, pas un mot de cette conversation ne doit sortir de cette pièce. Je vous demande d'adopter un comportement exemplaire ces prochains jours et de témoigner votre affection à Amy et votre mère. S'il arrivait quelque chose…

Il se racla la gorge.

— … à l'un de vous en France, je tiens à ce qu'elles conservent les meilleurs souvenirs de votre présence parmi nous.

Il prit son stylo-plume et le remplit lentement à l'aide de son encrier.

— Maintenant, mes fils, je dois vous demander de partir afin que je poursuive mes activités.

Après avoir refermé la porte derrière nous, nous l'entendîmes réciter une prière pour notre sécurité. Cela faillit bien me briser le cœur.

Pendant les six jours qui suivirent, Ernest et moi fîmes exactement ce que notre père nous avait demandé.

Chacun de nous tint sa langue et se comporta en fils parfait. Je tondis la pelouse et réparai la vieille balançoire sous le pommier. Quand ces petits travaux furent terminés, je demandai à Dora de servir le goûter sous l'arbre. Je convainquis ensuite ma mère de s'asseoir sur la balançoire et je la poussai doucement. Elle était si heureuse. Ses fils étaient à la maison, sa fille préparait superbement la table du goûter et son mari était un homme robuste et gentil. Je l'entendais glousser comme une petite fille.

— Oh, mon Bertie chéri, c'est si bon de t'avoir à la maison, dit-elle. Quelle chance d'avoir des enfants aussi aimants.

Le sentiment de culpabilité que j'éprouvai alors me laissa sans voix.

Au moment où je posai mon enveloppe à côté de celle d'Ernest sur la table de l'entrée, je me sentis terriblement lâche. Mon père avait prié avec nous la veille au soir puis nous avait donné sa bénédiction, ainsi que celle de Dieu.

Comment allait-il pouvoir regarder notre mère en face quand elle découvrirait que nous l'avions trahie avec sa complicité ? Je faillis bien tout abandonner sur-le-champ. Il me suffirait d'écrire au ministère de la Guerre et d'expliquer que mes parents auraient besoin de moi les mois suivants. Finalement, je pris mon manteau et mon sac, suivis Ernest dehors, refermai la porte d'entrée et partis en douce.

Lui et moi marchâmes en silence jusqu'au carrefour où s'arrêtait l'autocar pour Bodmin. Tandis que nous l'attendions, je fis une remarque banale sur le brouillard matinal qui s'épaississait, histoire de rompre le silence.

— Il devrait se lever d'ici le milieu de la matinée.

Ernest leva les yeux vers le ciel et huma l'air comme un vieux marin.

— Hmm.

Le car nous emmena le long de petites routes sinueuses à travers les collines en prenant au passage quelques voyageurs matinaux. Depuis nos sièges, nous apercevions parfois la mer à travers les brèches des haies ou quand une nappe de brouillard se dissipait, puis la brume voilait à nouveau la vue comme par magie.

Enfin, nous descendîmes au cœur de la ville de Bodmin et le chauffeur nous cria :

— Bonne chance en France, les gars !

— Merci, répondis-je en même temps que mon frère.

Puis je claquai la porte. Le chauffeur appuya sur la pédale d'embrayage, passa la première et le car s'éloigna.

Je souris à Ernest.

— C'était sympa de sa part.

— En effet.

Il souleva son sac.

— Bon, c'est ici que nous nous disons adieu.

— Ce n'est qu'un au revoir, dis-je en tendant les bras vers lui.

Notre étreinte fut maladroite à cause de nos gros sacs, mais cela ne nous empêcha nullement de ressentir l'affection et l'importance de ce geste.

— Bonne chance, Ernie, dis-je dans son cou.

— À toi aussi, Bertie.

Le brouillard qui descendait de la lande s'épaississait autour de nous.

Chacun de nous lâcha l'autre.

— Bon, dis-je. Je ferais bien de partir à la gare. Fais attention à toi.

Ernie sembla soudain trouver le nez de ses bottes fascinant.

— Toi aussi. Espérons que tout ce bazar ne sera pas terminé quand nous arriverons là-bas. Bon, à la revoyure !

— Salut !

Je le regardai s'éloigner ; quelques pas plus loin, il disparut dans le brouillard. Je l'entendis siffler tandis qu'il se dirigeait vers sa caserne.

Lorsqu'il n'y eut plus que le silence, j'entamai ma marche de cinq kilomètres jusqu'à la gare de Bodmin Road.

À Londres, le soleil brillait. Je me rendis à Buckingham Gate où je reçus une convocation indiquant que je devais me présenter au camp d'entraînement d'Abbots Langley deux jours plus tard. Deux jours ! Finalement, j'aurais pu rester plus longtemps à la maison. Je m'empressai d'ignorer le sentiment de culpabilité qui venait de resurgir à l'idée d'avoir quitté ma mère trop tôt. C'étaient peut-être les deux derniers jours que je passerais de toute ma vie à Londres, alors j'allais sacrément en profiter.

J'avais en poche les trois guinées que mon père m'avait obligé à accepter, tout en m'ordonnant de passer au surplus militaire de Victoria Street afin de m'équiper de chaussettes supplémentaires, de sous-vêtements chauds, d'une bonne paire de bottes et d'un rasoir convenable. C'était pour moi un tel luxe de dépenser une somme pareille que je me sentis ragaillardi. Comme il me restait un peu d'argent après mes achats, j'entrai dans un pub, commandai une pinte de London Pride et réfléchis à la meilleure façon d'occuper ma soirée.

La barmaid était très jolie et ne cessait de me faire du charme. Selon ses termes, elle était prête à m'offrir une heure de détente après son travail contre rémunération. Je déclinai poliment sa proposition, puis je lui laissai un petit pourboire pour sa gentillesse au moment de régler l'addition. Elle m'adressa un sourire chaleureux et me rappela que je saurais où la trouver si nécessaire.

Dehors, je me laissai envelopper par la chaleur de cette soirée londonienne. La ville était pleine de promesses et de charme romantique. Une cigarette entre les lèvres, je flânai vers le sud en direction de St James's Park.

Bientôt, le palais de Buckingham se dressa devant moi. L'étendard royal flottait mollement au sommet de son mât. Je voyais des chandeliers briller dans les appartements de l'étage, signe que le roi George V était présent. Ce roi que j'avais juré de servir seulement quelques jours plus tôt.

L'énormité de cette tâche me frappa brutalement. À la grande déception de mon père, je n'étais pas un homme croyant, mais sur le coup, je ne pus m'empêcher de fermer les yeux et de prier pour être assez courageux pour protéger mon pays.

— Tout va bien, monsieur ?

Un policier s'était approché de moi.

— Oui, oui, bégayai-je. Ça va.

Avait-il perçu chez moi une odeur de lâcheté ? Il effleura la visière de son casque.

— Bonne soirée, monsieur.

— Merci.

Je me dirigeai vers le Mall. Le doux parfum de gazon tondu que dégageaient Green Park à ma gauche et St James's Park à ma droite me rappela la Cornouailles.

Je dépassai le palais St James puis tournai à gauche en direction de Piccadilly.

Un souvenir me revint brusquement. Quelque part dans ce quartier se trouvait un club de bridge que je fréquentais avec mes amis de Cambridge quand nous venions à Londres. Existait-il toujours ?

Il me fallut une quinzaine de minutes pour le retrouver : 26B, The Piccadilly Bridge Club.

Un inconnu m'ouvrit la porte familière ; lorsque je me fus brièvement présenté, il me fit signe de monter l'escalier richement orné, mais qui avait besoin d'un bon coup de peinture, dont je me souvenais si bien.

Le bourdonnement des voix graves des joueurs qui me parvint à travers l'imposante double porte du club me fit sourire. J'avais tellement hâte de jouer ! Avec un peu de chance, je trouverais quelques gars qui ne m'auraient pas oublié. Je tournai la poignée de la porte et passai la tête à l'intérieur afin de m'assurer que j'étais au bon endroit. La pièce était la même, mais il n'y régnait pas tout à fait la même ambiance. Il s'agissait autrefois d'un club réservé aux hommes, et pourtant, j'apercevais quelques femmes assises aux tables. Ce n'était pas une raison pour faire demi-tour. J'entrai et me dirigeai vers le bar.

— Un scotch, s'il vous plaît.

— Tout de suite, monsieur.

Je m'adossai au bar et balayai la salle du regard. Un homme assis tout au fond retira son cigare de sa bouche et me fit bonjour.

— Hé, Bolitho !

Il se faufila entre les tables à vive allure et me rejoignit, le visage rayonnant.

— Ça alors, quel plaisir de te revoir !

— Jimmy ! dis-je en lui serrant la main. Bon sang, ça fait une paye.

— Combien de temps exactement ?

— Eh bien, je suis parti en Malaise début 1912.

— Il ne fait pas trop chaud là-bas ?

J'éclatai de rire.

— C'est tout ce que tu trouves à me demander après toutes ces années ? Qu'as-tu de beau à me raconter ?

C'était si bon de le revoir.

— Oh, rien d'extraordinaire. J'ai fait le tour de l'Europe après Cambridge. On peut dire que c'était moins une. Il paraît que les combats sont en train de tout détruire.

— Oui, c'est terrible. Je suis les événements dans les journaux. Je t'offre un verre ?

— Un scotch, merci.

J'adressai un signe au barman.

— Bref, poursuivit Jimmy, je suis rentré parce que mon père voulait que je rejoigne l'entreprise familiale. Tu vois ce que je veux dire.

En effet. Depuis des générations, sa famille faisait fortune grâce à la banque qui portait son nom.

Je payai le barman puis tendis son whisky à Jimmy.

— Et ça te plaît, le milieu de la banque ?

Il sourit.

— Oh, parlons d'autre chose. J'aimerais te présenter quelqu'un.

Il me prit par le coude.

— J'ai rencontré la femme de mes rêves. Et c'est une sacrée bonne joueuse de bridge.

Il m'emmena jusqu'au fond de la salle où deux femmes étaient assises en tête à tête. Un paquet de cartes était posé au centre de la petite table carrée.

— Marianne, je te présente un de mes meilleurs amis de Cambridge, M. Herbert Bolitho.

Cette jeune femme semblait parfaite pour Jimmy. Visiblement de bonne famille, elle portait un court collier de perles et un diamant de belle taille à l'annulaire de la main gauche.

— Bonjour, dis-je. Enchanté. Jimmy est un homme très chanceux.

Mon ami et sa fiancée se regardèrent puis lâchèrent un petit rire.

— Ce n'est pas moi qui vais vous contredire, dit-elle.

— Et cette demoiselle s'appelle…

De toute évidence, Jimmy avait oublié le nom de l'autre jeune femme.

— Clara Carter, répondit celle-ci.

Sa voix était grave et calme. La main que je serrai était fraîche.

À première vue, cette femme âgée de la petite vingtaine avait des goûts vestimentaires plutôt sobres. Elle ne portait ni bijoux ni fard à joues. Ses cheveux foncés étaient attachés en chignon sur sa nuque. Les coins de ses yeux tombaient légèrement, ce qui leur donnait l'air presque triste, mais son regard brillait d'une intelligence et d'un intérêt que j'avais rarement perçus dans celui des femmes riches et blasées que j'avais rencontrées en Malaisie. Lorsqu'elle sourit, je remarquai que ses dents étaient parfaitement alignées.

— Aimeriez-vous vous joindre à nous ? demanda-t-elle. Nous pourrions faire équipe.

— J'en serais ravi.

Je tirai vers moi la chaise en face d'elle. Jimmy s'assit puis tapota le bras de Marianne.

— C'est un foutu bon joueur. On ferait mieux de le tenir à l'œil.

— Jimmy, ton langage !

— Désolée, chérie.

Jimmy commanda une nouvelle tournée de boissons et la partie put commencer. Rapidement, je me surpris à admirer Clara. Non en raison de son physique, mais de son comportement. Plus nous jouions, plus nous étions en phase. J'aimais son sens de l'observation et l'expressivité subtile de son regard chaque fois qu'elle voulait me faire comprendre quelle carte elle s'apprêtait à sortir ou qu'elle souhaitait savoir si j'avais une bonne main. Si je m'étais concentré davantage sur le jeu et moins sur elle, nous aurions sûrement gagné. Jimmy et Marianne étaient des adversaires de taille, mais ils se chamaillaient constamment. Ce fut presque un soulagement de les laisser remporter la partie.

Lorsque le barman nous informa que c'était l'heure des dernières commandes, la salle commença à se vider.

Marianne jeta un coup d'œil à sa montre.

— Mon Dieu, papa va être très fâché contre moi. Je lui ai dit que je rentrerais vers vingt-trois heures et il est presque la demie.

Elle se tourna vers Clara.

— Il attend toujours mon retour pour aller se coucher. Je suppose que tes parents font pareil ?

— Hélas, ils ne sont plus en vie, répondit celle-ci d'une voix calme. Je dois me débrouiller toute seule.

— Franchement, je t'envie, grogna Marianne. J'ai tellement hâte de me marier. Jimmy et moi serons enfin libres de faire ce que nous voulons.

Jimmy déposa un manteau en vison sur ses épaules.

— Tout doux, ma belle. Sinon je vais devoir prendre un bain froid en rentrant.

Dehors, l'air s'était considérablement rafraîchi. Jimmy et Marianne nous dirent au revoir puis nous laissèrent seuls, Clara et moi, aussi embarrassés l'un que l'autre.

— Vous jouez très bien au bridge, dis-je.

Elle sourit.

— Je ne suis pourtant qu'une débutante.

— C'est vrai ? Eh bien, on peut dire que vous apprenez vite.

— Merci.

— Puis-je vous raccompagner ?

— Non, j'habite trop loin, répondit-elle en boutonnant sa fine veste.

— Où ça ?

Elle hésita un instant.

— À l'autre bout du Strand.

— Ma foi, je ne peux pas vous laisser faire ce long chemin toute seule.

— Non, ça ira, je vous assure.

— Cela ne me dérange nullement, je n'ai pas encore de logement pour la nuit, dis-je sans réfléchir.

Une terrible déception se lut dans son regard.

— Ah, je vois. Mais enfin, pour qui me prenez-vous ?

Elle tourna les talons et s'éloigna rapidement.

— Bonne nuit, monsieur Bolitho, me lança-t-elle par-dessus l'épaule.

— Mademoiselle Carter !

Je soulevai mon sac et lui courus après.

— Vous m'avez mal compris, mademoiselle Carter.

— Oh, ça m'étonnerait. Je vais appeler un policier si vous ne me laissez pas tranquille.

— Je suis fils de pasteur, geignis-je. Je m'apprête à partir en France.

— Et alors ?

Elle m'adressa un regard plein de mépris.

— C'est ce qu'ils disent tous, vous savez. Je ne suis pas née de la dernière pluie.

— Je vous promets que c'est vrai. Je suis arrivé à Londres aujourd'hui et je dois me rendre au camp d'entraînement d'Abbots Langley dans quarante-huit heures.

Elle s'éloigna de moi à grandes enjambées.

— Laissez-moi tranquille.

— Je me suis très mal exprimé.

Je continuai à la suivre dans l'espoir de pouvoir m'expliquer.

— Je suis arrivé de Cornouailles aujourd'hui et je ne m'attendais pas à devoir passer deux jours ici avant de quitter Londres. Je n'ai pas encore réservé de chambre pour la nuit, c'est pourquoi je proposais de vous raccompagner…

— Vous ne dormirez certainement pas dans la mienne.

Je m'arrêtai enfin et lui lançai :

— Je suis vraiment désolé. Pardonnez-moi, ça ne voulait rien dire. Je ne vous embêterai plus. J'ai passé une charmante soirée.

Elle s'arrêta à son tour.

— Vous me dites la vérité ?

— Oui.

— Vous êtes vraiment fils de pasteur, vous n'avez pas d'hôtel et vous partez bientôt pour la France ?

— Oui. Je vous le jure.

Elle réfléchit un instant en me regardant de la tête aux pieds.

— Dans ce cas, vous pouvez me raccompagner jusqu'à ma porte, mais ce sera tout. Il se trouve qu'il y a quelques hôtels dans mon quartier.

Elle sourit.

— Je ne peux tout de même pas laisser un brave soldat dormir sur le banc d'un parc.

— Merci.

Lorsque nous reprîmes notre marche, je remarquai qu'elle frissonnait.

— Puis-je vous proposer mon manteau ?

— Non, ça ira, merci.

Elle me jeta un regard en coin.

— À moins que vous n'en ayez pas besoin ?

— J'ai grandi en Cornouailles où les vents d'ouest vous gèlent littéralement les oreilles.

Tandis qu'elle riait, j'enlevai mon manteau et l'aidai à l'enfiler.

— Est-ce que ça va maintenant ?

— Beaucoup mieux. Merci.

7

Clara, Londres
Juin 1915

Nous n'étions pas encore arrivés chez moi qu'il m'avait déjà raconté toute son histoire. Sa jeunesse en Cornouailles, l'église de son père, les étés passés avec son frère et sa sœur sur la plage à pêcher dans les flaques au milieu des rochers, à nager et faire de la voile. Il m'avait si bien décrit son enfance que j'avais l'impression de l'avoir vécue avec lui ; les pâtisseries de Cook, le chant dans la chorale de l'église de son père, les bagarres avec son frère Ernest. Suivirent quelques descriptions exotiques de Penang, de la plantation, de la mousson, des chaudes journées.

— Je n'ai jamais quitté l'Angleterre, dis-je. Quand je suis arrivée à Londres, je n'avais encore jamais vécu aussi loin du Kent.

— Votre région doit vous manquer.

À ce moment-là, j'aurais pu lui dire la vérité, mais je n'en fis rien. Je n'étais plus une pauvre orpheline, mais une femme active. Indépendante et téméraire. Je lui racontai la même histoire qu'à mes collègues, mais dans une version beaucoup plus élaborée.

— Mes parents sont morts dans un incendie à la ferme. J'ai grandi au milieu des pommiers et des champs de houblon. Ils me manquent tous les jours. Tout comme nos chevaux. Mon père et moi les montions chaque matin et parcourions des kilomètres pour vérifier les clôtures. Et dire un ou deux mots aux employés.

L'ampleur de mes mensonges ne me surprenait même plus.

— Depuis la chambre de ma fenêtre, nos terres s'étendaient à perte de vue. C'est que notre propriété comptait presque cent hectares, voyez-vous.

Herbert sourit.

— On dirait un conte de fées. Et vous y retournez souvent ?

— Non, c'est fini. Tout a été vendu à mon oncle. Je n'ai plus rien. Cependant, il a fait en sorte que je reçoive une bonne instruction. C'était le plus beau cadeau qu'il pouvait me faire, n'est-ce pas ? Mon éducation est tout ce que je possède.

— Votre oncle m'a tout l'air d'un homme avare.

Sa remarque me fit rire.

— Pour être honnête, j'ai refusé tout ce qu'il me proposait. Je voulais que mes parents soient fiers de moi. J'ai toujours été très indépendante.

Cette partie au moins était vraie.

— Je suis une suffragette. Est-ce que cela vous choque ?

— Je ne crois pas, non.

— Tant mieux. Voyez-vous, je suis convaincue, comme l'était ma mère, que les femmes sont les meilleures partenaires que puissent trouver les hommes. Elles ne sont pas seulement douées pour tenir une maison et élever des enfants. Elles savent se serrer les coudes et partager leurs différentes compétences avec les autres.

Les mots suivants étaient ceux que j'avais entendu une suffragette adresser à la foule devant nos bureaux.

— Un homme sans femme est un puzzle auquel il manque la moitié de ses pièces.

Je vis que mon exposé l'incitait à réfléchir.

— Vous en êtes sincèrement convaincue ? demanda-t-il finalement.

— Bien sûr. Pas vous ?

— J'ai honte d'admettre que je n'y avais encore jamais réfléchi.

— Eh bien, je vous suggère de commencer à le faire.

Nous étions arrivés en bas de chez moi.

— C'est ici que j'habite.

Il leva les yeux vers le bâtiment.

— Laquelle est votre fenêtre ?

J'ignorai sa question et lui tendis la main.

— Bonne nuit, monsieur Bolitho. Merci pour la promenade et cette agréable conversation.

Il prit ma main et l'embrassa.

— Tout le plaisir était pour moi.

Me rappelant que je portais son manteau, je l'enlevai.

— Tenez. Vous allez en avoir besoin. Bonne nuit.

Le lendemain, à l'heure du déjeuner, je quittai les bureaux du journal et me dirigeai vers un petit café italien au coin de Fleet Street et de Bouverie Street. Je m'offrais ce modeste plaisir environ une fois par mois. C'était une belle journée de début d'été. Les vitrines des magasins étaient remplies de tenues de vacances, de jouets et de sandales colorés. Toutes mes collègues parlaient depuis des semaines de l'endroit où elles projetaient de passer leur semaine de congé : Brighton, Eastbourne, Norfolk.

Pour ma part, je trouvais cela assez futile. Jamais je n'avais connu la joie de partir en vacances. Ce que je préférais, c'était aller à l'église avec mon grand-père et admirer les chapeaux des dames. Si je parvenais à prendre l'air suffisamment innocent, certaines m'offraient une petite pièce. Je ne m'apitoyais jamais sur mon sort, loin de là. Je pouvais faire des tas de choses avec un penny, pourvu que mon père ne mette pas la main dessus et aille le boire au pub.

Je marchais donc en direction du café lorsque j'entendis une voix m'appeler. Je devinai que c'était celle d'Herbert avant même de me retourner.

— Bonjour, dit-il en courant pour me rattraper.

— Est-ce que vous me suiviez ?

— Non, pas du tout ! répondit-il avant de tapoter son sac de voyage. Je viens de quitter l'hôtel.

— Je croyais que vous restiez deux jours à Londres.

Il sourit.

— En effet. Vous avez bonne mémoire. L'hôtel étant complet ce soir, je dois en chercher un autre.

Je le regardai avec méfiance.

— Évidemment.

Il eut la décence de prendre un air gêné.

— Je vais vraiment en chercher un.

— Parfait.

Je recommençai à marcher, mais il me rattrapa.

— Où allez-vous comme ça ?

— Déjeuner dans un café.

— Pourrais-je me joindre à vous ?

Je fis semblant d'hésiter avant de répondre :

— Oui, pourquoi pas.

Les vitrines du café Maria étaient remplies de jambons, de fromages et de saucissons. C'était son côté dépaysant qui m'attirait. Il faut dire que Maria elle-même était une vraie beauté exotique. Sa brillante chevelure noire était attachée en chignon lâche et elle portait des chaussures à talons noires qui mettaient en valeur ses jambes graciles, ainsi qu'une robe qui virevoltait au rythme du balancement de ses hanches.

— *Signorina* Carter ! s'écria-t-elle par-dessus le bruit des clients, avant de poser les yeux sur Herbert. Vous nous amenez un ami ?

Les mains sur les hanches, elle le toisa de la tête aux pieds.

— Vous êtes sûr d'être assez bien pour *signorina* Carter ? Vous êtes un bon garçon ? Parce que c'est mon rôle de la protéger des hommes comme vous.

La gêne d'Herbert m'amusa beaucoup.

— Mon Dieu, non ! Il ne s'agit pas du tout de ça. Mlle Carter et moi sommes de simples connaissances. Nous nous sommes rencontrés hier soir seulement.

Maria agita un doigt manucuré devant son visage.

— Hier soir, hein ? C'est bien ça qui m'inquiète.

Je mis fin à ses taquineries.

— C'est bon, Maria. Je pense que vous n'avez aucune raison de vous en faire.

— Très bien.

Elle me sourit puis lança un regard entendu à Herbert.

— Mais n'oubliez pas : Maria voit tout. *Sì* ? Bon, où voulez-vous vous asseoir ? Près de la vitrine ? Une jolie table pour deux ? Suivez-moi. Nous avons du bon minestrone à vous proposer aujourd'hui.

Je commandai une assiette de soupe tandis qu'Herbert opta pour le sandwich au jambon italien.

Maria récupéra les menus et balaya des miettes invisibles sur la table.

— Excellents choix. Et que boirez-vous ?

— Un café, s'il vous plaît.

Je n'y avais jamais goûté avant de déjeuner dans cet établissement. À présent, j'adorais cela. Boire du café me donnait l'impression d'être une femme raffinée.

— *Sì.*

Maria regarda Herbert, les sourcils levés.

— *Signor* ?

— Auriez-vous de la bière ?

— Vous me prenez pour une paysanne ? Bien sûr que j'en ai.

Elle lui donna une petite tape sous le menton.

— Je vais vous en servir une très spéciale.

Elle s'éloigna d'un pas chaloupé et accueillit les clients qui venaient d'entrer tout en criant « *Ciao* ! » à ceux qui partaient.

Je regardai Herbert.

— Je ne crois pas aux coïncidences.

— Pardon ?

— C'était étrange que nous nous croisions ce matin. Est-ce que vous m'attendiez ?

— Oh.

Il sourit puis se gratta le bout du nez, signe – découvris-je – qu'il était mal à l'aise.

— J'ai quitté l'hôtel après le petit déjeuner et je suis parti sans m'en rendre compte en direction de votre immeuble – c'était un pur hasard, vous comprenez.

— Hum hum.

Je n'en croyais pas un mot.

— Poursuivez.

— Et je… euh, je vous ai aperçue au moment où vous sortiez de chez vous. J'ai ensuite remarqué que vous vous dirigiez vers le bâtiment de l'*Evening News*.

— Hum hum, répétai-je, ce qui l'obligea à continuer.

— Par conséquent, je me suis dit que j'allais attendre que vous sortiez déjeuner. Enfin, vous auriez forcément faim à un moment ou à un autre de la journée.

— Vous m'avez attendue pendant quatre heures ?

Il fallait bien admettre que j'étais flattée.

— Eh bien, j'ai fait une petite promenade et profité du soleil. Mais vous avez raison, je vous ai attendu pendant quatre heures.

— Vous êtes fou.

— C'est possible.

— Et vous faites souvent ce genre de chose ?

Maria apporta nos plats, plusieurs assiettes posées en équilibre sur ses fins avant-bras.

— Et voilà. Les boissons arrivent. *Buon appetito.*

Pendant cette courte interruption, Herbert avait eu le temps de réfléchir. Il leva les yeux vers moi. Jamais on ne m'avait regardée avec une telle intensité. Cela me rendit nerveuse.

— Eh bien ? demandai-je sèchement. Vous arrive-t-il souvent de suivre les femmes ? Et d'imposer votre présence à la table de leur déjeuner ?

— Non. En revanche, je me suis senti très bête au réveil parce que je n'ai pas arrêté de vous parler de moi hier et j'en ai appris très peu sur vous. J'aimerais beaucoup que vous m'en disiez plus.

— Que voulez-vous savoir ?

— Ce que vous faites au journal, par exemple.

Je lui expliquai mon travail. Inutile de mentir cette fois. J'étais apprentie dactylo et la fin de ma période d'essai approchait. D'après ce qu'on me disait, j'avais une bonne vitesse de frappe et j'étais douée pour la sténo. Et comme un grand nombre de postes allaient se libérer, puisque la guerre mobilisait tous nos jeunes compatriotes, on m'avait promis un emploi durable en salle de rédaction. Herbert m'écouta parler jusqu'à ce que mon heure de pause soit presque écoulée. Alors que je faisais signe à Maria de nous apporter l'addition, il posa la main sur la mienne et déclara :

— C'est pour moi.

— Eh bien, en voilà un gentleman ! dit Maria en souriant. Ne le laissez pas filer celui-là, hein ?

Dehors, je le priai d'excuser le comportement de la patronne et le remerciai chaleureusement pour sa générosité.

— C'était un plaisir, dit-il.

Nous prîmes la direction de l'immeuble du *News*. Herbert était si grand que je lui arrivais juste à l'épaule.

— J'ai beaucoup apprécié votre compagnie, hier soir comme aujourd'hui, dit-il lorsque nous nous arrêtâmes devant l'entrée. Si vous m'avez trouvé casse-pieds, j'en suis désolé.

Je m'apprêtai à répondre, mais il m'interrompit.

— Clara, me permettriez-vous de vous écrire en toute amitié ? Quand je serai en France ?

Je ne m'attendais pas à une telle proposition.

— Pardon ?

— Vous seriez une sorte de correspondante.

— En aurez-vous beaucoup ?

Je savais bien que ce n'était pas mes affaires, mais je me demandais s'il avait une petite amie – ou plusieurs.

— Non. Vous serez la seule.

Il prit ma main dans la sienne.

— Enfin, j'écrirai évidemment à ma famille.

Il me sourit sans la lâcher.

— De quoi aimeriez-vous que je parle dans mes lettres ? demandai-je.

— De votre quotidien. Des choses de la vie. J'aimerais que vous me racontiez votre été, ce qui se passe à Londres, votre travail, ce que vous mangez au petit déjeuner… Des choses ordinaires.

— Oh.

Il libéra ma main.

— Vous n'êtes pas obligée d'accepter. Il y a peut-être une personne qui vous est chère et que cela gênerait que vous m'écriviez ?

— Non, répondis-je un peu trop vite.

Il sourit.

— J'aime beaucoup les lettres de ma mère, mais elle n'y parle que du prix de la laine et de sa bronchite. Je préférerais des sujets plus amusants.

— Ma foi, oui. Cela me plairait beaucoup de vous écrire. Pour être honnête, je n'entretiens de correspondance avec personne. Absolument personne ! Je vois mes amies tous les jours au bureau, alors il est inutile de leur écrire. Mais où devrai-je envoyer mes lettres ?

Il réfléchit un instant.

— Nous échangerons nos adresses ce soir.

— Ce soir ?

— Dînons ensemble.

— D'accord, mais seulement si nous partageons l'addition, dis-je très sérieusement.

Puisqu'il m'avait évité de dépenser une bonne partie de mon salaire en payant mon déjeuner, je pouvais me permettre de m'offrir ce dîner.

Herbert rit.

— Bon, très bien.

Il fut convenu que nous nous retrouverions une demi-heure après mon travail, afin que j'aie le temps de me refaire une beauté.

— Au revoir. À plus tard, dit-il en me serrant la main.

— Au revoir… Herbert.

Le sourire aux lèvres, je le regardai partir, son gros sac suspendu à l'épaule. Tandis qu'il disparaissait au milieu de la foule de passants et d'employés de bureau, je pris conscience que j'avais terriblement hâte de le revoir.

Caroline
Aujourd'hui

La veste avait été pliée et joliment emballée : on avait glissé du papier de soie entre chaque pli et à l'intérieur de chaque manche. Je me levai et la serrai contre moi. Celui qui l'avait portée devait être très grand car elle m'arrivait presque aux genoux et les manches étaient trop longues d'au moins dix centimètres. Avait-elle appartenu à mon grand-père ? Sûrement. Les initiales brodées à l'intérieur du col correspondaient aux siennes, et il avait bel et bien vécu à Penang. Mais qui avait pu me l'envoyer ? Et pourquoi maintenant ?

Je la déposai doucement sur le canapé puis m'agenouillai de nouveau devant la malle. Pleine et profonde, elle semblait m'inviter à la fouiller. Ce que je fis, naturellement. Comment résister ?

8

Bertie, Abbots Langley
Juillet 1915

Je n'avais nullement prévu de lui demander de m'écrire. Dieu sait d'où m'étaient venus ces mots. Il faut bien admettre que j'éprouvais déjà des sentiments très forts pour elle à ce moment-là. Elle ne ressemblait à aucune des femmes qui m'avaient attiré autrefois. Ce n'était pas une charmeuse, et pourtant, j'aimais sa compagnie. Elle n'était pas d'une beauté conventionnelle, mais son humour, son intelligence et son intégrité lui donnaient un charme fou. Elle était beaucoup trop menue à mon goût, n'avait carrément pas de poitrine, et pourtant, je me surprenais à imaginer comment je la déshabillerais, la toucherais et ferais l'amour à son corps nu, si l'occasion se présentait. J'avais un peu honte d'avoir des pensées aussi charnelles alors que je la connaissais à peine.

En tout cas, l'entraînement interminable que j'endurais à Abbots Langley, un lieu qui n'était pas sans m'évoquer un camp scout, mais en moins luxueux, m'empêchait de penser à Clara.

C'était dans les moments de silence que je ne parvenais pas à me sortir cette femme de la tête.

Pressentant que j'avais déjà été trop direct avec elle, je décidai d'attendre qu'elle m'écrive la première. Je craquai au bout de quatre jours.

Camp d'Abbots Langley
Juillet 1915

Chère mademoiselle Carter,
C'est votre nouvel ami, Herbert, qui vous écrit. Tous mes amis m'appellent Bertie, j'espère donc que vous vous sentirez libre de faire de même. Mon frère m'a longtemps surnommé Sherbert, jusqu'à ce que je lui donne une bonne leçon dans sa chambre. Ce qui ne fut pas vraiment du goût de mes parents, comme vous pouvez l'imaginer.
Alors, comment va la vie à Londres ? La petite ville d'Abbots Langley est très jolie. La campagne qui l'entoure est assez vaste pour que nous nous y entraînions à la marche. Le temps est au beau fixe et mes compagnons sont sympathiques. Puisque nous sommes tous dans le même bateau, autant apprendre à nous serrer les coudes. Après toutes ces heures d'entraînement physique, ces courses qu'on nous fait courir dès l'aube, ainsi que tout le reste, les gars et moi sommes si affamés que nous avalerions n'importe quoi. La cuisine ici est sans prétention, mais bonne. Comme elle nous est servie en grande quantité, aucun de nous ne reste sur sa faim.
Je vous en prie, ne vous sentez surtout pas obligée de me répondre immédiatement.
Bien cordialement,
Bertie Bolitho

Nos lettres durent se croiser car j'en reçus deux dès le lendemain matin, l'une de ma mère qui se plaignait que Cook continuait à leur servir du porridge plein de grumeaux et que ma sœur Amy ne trouvait pas le bon tissu pour se fabriquer une nouvelle robe d'été, l'autre de Clara.

Chambre 6, Victoria Mansions
Juillet 1915

Cher Herbert,
Je suis désolée d'avoir mis si longtemps à vous écrire. Le bureau tourne à plein régime car nous devons actuellement recueillir les récits des hommes revenus d'Ypres. Toutes ces histoires sont assez déprimantes. L'un de nos soldats blessés a répondu à un journaliste qu'il ne dirait rien d'autre que « J'étais à Ypres ». À mon avis, il a préféré nous épargner l'horreur de son témoignage. Quel courage. Il semble toutefois que le mauvais temps ait à présent interrompu les combats en France. Faites que cela dure. J'espère que vous ne serez pas obligé de partir là-bas. Dans le cas contraire, vous devez absolument emporter des vêtements chauds.
Il fait frais à Londres cet été, mais la température dans ma petite chambre de pension de famille est plutôt agréable. Vous ai-je parlé de mon amie Elsie qui habite en face sur le palier ? Elle suit la même formation de dactylo que moi, mais nous ne nous sommes rapprochées que récemment. Cette femme est un ange. Ce soir, nous allons nous offrir un véritable festin grâce au morceau de fromage qui me reste et à la miche de pain frais qu'Elsie a fait cuire ce matin. Elle a un pot de moutarde pour accompagner le fromage et j'ai acheté des œufs et des pommes, ce sera donc parfait. La nourriture commence à manquer sérieusement dans les magasins. Certaines personnes ont fait preuve d'un grand égoïsme en accumulant des réserves dès la déclaration de la guerre et il ne reste plus grand-chose pour nous autres. J'essaierai de nous dénicher quelque chose pour le week-end. Avec un peu de chance, je trouverai des saucisses. Elsie et moi aimerions aller pique-niquer à Hyde Park pour fêter son anniversaire. J'espère juste

que le soleil sera de sortie. Je lui ai fabriqué un petit pique-aiguilles avec les chutes de tissu que j'ai eu la chance de trouver dans une mercerie de Holborn. Ses couleurs sont plutôt gaies. Le dessus est en velours vert, tandis que le dessous est fait de lin rouge.
J'imagine que vous êtes en bonne forme physique avec tout cet exercice. Est-il difficile de marcher en rythme ?
J'espère que la lecture de mes sottises vous a été agréable.
Amitiés,
Clara Carter

Je lus sa lettre deux fois, puis la repliai soigneusement et la rangeai dans ma poche avant de me diriger vers le terrain de manœuvres où nous exécutions nos exercices militaires chaque matin.

Je lui répondis le soir même.

Camp d'Abbots Langley
Mi-juillet 2015

Chère Clara,
Vos « sottises » ont été lues avec joie et appréciées. Comment était ce festin ? Et le pique-nique d'anniversaire d'Elsie ? Avez-vous trouvé des saucisses ? Nous en avons en grande quantité ici, ainsi que des caisses d'œufs entières. Souhaitez-vous que je vous en envoie ? Le tout risque de vous parvenir sous forme d'omelette aux saucisses, mais je suis certain qu'une fille pleine de ressources comme vous sera capable d'en faire quelque chose de délicieux.
La vie ici n'est pas désagréable. Les hommes que je côtoie sont de bons gars. Nous avons tous vraiment hâte de partir maintenant. Remercions Dieu d'avoir offert la victoire aux Canadiens à Ypres. Nous nous entraî-

nons avec des masques à gaz au cas où d'autres attaques auraient lieu, alors ne vous inquiétez pas pour moi !

Je vous contacterai dès que je connaîtrai la date de notre départ.

Votre ami,

Bertie

P.-S. : (Six heures plus tard.) Je viens d'apprendre qu'on pourrait nous envoyer en France cet automne. Si on m'accorde une permission avant le départ, j'aimerais beaucoup vous revoir. Qu'en dites-vous ?

Clara

Bien sûr que j'avais envie de le revoir avant son départ pour la France, mais l'automne, cela ne voulait pas dire grand-chose. Il pouvait aussi bien partir début septembre que fin octobre. Août approchait déjà, Bertie pourrait donc arriver dans quatre semaines en France où il devrait affronter tous les dangers dont on parlait chaque jour en salle de rédaction. Cette simple pensée me donnait la nausée. Au bureau, je lisais tous les rapports de guerre qui arrivaient par dépêche et je voyais bien tout ce que l'on censurait.

Notre rédacteur en chef était proche du Premier ministre, comme tous les responsables des journaux. La consigne était de ne publier aucune nouvelle susceptible d'inquiéter ou de contrarier le grand public. Selon la version officielle, l'ennemi souffrait, les Alliés gagnaient et le moral était au beau fixe.

Mais je savais que c'était faux. Dans les rapports, on parlait du sang et de la boue, des meurtres cruels de nos compatriotes comme de nos ennemis. Du manque de sommeil, de chaleur et de compassion. Comment révéler ce que je savais à Bertie ? J'étais aussi coupable que les rédacteurs en chef de nos journaux quand je lui écrivais toutes ces lettres pleines de mensonges par omission.

Chambre 6, Victoria Mansions
Août 1915

Cher Bertie,
Nous souffrons affreusement de la chaleur estivale au bureau. Nous laissons les fenêtres ouvertes depuis quelques jours, mais plusieurs filles ont quand même failli s'évanouir. Je regrette presque le froid de juillet. Nous déjeunons sous les arbres des quais et la vue du fleuve qui s'écoule nous donne presque l'impression d'être en vacances. Avec la petite somme que j'avais économisée, je me suis acheté une robe en coton dans une boutique bon marché du quartier. Elle est bleue à petites fleurs blanches. Comme elle était un peu large au niveau de la taille, je l'ai légèrement retouchée. Quand les autres filles ont su que je savais coudre, elles ont immédiatement voulu que j'arrange leurs vêtements. Cela me donne quelque chose à faire le soir – et je gagne un peu d'argent de poche. Vous vous moqueriez sûrement de moi si vous pouviez me voir, assise sur le sol en tailleur comme un vieux cordonnier, dans la tenue la plus légère possible pour ne pas souffrir de la chaleur. Je me demande comment vous faites pour supporter tous ces exercices militaires en uniforme. Hier, Elsie a acheté un poulet chez le boucher. Un poulet entier ! Quel luxe ! Pendant que je serai occupée à coudre ce soir, elle le fera rôtir pour notre dîner, puis préparera de la soupe et peut-être une tourte avec les restes.
Je n'imaginais pas qu'on vous enverrait si vite en France. J'espérais – enfin, nous espérions tous ici – que la guerre ne durerait pas. J'aimerais beaucoup vous revoir si possible, même si ce n'est que sur le quai. Je pourrai ainsi agiter mon mouchoir pour vous dire au revoir quand le train s'éloignera.

Je serai très fière d'avoir un ami soldat, mais j'espère aussi de tout mon cœur que la guerre s'achèvera rapidement et que vous ne serez pas obligé de rester trop longtemps là-bas.

L'autre jour, je me suis acheté un livre d'occasion chez un des bouquinistes de Charing Cross Road. Il s'agit d'un recueil de poèmes. Je commencerai à le lire ce soir, mais je crois que ce sera également la lecture parfaite pour mes déjeuners au bord du fleuve. L'esprit a bien besoin de beauté quand il se passe autant de choses horribles dans le monde. Je vous dirai si ce livre me plaît.

Votre amie,

Clara

Abbots Langley

Fin août

Ma chère Clara,

Un poulet tout entier ! Comme c'est merveilleux. Mais comment Elsie s'est-elle débrouillée ? Enfin, mieux vaut peut-être ne pas le savoir.

Je suis désolé de ne pas vous avoir répondu plus tôt. Votre lettre a mis un certain temps à me parvenir, mais je n'aurais pas pu répondre avant, car j'ai été frappé par une grave intoxication alimentaire. D'après les médecins militaires, le problème serait dû à notre fournisseur d'œufs. Plusieurs d'entre nous ont été malades, alors les derniers jours ont été plutôt calmes. Le médecin nous a soignés à l'aide d'un affreux mélange de morphine et d'une substance appelée kaolin. J'ai été complètement assommé pendant plusieurs jours, mais nous sommes à présent tous de retour à l'entraînement. Hier, nous avons fait une marche de quinze kilomètres avec l'équipement

complet. Les gars ont entonné quelques chansons qui nous ont bien remonté le moral. Vous en connaissez peut-être quelques-unes, mais je ne vous en chanterai pas car leurs paroles sont assez paillardes. C'était juste pour nous distraire, bien sûr.
Il paraît que nous partirons pour la France à la fin du mois et que nous n'aurons aucune permission d'ici là. Des rumeurs, toujours des rumeurs. Nous devrons cependant être fin prêts le jour J. Le ministère de la Guerre a hâte d'envoyer le plus grand nombre d'entre nous en France afin que nous battions rapidement les Allemands. J'aurais tant aimé que vous veniez me dire au revoir ! Peut-être parviendrons-nous quand même à nous voir.
Vivement l'automne !
Bien à vous,
Bertie

P.-S. : La description de votre robe me plaît beaucoup, et je vous imagine très bien en train de coudre le soir.

P.-P.-S : Pourriez-vous m'envoyer quelques recettes de poulet que je transmettrai à notre cuisinier ? Ah ah !

P.-P.-P.-S : Gerard Manley Hopkins est l'auteur d'un de mes poèmes préférés. Mon père le récite sans arrêt. « Gloire à Dieu pour les choses bariolées, Pour les cieux de tons jumelés comme les vaches tavelées, Pour les roses grains de beauté mouchetant la truite qui nage[1]... » Je suis incapable de me rappeler la suite !

1. Gerard Manley Hopkins, « Beauté piolée », *Poèmes accompagnés de proses et de dessins*, trad. par Pierre Leyris, Paris, Seuil, 1980.

Clara

J'ai pleuré en lisant sa lettre. Le ton de Bertie était si doux et amusant. Est-ce que, comme moi, il passait sa peur sous silence ? La seule chose qui me consolait, c'était qu'on ne l'ait pas encore envoyé en France.

Chambre 6, Victoria Mansions
Septembre 1915

Cher Bertie,
Je rentre tout juste du music-hall de Southwark. Je n'y étais encore jamais allée, mais c'est un endroit qu'Elsie aime beaucoup. Nous avons assisté aux spectacles d'Harry Lauder et de Marie Lloyd. Les chansons de cette dernière étaient très drôles, tout le monde riait. À la fin, nous avons tous entonné It's a Long Way to Tipperary. Connaissez-vous cette chanson ? C'était très exaltant. Marie Lloyd est très jolie et je la trouve bonne actrice. Elsie a passé tout son temps à regarder les jeunes militaires autour de nous. Lorsque l'un d'eux a voulu la raccompagner, je les ai suivis. Il n'était pas très content. Elsie non plus, je crois.
Je songe à changer de coiffure car j'aimerais ressembler davantage à Marie Lloyd. Qu'en pensez-vous ?
Vous serez donc en France à la fin du mois ? J'ai confiance en tout l'entraînement dont vous avez bénéficié. Lord Kitchener ne vous laisserait pas partir si vous n'étiez pas prêts. Je prie tout de même chaque soir pour que la guerre soit finie à mon réveil. Et ce soir, je prierai pour avoir une chance de vous dire au revoir.
Allez, fish and chips pour le dîner !
Je pense à vous,
Clara

Abbots Langley
Septembre 1915

Chère Clara,
Je ne suis jamais allé au music-hall, mais les gars m'en ont beaucoup parlé. Je préfère assister aux récitals donnés à l'heure du déjeuner, en particulier à ceux de Bach. Aimez-vous la musique classique ? Nous pourrions nous offrir une séance ensemble un jour, quand toute cette guerre sera terminée.
J'ai reçu une lettre de Nizam, mon contremaître à Penang, il y a quelques jours. Comme elle est arrivée par bateau, elle n'était pas très récente, mais elle m'a tout de même donné la nostalgie de la chaleur du pays. J'aimerais tellement marcher à nouveau le long de mes rangs d'hévéas. Tout comme le gardien de vaches connaît tous les noms de ses bêtes, je connais le numéro de chacun de mes arbres. Apparemment, l'île de Penang n'est pas touchée par la guerre. Je ne peux qu'en remercier Dieu. Je n'y ai peut-être vécu que quelques années, mais je m'y sens comme chez moi et je sais que j'y retournerai un jour. Peut-être viendrez-vous me voir ? À condition que vous supportiez la chaleur. J'adorerais vous faire visiter le pays. Vous pourrez y rester aussi longtemps que vous le souhaitez.
Ici, c'est la routine. Entraînement à longueur de journée. Très peu de temps libre. Alphabet sémaphore, nœuds, exercices physiques, manœuvre de la compagnie… Au moins, nous sommes maintenant entièrement équipés. Je joins une photo de quelques gars et moi à cette lettre. Nos kilts vous plaisent-ils ? Je suis désolé qu'elle soit un peu pliée. Je l'avais rangée dans

ma poche de manteau et un crétin s'est assis dessus. Gardez-la, je vous prie, en souvenir de cette aventure.
Bonne nuit,
Bertie.

P.-S. : D'après mes souvenirs, votre coiffure est très bien comme elle est.

Clara

J'avais déjà hâte de lui rendre visite à Penang. Je connaissais un tas de femmes qui seraient prêtes à supporter la chaleur rien que pour être avec lui. Mon cœur était rongé par la jalousie.
Je lui écrivis rapidement un mot au sujet de sa photo.

Camp d'Abbots Langley
6 octobre 1915

Ma chère Clara,
Je suis content que la photo vous ait plu. Je n'aurais jamais cru que j'avais les genoux noueux ! M'enverriez-vous une photo de vous si vous en avez une ? Si je vous le demande, c'est parce que nous avons enfin reçu l'ordre de nous tenir prêts à partir. Il est hors de question de nous autoriser à faire un saut en ville d'ici là, alors je ne vous verrai qu'à mon retour. Toute cette mission est en quelque sorte top secret. Nous ignorons nous-mêmes la date exacte de notre embarquement. Mais quand je serai arrivé en France, je vous écrirai dès que possible. Ne vous en faites pas. Tout se passera bien.
Vos lettres sont si importantes pour moi. Continuez à m'écrire, je vous en prie.
Bien à vous,
Bertie

9

Clara, Londres
Octobre 1915

Bertie était en France.

Il avait quitté Southampton le 9 octobre.

Que faisais-je au moment où il était monté à bord du bateau ? Étais-je en train de raccommoder mes bas ou de rire des bêtises d'Elsie ? Comment s'était passée la traversée ? Avait-il pensé à moi ? Je n'avais rien éprouvé de particulier ce jour-là, et pourtant, j'avais longtemps cru que je ressentirais un vertige au plus profond de moi-même, au moment où on l'arracherait à la sécurité de sa patrie.

Je n'ai reçu de ses nouvelles que deux semaines plus tard.

Front occidental, France
Octobre 1915

Chère Clara,

Eh bien voilà, j'y suis. Je ne suis pas autorisé à vous révéler l'endroit précis où nous nous trouvons, mais je peux vous dire qu'il y pleut. Je suppose que, comme nous tous, vous avez hâte que le temps s'améliore, car on peut dire qu'il a été rude ces dernières semaines.

Il y a deux jours, le roi a traversé la Manche. Imaginez le remue-ménage que cela a provoqué ! Nous étions debout avant l'aube et au passage en revue des troupes dès 6 h 30. Ensuite, nous avons marché treize kilomètres jusqu'au lieu où nous devions le rencontrer. Arrivé sur son beau cheval noir, il a longé nos rangs et nous l'avons tous chaleureusement acclamé. Nous avons appris plus tard que Sa Majesté était tombée à terre dans la journée lorsque son cheval s'est cabré. Plus de peur que de mal, mais les haut gradés ont donné l'ordre de le ramener au pays immédiatement. On peut dire qu'il l'a échappé belle.

Nous faisons à présent partie de la réserve, installés dans d'anciennes tranchées britanniques. Ce n'est pas aussi luxueux que le Ritz, mais nous sommes tous étonnamment endurants. De l'endroit où je vous écris (une tranchée-abri assez confortable), j'aperçois une fort jolie rangée d'arbres vêtus de leur parure automnale. Je suis vraiment désolé de ne pas avoir pu vous revoir avant de partir. Mais continuez à m'écrire vos lettres amusantes. Elles me font vraiment plaisir.

Mon adresse est inscrite sur l'enveloppe. Envoyez-moi une photo de vous, je vous en prie, cela me remontera vraiment le moral.

Avec toute mon affection,

Bertie

Je lus sa lettre en entier deux fois de suite. J'imaginai la rangée d'arbres et le soleil français tombant sur le beau visage de Bertie. Je la rangeai ensuite dans son enveloppe, la serrai contre mon cœur et me surpris à prier.

Oh, Dieu en qui je ne crois pas, veillez sur Bertie. Amen.

N'ayant encore jamais été prise en photo, je ne savais pas comment m'y prendre, mais après m'en être confiée à Elsie, j'appris qu'elle était amie avec un des photographes du journal et qu'il était d'accord pour tirer mon portrait.

Je me sentis vraiment idiote quand il me fit asseoir sur un banc au bord du fleuve et me demanda de donner à manger aux canards hargneux. Il m'expliqua qu'il photographiait habituellement les jeunes mariées de la haute société. Je lui répondis que je n'avais hélas rien à voir avec ces femmes, à la suite de quoi il déclara qu'il l'avait deviné à la tenue que je portais. Cela ne m'aida nullement à prendre confiance en moi. Par chance, Elsie vint à mon secours en ajoutant un peu de fard sur mes joues et en retouchant mon rouge à lèvres.

Lorsque je découvris mon portrait, je dus reconnaître que j'étais plutôt contente. On ne voyait pas que je flottais dans ma jupe à cause de ces longs mois de rationnement ni que mes jambes étaient nues puisqu'il ne me restait plus de bas.

Je l'envoyai à Bertie avec un mot où je lui expliquais combien les canards avaient été méchants.

Novembre 1915

Cher Bertie,

Voici la photo promise. Je ne suis pas sûre qu'elle vous remontera le moral, car j'étais trop nerveuse pour sourire. Les canards ont fait preuve d'un grand manque de professionnalisme en me pinçant les doigts et les chaussures, puis en se soulageant n'importe où. Elsie a proposé que nous en volions un ou deux afin de les manger au déjeuner dimanche !

Bonne nouvelle, j'ai obtenu mes examens de dactylographie et de sténographie et reçu une promotion. Je travaille maintenant pour les secrétaires de rédaction, et je suis responsable de trois autres jeunes dactylos. J'ai ainsi accès à toutes les nouvelles qui nous viennent de France et je dois avouer que je fais de mon mieux pour deviner où vous êtes. Je me demande s'il vous reste des vêtements secs, si vous mangez à votre faim et si vous avez un endroit chaud où dormir.

Le temps automnal est très froid et humide ici. L'époque où je portais ma robe d'été bleue semble si loin.

Voilà de quoi vous faire rire : hier soir, je suis allée me coucher avec deux cardigans et des chaussettes. J'avais si froid que je n'ai pas pu dormir, alors je vous ai imaginé, grelottant dans une tranchée. Je vous tricoterai des chaussettes et un cache-nez. Elsie a promis de m'apprendre.
Je vais vous préparer un petit colis où je mettrai des tablettes de chocolat et un pot de Bovril. Surtout dites-moi ce que vous aimeriez recevoir.
Faites attention à vous. Sachez que je pense à vous chaque jour.
Clara

J'ai dû attendre sa réponse près de trois semaines.

Front occidental, France
Décembre 1915

Ma chère Clara,
Après vingt-quatre jours dans les tranchées, nous sommes partis nous reposer une semaine loin du front. C'est là que votre colis m'attendait et je l'ai ouvert avec joie. Votre portrait est bigrement réussi. Vos cheveux ont poussé, je crois, et même si vous ne souriez pas, cela ne m'empêche pas de visualiser votre sourire plus éclatant que les lumières de Piccadilly Circus en pleine nuit ! Je vous garde dans la poche de poitrine de ma chemise à côté de mon briquet, si bien que je vous vois chaque fois que je sors une cigarette.
J'ai partagé le chocolat avec mon unité et j'essaie de faire durer le café en me contentant d'une seule tasse par jour. Je porte actuellement vos chaussettes, et vous n'imaginez pas combien je les apprécie. Le cache-nez est lui aussi superbe ; les gars disent que sa couleur verte est

assortie à mes yeux – du moins à mes cernes, car on nous rationne le sommeil autant que le sucre !

Le temps n'est pas terrible ici non plus. Pluie, grésil et brouillard froid la nuit qui détrempent tout, même ce qui est couvert. Dans les tranchées, la boue est maintenant profonde et épaisse. Ce matin, j'ai marché dans une grosse flaque par accident et j'ai bien failli y laisser mes bottes. Tout est si humide qu'il est impossible de faire sécher ou de garder quoi que ce soit au sec. L'autre nuit, une gelée soudaine a figé l'eau et transformé nos sacs de sable en briques solides qui se sont mises à dégringoler dans la tranchée. Tout ce bazar a réveillé une des nouvelles recrues, Smiffy, qui s'était installé pour dormir sous nos sacs dans l'espoir de s'abriter. Le pauvre a maintenant une bosse de la taille d'un œuf sur le crâne. Nous sommes tellement contents d'être de retour à la réserve pour le moment. Je n'ai pas honte d'admettre que nous sommes totalement épuisés.

Félicitations pour votre promotion. Je suis tellement fier de vous. À mon retour, je vous emmènerai au Ritz pour fêter ça ! Que cette pensée vous tienne chaud.

Affectueusement,

Bertie

Bertie, France
Décembre 1915

La pluie n'avait pas cessé de tomber depuis trois semaines. Pluie, boue, balles et morts. Les lettres de Clara étaient si chaleureuses et amusantes que je remerciais Dieu de lui cacher la réalité de cette épouvantable guerre. J'avais tellement envie de lui dire combien je l'aimais. Combien je voulais rentrer au pays et me blottir dans ses bras. Mais c'était impossible.

La vérité ne devait surtout pas enlaidir sa vie. Je l'imaginais marchant bras dessus bras dessous avec Elsie, riant et discutant de théâtre, de tricot et de leurs dîners.

Les chaussettes et l'écharpe qu'elle m'avait fabriquée étaient déjà trempées et couvertes de boue.

De la boue, il y en avait partout. Dans mes yeux, mon nez, ma bouche, mes oreilles.

Les hommes devenaient fous. Ils criaient dans leur sommeil. Les mourants appelaient leurs mères avant de rendre leur dernier soupir.

Si l'enfer existait, nous nous y trouvions déjà.

Notre avancée était lente et pénible. Trois semaines entières à se battre sous la pluie et dans la crasse, et aucun camp n'était parvenu à faire reculer l'autre d'un pas.

Nous nous battions, transportions les morts, nous battions, transportions les morts, et ainsi de suite.

J'étais si fatigué que je dormais debout certains jours, et le froid s'était installé dans mes os. Il avait neigé la nuit passée et la neige tombait encore. Ces épais flocons m'auraient enchanté enfant, mais aujourd'hui, ils gelaient désagréablement les poils de mes narines.

La chaleur de Penang n'était plus qu'un lointain souvenir. J'entendais parfois le tap-tap de l'outil qui entaillait l'écorce et permettait au latex de couler. Tap-tap. Tap-tap. Je rêvais de sentir la chaleur du soleil sur mon dos, de boire une bière fraîche… et puis je me rendais compte que le tap-tap était le son des balles. Les morts restaient sur place. Nous ne tenions plus le rythme. Mais nous faisions tout ce que nous pouvions pour nos hommes. Les balles ne sifflaient plus depuis une heure maintenant. L'ennemi avait besoin de sommeil, lui aussi. Il était temps d'aller me chercher une tasse de thé, d'écrire à Clara et d'essayer de dormir.

Clara, Londres

Tout au long de l'hiver 1915-1916, nous nous écrivîmes de nombreuses lettres. Dans les miennes, je tentais de rester joyeuse et de lui cacher l'inquiétude que je ressentais chaque fois qu'une liste de victimes arrivait en salle de rédaction. Noël était passé sans que je m'en aperçoive. Pour être honnête, je n'avais aucune raison de le célébrer. Pendant la période des fêtes, je n'eus aucune nouvelle de Bertie. Ce silence finit par m'angoisser, mais je continuai à lui écrire, au cas où, jusqu'à ce que cette lettre arrive enfin.

Front occidental, France
26 février 1916

Ma chère Clara,
Pardonnez mon silence. Vous devez être furieuse contre moi. Nous avons passé presque deux mois dans les tranchées. De la neige et de la boue jusqu'aux genoux. La neige a au moins rendu les environs un peu plus lumineux, mais plusieurs hommes qui installaient des lignes de communication se sont retrouvés piégés et ont dû rester tapis dans le *no man's land* pendant deux jours. Nous leur lancions des petits pains, certains qu'ils avaient faim, mais l'ennemi a fini par leur tirer dessus. Malheureusement, quelques-uns ne sont pas revenus.
Au milieu de tout ça, j'ai été surpris de recevoir le grade d'officier. Croyez-moi, ce n'est pas parce que j'ai accompli des actes particulièrement héroïques, mais parce que nous avions perdu beaucoup de nos officiers.
Un général de brigade est arrivé, très élégant. Il n'y avait pas une trace de boue sur son uniforme. Dieu sait ce qu'il a pensé de nous, mal rasés et sales comme nous l'étions. Bref, il a convoqué sept d'entre nous dans la tranchée-abri des officiers puis nous a interrogés sur le

terrain. Chacun de nous a reçu des ordres et signé un accord pour devenir officier. L'heureuse conséquence de tout cela, c'est que je rentre au pays. Je quitte bientôt la France pour entrer à l'école militaire. Je me sens terriblement coupable de laisser mes copains ici. Ils sont devenus comme une famille pour moi. Mais avec un peu de chance, en tant qu'officier, je pourrai faire beaucoup pour eux à mon retour. L'avantage, c'est que je sais parfaitement ce qu'ils affrontent puisque j'ai été l'un d'eux.

Clara, mon souhait le plus cher est de vous revoir dès que possible. Si ma vie ici a été supportable, c'est uniquement parce que j'ai pu penser à vous.

Puis-je vous inviter à prendre le thé ?

Bertie

10

Clara, Waterloo

27 juillet 1916

Lorsque Bertie arriva enfin à la gare de Waterloo le 26 juillet, je fus là pour l'accueillir, au milieu de ces centaines de femmes sur leur trente-et-un qui attendaient patiemment le train. À son entrée en gare, je faillis être piétinée par la foule de corps qui se massaient sur le quai. Les hommes qui descendaient du train étaient maigres et fatigués, mais la joie de revoir leurs proches était réelle. N'étant pas très grande, je décidai de monter sur l'un des bancs près de la sortie du quai. Je redoutais de ne pas le voir ou de ne pas être vue par lui. L'estomac noué, le cœur me martelant les côtes, je fouillai désespérément la foule du regard. Certaine de l'avoir raté, je m'apprêtais à partir quand je l'entendis crier mon nom. Il était là. Il avait perdu tellement de poids qu'il paraissait encore plus grand. Son visage était maigre et le soleil français avait rougi la peau de son nez. Je sautai du banc et me frayai un chemin à travers la foule en évitant les coudes qui me ralentissaient jusqu'à ce qu'il se trouve devant moi.

— Tu es venue.

— Je pensais t'avoir manqué, dis-je en tremblant.

Nous nous dévisageâmes un instant, puis il se pencha vers moi et m'embrassa sur les lèvres. Moi qui n'avais jamais été embrassée par aucun homme. Je lui rendis son baiser.

Quand nous nous séparâmes, il passa les bras autour de mon corps et enfouit le visage dans mon cou. Je devinai qu'il pleurait. Je le serrai dans mes bras et lui caressai les cheveux.

— Je suis là. Tout va bien. Je suis là.

— Je suis désolé, dit-il d'une voix touchante. Je suis vraiment désolé.

— Mais pourquoi ?

Nous restâmes un moment ainsi agrippés l'un à l'autre comme si nos vies en dépendaient.

Finalement, la foule se dispersa autour de nous et un porteur nous demanda de partir car un autre train arrivait.

Je pris doucement Bertie par la main puis, ne sachant que faire, je l'emmenai au buffet de la gare.

Après avoir repéré une table, je lui demandai de la garder pendant que je rejoignais la longue file qui attendait devant le comptoir. Il me semblait que c'était la seule chose à faire pour le moment.

Lorsque je le rejoignis à notre table, il s'était mouché et paraissait avoir à peu près retrouvé ses esprits.

Je servis le thé puis posai sa tasse devant lui ainsi qu'un gâteau.

Voyant qu'il me tendait la main, je la serrai très fort. Toute parole semblait inutile.

Plus tard, nous marchâmes jusqu'à ma pension de famille. J'avais souvent imaginé Bertie dans ma chambre. Baissant la tête pour franchir ma petite porte. Assis dans mon unique fauteuil, ses longues jambes tendues devant lui. Et maintenant, il était là.

— Qu'est-ce que je te sers ? demandai-je en suspendant son pardessus à la patère derrière la porte, à côté du mien.

Sa fatigue était telle qu'il semblait incapable de prononcer un mot.

— Comment s'est passé ton voyage ? Tu dois avoir faim ?

Lorsqu'il me sourit, des plis dont je ne me souvenais pas se formèrent autour de ses yeux.

— Merci d'être venue.

— Je n'aurais manqué ton retour sous aucun prétexte.

J'allai remplir la bouilloire au robinet puis allumai le gaz sur la cuisinière.

— Je vais te préparer du thé.

Tout en réchauffant la théière et en y versant des feuilles de thé, je lui parlai de tout et de rien. Avant d'ajouter du sucre dans sa tasse, je lui demandai s'il en prenait.

Comme il ne répondait pas, je me tournai vers lui, la cuillère à la main. Il s'était assoupi.

Je m'assis et le regardai dormir un long moment, car je craignais de le réveiller si je bougeais. J'entendis Elsie rentrer du travail et pensai qu'elle allait bientôt venir me voir. Je ne lui avais rien dit sur Bertie, je ne sais pas pourquoi. Enfin, peut-être que si. Je voulais le garder pour moi. C'était mon secret. Je n'aurais pas supporté les questions sans fin des filles au bureau. Je n'étais pas comme elle. Elles aimaient raconter tout ce qui leur arrivait en dehors du travail. Quand l'une d'elles venait d'apprendre que son frère, son cousin ou son amoureux était mort au champ d'honneur, il me semblait que toutes les autres s'appropriaient sa douleur, comme si elles prenaient plaisir à exprimer publiquement leur chagrin et à attirer l'attention sur elles.

Je devais aller voir Elsie avant qu'elle ne frappe à ma porte.

Je sortis sans bruit et traversai le palier sur la pointe des pieds. La porte d'Elsie s'ouvrit avant même que j'aie eu le temps de frapper.

— Bonjour ! dit-elle un peu trop fort.

Si elle continuait ainsi, elle allait réveiller Bertie.

— Je m'apprêtais à passer voir si tu te sentais mieux.

Le matin, j'avais prétendu souffrir d'une affreuse migraine afin d'obtenir une journée de congé pour me rendre à la gare.

— Ça va un peu mieux, merci. Mais ce mal de tête m'a beaucoup fatiguée. Je venais juste te demander de ne pas passer ce soir. Je vais me coucher.

— Mais tu es tout habillée.

— Ah, oui. J'ai essayé de me lever, mais finalement, cela m'a épuisée.

— Oh, ma pauvre.

Elle me regardait avec tant de compassion.

— Tu as mangé ? Je peux t'apporter un sandwich, une soupe ?

— J'ai l'estomac encore assez barbouillé.

Je m'appuyai au chambranle de la porte, comme si le simple fait de rester debout à parler m'exténuait.

— Je suis sûre que ça ira mieux demain, dis-je d'une voix faible.

— Très bien. Mais appelle-moi si tu as besoin de quoi que ce soit.

— D'accord.

Nous nous étreignîmes doucement, puis elle me regarda retraverser le palier.

— Bonne nuit, dit-elle.

Je lui adressai un sourire reconnaissant et refermai la porte derrière moi.

Mon fauteuil était vide.

Bertie dormait à présent sur mon lit. Il avait enlevé sa veste et s'était couché en chemise et en pantalon après avoir retiré ses bretelles.

Comment faire maintenant ? Je ne pouvais tout de même pas m'étendre à côté de lui. Je décidai de lire dans mon fauteuil jusqu'à la nuit tombée. Je commençais à me sentir fatiguée, mais je ne voulais pas le réveiller. Pour être tout à fait honnête, je craignais qu'il parte. J'aimais bien le regarder. Profondément endormi, il marmonnait de temps en temps sans se réveiller. Je reposai mon livre et commençai à aller et venir sans bruit dans ma chambre. Je me déshabillai discrètement puis me lavai, avant d'enfiler en hâte ma chemise de nuit et ma robe de chambre. Bertie étant couché sur mes couvertures, je n'aurais pas pu me glisser en dessous même si je l'avais voulu.

Je me pelotonnai dans mon fauteuil, me servis de mon manteau en guise d'oreiller et m'endormis.

J'ignorais combien de temps j'avais dormi, mais il faisait encore très sombre quand Bertie me réveilla par ses cris. On aurait dit qu'il répétait le mot « descends » d'un ton de plus en plus pressant. Son visage était luisant de sueur. Je le rejoignis et posai doucement la main sur son bras.

— Herbert ? Bertie ? Tout va bien. Tu es en sécurité.

Il se redressa brusquement et me regarda avec terreur.

— Tu vas descendre de là, oui ? cria-t-il.

Je reculai et dis doucement :

— Chéri. C'est moi, Clara. Tu es en sécurité à Londres maintenant. Dans ma chambre.

Il posa les yeux sur moi puis lança des regards furtifs autour de lui et passa une main dans ses cheveux courts.

— Où sommes-nous ?

— À Londres.

— Pas en France ?

Je tentai de l'apaiser avec ma voix et mon sourire.

— Non.

— Oh, Dieu merci.

Il respira profondément puis se rallongea.

— J'ai dû m'endormir.

— Oui.

Il tendit le bras droit vers moi.

— Tu veux bien t'asseoir à côté de moi ?

Je grimpai sur le matelas. Son corps chaud sentait l'effort et la sueur.

— C'est ton lit ? demanda-t-il.

— Oui.

— Sommes-nous seuls ?

— Oui.

Il essaya de soulever les jambes et de poser les pieds à terre.

— Il faut que j'y aille.

— Où ça ? C'est le milieu de la nuit.

Il regarda ma robe de chambre.

— Mais je n'ai pas le droit d'être ici. Je te mets dans une situation délicate.

Je tendis la main et lui caressai la tête comme je l'avais fait à la gare.

— Ça m'est égal. Reste.

Il prit ma main et la porta à ses lèvres.

— Je n'ai pas envie de te quitter.

— Tant mieux.

— Je veux juste que tu t'allonges à côté de moi et que nous restions au lit ensemble.

On aurait dit un enfant effrayé.

— D'accord.

Je me couchai à côté de lui. Je ne m'étais jamais sentie aussi proche d'un autre être humain de toute ma vie.

Le lendemain matin, il se leva le premier. À mon réveil, je l'entendis allumer le gaz de la cuisinière.

— Bonjour, dit-il. Tu as bien dormi ?

— Oui, très bien.

Je m'aperçus que la ceinture de ma robe de chambre s'était dénouée et qu'on voyait le haut de ma chemise de nuit. Je ne pris pas la peine de la resserrer.

— Du thé ? demanda-t-il.

— Oui, merci.

Lorsqu'il m'apporta une tasse au lit, je me poussai pour qu'il puisse se réinstaller à côté de moi.

— Je suis désolé pour hier. Je n'avais pas dormi depuis plusieurs jours. Ma présence a dû terriblement te gêner. Et je te mets sûrement dans l'embarras.

— Mais non, les amis sont là pour ça.

Chacun de nous but son thé en silence.

— C'est très calme ici, dit-il.

— Oui, le bruit de la circulation ne monte pas jusque-là.

C'était une conversation banale. Merveilleusement normale. Il n'y avait pas la moindre gêne entre nous.

On frappa à la porte.

— Ne t'en fais pas. C'est mon amie.

J'élevai un peu la voix.

— C'est toi, Elsie ?

— Oui, ma belle. Comment vas-tu ?

Elle essaya de tourner la poignée, mais j'avais fermé la porte à clé la veille au soir.

— Je ne me sens toujours pas très bien.

— Oh, non ! Tu as la nausée ?

— Oui. J'ai été malade presque toute la nuit. Tu peux prévenir le bureau que je ne viendrai pas aujourd'hui ?

— Bien sûr. Veux-tu que je te rapporte quelque chose ce soir ?

— Non, c'est gentil, mais j'ai tout ce qu'il faut.

Je regardai Bertie.

— Heureusement qu'on est vendredi, dit-elle. Tu as le week-end entier pour récupérer. Je risque de rentrer tard. George m'a invitée à dîner.

— Qui est George ? chuchota Bertie.

Je posai un doigt sur ses lèvres.

— Oh, formidable, répondis-je. Amuse-toi bien.

— Merci. À plus tard !

— Au revoir !

Sans bouger, nous attendîmes que les pas d'Elsie s'éloignent dans l'escalier pour recommencer à parler.

— Tu mens très bien, dit Bertie. Tu ferais un très bon agent secret. Alors, qui est George ?

— C'est un journaliste. Il est correspondant au Parlement et fréquente le Premier ministre et son gouvernement. Il a accès à toutes les informations confidentielles. Mais c'est un prétentieux. Elsie a décidé de le faire languir.

— Pas trop longtemps, d'après ce que j'ai entendu.

Bertie posa sa tasse sur le sol à côté du lit et s'étira.

— J'ai encore tellement sommeil.

— Moi aussi.

— Viens dans mes bras, je te tiendrai chaud.

Nous dormîmes dans cette innocente étreinte jusqu'au début de l'après-midi.

— Bon sang, j'ai une de ces faims, dit Bertie au réveil. Où aimerais-tu que je t'emmène manger ?

— Tu veux dire qu'on sort ? demandai-je avec inquiétude.

Nous ne prenions aucun risque tant qu'il restait dans ma chambre, mais si on nous surprenait en train de quitter mon immeuble en douce, cela me coûterait très cher.

— Oui, répondit-il d'un air tout à fait détendu.

Il se gratta le menton.

— Enfin, j'ai d'abord besoin de me raser et de me laver.

— La salle de bains se trouve à l'étage supérieur et nous n'avons le droit de l'utiliser qu'une fois par semaine.

Bertie rit.

— C'est pire que dans les tranchées ici ! Comment fais-tu ?

— Je remplis l'évier avec une bouilloire d'eau chaude pour me laver.

— D'accord, faisons comme ça. Toi d'abord.

J'hésitai.

— Je te promets que je ne te regarderai pas.

— Ce n'est pas ce qui me dérange…

— Je vois bien que si.

— Bon, d'accord, tu as raison.

— Tu peux me faire confiance. N'oublie pas que j'ai une sœur, je sais me tenir.

Bien qu'il ait toute ma confiance, je me lavai très vite en me découvrant le moins possible. Mes cheveux auraient eu besoin d'un shampoing, mais je parvins à faire des miracles à l'aide d'un simple gant humide.

Je me séchai puis m'habillai.

— C'est bon, j'ai terminé.

Bertie roula sur le côté pour me regarder.

— Quelle rapidité ! Il faudra que tu expliques ta technique à ma sœur.

— La bouilloire est sur le feu. J'espère que tu auras assez d'eau.

Je tournai le fauteuil installé près de la fenêtre vers le mur nu.

Je m'y assis puis, les yeux fermés, j'écoutai le clapotis de l'eau dans l'évier et le raclement de la lame du rasoir sur son menton. N'ayant jamais vu un homme se raser, je trouvai ce son étrangement excitant.

— Tu veux bien me passer mon paquetage ? demanda-t-il.

Son sac se trouvait suffisamment près pour que je l'atteigne sans me lever. Je l'attrapai par l'anse et le fis glisser derrière moi sans tourner la tête.

— Merci.

J'entendis Bertie fouiller dans ses affaires et secouer ce que je supposai être des vêtements propres.

— Tu peux te retourner. Je suis présentable.

Quand je me retournai, j'estimai que c'était le plus bel homme au monde. Son visage bronzé rasé de près. Ses dents blanches. Ses cheveux plaqués et brillants. Sa chemise froissée mais propre.

— De quoi j'ai l'air ?

— C'est pas mal.

— Et mon odeur n'est-elle pas plus agréable ?

— Oui. Quel est ce parfum ?

— J'ai appliqué de l'huile de macassar sur mes cheveux. Tu aimes ?

Je hochai la tête.

— Et toi, quel parfum aimes-tu porter ? demanda-t-il en nouant sa cravate.

— Je n'en ai jamais utilisé. Tout ce que j'ai pour sentir bon, c'est un savon Pears.

— Je t'en achèterai un flacon un jour. Pour ton anniversaire. Quand es-tu née ?

— En mars.

— Moi, en février. Deux bébés du printemps. Ça doit porter bonheur.

Sa remarque me fit rire.

— Je ne crois pas à ces choses-là.

— Oh, mais tu devrais ! Même si on n'est pas sûr qu'une chose existe, mieux vaut y croire au cas où. Tu comprends ce que je veux dire ?

— À peu près.

Sa cravate nouée, il remonta ses bretelles et enfila sa veste.

— Viens. Je t'emmène déjeuner dans un endroit que je connais.

Bertie me conduisit dans un petit club à proximité de Leicester Square. Nous y mangeâmes de l'agneau accompagné de champagne, puis nous dansâmes sur la musique d'un petit orchestre. À la vue de son uniforme, plusieurs clients vinrent le remercier de se battre pour le pays. Au début, il les remercia poliment, mais peu à peu, je sentis que cela l'épuisait.

J'interrompis le dernier importun en posant la main sur le bras de Bertie.

— Je suis vraiment navrée, mais nous devons partir maintenant.

Dans la rue, il me prit par le bras.

— Merci.

— J'ai deviné que la situation t'agaçait.

— Je fais de mon mieux pour rester poli, mais si je leur racontais exactement ce qui se passe là-bas, ils n'en dormiraient plus.

Je levai les yeux vers lui.

— Tu t'es réveillé en criant la nuit dernière.

Il tapota ses poches.

— Tu aurais des cigarettes ?

Je préférai ne pas insister.

— Non, mais nous n'avons qu'à en acheter au kiosque de la gare.

C'était la première fois que je le voyais fumer. Ce ne serait pas la dernière.

Il me sembla tout naturel qu'il rentre avec moi, et davantage encore que nous nous déshabillions et nous couchions côte à côte.

— Je ne l'ai encore jamais fait, chuchotai-je, effrayée.

Bertie resta silencieux, mais son regard affectueux en dit long sur ce qu'il ressentait pour moi.

Même si ce fut douloureux, je ne poussai pas un cri. Nous nous regardâmes dans les yeux tandis que nos corps s'unissaient. Et je tombai amoureuse.

11

Bertie, Londres
31 juillet 1916

J'avais rencontré la femme de ma vie. J'avais fait l'amour à d'autres qu'elle avant, mais avec Clara, c'était totalement différent. Ce n'était pas une aguicheuse. Elle ne jouait pas non plus les effarouchées pour m'affrioler. Elle portait des sous-vêtements ordinaires. Elle prenait soin de sa beauté très simplement. Je ne l'avais jamais vue maquillée comme un pot de peinture. Elle se contentait d'un audacieux rouge à lèvres. Je lui demandai un jour pourquoi elle le portait.

— Parce qu'il me plaît.

Et comme il lui plaisait, il me plaisait aussi. Elle l'appliquait chaque jour sur sa bouche d'un geste naturel. Il faisait autant partie de son style que sa coiffure. Longs jusqu'aux épaules, ses cheveux ondulés étaient toujours noués en chignon soigné sur sa nuque. Le matin, au lit, je la regardais les brosser, les enrouler avec les doigts puis les attacher. Tout en elle me fascinait. Elle n'exigeait rien de moi. Ni argent. Ni promesses. Elle voulait simplement profiter de ma présence autant que je voulais profiter de la sienne.

Elle parvenait à me faire oublier les tranchées, le sang et la boue, les membres amputés, les cris et la terreur. Sa simplicité était un baume pour mon âme. Quand nous étions ensemble, plus rien au monde n'existait. Ni la France, ni la guerre, ni la Cornouailles, ni ma famille. Il n'y avait que nous, ensemble, dans sa minuscule chambre d'une pension de famille de Fleet Street. C'est grâce à cela que je repris du poil de la bête. J'osai rêver que j'avais un avenir.

J'aurais voulu ne jamais quitter cette chambre, ni mettre un terme à nos excursions nocturnes en quête de petits cafés où dîner et danser sur de minuscules pistes. J'aurais tant voulu continuer à la regarder s'habiller le matin puis partir travailler tandis que je restais couché. Cependant, toutes les bonnes choses ont une fin.

— Chérie ? l'appelai-je depuis le lit tout en la regardant enfiler ses bas.

— Oui ?

Je la vis me sourire dans son petit miroir.

— Je vais devoir partir en Cornouailles. Afin de rendre visite à mes parents.

Elle attacha sa dernière jarretelle et se tourna vers moi.

— Bien sûr.

— Mais je préférerais rester ici. Tu le sais, non ?

— Oui.

Elle s'assit sur le lit et posa la main sur la mienne.

— Tu reviendras.

Ce n'était pas une question.

— Oui. Le problème…

Je me frottai les yeux pour gagner du temps. Je redoutais de lui annoncer la nouvelle.

— C'est que je devrai me rendre directement à Lichfield ensuite.

— À Lichfield ? Mais pourquoi ?

— C'est là que se trouve l'école militaire.

Elle se leva et attrapa sa jupe.

— Je vois. Et ta formation durera combien de temps ?

— Trois ou quatre semaines.

— D'accord.

Elle ferma le dernier bouton de sa jupe puis enfila son chemisier.

— Et est-ce que je te reverrai avant que tu retournes en France ?

— Je n'en suis pas sûr.

Elle rentra les pans de son chemisier dans sa jupe et prit sa veste.

— Quand pars-tu en Cornouailles ?

— Ce soir.

— Je vois.

Elle boutonna sa veste puis tira dessus pour la défroisser.

— Est-ce que tu seras là ce soir à mon retour ?

— Non.

Elle prit sa brosse et me la jeta à la figure.

— Espèce de salaud !

Je bondis du lit et essayai de la prendre dans mes bras, mais elle me résista.

— Ne me touche pas. Mais quelle idiote je suis ! Je ne veux plus jamais te revoir.

Elle me bouscula et courut vers la porte.

— Plus jamais !

En sortant, elle faillit renverser une femme corpulente à l'air effrayé qui se tenait sur le palier. Sûrement la propriétaire que nous avions soigneusement évité de croiser. Elle nous regarda tour à tour. Clara furieuse, et moi nu.

Bombant son énorme poitrine, elle s'écria :

— Mademoiselle Carter ! Vous me décevez. Je vais devoir vous demander de quitter mon établissement sur-le-champ. Vous connaissez les règles. Pas d'homme ici. Faites immédiatement vos bagages et disparaissez avec votre *ami*.

Elle me lança un regard mauvais.

— Je vous donne une heure. Et avant que vous me posiez la question, sachez que je ne vous rembourserai pas le loyer de la semaine en cours. Je pensais avoir été claire quand vous avez pris la chambre. Je ne tolérerai aucun cri, ivrognerie ni comportement immoral dans cette maison. C'est bien compris ? conclut-elle d'une voix stridente.

Clara lui claqua la porte au nez et éclata en sanglots. Je la rejoignis.

— Je suis vraiment désolé.

Je l'attirai contre moi et la serrai contre ma poitrine dans l'espoir de calmer ses sanglots furieux. Puis je réfléchis tout en la caressant.

— Je vais te trouver un autre logement aujourd'hui. Je te le promets.

Elle se dégagea.

— Il faut que j'aille travailler.

— Je sais. Pendant ce temps-là, je ferai tes bagages et je me mettrai en quête d'un nouveau toit.

— Tu dois partir en Cornouailles.

— Je vais envoyer un télégramme à mes parents. Je passerai te chercher au travail. Tout est ma faute, je trouverai une solution.

Il ne me fallut pas beaucoup de temps pour rassembler ses affaires. La propriétaire attendait au pied de l'escalier, les bras croisés. Elle me regarda déposer mon sac et les maigres possessions de Clara dehors puis claqua la porte derrière moi.

C'était une chaude journée de juillet. Trop chaude. Le temps était lourd et orageux. Je hélai un taxi et indiquai l'adresse de la banque de mon vieux copain Jimmy au chauffeur.

— Bolitho, mon ami, quelle charmante surprise. Qu'est-ce qui t'amène ici ?

— J'ai besoin de ton aide, Jimmy. Je suis un peu dans le pétrin.

Jimmy, qui avait toujours été le plus gentil des hommes, écouta mon histoire sans me juger.

— En effet, te voilà dans de beaux draps. Un scotch ne pourra pas te faire de mal.

J'acceptai volontiers le verre qu'il me tendait.

— Bon, maintenant, voyons voir ce que je peux faire.

Au déjeuner, il annonça qu'il nous avait trouvé une studette à Ealing, dans l'ouest de Londres.

— C'est le mieux que je puisse faire, mon vieux.

— Je ne sais pas comment te remercier.

La famille de Jimmy louait de nombreuses propriétés à Londres. Celle-ci était une grande maison victorienne à deux étages, non loin d'Ealing Broadway, qui avait été divisée en six studios. Deux à chaque niveau.

— Le trajet sera un peu long pour Mlle Carter, mais le quartier est bien desservi par le bus.

Il me décrivit le logement, une studette au rez-de-chaussée composée d'une grande pièce, avec salle de bains et jardin partagés.

— Vous avez de la chance. Elle vient de se libérer. Mais les murs auront sans doute besoin d'un coup de peinture.

— Tu nous sauves, Jimmy.

Mon ami sourit jusqu'aux oreilles.

— Tout le plaisir est pour moi. Nous ne pouvions pas laisser Mlle Carter dans l'embarras.

Il me lança un regard interrogateur.

— J'espère que tu te comportes bien envers elle, mon vieux. Je fais ça autant pour elle que pour toi, tu sais.

— Clara est tout pour moi, je ne la laisserai jamais tomber.

— Tant mieux. C'est exactement ce que je ressens pour Marianne. La vie conjugale a tout ce qu'il faut pour rendre un homme heureux.

Nous nous levâmes et nous serrâmes la main.

— Merci encore. Tu sais que si je peux faire quoi que ce soit pour toi…

Il me tapota la poitrine.

— Contente-toi de la rendre heureuse.

— Je le ferai.

L'orage qui était passé avait rendu les trottoirs humides et la ville toute grise. Je demandai au chauffeur de taxi de me déposer devant un petit café en face des bureaux de l'*Eve-*

ning News. Je m'installai à une table libre près de la vitrine, commandai un sandwich au fromage et une théière de thé puis poussai nos affaires sous la table. Je songeai ensuite à ce que devait ressentir Clara.

Quand elle sortit enfin de l'immeuble, elle paraissait anxieuse et fatiguée. Je me demandai si c'était à cause de sa journée de travail ou si elle avait quelques craintes. En réalité, nous ne nous connaissions pas très bien. Peut-être me trouvait-elle trop sûr de moi ? Par ma faute, elle avait perdu son logement, mais je lui avais assuré que je lui en trouverais un autre.

Elle attendait de pouvoir traverser la rue en se mordant la lèvre.

Je quittai précipitamment la table et sortis du café.

— Clara ! Par ici !

La maison en briques rouges d'Ealing était grande et accueillante. La clé se trouvait sous le pot de fleurs comme me l'avait indiqué Jimmy. La porte d'entrée s'ouvrit sur un large couloir sombre qui sentait le vieux chou cuit.

L'escalier longeait le mur de gauche. Juste en face de nous, j'aperçus le logement numéro 1A. Notre nouveau chez-nous.

Je serrai fermement la main de Clara en désignant la porte d'un signe de tête.

— C'est ici.

Je ne lui laissai pas le temps d'hésiter.

— Allons-y, dis-je d'un ton confiant dans l'espoir de la rassurer.

Je lâchai sa main, sortis la clé de ma poche et bataillai un moment avec la serrure. Enfin, la porte s'ouvrit.

Clara enfouit brusquement le visage dans ses mains et, pour la deuxième fois de la journée, elle éclata en sanglots.

Le soleil du soir avait chassé les nuages et baignait la pièce d'une douce lumière.

— Est-ce que ça te convient ? demandai-je nerveusement.

Elle se mit à sourire à travers ses larmes.

— C'est magnifique. Regarde ! Un jardin !

Elle traversa la pièce d'un pas rapide en direction de la porte-fenêtre qu'elle tenta d'ouvrir.

— Tu as une deuxième clé ?

— Oui. Tu veux que j'essaye ?

J'étais si content de la voir heureuse.

Lorsque les battants s'ouvrirent, le chaud soleil de l'après-midi tomba dans la pièce et l'odeur des roses qui bordaient le chemin de pavés irréguliers qui menait à un fil à linge embauma l'air.

Clara glissa un bras autour de ma taille.

— C'est merveilleux.

Je la regardai inspecter chaque recoin du petit jardin broussailleux.

— Regarde, c'est l'endroit parfait pour un potager !

Elle se jeta dans mes bras.

— Qu'est-ce que tu aimes ? Les pommes de terre ? Les fèves ? Les épinards ? La laitue ?

Je la serrai contre moi.

— Tout. J'aime tout.

Elle écouta à peine ma réponse car elle venait de repérer un coffre à charbon fissuré et une réserve de bois déjà bien entamée.

— Tu crois que nous avons une cheminée ? Fini de nous geler l'hiver ?

Sa joie était contagieuse.

— Oh, regarde, un pommier !

Elle pointa du doigt un arbre noueux qui ployait sous les fruits mûrs.

— Il a l'air de donner de très bonnes pommes, non ?

— C'est toi l'experte.

— Pardon ?

Elle me regarda d'un air perplexe.

— Enfin, tu es plus habituée à admirer des vergers entiers.

— Je ne te suis pas, dit-elle, les sourcils légèrement froncés.

— Je pensais que ce pommier te rappelait ton enfance. Le Kent. Sans que ce soit trop douloureux, j'espère.

Son visage se détendit et ses joues rosirent.

— Ah oui, tu veux parler de la ferme de mon père.

Elle se détourna de moi, mais je vis que son humeur avait changé.

— Chérie, je t'ai contrariée ? C'était très maladroit de ma part. Cela ravive de vieux souvenirs. Pardonne-moi.

— Non, non. Je suis simplement surprise que tu t'en souviennes.

Elle se tourna vers moi et sourit.

— Désolée. C'est l'émotion, je suppose.

Par une fenêtre ouverte de l'étage s'échappaient les notes d'*Alexander's Ragtime Band* que quelqu'un écoutait sur un gramophone.

Clara sourit.

— M'accorderais-tu cette danse ?

— Je ne connais pas vraiment les pas à la dernière mode.

— Tu ne sais pas danser le *cake-walk* ? Je vais te montrer.

J'étais un élève lamentable, mais Clara dansait avec une telle grâce dans ce minuscule jardin que j'étais l'homme le plus heureux au monde. Quand la musique s'arrêta, chacun de nous était à bout de souffle. Clara n'attendit pourtant pas un instant de plus pour m'attraper par le bras et m'entraîner vers la maison en pointant du doigt un parterre de menthe ainsi qu'un chèvrefeuille au passage.

— Viens, nous devons explorer notre petit appartement. Je veux voir la cheminée et la cuisine.

Cachée derrière un rideau, la kitchenette était équipée d'une grosse cuisinière à gaz, d'un grand évier et d'un chauffe-eau. Clara était aux anges.

— Je vais pouvoir te préparer un rôti le dimanche. Et cuisiner des gâteaux. Et regarde, une étagère en pierre froide dans le cellier. Plus besoin de conserver le lait sur le bord de la fenêtre.

On aurait dit une enfant au milieu d'un magasin de jouets.

La cheminée était dissimulée derrière un vieux pare-feu brodé. Clara se laissa tomber dans l'un des deux fauteuils qui étaient petits mais confortables et joignit joyeusement les mains devant la poitrine.

— Je pourrai m'installer ici pour coudre, lire, faire griller des *crumpets*…

Elle m'adressa un sourire qui fit fondre mon cœur.

— Et t'écrire des lettres.

— Et moi, je t'imaginerai ici. Échevelée après la danse, le regard pétillant.

— Arrête, dit-elle en riant.

— Puis un jour, je rentrerai à la maison.

Elle me regarda avec hésitation.

— Ici ?

— C'est ce que tu souhaites ?

— Oui.

— Clara…

J'avais besoin de savoir quelque chose.

— Est-ce que tu m'attendras jusqu'à la fin de la guerre ? Nous ignorons totalement quand elle sera terminée, mais…

— Oui, je t'attendrai.

— Même si tu as perdu ta chambre à cause de moi et que ce logement se trouve beaucoup plus loin de ton travail ?

— Oui.

— Ce que je veux, c'est que tu te sentes à l'abri de tout danger.

— Je sais.

— Te sens-tu en sécurité avec moi ?

— Jamais je ne suis sentie aussi protégée de toute ma vie.

Nous passâmes un moment à ranger nos maigres possessions, puis nous plaçâmes le lit (plus large que celui auquel nous étions habitués) de façon à pouvoir profiter pleinement de la vue sur le jardin.

Lorsque le soleil se coucha, j'allumai une des deux lampes à gaz puis, allongés sur le lit, nous regardâmes les chauves-souris traverser le jardin et attraper des insectes au vol.

Je fis doucement l'amour à Clara. À son corps si fin, mais toujours chaud et docile. J'aurais voulu ne jamais quitter cette chambre. Jamais.

Le lendemain, dès l'aube, je dus cependant la quitter. J'avais un billet pour le premier train à destination de Callyzion où vivaient mes parents.

Je sortis du lit, me lavai et m'habillai pendant que Clara dormait paisiblement entre nos draps entortillés, une main au-dessus de la tête, ses longs cheveux détachés dont certaines mèches bouclaient sur l'oreiller.

Comment parviendrais-je à la quitter ?

Je la réveillai, une tasse de thé à la main.

— Chérie.

Je caressai sa joue endormie.

— Clara, aimerais-tu venir avec moi en Cornouailles ?

— Bien sûr, murmura-t-elle, les yeux mi-clos.

Je vérifiai l'heure à ma montre.

— Penses-tu pouvoir être prête d'ici une demi-heure ?

— Qu'est-ce que tu veux dire ?

Elle se souleva sur un coude et repoussa les mèches tombées sur son visage.

— Si nous ne tardons pas trop, le train sera encore là.

Je lui donnai sa tasse de thé et l'embrassai sur le nez.

— Papa et maman vont être si surpris !

— Mais non, je ne peux pas partir en Cornouailles aujourd'hui.

Elle esquissa un sourire ensommeillé.

— Espèce d'idiot ! Ce que je voulais dire, c'est que je t'y accompagnerai quand ils seront au courant de mon existence. Tu ne les as pas vus depuis des mois. Ils voudront t'avoir rien que pour eux.

— S'il te plaît !

— Non, chéri. Tu dois leur rendre visite seul, sinon ils me reprocheront de t'éloigner d'eux.

Je me penchai et l'embrassai.

— Je ne parlerai que de toi quand je serai là-bas.

— Parfait.

Elle passa les bras autour de mon cou et attira ma bouche vers ses lèvres. Le désir s'empara de moi dès que je soulevai le drap qui couvrait ses seins et que ses doigts fins tentèrent de déboutonner ma chemise.

— Une dernière fois, murmura-t-elle. Ensuite, je te laisserai partir.

12

Clara, Londres
Du 2 août au mois d'octobre 1916

Bertie était parti en Cornouailles au petit matin. Nous n'étions amants que depuis une semaine, mais j'avais l'impression d'avoir passé une vie entière dans ses bras. Mon existence avait enfin un sens et un but. J'avais rencontré un homme qui m'avait offert un toit et qui me donnait une raison d'incarner la personne que j'avais toujours voulu être. Je pouvais marcher la tête haute et clamer au monde que j'étais la bien-aimée d'un homme, d'un être courageux, d'un soldat. Quand cette fichue guerre serait terminée, nous nous marierions et je deviendrais l'épouse d'un gérant de plantation. Je voyagerais à travers les mers pour gagner l'Orient, où je serais sa force. La pièce manquante de son puzzle. Nous nous bâtirions une vie ensemble, fonderions une famille et je ne connaîtrais plus jamais la solitude ni l'adversité. En attendant la fin de la guerre, j'allais simplement devoir supporter de vivre seule dans notre adorable petit nid.

Plus tard ce jour-là, je rejoignis Elsie dans un salon de thé de Covent Garden. La nouvelle de mon expulsion de notre pension de famille l'avait laissée bouche bée. À présent, elle voulait tout savoir.

Elle était déjà là quand j'arrivai et m'accueillit chaleureusement.

— Ma belle Clara, est-ce que ça va ?

— Oui.

Nous commandâmes rapidement du thé et des petits pains aux raisins beurrés, puis je lui racontai mon histoire. Sans savoir pourquoi, je commençai à broder bien que ce soit inutile.

— Le vieux dragon a affirmé t'avoir trouvée dans une situation compromettante. Alors, qui était-ce ?

Elsie me dévisageait, les yeux écarquillés.

— Mon fiancé.

Ce fut mon premier mensonge. Pourquoi avais-je dit cela ? Prenais-je mes désirs pour des réalités ?

Elsie sourit.

— Petite cachottière ! Pourquoi ne m'as-tu jamais parlé de lui ?

— C'est à cause de ses parents. Ils sont plutôt aisés. Ils font partie de la bourgeoisie en Cornouailles.

Encore une fois, j'enjolivais légèrement la réalité.

— Ils risquent de penser que je n'en veux qu'à son argent. Après tout, je ne possède rien.

— Comment oseraient-ils penser ça de toi ? s'indigna Elsie. La femme la plus douce et gentille que je connaisse ! En plus, tu descends toi-même d'une lignée de riches propriétaires terriens. Ton sang est probablement plus noble que le leur.

— Oh, je préférerais ne pas avoir à leur parler de mes parents et de leur triste fin, dis-je doucement en servant le thé. Cet incendie était déjà terrible, mais le fait qu'ils perdent toute leur fortune…

Elsie hocha tristement la tête puis fronça les sourcils.

— Je croyais que tout l'argent était allé à ton oncle et qu'il t'avait offert ta scolarité en guise d'héritage ?

Je reposai ma tasse pour me donner le temps de réfléchir.

— Mais oui. Tout à fait. Il était très généreux. Cependant, mes pauvres parents ont tout perdu, tu vois ce que je veux dire.

En la regardant dans les yeux, je vis qu'elle me croyait. Je me demandais souvent pourquoi je fabulais – mais cela me venait de plus en plus naturellement et j'avais envie de croire à mes mensonges. Comme ma mère le disait chaque fois qu'elle chipait une pièce à quelqu'un : « Ta main gauche n'a pas besoin de savoir ce que fait la droite. » Je revis la petite souillon ébouriffée que j'étais et que je resterais à jamais au fond de moi. Une fillette qui n'était pas destinée à trouver un travail correct, un endroit où vivre, ni un homme qui l'aimerait. Je serrai les poings sous la table tandis que des larmes embarrassantes me picotaient les yeux. Si Bertie découvrait mes mensonges, il prendrait ses jambes à son cou. Je n'étais pas digne de son amour.

— Clara. Clara !

Elsie me secouait par le bras.

— Ma chérie, je t'ai bouleversée. Je suis vraiment désolée.

Elle me consola comme l'avait fait Bertie la veille au soir, après avoir sous-entendu que le pommier de notre jardin me rappellerait mon enfance. J'aurais dû lui révéler qui j'étais sur-le-champ. Je n'étais qu'une hypocrite. « La vie finit toujours par te faire payer tes péchés », m'avertissait autrefois ma mère. Je serrai les paupières afin de retenir mes larmes.

Elsie me tendit un mouchoir.

— Tiens, ma belle. Prends-le. J'ai des sels dans mon sac si tu veux.

Je parvins enfin à me maîtriser.

— Je te prie de m'excuser. Ça va maintenant.

— Ma pauvre, je suis sûre que l'amour t'aidera à surmonter les stupides préjugés de sa famille. Comment s'appelle-t-il au fait ?

— Herbert. Herbert Bolitho. Il est sous-lieutenant.

Ce n'était pas encore le cas. Voilà que je mentais de nouveau.

— Enfin, il le sera bientôt, me repris-je. Quand il aura fini l'école militaire.

— Un officier ! Comme c'est romantique. Comment est-il ? Grand, beau et mystérieux ?

Je hochai la tête, m'essuyai les yeux et bus une gorgée de thé.

Elle frappa dans ses mains.

— C'est merveilleux ! Comment vous êtes-vous rencontrés ?

Il était si plaisant de voir son regard admiratif et de jouer les princesses de conte de fées que je lui racontai toute l'histoire en modifiant un peu sa chronologie : nous nous aimions depuis longtemps, mais nous tenions à garder notre relation secrète jusqu'à la fin de la guerre. Elsie soupira d'un air rêveur.

— Oh, votre histoire est merveilleuse, je suis ravie pour vous. Quand pourrai-je le rencontrer ?

— Pas avant un moment. Après son séjour en Cornouailles, il se rendra tout droit à l'école militaire. De là, il repartira directement en France. Il manque beaucoup à ses hommes.

— À toi aussi, j'imagine.

Avec un sourire, Elsie prit ma main au-dessus de la table.

— Oui, à moi aussi.

— Mais au fait, où loges-tu maintenant ?

Je souris.

— Bertie a beaucoup d'amis, et l'un d'eux possède une banque.

J'essayai de ne pas paraître trop fière. Elsie était stupéfaite.

— Une banque ?

Je hochai la tête, un large sourire aux lèvres.

— Quelle chance, n'est-ce pas ? Comme il est également propriétaire de plusieurs logements, il a pu nous louer un joli petit studio qui donne sur un jardin !

Elsie n'en revenait pas.

— Mais c'est fabuleux !

— Je ne te le fais pas dire. Imagine, il y a aussi une cheminée pour réchauffer nos longues soirées d'hiver.

— Comme c'est romantique. Où se trouve ce studio ? Puis-je venir te voir ?

— Il se trouve à Ealing, près du parc, dis-je fièrement, avant d'ajouter avec regret : Mais je vais devoir demander à Bertie si c'est possible. Son ami pourrait s'y opposer.

Elsie n'était peut-être pas du genre à laisser les hommes l'embobiner, mais elle ne douta pas un instant de ma bonne foi.

— Oh, je comprends tout à fait. C'est un banquier, après tout. Il préfère éviter que n'importe qui mette le nez dans ses affaires.

J'adressai un signe à la serveuse, puis sortis mon porte-monnaie de mon sac.

— L'addition est pour moi. Mais seulement si tu me promets de ne rien révéler à quiconque au sujet de Bertie et de notre emménagement à Ealing.

— C'est promis juré, dit-elle d'un ton sincère.

Je reçus une lettre de Bertie quelques jours plus tard. Son séjour chez ses parents n'avait pas été des plus gais. Sa mère était souffrante et Amy, qui avait appris la semaine précédente que son amoureux, Peter, faisait partie des victimes probables d'un récent combat, avait rejoint l'armée des femmes pour la terre. Elle travaillait dans une ferme proche, mais en raison de ses longues absences, elle ne pouvait seconder efficacement leur mère. Je compatis sincèrement à son malheur, d'autant plus que, d'après Bertie, Amy avait également découvert que Peter écrivait à une autre fille du village. Toute la maisonnée en avait été bouleversée, ce qui expliquait sans doute pourquoi sa mère était alitée. Quant à Amy, elle avait décidé de se consoler en travaillant la terre.

Comme si la situation n'était pas suffisamment délicate, Ernest, le jeune frère de Bertie, était arrivé à Aden où il affrontait les pires horreurs en tenant de défendre le port. Bertie aurait souhaité apporter un peu de joie à ses parents en leur parlant de moi, mais à aucun moment il ne lui avait paru opportun d'aborder le sujet.

Je dus attendre quatre semaines supplémentaires avant de le revoir, car il était parti directement à Lichfield pour y recevoir sa formation. Pendant ce temps-là, je m'appliquai à faire de notre logement à Ealing un véritable havre de paix pour lui. Chaque week-end, l'église locale de St Stephen organisait une vente d'objets d'occasion afin de contribuer financièrement à l'effort de guerre, et je commençai à m'y promener régulièrement. J'y fis un tas de jolies trouvailles : deux casseroles, une poêle à frire, plusieurs belles assiettes dépareillées, une théière, des rideaux de couleurs vives et quantité de pelotes de laine. Lorsque j'eus rapporté tout cela à la maison, j'entrepris d'égayer la pièce. Ma plus belle acquisition était un sac de chutes de tissus qui me servirent à fabriquer une courtepointe en patchwork pour notre lit d'amoureux.

Elsie continuait à me demander si elle pouvait me rendre visite, mais je ne voulais pas qu'elle voie notre logement. C'était notre petit nid, à Bertie et moi. Notre endroit secret. Il ne devait être exposé aux remarques ni au jugement de personne. Je lui expliquai que notre propriétaire avait refusé sa demande.

Je me sentais un peu coupable, mais pas suffisamment pour lui céder. Elsie était une merveilleuse amie, mais elle n'avait rien à faire chez nous. Il était déjà assez ennuyeux qu'elle soit au courant de l'existence de Bertie. Cependant, elle avait tenu parole jusqu'à maintenant et n'avait révélé mon secret à personne.

J'adorais mon travail – j'avais d'ailleurs obtenu une petite augmentation après avoir été nommée au poste de secrétaire du secrétaire de rédaction en chef – et c'était merveilleux de retrouver notre petit nid chaque soir. Chaque fois que je glissais la clé dans la serrure, j'étais aux anges. Je me préparais ensuite un sandwich aux tomates et le mangeais accompagné d'une tasse de thé dans le jardin où je profitais du soleil de ces belles soirées d'août. Plus tard, je tricotais des chaussettes pour Bertie en rêvant de son retour.

Dans ses lettres, il ne parlait que de sa formation et du désir de me revoir. Je serrais chacune contre mon cœur avant et après l'avoir lue, puis la glissais avec les autres sous mon oreiller. Dans les miennes, je lui racontais les anecdotes du bureau, mes jolis achats et lui répétais ma folle envie de lui.

Chacun de nous comptait le temps à rebours jusqu'à son retour. Quatre semaines. Trois semaines. Deux semaines. Sept jours. Vingt-quatre heures.

Alors que je commençais à croire que j'allais mourir d'excitation, il apparut enfin devant moi. Vêtu du kilt de son régiment, beau et bronzé. Ma fébrilité était telle que je parvenais tout juste à respirer.

— Bonjour, dit-il avant de m'embrasser.

Je le fis entrer dans notre studette et lui préparai une tasse de thé. J'éprouvai le besoin de rendre ce moment réel en lui coupant une part de gâteau, en lui servant du thé. En me promenant avec lui dans notre petit jardin, ma main dans la sienne. En lui montrant les pois que je faisais pousser. Pour terminer, je lui présentai notre nouvelle courtepointe en patchwork, et Bertie fut bel et bien rentré.

Les soixante-douze heures suivantes, rien ne put nous séparer. Chacun suivit l'autre comme son ombre. Bertie m'emmena à un concert au Wigmore Hall, et plus tard, nous nous promenâmes dans le parc d'Ealing Common. Il m'offrit un étui à cigarettes en argent et je lui remis les trois paires supplémentaires de chaussettes chaudes, bleues cette fois, que j'avais tricotées. Nous nous bâtissions une vie ensemble. Une vie après cette guerre sanglante. Nous donnions corps à notre rêve. À notre future vie conjugale. Un jour, nous partirions à Penang où personne ne démasquerait la menteuse que j'étais. L'indigente que j'avais été.

Le week-end passa à toute vitesse, mais je m'en remémorerais chaque seconde, année après année. Encore quatre semaines et il aurait terminé sa formation. À ce moment-là, je pourrais lui rendre visite à Lichfield. Il y avait repéré un pub agréable où nous pourrions loger.

— Je réserverai au nom de M. et Mme Bolitho, dit-il en me serrant contre lui tandis que nous échangions un dernier au revoir sur le quai. Car tu t'appelles déjà Clara Bolitho dans mon cœur.

Encore quatre semaines à me lever, travailler, arroser mes pois et tricoter, et nous serions à nouveau réunis. Bertie s'était débrouillé pour m'obtenir un billet réservé aux familles afin que j'assiste à sa nomination au grade de sous-lieutenant.

— Je les ai informés de la venue de ma sœur. Une sœur excessivement chère à mon cœur.

Aucun de nous ne parla de la France ni de la guerre.

Avant de partir, Bertie m'avait préparé un œuf dur et des toasts pour le petit déjeuner qu'il m'avait servi au lit avec une tasse de thé. Prise d'une brusque nausée après avoir mangé, j'avais dû courir à la cuisine où Bertie m'avait tenu la tête au-dessus de l'évier en me caressant le dos. D'après lui, l'œuf n'était sans doute pas frais. Je fus régulièrement prise de vomissements les trois semaines suivantes. Chaque matin, et parfois la nuit. Je n'en parlai à personne. Il s'agissait sûrement juste d'un virus.

Quatre semaines plus tard, je me sentis enfin guérie. Ce fut un grand soulagement, car je redoutais de devoir passer le trajet jusqu'à Lichfield dans les toilettes du train. À mon arrivée, Bertie m'attendait. Je pleurai de joie en sentant ses bras autour de moi. Je pleurai quand il reçut l'honneur d'être nommé élève officier du London Regiment, sous-lieutenant à l'essai. Je pleurai tandis que nous faisions l'amour, et je pleurai quand il plia ses vêtements et les posa au pied du lit à la fin de chacun de ces trois jours. Enfin, je pleurai quand il m'accompagna jusqu'au train qui devait me ramener à Londres. Son retour en France approchait. Désormais, nous savions que peu d'hommes rentraient vivants au pays et ceux qui avaient cette chance paraissaient anéantis. On lui avait annoncé qu'il pouvait partir d'un jour à l'autre.

— Clara, est-ce que tu m'attendras ? murmura-t-il tandis que nous étions agrippés l'un à l'autre.

Le chef de gare longeait le quai en claquant les portes des wagons au passage. Comme il se rapprochait de nous, je m'empressai de répondre :

— Oui. Oui, je t'attendrai aussi longtemps qu'il le faudra.

Le chef de gare referma la porte du wagon voisin du mien.

— Tout le monde à bord, cria-t-il.

Bertie m'aida à monter dans le train puis me tendit mon petit sac.

— Veuillez fermer la porte, monsieur.

Le chef de gare se prépara à donner un coup de sifflet.

— Il reviendra, mademoiselle, ne vous en faites pas.

Tandis que son petit instrument émettait un bruit strident, l'homme agita son drapeau et le train se mit en marche. Je me penchai par la fenêtre afin de dire adieu le plus longtemps possible à mon bien-aimé, puis je passai tout le trajet à pleurer.

J'eus de ses nouvelles deux semaines plus tard. Bertie était en France. À présent qu'il était officier, il m'enverrait la moitié de sa paye afin de régler le loyer. Il me demandait d'économiser le reste autant que possible en prévision de son retour.

Il n'avait pas le droit de me dire où il se trouvait exactement, mais son environnement semblait déprimant. Son bataillon épuisé avait besoin de repos après des semaines de combat acharné. D'après ce que je compris, ses hommes et lui étaient postés à proximité d'un bois où se cachaient des tireurs ennemis.

Le bataillon de Bertie avait pour dangereuse mission de creuser une tranchée de câble de deux mètres de profondeur à travers un immense champ sous le nez de l'ennemi. Cette semaine-là, il avait perdu trois hommes, abattus par des tireurs comme des canards sur un stand de tir.

Bertie avait envoyé un message au poste de commandement installé à cinq kilomètres, faisant part du danger et de la perte inutile de ces trois vies humaines, mais l'ordre avait été maintenu de continuer à creuser.

Les hommes n'étaient pas équipés pour se protéger de la pluie incessante et pataugeaient à longueur de journée dans la boue liquide. Situées au fond d'une vallée, les tranchées peu profondes avaient besoin de câbles de communication. Pendant qu'ils creusaient, les hommes étaient sans cesse la cible des bombes et des tirs ennemis. Une nuit, ils avaient toutefois pu se réfugier dans une maison de ferme à moitié détruite par un bombardement. Pas un d'entre eux n'avait dormi sous abri depuis son arrivée. Bertie m'écrivit ce soir-là avant de se coucher. « *L'endurance de l'être humain me paraît sans limites.* À maintes reprises, *j'ai pensé que nous* étions arrivés au bout de nos forces *et je suis sans cesse stupéfait de nous voir retourner au combat.* »

Lorsque je lus sa lettre, installée dans le confort de notre studette d'Ealing, réchauffée par le feu crépitant dans la cheminée, je sentis mon cœur se briser. Il concluait sa lettre ainsi : « *Il n'existe aucun homme plus fort que ces soldats. Chacun de nous a confié sa vie aux autres. Nous partageons tout afin qu'aucun de nous ne reçoive moins que les autres. Mes chaussettes font beaucoup d'envieux et, ma chérie, tu seras sûrement heureuse d'apprendre que trois de nos compatriotes savourent leur chaleur ce soir. Il faut que cette guerre s'achève rapidement. Si elle dure autant, ce n'est pas faute de courage. Dieu merci, tu fais maintenant partie de ma vie. Je ne cesse de penser à toi. Bertie* »

Comment répondre à une telle lettre ?

Je commençai et abandonnai de nombreuses fois. Je n'avais qu'une seule envie : lui crier, lui hurler : « Rentre à la maison ! » Mais je n'avais pas le droit de le lui demander.

Comment lui rapporter tous les cancans ennuyeux de mes collègues et ce que j'avais mangé au déjeuner, alors qu'il affrontait sans cesse la mort et dormait dans les pires conditions ? Comment me plaindre que notre jardin n'était plus qu'une vaste mare, alors que j'étais assise au chaud et que je mangeais de la soupe dans le confort de notre petit studio ?

Ce que je ne pouvais pas lui dire non plus, c'était que je n'avais plus mes règles depuis deux mois et que l'œuf dur n'était peut-être pas responsable de mes nausées, tout compte fait.

Je me répétais que Bertie serait de retour à Noël.

Je me plaisais à imaginer le réveillon. Nous nous installerions sur le sol près du feu. J'envelopperais des cadeaux, tandis qu'il ferait griller des muffins. Notre petit sapin – mon tout premier – serait couvert de boules en verre scintillantes et nous déposerions nos cadeaux en dessous. Quand sonneraient les douze coups de minuit, je lui annoncerais l'heureuse nouvelle de ma grossesse. Nous nous marierions le jour du Nouvel An. Après l'échange des vœux, un vieil homme couvert de neige entrerait dans l'église. La vieille porte en bois se refermerait en claquant, tandis qu'un courant d'air glacial traverserait l'édifice. Les invités tourneraient la tête en entendant son pas lourd dans l'allée, puis il agiterait son chapeau en criant : « La guerre est finie ! La guerre est finie ! »

La fête de notre heureux mariage se transformerait en grande célébration de retour à la vie dans le monde entier.

Ensuite, nous prendrions le train pour Callyzion où je rencontrerais ma nouvelle famille qui me dorloterait jusqu'à la fin de ma grossesse.

Puis nous aurions un garçon, un fils, que nous appellerions Bertie junior.

Toutes les bonnes histoires s'achevaient ainsi. Cependant, ni Bertie, ni moi, pas plus que les proches des soldats qui participaient à cette terrible guerre ne savions comment la nôtre se terminerait.

Je posai une feuille de papier devant moi et pris mon stylo.

Ealing,
Octobre 1916

Mon Bertie chéri,

Comme vous êtes tous courageux ! Je t'en prie, dis à tes hommes que je leur préparerai un bon cake aux fruits et vous le ferai parvenir. Je n'ai encore jamais essayé, mais je suis en train de chercher une recette. Que puis-je t'envoyer d'autre ? J'ai entendu dire que vous faites face à une pénurie de lames de rasoir, de savon, d'allumettes et de tabac. Je t'expédierai tout ce qu'il te faut. Cette semaine, j'ai terminé deux paires de chaussettes que je joindrai à cette lettre.

Rien de vraiment nouveau à Londres. Tout le monde vous soutient avec ferveur. Quand cette guerre sera terminée, il paraît qu'un grand défilé sera organisé en votre honneur.

Quant à moi, je suis bien protégée dans notre petit nid où je t'attendrai toujours. Tu ne peux pas imaginer combien je suis fière de toi. Cela en fera, des souvenirs à raconter à tes petits-enfants. Tu leur expliqueras comment grand-père a gagné la guerre !

Elsie va bien et me demande de te transmettre son bonjour. Imagine un peu : elle s'est fiancée ! Son futur mari est un homme plutôt gentil qui n'a pas pu s'engager dans l'armée car il a souffert de la polio, enfant. Elsie n'arrête pas de me parler des fleurs, de la robe qu'elle portera et de tout le reste. Elle a repéré une jolie paire de chaussures chez Selfridges, mais il lui faudra économiser pendant des années pour pouvoir se l'acheter !

Je t'aime de tout mon cœur, Bertie.

À toi pour toujours,

Clara

13

Bertie, France
2 novembre 1916

Je n'avais pas une minute pour me reposer ni pour écrire à Clara. La situation était si épouvantable que les sacs de courrier contenant les précieuses lettres de nos proches ne passaient plus. Elles me manquaient pourtant tellement. Clara avait le chic pour me donner l'impression d'avoir vécu avec elle les histoires qu'elle me racontait. Je sentais les pavés sous ses pieds, le bringuebalement du bus qui la conduisait au travail, la chaleur de notre lit. Dès mon retour, je l'épouserais. Je n'osais pas la demander en mariage par courrier, car je ne savais pas si je pourrais tenir ma promesse vu les circonstances. J'avais failli le faire quand je l'avais prise dans mes bras, avant qu'elle ne monte dans le train à la gare de Lichfield. Mais je n'étais parvenu qu'à lui demander de m'attendre.

À présent, j'étais blotti au fond d'un trou dont les parois étaient maintenues par des poutres en bois. Au-dessus de ma tête, un toit en bâche et des sacs de sable protégeaient l'abri. C'était mon rang d'officier qui me conférait ce privilège. J'avais même le droit de dormir sur le matelas d'un lit superposé. On avait casé trois de ces lits dans cet abri. Mes compagnons de cellule étaient tous des hommes bien. Mais ce soir, deux des six matelas seraient inoccupés. À 14 h 45 aujourd'hui (ou était-ce hier ?), un combat au corps à corps avait eu lieu avec l'ennemi. Une première pour nous tous.

Nous avions attaqué une rangée de vieilles tranchées en espérant prendre l'ennemi par surprise, mais naturellement, les Allemands avaient répliqué par des rafales de mitraillettes. J'en avais tué cinq avec ma baïonnette, mais je n'en étais pas fier. Ces hommes avaient des familles qui, dans d'autres circonstances, auraient pu devenir mes amis. Mais voilà, nous étions soldats et notre mission était de tuer.

Quand cet horrible massacre fut terminé et que l'adrénaline fut retombée, je parvins à trouver un endroit où me cacher pour vomir toutes mes tripes.

C'était notre première attaque contre un poste ennemi. Nous n'avions jamais connu autre chose que les combats de tranchées. Au lever du jour, il fallut compter les hommes que nous avions perdus. Nous n'avions rien gagné. Je n'avais jamais vécu une telle horreur auparavant.

Par la suite, on nous retira du front. On nous fit longer la route boueuse en direction d'Amiens où se trouvait notre cantonnement, puis on nous accorda un repos de dix jours. Mais quel repos ? Il était impossible de récupérer. Rapidement, il fallut nous rééquiper, nous réorganiser et nous entraîner.

Deux semaines plus tard, on nous envoya à la frontière belge afin de relever les hommes qui travaillaient à renforcer nos lignes. L'ennemi nous accueillit en nous bombardant cruellement tandis que la relève se mettait en place. Grâce à un Dieu dont je doute de l'existence, il y eut peu de victimes, mais tout le travail effectué par nos courageux prédécesseurs avait été détruit. Chacun de nous se retroussa les manches et commença à rebâtir nos défenses.

Il nous fallut tout l'hiver pour parvenir à bout de ce chantier. À côté de l'enfer qu'était devenue la Somme, cet endroit était relativement tranquille. Évidemment, il nous arrivait d'envoyer quelques tirs d'artillerie à l'ennemi au moment où il s'y attendait le moins et celui-ci nous rendait la pareille, mais à bien des égards, cela ressemblait presque à des vacances. Au moins, nous n'étions plus bombardés.

Au bout de quelques mois, on nous renvoya naturellement au front.

Près de la frontière franco-belge
4 décembre 1916

Ma Clara chérie,

Comme tu as dû t'inquiéter pendant ces longs mois sans nouvelle de moi. Mais me revoilà, frais comme un gardon. On ne se débarrasse pas de moi aussi facilement !

Notre service postal a cessé de fonctionner en raison de circonstances défavorables. Autrement dit la boue, toujours la boue, et la crainte que notre cher facteur soit abattu. Mais il semble que le service fonctionne à nouveau normalement. D'abord, je tiens à te remercier pour les gâteaux ! Ils nous ont donné du cœur à l'ouvrage pendant une semaine et, à présent, mes hommes me harcèlent pour que je t'en redemande.

Elsie est-elle maintenant mariée ? Je lui souhaite beaucoup de bonheur. Et je souhaite que nous connaissions le même quand je rentrerai. Je ne t'ai jamais dit que je t'aimais, n'est-ce pas ? J'ai su que j'étais amoureux de toi dès le jour où tu m'as hébergé dans ta petite chambre en face de celle d'Elsie. J'ai voulu te le dire à maintes reprises, mais j'ai toujours pensé que ce serait injuste pour toi. Admettons que tu rencontres quelqu'un d'autre ? Je détesterais l'idée que tu passes à côté du bonheur sous prétexte que tu m'attends. Mais je t'ai bel et bien demandé de m'attendre, n'est-ce pas ? Tu m'as répondu que tu le ferais et je te crois. C'était très égoïste de ma part. À Lichfield, j'aurais simplement dû poser un genou à terre et te demander en mariage en bonne et due forme. Alors, ma chérie, si je te demandais maintenant de m'épouser, l'accepterais-tu ? Je comprendrais que tu ne puisses pas me le promettre. Nous n'en parlerons plus et resterons amis. Mais j'espère que ce ne sera pas le cas. Je t'en prie, réponds-moi dès que possible.

Il neige ce soir. Nos nombreux entraînements nous tiennent chaud tout au long de la journée : exercices tactiques, physiques, alertes au gaz, etc. Certains soirs, nous jouons au foot ou poussons la chansonnette.

J'ai toujours ta photo sur moi, ma chérie. Je la regarde en t'écrivant.

Avec tout mon amour,

Bertie

Ealing

7 décembre 1916

Mon chéri,

Oui, oui, oui, mille fois oui ! Tu fais de moi la plus heureuse des femmes et je serai la meilleure épouse qu'un homme puisse avoir. Je t'aime, moi aussi. Je t'aime à la folie ! Au fait, il faut que je t'annonce quelque chose. J'espère que cela ne changera rien à tes sentiments. Je suis enceinte de toi, Bertie. D'après mes calculs, j'en suis presque à quatre mois maintenant. Ce qui veut dire que notre enfant naîtra en mai. Un bébé du printemps. Comme nous.

Comme je ne souhaite le révéler à personne, je devrai démissionner de mon poste à Noël, car je ne veux pas que les filles colportent des ragots à mon sujet. Elsie se pose déjà des questions car je ne parviens plus à boutonner la robe que je porterai à son mariage la semaine prochaine. Je lui ai répondu que j'avais dû manger trop de gâteaux (d'ailleurs, je t'en enverrai un ce week-end).

Je vais également devoir quitter notre logement et retourner vivre dans le Kent. Mon oncle n'a plus de gouvernante (celle qu'il employait est aujourd'hui trop âgée pour travailler), alors il m'a demandé de prendre la cuisine et le ménage en charge chez lui. Je suis très triste de devoir quitter notre studette, mais à ton retour, nous nous trouverons un nouveau logement avec l'argent que j'ai économisé.

Tu dois être terriblement surpris par cette nouvelle, comme je l'ai été, mais je suis si heureuse aujourd'hui. Je prie pour que tu rentres à temps pour la naissance. Si tu n'y vois pas d'inconvénient, je dirai au médecin que nous sommes mariés. Il n'y a personne d'autre que toi dans ma vie et il n'y aura jamais personne d'autre, mon chéri.

Comme tu décris merveilleusement la neige et vos chants ! Je suis soulagée de te savoir en sécurité pour le moment.

Je suis tellement heureuse.

Quand cette guerre sera terminée, tu pourras rentrer auprès de ta propre petite famille.

Avec mon amour éternel,

Clara

Bertie, nord de la France
14 décembre 1916

J'allais donc devenir père. Je conservai cette nouvelle comme une lumière dans mon cœur. Comme le temps s'était terriblement dégradé, nous faisions tout ce que nous pouvions pour garder le moral. Notre progression était très lente et nos nombreuses pertes humaines devenaient intolérables.

Je conservais la précieuse lettre de Clara m'annonçant qu'elle était enceinte dans ma poche de poitrine ; elle me procurait une force tout simplement indicible. Je n'agissais désormais que par pur instinct. Je ne m'entendais même plus penser. C'était de toute façon préférable.

Nous venions d'essuyer des bombardements ennemis pendant une cinquantaine d'heures. Au cours des cent dernières, je n'avais dû en dormir que six et ce n'était que par tranches de quinze minutes dans le meilleur des cas. Nous avions perdu notre messager par moto moins de dix minutes plus tôt. C'était lui qui m'avait livré la nouvelle miraculeuse du bébé. Nous ne l'avions pas vu depuis plus d'une semaine, aussi les pétarades de son moteur avaient-elles été accueillies chaleureusement. Je l'avais regardé livrer ses paquets et ses lettres tout le long de la tranchée, puis il était venu jusqu'à moi.

— Toutes mes excuses, chef, le courrier a pris du retard. J'espère que vous n'attendiez pas un panier pique-nique de chez Harrods ?

C'était une plaisanterie que nous échangions chaque fois que nous nous rencontrions. Ma réponse était toujours la même.

— Tant pis, soldat Thompson, il arrivera peut-être à temps pour Noël.

Après m'avoir remis ma lettre, la dernière de son sac, il m'avait salué puis avait entamé sa longue marche le long de la tranchée jusqu'à sa moto.

J'avais contemplé l'enveloppe en me réjouissant de reconnaître l'écriture de Clara. Puis j'avais humé le papier et imaginé que l'odeur de ses mains se trouvait encore dessus.

J'avais ensuite ouvert l'enveloppe et commencé à lire sa lettre. Mes mains s'étaient mises à trembler. Un bébé ? J'allais devenir père. J'avais aussitôt levé les yeux vers l'endroit où avait disparu Thompson, dans l'espoir de pouvoir lui crier la bonne nouvelle, lorsqu'une puissante explosion, beaucoup trop proche à mon goût, était survenue à l'autre extrémité de la tranchée et avait fait trembler la terre sous nos pieds, ainsi que la boue au-dessus de nos têtes.

Bientôt, une pluie de terre humide, de bouts de métal et de morceaux de chair était peu à peu retombée sur nous.

— Bordel de Dieu, avait crié un des hommes, ces salauds ont tué Tommo !

Ce soldat âgé seulement de dix-sept ans qui serrait contre lui un colis envoyé par ses proches s'était mis à vomir, tandis qu'un de ses copains ramassait son fusil et grimpait l'échelle en criant :

— Préparez-vous à crever, bande de bâtards !

Au moment de passer dehors, il avait été accueilli par une pluie de balles.

Comme l'exigeait mon rôle d'officier, j'avais crié aux hommes de se ressaisir. C'était la guerre, pas une foutue querelle dans un pub. Nous représentions l'armée britannique et nous allions nous battre intelligemment, bon sang, comme nous avions appris à le faire. Pas question de mourir de façon aussi stupide. Si je voyais un seul homme, *un seul*, commettre à nouveau une bêtise pareille, je le ferais fusiller. M'étais-je bien fait comprendre ?

Oui, chef, avaient répondu les hommes en chœur.

Puis le bombardement avait repris.

Ouiiiii… boum !… ouiiiii… boum !

Je n'en pouvais plus. La puissance de mon émotion, l'épuisement et ce foutu mal du pays me donnaient l'impression que mon crâne allait exploser. J'avais regagné mon abri, je m'étais jeté sur mon lit et j'avais hurlé jusqu'à ce que je sois à bout de forces.

Plus tard, allongé sur mon matelas, la lettre de Clara dans les mains, j'avais senti la lumière qui emplissait mon cœur percer les nuages sombres de mes pensées. Afin qu'elle me donne de la force, j'avais rangé la feuille de papier dans ma poche de poitrine. J'allais devenir père. J'avais maintenant une raison supplémentaire de sortir vivant de cette foutue guerre.

Ma courageuse Clara avait quitté Londres pour retourner dans le Kent. Elle était à l'abri dans sa maison d'enfance, la ferme de son oncle.

Il devait être terrible de se retrouver seule au moment où son corps était si vulnérable. Mon admiration et mon respect pour Clara augmentaient chaque seconde, tandis que notre enfant grandissait en elle. Cette guerre ne durerait pas éternellement. Chaque jour et chaque nuit, je m'accrochais à l'espoir de pouvoir rentrer pour la naissance de notre enfant. J'y parviendrais. Je le savais. Je le sentais.

Noël approchait et mes hommes et moi allions le fêter dignement. Pourquoi me laisser envahir par la tristesse, alors que mon cœur était empli de joie ? Si Clara pouvait se montrer courageuse, j'en étais capable aussi.

Clara, Londres
15 décembre 1916

Le mariage d'Elsie avait eu lieu dans la matinée. Nous n'étions que quatre. J'avais eu toutes les peines du monde à m'asseoir à cause de ma robe trop serrée ! Après la cérémonie, Elizabeth – une vieille amie d'Elsie et son deuxième témoin – et moi avions jeté du riz sur les jeunes mariés tandis qu'ils filaient prendre leur train pour Brighton où ils passeraient les trois jours de leur lune de miel. Puis Elizabeth et moi avions échangé les politesses habituelles – c'était si excitant de se rencontrer après tout ce temps, comme Elsie était jolie, etc. Enfin, nous nous étions dit au revoir et j'étais passée au bureau remettre ma démission. Je devais travailler jusqu'au 19 décembre.

Rentrée dans notre petit studio d'Ealing, je triai toutes les choses à garder ou à donner. J'avais dû annoncer à Bertie que je partais vivre chez mon oncle imaginaire, sinon il se serait inquiété pour le bébé et moi. De cette façon, il serait relativement tranquille. Il fallait bien que je l'aide à garder le moral. Quand, après la guerre, il demanderait à rencontrer mon oncle, je lui inventerais une brève maladie mortelle – la grippe peut-être. J'annoncerais ensuite à Bertie que, la ferme étant lourdement hypothéquée, elle appartenait de nouveau à la banque.

Je sentis le bébé me donner des coups de pied.

— Ce n'est rien qu'un tout petit mensonge pour rendre papa heureux. Et je n'ai pas menti en lui écrivant que nous partions dans le Kent, n'est-ce pas ?

Chère mademoiselle Hampton,

C'est moi, Clara Carter. J'espère que vous vous portez bien et que les affaires sont bonnes. J'ai passé plusieurs années palpitantes après vous avoir quittée. Je n'oublierai jamais ce que vous avez fait pour moi. D'ailleurs, je possède encore les vêtements que nous avons confectionnés ensemble.

Le travail au *News* est passionnant, et je suis, du moins jusqu'à vendredi prochain, la secrétaire du secrétaire de rédaction en chef. Je n'aurais rien accompli de tout ça sans votre aide et vos encouragements.

J'imagine que vous vous demandez pourquoi je vous écris maintenant, alors que vous n'avez reçu aucune nouvelle depuis mon départ de Faversham. En vérité, je suis quelque peu dans l'embarras et je n'ai personne vers qui me tourner…

14

Bertie, nord de la France
Noël 1916

Clara chérie,
Joyeux Noël à toi et à notre petit. Comment se porte-t-il ? Ton ventre a-t-il beaucoup grossi ? Oh, comme j'aimerais vous serrer dans mes bras tous les deux ! Dis-lui que papa lui souhaite un joyeux Noël, d'accord ?
Et ne te fâche pas si je continue à dire « il » ! Il s'agit juste d'un pressentiment…
Je suis tellement soulagé que tu sois partie t'installer à Faversham. La ferme de ton oncle semblait vraiment délabrée et la pièce où tu dormais n'avait rien d'une chambre. Heureusement qu'il a eu la gentillesse de te trouver un logement en ville. Je t'imagine faisant ses courses et sa cuisine, avant de rentrer chez Mlle Hampton avec qui tu t'entends si bien.
Je t'en prie, dis-lui que je ne te laisserai jamais tomber et remercie-la de ma part de s'occuper de toi. Je devrais rentrer au pays sous peu.
J'ai rêvé de toi la nuit dernière. Debout à la fenêtre d'un cottage ensoleillé, tu disposais des lupins – ne me demande pas pourquoi ! – dans un vase, tandis que notre bébé dormait profondément dans son berceau à côté de toi. Le rêve m'a rendu joyeux et plus déterminé que jamais à rentrer auprès de toi le plus vite possible.

Nous nous sommes levés tôt ce matin pour aller à l'église. Une neige épaisse est tombée la nuit dernière, mais aujourd'hui, le ciel est bleu. Les bâtiments en ruine et les arbres calcinés sont plutôt beaux ainsi vêtus de blanc, et les Allemands, qui se trouvent à moins de deux cents mètres de nous, ont sorti un instant la tête des tranchées pour nous souhaiter un joyeux Noël. Et dire que, demain, nous essaierons de les tuer... Mon père m'a envoyé un livret de versets de Noël afin de m'aider à garder le moral. Cependant, et je me garde bien de le lui dire, j'ai perdu la foi en Dieu. Comment pourrait-il vouloir nous faire vivre de telles horreurs ? Hier, un de nos soldats était dans son abri avec six de ses camarades quand il a découvert une grenade ennemie sous son lit. Elle avait dû rouler jusque-là lors de la dernière offensive. En la ramassant, il s'est aperçu qu'elle était dégoupillée. Il savait qu'il devait la sortir de l'abri, mais ses mains tremblaient tant qu'il n'a pas réussi à ouvrir le loquet de la porte. Comme la grenade allait exploser, il s'est replié sur lui-même et son corps a été déchiqueté. Ses cinq camarades ont survécu, même si deux ont été gravement blessés. Le prêtre a dit que Dieu et ses anges étaient avec lui, mais je refuse d'y croire.

Oh, ma chérie, je suis désolé de te raconter ces choses affreuses, mais à qui d'autre pourrais-je me confier ? Quand je pense à toi, je me sens fort, aussi fort que toi.

Je viens d'avoir une idée : peut-être ton bouquet de mariage pourrait-il être composé de lupins ?

Joyeux Noël et buvons à l'année 1917 !

Avec mon amour le plus profond,

Ton Bertie

Clara, mercerie de Mlle Hampton, Faversham
Réveillon du Nouvel An, 1916

Dans la lettre que j'avais envoyée à Mlle Hampton, je ne lui avais rien caché de mon état et de mes petits mensonges. Elle m'avait répondu et accueillie dans sa charmante maison sans hésiter. À mon arrivée, sa magnifique petite boutique scintillait, toute décorée de guirlandes et de babioles de Noël. La cloche tinta lorsque j'ouvris la porte, puis un parfum d'orange et de cannelle me chatouilla les narines.

Mlle Hampton fit le tour de son comptoir, les bras tendus.

— Ma chère Clara, je suis si contente que tu sois revenue.

Elle me tint un instant à bout de bras pour me regarder.

— Tu es fatiguée. Viens t'asseoir dans le petit salon du fond pendant que je ferme la boutique pour le reste de la journée.

Elle m'installa confortablement et approcha son repose-pieds avant de soulever mes pieds pour me retirer mes chaussures.

— Puis-je te servir une tasse de thé ? J'ai préparé des tartelettes, en voudrais-tu une ?

Je la retins par la main avant qu'elle ne s'éloigne.

— Merci. Merci pour tout. Je ne sais pas pourquoi vous êtes aussi gentille avec moi. Je vous dois tant.

— Tu ne me dois rien du tout. En tant que femmes, nous nous devons de veiller l'une sur l'autre lorsque la situation prend une tournure délicate.

Tandis qu'elle s'affairait dans la cuisine à faire chauffer la bouilloire et préparer deux tasses, je balayai du regard cet endroit chaleureux que je n'avais pas hésité un instant à quitter. J'avais tant de chance de pouvoir y revenir.

Tout au long de l'après-midi jusqu'à ce que l'obscurité commence à envelopper le village, Mlle Hampton m'écouta raconter mon histoire en silence. Je ne lui cachai rien. Je n'omis aucun détail.

— Que Dieu me pardonne mes mensonges.

— Il le fera. Aurais-tu une photo du jeune homme ?

Quand je la lui montrai, elle hocha la tête.

— Je lis sur son visage qu'il ne te veut que du bien. Bon, as-tu déjà consulté un médecin ?

Mlle Hampton insista pour que j'en voie un dès le lendemain matin.

— Le rendez-vous est à dix heures, annonça-t-elle.

— Mais que vais-je lui dire ? Que va-t-il penser ?

— Tu lui raconteras que ton mari est en France et que moi, ta tante maternelle, je m'occupe de toi en attendant la fin de la guerre.

— Vraiment ?

— Nous les femmes devons parfois déguiser la vérité afin d'épargner les hommes.

Je ne le savais que trop bien. Mlle Hampton glissa une main dans sa poche puis me tendit un anneau en or.

— Je te suggère de porter cette alliance. Elle appartenait à ma mère, alors prends-en bien soin.

— Oh non, c'est impossible.

Je tentai de la lui rendre.

— Si, prends-la. Tu me la rendras dès que ton fiancé t'en aura offert une. Allez, enfile-la.

Le cabinet du docteur Channing se trouvait au rez-de-chaussée de sa maison et ses fenêtres donnaient sur l'allée, de sorte, pensai-je, qu'il voie arriver ses patients.

Mlle Hampton me regarda lorsque nous approchâmes de la porte d'entrée.

— Garde la tête haute. Tu n'as aucune raison d'avoir honte.

Une femme âgée nous ouvrit et nous fit entrer.

— Mademoiselle Hampton, quel plaisir ! Nous vous voyons si rarement.

— J'ai la chance d'être en bonne santé.

Mlle Hampton embrassa la femme sur les deux joues.

— Et comment vont vos rhumatismes, madame Channing ?

— Je ne peux pas m'en plaindre.

Elle me regarda.

— Vous êtes donc la nièce de Mlle Hampton ? J'ignorais totalement votre existence.

— La mère de cette chère Clara et moi avons eu une stupide querelle il y a des années, s'empressa d'expliquer ma « tante ». Pour être honnête, je ne sais même plus de quoi il s'agissait, mais hélas, il est trop tard pour lui demander pardon. Elle a quitté ce monde au printemps dernier. J'ai écrit à Clara dès que j'ai appris la nouvelle, et nous voici.

Mme Channing nous dévisagea tour à tour d'un air soupçonneux.

— Eh bien, c'est un plaisir de vous accueillir à Faversham.

Elle se tapota le menton.

— En fait, j'ai l'impression que nous nous sommes déjà rencontrées. Madame... ?

— Bolitho.

Je lui souris gracieusement.

— Je n'ai jamais eu la chance de vivre dans votre belle région. J'ai grandi à Londres.

Mlle Hampton développa mon mensonge sans hésiter.

— Oui, à Chelsea. Près du fleuve. Connaissez-vous la capitale, madame Channing ?

— Euh, non. Je n'y suis jamais allée.

— Vous devriez, dis-je, amusée par son embarras. Il y a de nombreux tableaux ravissants à la Royal Academy et, après la visite, il suffit de traverser la rue pour prendre un thé chez Fortnum & Mason. Je m'offre ce plaisir une fois par mois.

La porte du cabinet s'ouvrit et un grand et bel homme aux dents blanches et parfaitement alignées apparut. Je crus que c'était un patient qui quittait le cabinet, mais il s'avéra qu'il s'agissait du docteur Channing.

— Mon fils, annonça la vieille dame d'un air pincé. Il a repris le cabinet après le décès de mon cher époux.

— Merci, maman. Je vais m'occuper de ces dames à présent.

Il recula afin de nous laisser entrer dans la pièce, puis referma la porte et nous invita à nous installer sur les deux chaises installées face à son bureau.

Il sembla remarquer mon ventre arrondi.

— Que puis-je faire pour vous ?

Je rougis et ma bouche s'assécha brusquement.

— Le mari de ma nièce est en France, répondit Mlle Hampton qui avait, par chance, insisté pour m'accompagner. En attendant son retour, il n'y a personne pour veiller sur elle, à part moi,

Elle me regarda.

— Clara, ma chérie, explique ta situation au docteur.

Je pris une profonde inspiration.

— J'attends un enfant.

Il hocha la tête et dit gentiment :

— Je l'avais remarqué.

Il se leva puis se dirigea vers la table d'examen.

— Avez-vous déjà fait confirmer votre grossesse par un médecin ?

Il alla se laver les mains au lavabo à côté de la table.

— Non.

— De combien de mois pensez-vous être enceinte ? À quand remontent vos dernières menstruations ?

— Je n'en suis pas sûre. Au mois d'août, je dirais.

— Bien, je vais vous examiner et nous le saurons plus précisément.

Il me fit signe de monter sur la table. Mlle Hampton se plaça à côté de moi et me tint la main, tandis que le médecin soulevait ma jupe.

Ses mains fraîches tâtèrent la peau de mon ventre comme si elles cherchaient à localiser le bébé. Il procéda à l'examen sans un mot, puis il prit un instrument conique en bois qui ressemblait un peu à l'écouteur des téléphones que nous utilisions au *News*.

— Respirez normalement, madame Bolitho. Je vais vérifier si j'entends le cœur du bébé.

Le docteur Channing pressa le pavillon évasé contre la peau de mon ventre et approcha l'oreille de l'autre extrémité.

Mlle Hampton serra ma main plus fort.

— Tout va bien. Essaie de ne pas bouger.

— Est-ce que le bébé est en bonne santé ? murmurai-je.

— Chuuut.

— Pardon.

L'instrument se déplaça d'un endroit à l'autre de mon ventre.

Lorsque l'examen fut enfin terminé, le docteur Channing retourna se laver les mains au lavabo.

Mlle Hampton rompit le silence.

— Est-ce que le bébé va bien ?

Il prit une serviette et s'essuya les mains.

— Je suis heureux de vous annoncer que tout est parfait. Le bébé et vous êtes en bonne santé.

Je souris en retenant des larmes de soulagement.

— Merci.

— Mais je vous en prie.

Il se rassit à son bureau et prit quelques notes pendant que je rajustais ma tenue.

— Et quand le bébé devrait-il naître, docteur ? demanda Mlle Hampton.

— Au début du mois de mai, je dirais.

— Oh.

Je sentis mes genoux se dérober. L'existence de cet enfant était soudain si réelle ! Le docteurn Channing se dirigea aussitôt vers moi et m'aida à m'asseoir sur une chaise.

— Un petit étourdissement ? C'est tout à fait normal. Je vais vous chercher un verre d'eau.

Il me posa beaucoup de questions et prit de nombreuses notes puis répéta que j'étais en parfaite santé et qu'il n'y avait aucune raison de s'inquiéter.

Nous quittâmes son cabinet en lui promettant de revenir si nous avions la moindre inquiétude.

— Votre tante veillera sur vous.

Mlle Hampton me prit par le bras.

— Évidemment. Les tantes sont là pour ça, n'est-ce pas ? dit-elle d'un ton parfaitement innocent.

Mon respect pour cette femme était immense.

— Comment vais-je devoir vous appeler maintenant ? demandai-je, lorsque le médecin ne put plus nous entendre.

— À partir de maintenant, ce sera tante Philippa, et il faudra me tutoyer.

Bertie, front occidental, France
Janvier 1917

Je comptais les jours en attendant le mois de mai. Il fallait que je rentre m'occuper de Clara et de notre futur enfant. Les jours et les nuits ici se mêlaient comme des larmes sur une aquarelle. Les couleurs autrefois vives et belles formaient à présent une vaste tache brune comme de la crotte. La boue, nos uniformes, le soleil, le sang, la nourriture ; tout ressemblait à de la merde.

On nous avait renvoyés sur le front occidental. D'après les haut gradés, nous devions nous préparer à la dernière grosse offensive qui nous ferait gagner la guerre.

— L'ennemi est en train de se retirer, disaient-ils. Nous pouvons avancer et percer ses nouvelles lignes de défense.

Mensonges. Nous n'étions rien d'autre que de la chair à canon. Ils le savaient et nous le savions depuis longtemps. Cela ne faisait plus aucun doute. Voilà pourquoi il fallait à tout prix que je rentre. Avant que je m'effondre à mon tour dans la boue et la merde. Piétiné dans ce marécage, de sorte qu'on ne me retrouverait jamais.

J'étais prêt à mourir. Je m'attendais à mourir, mais j'espérais tout de même y échapper. Je devais rentrer auprès de mon enfant. Il n'était pas question qu'il ne connaisse jamais son père. Que je ne sois plus qu'un nom gravé dans le monument aux morts d'un village auquel on jetterait un œil une fois par an.

Le temps s'était un peu amélioré. Aucune pluie depuis plusieurs jours.

La longue routine des combats de tranchées avait pris fin et, nous disait-on, le moral était au beau fixe.

Mais le mien ne l'était pas. Je gardais cependant cela pour moi. De l'avis de mes hommes, le sous-lieutenant Bolitho était un gars qui avait toujours le sourire. Toujours un mot réconfortant pour les autres. C'était un courageux soldat. Le genre de gars aux côtés de qui on avait envie de se battre.

Tant mieux si cela les aidait à se sentir plus forts. Plus courageux.

En réalité, quand je ne dormais pas, je hurlais intérieurement de terreur tandis que des larmes invisibles coulaient sur mes joues. Mon âme se brisait peu à peu. Je ne dormais plus sans faire de cauchemars. Je ne parvenais plus à réfléchir à cause du cri dans ma tête.

Il fallait à tout prix que je rentre. Comment avais-je évité jusqu'à maintenant de prendre une balle dans la tête ? Mon père et ses paroissiens devaient prier pour moi avec la plus grande ferveur.

Qu'on me ramène à la maison.

Je voulais du chocolat qui ne soit pas souillé par la boue.

Je voulais de la bière qui ne soit pas éventée.

Je voulais de la tarte aux cerises et des framboises avec de la crème épaisse.

Je voulais…

Je voulais…

Je voulais que cesse le hurlement dans ma tête, et je voulais Clara.

J'avais besoin de la toucher, de la sentir, de la goûter.

J'avais besoin de rester en vie.

Clara, mercerie de Mlle Hampton, Faversham
Février 1917

J'étais inquiète pour Bertie. Je n'avais aucune nouvelle de lui depuis près de deux semaines. D'après ce que j'avais lu, le gouvernement pensait que la guerre était presque gagnée et que le moral des troupes était bon. J'imaginais Bertie occupé à motiver ses hommes et à se battre sans relâche, sans trouver un seul instant pour s'asseoir et m'écrire.

J'avais acheté plusieurs barres chocolatées de sa marque préférée et embrassé chacune en me disant que, quand il mordrait dedans, une petite partie de moi resterait avec lui. Cette idée avait quelque chose de stupide, mais en ces temps affreux, nous aurions tous fait n'importe quoi pour rendre l'attente plus supportable.

Si Bertie avait été là, il aurait été fier de notre bébé qui grandissait à vue d'œil. Je ne rentrais plus dans une seule de mes anciennes robes, mais je m'en étais fabriqué deux suffisamment amples avec les chutes que m'avait données tante Philippa. Elle faisait si attention à moi qu'elle remarquait toujours mes moments de nostalgie.

J'avais commencé à aller à l'église. Chaque dimanche, je priais de toutes mes forces pour que ce Dieu auquel je n'avais jamais cru me rende mon Bertie le plus vite possible. Lors de la dernière messe, le pasteur avait expliqué que nous ne devions pas seulement envoyer nos prières vers le ciel. Nous devions les diffuser tout autour de nous afin que toute la congrégation ressente leur force. Je devais être très méchante car je priais seulement pour Bertie. Pour rien ni personne d'autre.

Bertie, Agny
Mars 1917

Le colis de chocolats de Clara était arrivé deux jours plus tôt. Je l'avais partagé avec mes hommes. Un carré chacun. Cela nous avait remonté le moral pendant presque toute la matinée. D'après ce qu'on disait, l'ennemi reculait encore, mais je restais méfiant. Ce pouvait très bien être une stratégie pour nous attirer dans un piège.

Nous nous entraînions d'arrache-pied, mais sans plus savoir pourquoi.

Cantonnés dans un village en ruine, nous logions dans une cave. Nous exécutions nos missions de reconnaissance la nuit, tels des hérissons aveugles. Nous partions creuser de nouvelles tranchées en nous prenant les pieds dans des enchevêtrements de fils barbelés et en trébuchant sur des cratères de bombes. Tout cela semblait si inutile.

Dans la journée, les avions de reconnaissance ennemis survolaient le village et mitraillaient tout soldat assez stupide pour sortir prendre l'air ou pisser.

Clara, mercerie de Mlle Hampton, Faversham
Avril 1917

À présent, je ne pouvais quasiment plus bouger à cause de mon grand ventre. J'allais d'un endroit à un autre en me dandinant comme un canard.

D'après le médecin, tout allait bien et le bébé serait là dans environ quatre semaines. Comme Dieu ne semblait pas m'écouter, j'envoyais maintenant mes prières au commandant de Bertie. « Faites qu'il rentre à la maison. S'il vous plaît. Notre bébé va bientôt naître et j'ai besoin du sous-lieutenant Bertie Bolitho à mes côtés. »

J'irais certainement en enfer pour blasphème, mais cela en valait la peine. Peut-être devrais-je conclure un pacte avec le diable si ce n'était toujours pas suffisant.

Maintenant que le printemps était là, je n'avais rien d'autre à faire que me promener dans les ruelles garnies de primevères et de jonquilles, me reposer et attendre. J'avais des brûlures d'estomac et les chevilles enflées. Il fallait que Bertie rentre. Il le fallait. Je ne m'en sortirais pas toute seule.

Bertie, front occidental, France
Mai 1917

Pris dans la bataille sanglante de la crête de Vimy, nous avions à peine vu passer Pâques. Les Canadiens avaient fini par s'en emparer, mais les pertes humaines étaient énormes. Là encore, pas un éclat d'obus ni une seule balle perdue ne m'avaient atteint. Je commençais à me sentir invincible. Il était écrit que je survivrais à cette guerre et que je deviendrais un père et un mari aimant.

Nous étions à présent installés dans de vieux abris, le temps de consolider notre position. Un répit bienvenu, mais qui n'allait pas durer. Nous avions reçu l'ordre de regagner le front dans vingt-quatre heures. La fin de la guerre semblait approcher. Nos ennemis étaient courageux et n'hésitaient pas à faire usage de tout leur arsenal, mais nous les avions repoussés si loin que nous pensions les avoir convaincus de la supériorité de notre armée.

Bientôt, je serais rentré et jamais plus je ne quitterais Clara. J'apprendrais à mon fils à jouer au foot plutôt qu'à la guerre. Je lui expliquerais quelle chose fragile et miraculeuse est la paix, et je lui apprendrais qu'il faut aimer et comprendre tous les êtres humains, quelles que soient leur nationalité et leurs croyances.

15

Clara, Kent
11 mai 1917, 20 heures

Après avoir eu mal au dos toute la journée, j'étais allée me coucher tandis que Philippa me préparait une boisson chaude.

— Tiens, ma chérie.

Elle posa le chocolat chaud près de mon lit.

— Aimerais-tu que je te masse le dos ?

— Oui, merci.

Je me tournai sur le côté gauche et éprouvai aussitôt une envie pressante.

Elle m'aida à me lever puis m'emmena aux toilettes, mais au moment où je m'assis sur la lunette, un grand jet d'eau mêlée de sang jaillit entre mes cuisses.

— Ah ! dit Philippa. Le médecin m'avait prévenue. La poche d'eau dans laquelle se trouve le bébé s'est rompue, ce qui veut dire qu'il va bientôt arriver.

Effrayée, je commençai à appeler Bertie en pleurant.

Bertie, ferme de la Cavalerie, France
11 mai 1917, 20 h 30

Couchés sur le ventre, mes hommes et moi nous préparions à mener une opération mineure ayant pour but de prendre une tranchée ennemie à environ cinq cents mètres de nous. Nous formions une ligne de quatre groupes d'attaque face aux Allemands. La compagnie A était la plus à droite, la B au centre, la C légèrement en retrait protégeait notre ligne et la D, dont je faisais partie, était située à l'extrême gauche.

Le signal fut donné d'avancer et, immédiatement, l'ennemi appela du renfort en faisant jaillir des fusées éclairantes.

Clara
20 h 35

L'arrivée du docteur Channing m'avait soulagée. Il était occupé à m'examiner.

— Vous vous débrouillez très bien, madame Bolitho. Aucune inquiétude à avoir.

Il se tourna vers Philippa.

— Pourriez-vous aller chercher la sage-femme ? Ce bébé semble pressé de sortir.

Philippa m'adressa un signe de tête rassurant et disparut.

— Qu'est-ce que vous voulez dire ? demandai-je.

Un œil sur sa montre, il prenait mon pouls.

— Vous pourriez bien tenir votre bébé dans vos bras avant minuit.

— Oh.

Je recommençai à pleurer.

— Je veux mon mari !

Bertie, ferme de la Cavalerie, France
20 h 45

Tandis que les fusées s'envolaient et éclairaient le terrain autour de nous, je m'aperçus que nous étions trop visibles. Devant nous se dressait un muret. Il était en partie détruit, mais ce serait tout de même un abri. Je levai le bras pour que les hommes me suivent. Tous arrivés indemnes derrière le petit mur, nous nous serrâmes les uns contre les autres pendant que les balles ennemies fusaient au-dessus de nos têtes et pleuvaient sur nos tranchées. Nous entendions les cris des Allemands. Nous avions réussi à les prendre par surprise.

Clara
21 heures

La sage-femme, Mme Ellery, était arrivée. Elle avait envoyé Philippa chercher des serviettes et de l'eau chaude. Une douleur vrilla si fort mon ventre que je hurlai.

— Ça va, ça va, madam Bolitho, dit la sage-femme. Contentez-vous de respirer.

— J'ai envie de pousser ! criai-je.

— Non, non, c'est encore trop tôt. Vous vous en sortez très bien, ma belle, continuez à respirer.

Bertie
21 h 15

Je me tournai vers mes hommes.

— À mon signal, nous filons jusqu'à la tranchée pour l'attaquer. Compris ?

— Oui, chef, répondirent-ils en chœur.

J'épiai les bruits dans le camp ennemi ; tout semblait s'être calmé.

— Apparemment, ils ne se doutent pas que nous sommes aussi près. C'est bon signe.

J'adressai un sourire rassurant à ces hommes toujours prêts à m'obéir au doigt et à l'œil.

Mon fusil à la main, prêt à tirer, je comptai dans ma tête. Cinq, quatre, trois, deux, un…

— En avant !

Clara
21 h 45

— J'ai mal.

Philippa attrapa ma main.

— Serre-la fort.

Une douleur atroce me parcourut à nouveau.

— Aaaaah !

— C'est ça, ma chérie, respire à fond.

Le docteur Channing était en nage.

— Le bébé se présente par le siège.

Bertie
21 h 50

Nous atteignîmes la tranchée et dévalâmes ses parois en tirant des coups de feu. Au fond, les soldats allemands paraissaient totalement pris au dépourvu. Ils n'avaient ni armes ni équipement. Deux d'entre eux s'enfuirent sur la gauche. Devant nous, sept levèrent les mains en signe de capitulation.

Clara
22 heures

— Bravo, ma grande. Restez aussi immobile que possible.

Mme Ellery avait introduit une main en moi.

— Mais vous me faites mal ! criai-je.

Bertie
22 h 12

Alors que nous emmenions les sept soldats, je cherchai d'éventuels tireurs autour de nous.

— Bien joué, messieurs.

— Merci, chef.

Un bruissement se fit entendre sur notre gauche. Des buissons. Un éclair de lumière puis le son caractéristique d'une balle quittant la chambre d'un fusil. Elle m'atteignit par surprise. Je sentis un projectile se loger dans ma poitrine. Puis un autre dans ma jambe. Je m'effondrai dans la boue.

Clara
22 h 35

J'entendis un puissant hurlement et fus surprise de reconnaître ma voix.

— Poussez maintenant, ma belle.

— Aaaah ! Mais bon sang, c'est ce que je fais !

Je poussais de toutes mes forces. La douleur m'avait envahie au point qu'il n'y avait plus moyen de reculer.

— Un dernier effort.

J'avais envie de me redresser et de gifler cette stupide sage-femme, mais brusquement, la douleur cessa. Quelque chose avait glissé hors de moi. Le docteur Channing souleva un petit corps bleuté couvert de liquide visqueux. Je crus que j'allais vomir.

Bertie
22 h 36

Mon visage était à moitié enfoncé dans la boue, mais je parvenais à peu près à respirer. Je voyais mes hommes s'organiser en deux groupes. Le plus nombreux escorta nos prisonniers jusqu'à nos tranchées, tandis que l'autre, composé de deux hommes, courait vers moi. Je compris qu'ils me croyaient mort.

— Lieutenant Bolitho ? demanda l'un d'eux.

— Baissez-vous. Un tireur dans les buissons, marmonnai-je.

Il ne m'avait apparemment pas entendu car il répéta ce que je venais de dire.

— On ferait mieux de se baisser. Le tireur doit se cacher dans ces buissons.

— Bien vu, dis-je.

— Exact, répondit l'autre. On ramènera le lieutenant Bolitho une fois qu'on aura eu ce salaud.

— Je peux attendre, dis-je. Allez-y.

Ils se couchèrent sur le ventre à côté de moi puis braquèrent leurs armes sur les buissons. Je les entendis armer leurs fusils.

— Vite, murmurai-je.

Ils tirèrent quatre coups rapides.

— On l'a eu.

Clara
22 h 40

Bertie et moi avions un fils. Je n'arrêtais pas de l'admirer. Il plissait les yeux et miaulait comme un chaton. J'avais réussi. Et la douleur avait disparu. Mme Ellery était supportable à présent.

— Puis-je vous montrer comment le mettre au sein ?

Elle nous guida doucement, le bébé et moi, et nous prîmes peu à peu le coup de main.

— Félicitations, madame Bolitho. On dirait que vous avez fait ça toute votre vie, dit le docteur Channing en déroulant ses manches avant d'enfiler sa veste.

Philippa me sourit.

— Bravo ! Veux-tu une tasse de thé ?

Non, tout ce que je voulais, c'était retrouver mon Bertie. J'allais lui écrire dès que possible.

— Volontiers, merci.

Ferme de la Cavalerie, France
11 mai 1917, 23 heures

Les sauveteurs de Bertie trouvèrent son corps étendu dans la boue ; ils se couchèrent de chaque côté de lui et cherchèrent le tireur qui l'avait abattu en échangeant à voix basse.

— Il est dans ces buissons.

— Ouais. Je l'ai vu. Éliminons ce salaud.

Ils tirèrent juste quatre coups de feu, ravis de vider la chambre de leurs fusils sur le minable qui avait tué leur chef.

— C'est pour vous, lieutenant Bolitho.

— Dieu vous bénisse, chef.

Ils transportèrent ensuite le corps du sous-lieutenant Herbert Bolitho jusqu'à l'autre extrémité du vaste *no man's land* qu'ils avaient traversé moins de deux heures plus tôt.

Clara

Lorsqu'on frappa à la porte, Philippa alla ouvrir. J'étais à l'étage en train d'allaiter mon petit garçon.

— Deux hommes, dit-elle à son retour d'une voix tremblante. Deux hommes en uniforme sont en bas. Ils souhaitent te parler.

Je compris immédiatement pourquoi ils étaient là.

— Nous sommes vraiment navrés de vous informer que…

Je poussai un hurlement tout en regardant leurs lèvres remuer.

— Il est mort au combat. C'était un homme très courageux, un grand soldat. Vous pouvez être fière de lui.

J'éclatai de colère.

— J'ai toujours été fière de lui ! Est-ce que vous le connaissiez ? Est-ce que vous étiez là-bas ?

Ils échangèrent un regard, mal à l'aise.

— Malheureusement, nous n'avons jamais eu l'occasion de le rencontrer car nous exerçons nos fonctions au bureau de Londres.

— Espèces de lâches. Sortez. Vous n'êtes pas dignes de prononcer son nom.

Mon petit garçon grandirait donc sans son père. J'aurais des anecdotes à lui raconter et une photo à lui montrer, mais serait-ce vraiment suffisant ? Cet enfant était le bâtard d'une femme qui n'était même pas veuve.

Philippa fit de son mieux pour m'égayer en m'emmenant en promenade et en me rapportant des anecdotes. Le soir, elle commença à me faire la lecture. Elle m'aida à apprendre à aimer mon fils, alors que je souhaitais seulement mourir.

Et je finis par l'aimer. À la folie. J'étais constamment sur mes gardes. Je refusais de le laisser dans son landau au milieu du jardin au cas où un chat s'installerait sur lui et l'étoufferait. Où un corbeau lui crèverait les yeux. Je devais être auprès de lui à chaque instant pour le protéger.

Le docteur Channing passait souvent me voir.

— Je viens juste vérifier si tout va bien… Comment dormez-vous ?… Vous perdez du poids… Est-ce que vous pleurez souvent ?

Les mêmes questions encore et toujours, semaine après semaine, jusqu'à ce que je craque.

— Taisez-vous à la fin et laissez-moi tranquille avec mon bébé.

— Certains sentiments peuvent être tout à fait écrasants, répondit-il calmement.

J'éclatai de rire.

— Puisque vous tenez tant à savoir comment je me sens, je vais vous le dire : j'ai envie de mourir. Je pourrais mourir sur-le-champ que je n'aurais pas le moindre regret.

— Vous laisseriez votre fils tout seul ?

Quand il prononça ces mots, j'éclatai en sanglots.

À la suite de cela, je passai deux mois dans une maison de convalescence. Une fois par semaine, Philippa m'amenait mon fils.

— Je crois qu'il est temps de donner un prénom à ce bout de chou, dit-elle un jour.

— C'est vrai ?

— Y as-tu réfléchi ?

— Non.

— Essaie d'en trouver un avant notre prochaine visite.

Une chose était sûre, je ne l'appellerais pas Herbert. Bertie était unique à mon cœur, personne au monde ne méritait de porter son nom.

Et puis un prénom me vint à l'esprit, presque dans un rêve. Michael. Michael Carter. Mon fils serait un garçon avec un nom et une vie à lui.

Lorsque je quittai la maison de convalescence, je me sentais relativement prête à affronter à nouveau le monde. Philippa était ma force. Une mère pour Mikey et moi. L'été fit place à l'automne. Mikey quitta peu à peu nos bras pour se mettre à ramper. Lui et moi nous installions parfois dans l'herbe du petit jardin de Philippa et ramassions des feuilles ou observions des escargots. Ses mains potelées trouvaient toujours quelque chose à toucher et à porter à sa bouche. Nous devenions plus forts ensemble. Nous menions enfin une vie stable, et je ne laisserais plus rien ni personne perturber mon existence.

C'était du moins ce que je croyais. Au début du mois de décembre, le facteur m'apporta une lettre dont le timbre avait été oblitéré en Cornouailles. Je la lus plusieurs fois au cours de la semaine suivante et finis par comprendre ce que j'avais à faire. J'expliquai mes intentions à Philippa puis retirai l'alliance de sa mère de mon doigt.

— Garde-la jusqu'à ce que je revienne, lui dis-je.

— Nous t'attendrons, Mikey et moi.

— Je rentrerai dès que possible.

Sur le moment, je ne doutai pas un instant que c'était ce que je ferais. J'ignorais totalement ce qui allait se passer. Combien mon cœur allait souffrir du manque et de la peur. De la terreur d'être démasquée. J'allais devoir renier mon passé tout entier pour sauver mon avenir. En somme, j'allais rester une menteuse.

Caroline
Aujourd'hui

La malle m'invitait à la fouiller. Sous la veste d'uniforme se trouvaient des shorts et des chemises en coton jaunis par le temps. Les vêtements que mon grand-père portait probablement pour supporter la chaleur tropicale de Penang. Juste en dessous, je découvris des livres. De simples livres de poche bon marché. Beaucoup de romans d'Agatha Christie et plusieurs de Dorothy L. Sayers. Je les feuilletai dans l'espoir d'y trouver une lettre oubliée ou une fleur séchée, mais en vain. Sur la première page de chaque ouvrage était soigneusement inscrit le nom de ma grand-mère, Clara Bolitho.

Je les rangeai en deux piles sur la moquette puis continuai mes fouilles.

Un livre fermé par une petite serrure impossible à ouvrir. Un journal intime, sans doute. Une Bible ancienne et trois recueils de poésie : Yeats, Masefield et Kipling. Ayant étudié Yeats au collège, je cherchai les poèmes dont je me souvenais dans la table des matières. C'est alors que je découvris un autre nom écrit à l'encre dans le coin en haut à droite de la page. Herbert Bolitho, 1915.

Herbert ? Je n'avais jamais entendu parler de lui. Sûrement un membre de la famille, mais lequel ? Et que faisait-il à Penang avec mon grand-père ?

Plus bas, je remarquai qu'on avait utilisé la même encre noire pour marquer le titre d'un poème d'un astérisque.

— *L'Île du lac d'Innisfree.*

C'était celui que j'avais été obligée d'apprendre par cœur. Je tentai de me le remémorer puis le récitai à voix haute :

— « Oui, je me lèverai et j'irai maintenant, / J'irai à Innisfree ; je construirai là-bas, / Un petit cabanon fait de boue et de chaume ; / J'aurai là neuf plants de haricots, / La ruche pour les mouches à miel[1]. »

Assez contente de moi, je posai les trois recueils de poèmes à côté des livres de poche et du journal verrouillé, puis je pris la Bible. Pas aussi grande qu'un vieil exemplaire familial, mais tout de même lourde.

Bien que peu intéressée par ces textes anciens, je passai les mains sur quelques-unes des pages fines couvertes d'une écriture dense et minuscule en me demandant qui était la dernière personne à les avoir caressées. Cette Bible était dépourvue de toute lithographie élaborée.

Je retournai aux premières pages et c'est là que je fis une étonnante trouvaille. Un arbre généalogique. Où six générations étaient représentées. *Mon* arbre généalogique.

Je ne connaissais aucun des premiers noms, mais en descendant le long des branches, je lus le nom de « Révérend Hugh Bolitho » et juste à côté « *m.* Louisa Jayson ».

Mon arrière-grand-père, établi dans la paroisse de Callyzion.

En dessous figuraient les noms de leurs enfants : Herbert, Ernest et Amy.

Je savais qu'Ernest était mon grand-père, mais j'ignorais totalement qu'il avait un frère et une sœur. Herbert était donc celui qui aimait la poésie ? Sans doute. À côté de son nom, il était indiqué qu'il était mort en 1917. Pauvre homme. Une victime de la guerre. Non marié et sans enfant.

1. William Butler Yeats, « L'île du lac d'Innisfree », dans *Cent poèmes pour la liberté*, ouvrage collectif d'Ahmed Ben Othman et Jean-Pierre Darmon, trad. par Elizabeth Ritchie et Jean-Pierre Darmon, Paris, Le Cherche Midi, 1985.

Toutes ces découvertes commençaient à m'amuser. J'avais l'impression de mener une petite chasse au trésor dans mon passé, même si j'ignorais toujours pourquoi cette malle m'avait été envoyée, et par qui.

Le prénom de ma grand-mère, Clara, était inscrit à côté de celui de mon grand-père Ernest, juste au-dessus de ceux de leurs enfants : Edward, Hannah et David. Ma mère et ses deux frères. Le mien aurait dû apparaître en dessous et je fus tentée d'aller chercher un stylo pour l'y inscrire. Mais à peine m'étais-je levée que j'aperçus le bord d'un bout de papier qui dépassait du livre. Était-ce la lettre qui éclaircirait le mystère de l'envoi de cette malle ? Je feuilletai le livre jusqu'à cet étrange marque-page. Il y avait en fait deux lettres. L'une d'elles, jaunissante, était adressée à mon grand-père à Penang et datait de 1948.

DEUXIÈME PARTIE

16

Hannah, Trevay, Cornouailles
1938

Penchée à la fenêtre de la chambre de ma mère, je savourais la beauté du paysage ensoleillé. Le ciel au-dessus de Trevay était bleu vif, les mouettes riaient et jouaient dans la brise tiède. J'apercevais l'océan scintillant, ainsi qu'une flottille de pêche qui tanguait sur les vagues, en route pour son fertile terrain de chasse. Mon père était originaire de Cornouailles et ma mère venait du Kent, mais moi, j'étais née à Penang en Malaisie. Un jour, mon père avait déclaré pour plaisanter que j'étais une sorte de bâtarde.

— Parfait, avais-je répondu. Les bâtards sont les chiens les plus intelligents, alors je suis ravie.

Mes tâches matinales étaient terminées, j'aurais dû rejoindre maman en bas dans la boutique, mais je m'étais amusée un moment avec son maquillage et j'avais bien envie de continuer à profiter de cette magnifique journée.

Je l'entendis finalement m'appeler.

— Hannah ?

— Oui, maman ?

— Tu veux bien descendre, s'il te plaît ? Nous avons des clientes à servir.

— J'arrive.

J'essuyai rapidement le fard que j'avais appliqué sur mes joues et descendis l'escalier.

Derrière le comptoir, maman bavardait avec deux habituées de la boutique, Mme Pengelly et Mlle Pritty.

— Est-ce que c'est mon fard à joues ?

Ma mère me regardait, les sourcils haussés, mais pas fâchée.

— J'en ai mis juste un petit peu.

— J'espère que tu l'as rangé à sa place. Tu n'as pas besoin de te maquiller.

— Est-ce vraiment votre petite Hannah, madame Bolitho ? demanda Mme Pengelly, une femme corpulente avec un grain de beauté poilu sur la lèvre supérieure, en me dévisageant de ses yeux perçants à travers ses lunettes à monture en écailles. Mais qu'est-ce qu'elle a grandi !

Ma mère soupira.

— Je ne vous le fais pas dire.

— Elle est charmante, dit Mlle Pritty.

Ma mère posa les mains sur les hanches et m'observa avec un regard ironique.

— Vous trouvez ?

Fraîche comme une rose conservée sous une cloche en verre, Mlle Pritty me rappelait les princesses de contes de fées. C'était une femme au charme suranné, aux boucles blondes grisonnantes et à la peau délicatement ridée.

Ma mère trouvait que c'était un peu une chiffe molle.

— Merci, mademoiselle Pritty, répondis-je avec un grand sourire.

— Je suis incapable de passer devant votre magasin sans m'y arrêter, madame Bolitho. La vue de ces tissus et leur odeur ne cessent de me ravir.

Le long des murs de la boutique s'alignaient de nombreux rouleaux de soie et de coton les plus fins aux couleurs et aux motifs exotiques. Ce magasin était le domaine de ma mère. Elle importait elle-même ses tissus de Malaisie, le pays où j'étais née.

Depuis mon enfance, j'aimais tout ce qui était vif et coloré. À mes yeux, l'Extrême-Orient était un endroit magique et, à mon départ, j'aurais juré qu'il me manquerait.

J'avais quitté Penang pour l'Angleterre à cinq ans. Il ne me restait à présent que quelques souvenirs flous des palmiers, du soleil sur mes joues et du parfum de l'air chaud après la pluie.

Mon père, Ernest Bolitho, membre de l'Ordre de l'Empire britannique, était resté à Penang où il possédait une plantation d'hévéas et travaillait pour l'administration malaisienne.

— J'aurais besoin de boutons, dit Mlle Pritty. Pour aller avec cette mousseline de soie. N'est-elle pas jolie ?

Elle caressa tendrement un rouleau neuf de tissu lilas clair.

— C'est une de mes nouvelles étoffes préférées, dit ma mère. De la soie pure.

— Combien vous en faut-il ? demandai-je tout en commençant à chercher des boutons appropriés dans l'un des deux comptoirs en verre.

Sous la vitre, les nombreuses rangées de tiroirs en bois contenaient des centaines de boutons, de rubans, de dentelles et de fils à broder.

En quête du bouton parfait, Mlle Pritty approcha le nez de la vitrine.

— Avec ce motif, je verrais bien quelque chose de petit et rond. Il m'en faut six.

Elle pointa un tiroir du doigt.

— Oh, je crois que ceux-ci seraient parfaits.

Ma mère prit le relais.

— Ils sont arrivés hier de Singapour. Couverts de soie et légers comme une plume. C'est parfait pour de la mousseline.

Mme Pengelly, que nous avions presque oubliée, commença à exprimer son agacement.

— Je suis arrivée la première, madame Bolitho.

Maman resta impassible.

— Hannah va vous servir.

Elle savait que je préférais Mlle Pritty, mais elle était douée pour convaincre les clientes de dépasser leur budget et cette femme était la proie rêvée.

— Madame Pengelly, que puis-je faire pour vous ? demandai-je en souriant. Nous avons de très jolis gants.

Je travaillais dans la boutique de ma mère chaque samedi, pendant que mon frère aîné, Edward, jouait au rugby et notre petit frère, David, au cricket.

Edward et moi avions été les premiers à venir vivre en Angleterre. Notre père était convaincu que nous serions plus en sécurité en Cornouailles depuis que des conflits politiques secouaient la Malaisie. J'avais alors cinq ans et Edward, neuf. Nos parents nous avaient amenés en Cornouailles en bateau en nous promettant de magnifiques vacances avec nos grands-parents. Ce qu'ils avaient omis de nous dire, c'était qu'ils repartiraient à Penang sans nous. Le jour de leur départ, je n'avais donc eu aucune raison de m'inquiéter lorsqu'ils nous avaient fait au revoir depuis le taxi en nous criant « À bientôt ! ». J'avais ensuite passé la semaine le visage collé à la vitre d'une fenêtre, persuadée qu'ils allaient finir par réapparaître. Tout compte fait, je n'avais pas revu ma mère pendant sept ans. Quant à mon père, il n'était toujours pas revenu me voir à ce jour.

La vie chez mes grands-parents était à l'opposé de celle à laquelle Edward et moi avions été habitués. Déjà, notre anglais n'était pas très bon. Comme le travail de notre père était extrêmement confidentiel, nos parents ne parlaient anglais que lorsqu'ils étaient seuls. Devant le personnel, mon frère et moi, ils s'exprimaient en malais afin d'éviter que leurs employés n'apprennent l'anglais.

Il est par conséquent facile d'imaginer les difficultés que nous avions pour comprendre les autres et être compris à notre arrivée en Cornouailles. En particulier à l'école. On nous y considérait comme des sauvages parce que nous laissions nos chaussures à côté de la porte et marchions pieds nus à l'intérieur des classes, comme on nous avait appris à le faire en Malaisie. Nos enseignants nous jugeaient désobéissants.

Le moment de la journée que nous préférions, c'était lorsque grand-père rentrait de l'église. Il était gentil avec nous, avait toujours un caramel dans la poche et prenait le temps de partager son grand fauteuil avec nous, tandis que nous bavardions dans notre créole ou feuilletions des livres d'images.

Grand-mère était gentille, elle aussi, mais souffrait de troubles nerveux. J'ignorais totalement ce que cela signifiait, mais son état exigeait que nous ne fassions aucun bruit dans la maison et que nous ne dérangions pas ses nombreuses siestes.

Dora, la domestique, était un amour. Toujours prête à faire une partie de dames avec nous ou à jouer à cache-cache. Cook la réprimandait sans arrêt parce qu'elle passait plus de temps avec nous qu'à accomplir ses corvées, mais nous découvrîmes bientôt que c'était une femme tout à fait inoffensive.

Elle nous apprit à préparer des tartelettes à la confiture et des génoises, des œufs brouillés et des pommes de terre en robe des champs, et le jour où Edward et moi nous plaignîmes de ne plus manger de curry, elle chercha une recette et nous prépara du *kedgeree*, une sorte de pilaf au poisson, pour le petit déjeuner.

Tante Amy était la seule personne que nous évitions. Elle n'aimait pas les enfants, surtout les garnements comme nous. Nous adorions fouiner dans sa chambre en son absence. Nos visites secrètes dans son antre passèrent si longtemps inaperçues que nous finîmes par croire qu'elle ne nous attraperait jamais. Cependant, par un après-midi de pluie ennuyeux, elle entra dans la pièce alors que, cachés sous son lit, nous nous apprêtions à lire un paquet de lettres signées par un dénommé Peter qui lui étaient adressées. Edward, grand pour son âge, ne réussit pas à rentrer les pieds sous le lit suffisamment vite pour éviter de se faire repérer. Immédiatement, les doigts osseux de tante Amy se refermèrent comme les serres d'un aigle sur son bras et tirèrent dessus. Le tapis rêche lui râpa douloureusement la joue.

Le plus effrayant chez tante Amy, c'était qu'elle n'élevait jamais la voix. Elle préférait laisser planer au-dessus de nos têtes un silence menaçant.

— Mais qu'est-ce que tu faisais sous mon lit ? siffla-t-elle.

Edward se releva.

— Rien.

— Ne me mens pas, petit sauvage. Qu'est-ce que tu as trouvé ?

— Rien du tout, répondit-il témérairement.

Toujours cachée sous le lit, je voyais une des étroites bottines noires de tante Amy marteler le tapis.

— Et où est ta sœur ? Si cette petite peste est là-dessous...

Je n'eus pas le temps de bouger. Elle se pencha, souleva brusquement le bord du couvre-lit en chenille et posa son regard furieux sur moi.

— Sors d'ici tout de suite ou tu vas le regretter.

De la salive faisait briller ses lèvres.

— Oui, tante Amy.

Je sortis en rampant et rejoignis Edward qui chercha aussitôt ma main. Je tenais toujours une des lettres adressées à tante Amy.

Lorsqu'elle s'en aperçut, un tic nerveux agita sa lèvre et je crus voir son regard s'enflammer. Elle s'avança vers moi et leva la main. Je serrai les paupières de toutes mes forces, terrifiée par la gifle que j'allais recevoir. Au même instant, je mouillai ma culotte.

L'humiliation que je ressentis fut aussi douloureuse que le coup.

— Donne-moi cette lettre.

Le visage de tante Amy n'était plus qu'à quelques centimètres du mien. Elle remarqua aussitôt ma bêtise. Ma culotte et mes chaussettes étaient chaudes et humides, et une tache se formait sur le tapis.

Je lui remis la lettre.

— Je suis vraiment désolée, gémis-je.

— Est-ce que tu l'as lue ?

Elle agita la feuille de papier devant mon visage.

— Est-ce que tu as osé lire mon courrier ?

— Non, répondit Edward d'un ton ferme. Ni elle ni moi ne l'avons fait.

Elle cessa de me regarder et se tourna vers lui. Elle s'apprêtait à le gifler à son tour, lorsque ses bottines noires émirent un petit couinement. La main en l'air, elle baissa les yeux vers le sol. Elle avait posé les pieds sur la tache d'urine.

Edward profita de sa stupéfaction pour me prendre par la main.

— Cours !

Grand-père nous réprimanda sévèrement puis nous envoya nous coucher sans dîner. Contrarier tante Amy était une chose, mais jamais nous n'avions voulu mettre grand-père en colère. C'était le seul adulte que nous aimions et respections. Il était tout pour nous. Nous préférions encore recevoir vingt coups de canne à l'école plutôt que de le décevoir.

Plus jamais il ne nous arriva de le mécontenter.

Au fil des années, les adultes se mirent à régenter nos vies. Depuis notre arrivée, Edward était obligé d'aller à l'église chaque matin avant l'école. Aussi dus-je me joindre à lui lorsque j'eus dix ans. Le dimanche, il fallait s'y rendre deux fois. Le matin et le soir. Nous devions également écrire chaque semaine à nos parents.

De son côté, grand-mère s'affaiblissait avec le temps. Peu à peu, elle cessa totalement de descendre de sa chambre. Elle commença à exprimer le souhait de nous voir confirmés à l'église. Elle insista pour que nos cours de catéchisme aient lieu à son chevet afin qu'elle puisse suivre les leçons hebdomadaires de grand-père et prier avec nous pour notre salut.

Comme nous n'avions jamais eu le droit d'entrer dans sa chambre auparavant, mon esprit flânait souvent tandis que j'étais agenouillée près de son lit. Les yeux mi-clos, je prenais plaisir à observer la pièce.

Ce n'était pas la chambre d'une princesse, loin de là, mais elle était féminine. Sur sa petite coiffeuse en bois étaient disposés un crucifix, une brosse à cheveux argentée, un miroir à main ainsi qu'un vase peint qui contenait toujours un petit bouquet de fleurs fraîches. Il y avait également un portrait sépia de mon père en uniforme militaire. Je rêvais de m'en approcher. De le prendre et de caresser ce visage qui me manquait tant. Mais on m'avait sévèrement fait passer l'envie de m'approcher de n'importe quel objet privé.

Notre confirmation était devenue un brûlant sujet de conversation au presbytère. Cook et Dora discutaient des heures des tenues que nous porterions. Grand-père et grand-mère nous avaient offert un petit livre de prières à chacun. Tante Amy quant à elle nous ignorait. Un soir, quand elle vint vérifier si nous étions couchés, elle déclara que nous n'étions pas assez bons pour Dieu.

— Le diable vous veut rien que pour lui, lâcha-t-elle avant d'éteindre la lumière et de nous abandonner dans l'obscurité.

— Pauvre cruche, murmura Edward quand elle eut refermé la porte.

— Edward ! C'est un très vilain mot.

— Je ne crois pas au diable. Mais s'il existe, je suis sûr que c'est elle.

— Enfin Edward, si le diable n'existe pas, alors Dieu non plus. Ils font partie de la même histoire.

Mon frère regarda fixement le plafond.

— Je ne crois pas non plus en Dieu.

— Quoi ? Mais nous devons y croire pour être confirmés.

Effrayée, je commençai à avoir les larmes aux yeux.

— Oh, Edward. Tu risques d'aller en enfer et je ne te reverrai plus parce que je serai au paradis.

Je m'essuyai les paupières avec le drap et joignis les mains.

— Je vais prier pour que tu sois sauvé.

— Pas la peine, grogna-t-il avant de se tourner sur le côté, si bien que je ne vis plus son visage.

C'était l'évêque de Gloucester qui devait célébrer la messe. Nombre d'enfants de la paroisse s'apprêtaient eux aussi à renouveler les promesses à Dieu qu'on avait faites en leur nom lorsqu'ils avaient été baptisés bébés.

Hélas, une semaine avant le grand événement, l'état de grand-mère se détériora sérieusement. D'après le médecin, elle avait eu une attaque qui l'avait plongée dans un profond sommeil.

On nous envoya nous coucher tôt ce soir-là, Edward et moi. Une fois que nos lampes furent éteintes et notre porte fermée, j'entendis tante Amy pleurer sur le palier. Grand-père était avec elle.

— Elle ne se réveillera plus, c'est ça ?

— Chut, ma chérie. Ta mère doit se reposer. Nous ne devons pas la déranger. Si la volonté de Dieu est qu'elle guérisse, nous ne pourrons que le remercier. Si elle nous quitte, elle rejoindra notre cher Bertie et nous lui en serons reconnaissants.

Allongée dans le noir, je réfléchis.

— Edward ? chuchotai-je au bout d'un moment. Edward ?

— Quoi ?

Il se tourna vers moi et me regarda depuis son lit.

— Tu as déjà entendu parler de quelqu'un qui s'appelait Bertie ?

Il bâilla.

— Non. Allez, dors maintenant.

Grand-mère mourut deux jours plus tard. Ce fut grand-père qui nous annonça la nouvelle le lendemain matin dans son bureau. Je me demandai s'il fallait pleurer. N'en ressentant pas le besoin, je restai silencieuse et tentai d'avoir l'air triste. Grand-père semblait très fatigué, mais il faisait de son mieux pour paraître joyeux.

— Cook vous servira le petit déjeuner dans la cuisine aujourd'hui, car j'ai des choses à faire.

C'était plutôt une bonne nouvelle. Nous adorions nous asseoir près de la chaude cuisinière de Cook.

— Venez, vous deux, dit-elle. Je suis en train de préparer des pancakes et je vous ai fait griller des saucisses.

— Est-ce que grand-mère est toujours à la maison ? lui demandai-je.

— Allons, allons, parlons de choses plus joyeuses.

— Qu'est-ce qui va lui arriver ? Est-ce que Dieu va l'emmener directement au paradis ?

J'étais vraiment curieuse de le savoir.

— Oui, son esprit est monté au ciel, répondit mon frère avec impatience. Mais son corps reposera sous terre.

— Oh ! Est-ce qu'il y est déjà ?

Dora avait les yeux rouges et reniflait.

— Non, Hannah. On va d'abord le préparer, puis nous présenterons nos hommages à ta grand-mère. Elle sera enterrée dans quelques jours.

— D'accord.

Je réfléchis un instant.

— Qu'est-ce que ça veut dire, préparer ?

— Allez, ça suffit maintenant. Prends donc une deuxième saucisse.

Là-dessus, tante Amy entra dans la cuisine. Elle paraissait très pâle et plus maigre que jamais. À ma grande surprise, Cook alla la serrer dans ses bras.

— Pauvre mademoiselle Amy. Vous avez fait tout ce que vous pouviez. Aucune mère n'aurait pu avoir meilleure fille que vous.

J'échangeai avec Edward un regard incrédule.

Amy éclata en sanglots et Cook la berça doucement.

— Là, là. Vous avez déjà tant souffert.

— Maman va tellement me manquer. Je croyais avoir le cœur brisé après Peter, mais cette fois, la douleur est… intolérable.

Cook lui tapota le dos.

— Mais vous vous en remettrez. Vous serez forte, exactement comme l'a été votre mère après avoir perdu ce pauvre M. Bertie.

Je dressai l'oreille. Encore ce nom.

— Qui est M. Bertie ?

Tante Amy repoussa Cook et se tourna vers moi d'un air furieux.

— Depuis combien de temps es-tu ici ? Tu écoutes les conversations des autres maintenant ?

Cook se plaça rapidement devant moi pour me protéger.

— Hannah et Edward prennent exceptionnellement leur petit déjeuner ici ce matin.

— Eh bien, le repas est terminé.

Tremblante, tante Amy tendit son bras maigre et pointa son doigt osseux vers la porte.

— Allez dans le bureau de votre grand-père et attendez que je vous appelle.

Edward se leva aussitôt. Il était toujours plus obéissant que moi.

— Viens, Hannah.

Tandis que nous nous dirigions vers le bureau, Dora fit entrer quatre hommes dans la maison. Sombrement vêtus, la tête inclinée, ils passèrent devant nous dans le vestibule et la suivirent dans l'escalier.

Edward me poussa à l'intérieur du bureau et referma la porte, mais j'y collai immédiatement l'oreille.

— Viens là, Hannah.

— Je veux juste savoir ce qui se passe, répondis-je, fâchée qu'il me donne des ordres.

Je finis toutefois par m'éloigner de la porte et m'assis à côté de lui dans le fauteuil près du foyer éteint. Edward s'était installé dans celui de grand-père derrière le bureau.

Au bout d'un long moment, j'entendis quatre paires de pieds descendre l'escalier en rythme puis se diriger lentement vers le petit salon.

— Ce sont eux, chuchotai-je. Je crois qu'ils redescendent de la chambre de grand-mère.

Je posai la main sur la poignée de la porte.

— On va voir ce qui se passe ?

Mon frère me lança un regard terrifié.

— Non ! Je pense qu'ils ont mis grand-mère dans le petit salon.

J'étais perplexe.

— Tu veux dire qu'ils l'ont portée jusqu'en bas pour l'asseoir près du feu ? Est-ce qu'elle va mieux finalement ?

Il leva les yeux au ciel.

— Non, idiote. Ils ont descendu son cercueil pour l'exposer dans le petit salon jusqu'à l'enterrement.

— Oh.

La présence de ce cadavre dans la pièce voisine m'assagit instantanément.

— Eh bien, au moins elle sera au chaud quand le feu sera allumé.

— Ma parole, tu es vraiment stupide. La pièce doit rester froide, sinon son corps pourrira et des mouches entreront dans la maison, et puis probablement des rats.

Je me bouchai les oreilles.

— Arrête ! Tu me fais peur !

Mon grand-père entra, l'air très triste.

— Pourquoi effraies-tu ta sœur, Edward ?

— Je n'ai rien fait, grand-père.

Il nous regarda tour à tour.

— Hannah, il n'y a aucune raison d'avoir peur. Grand-mère vous aimait beaucoup, tu ne dois surtout pas la craindre.

Il me tendit la main.

— Viens. Je vais te montrer. On dirait simplement qu'elle dort. Viens lui dire au revoir.

— Est-ce qu'Edward va nous accompagner ?

Mes genoux commençaient à trembler.

— Tout à fait.

Grand-père regarda Edward et lui tendit l'autre main.

— Viens, mon garçon.

Le petit salon était une pièce agréable où nous jouions en famille à Noël, où nous célébrions les anniversaires et où un bon feu crépitait l'hiver. Mais aujourd'hui, il était froid, sombre et rempli d'une odeur de bougie. Lorsque mes yeux se furent habitués à l'obscurité, je découvris un cercueil en bois foncé de la taille de grand-mère posé sur la plus belle table.

Assise à une extrémité, tante Amy murmurait une prière. Elle se tut à notre arrivée et nous fit signe, à Edward et moi, de la rejoindre. Commençant à me sentir nauséeuse, je songeai à m'enfuir de la maison pour respirer l'air frais et propre du jardin, mais grand-père posa une main sur mon épaule.

— Approchez-vous, tous les deux, dit tante Amy. Votre grand-mère aurait souhaité que vous lui disiez au revoir. Vous devez la remercier de tout ce qu'elle a fait pour vous.

Je n'arrivais pas à lever les yeux du sol, effrayée à l'idée de découvrir des mouches et des rats.

— Est-ce que j'y suis obligée ? demandai-je d'une voix tremblante.

Edward vint se placer à côté de moi.

— On va le faire ensemble. Prête ?

J'inspirai profondément et hochai la tête.

Il redressa les épaules.

— Bon. Maintenant.

Main dans la main, nous regardâmes à l'intérieur du cercueil. Grand-mère avait le teint jaunâtre mais paraissait profondément endormie. Pas une mouche ni un rat ne rôdaient autour d'elle. En voyant ses yeux fermés et son visage tout à fait immobile, je devinai qu'elle n'était plus là. Elle était partie.

Courageusement, j'entrepris d'observer toute la longueur de son corps. Elle portait une robe en dentelle couleur crème qui lui couvrait les pieds. Ses manches étaient boutonnées aux poignets et, dans ses mains jointes sur sa poitrine, elle tenait la photo sépia de mon père en uniforme militaire.

— Est-ce que papa va être enterré avec elle ? demandai-je à grand-père.

— Non, mon enfant. Il est à Penang avec votre mère. Qu'est-ce qui te fait dire cela ?

— Le portrait de lui que tient grand-mère.

— Ce n'est pas ton père, Hannah, mais le frère de ton père, Bertie. Il a été tué pendant la Grande Guerre.

— Notre oncle ? demanda Edward.

— Où est-il enterré ? demandai-je.

— En France, à l'endroit où il est mort.

— Pourquoi pas ici, dans notre cimetière ?

— Les soldats qui meurent sur le champ de bataille sont enterrés où ils sont tombés, répondit tante Amy. Bertie au moins a une tombe. Ainsi qu'une stèle.

Elle se leva et poursuivit, la voix étranglée de larmes.

— Peter, lui, n'y a pas eu droit. Mon Peter. Il a marché sur une mine qui a fait exploser son corps en millions de petits morceaux qui ont ensuite été piétinés par ses camarades. Des hommes qui l'ont immédiatement oublié et ont continué à tuer leurs ennemis. Il n'a eu aucune pierre tombale.

Avec un sanglot, elle courut vers la porte, suivie de grand-père.

Edward et moi nous retrouvâmes seuls avec grand-mère.

— Tu poses trop de questions, dit mon frère, avant d'ajouter avec admiration : Mais celles-ci étaient excellentes.

— Pourquoi personne ne nous a jamais parlé d'oncle Bertie ? Tu savais qu'il existait ?

— Non. Je suppose que les adultes nous ont caché sa mort pour ne pas nous faire de peine.

— Ah, oui.

Mon esprit d'enfant trouva cette raison parfaitement sensée.

— Et si on chantait une chanson à grand-mère pour lui faire plaisir ?

— D'accord.

C'est ainsi qu'à son retour, grand-père nous trouva en train d'interpréter *It's a Long Way to Tipperary*, un air entraînant qu'Edward et moi avions trouvé tout à fait approprié.

17

Hannah, Callyzion
Printemps 1936

Tante Amy souffrait de troubles nerveux. Elle avait probablement hérité de la maladie de grand-mère. Depuis quelque temps, elle vivait dans un couvent où, d'après Cook, les nonnes étaient très gentilles avec elle. Depuis son départ, il fallait bien admettre que l'atmosphère à la maison était plus joyeuse.

Grand-père était toutefois très triste et ses genoux le faisaient souffrir ; il devait à présent s'appuyer sur une canne pour marcher, mais Edward et moi faisions tout ce que nous pouvions pour l'aider. Je donnais un coup de main à Cook et à Dora dans la maison. Edward qui avait maintenant seize ans s'occupait quant à lui du jardin. Pendant l'hiver, il avait planté quantité de jonquilles et, dès le début du printemps, il avait commencé à tondre la pelouse et à réparer la vieille balançoire de grand-père. Un jour où il faisait particulièrement bon et où les jonquilles étaient fleuries, je mis la table pour le goûter sous le pommier afin de faire une surprise à grand-père quand il rentrerait. J'avais préparé une génoise qui s'était un peu affaissée au centre, mais Cook l'avait saupoudrée de sucre glace et affirmait qu'elle était très jolie.

Grand-père trouva mon idée excellente, mais il faisait un peu trop frais dans le jardin pour ses genoux. Par conséquent, après une tasse de thé, nous allâmes terminer le goûter dans son bureau. Nous nous installions rarement dans le petit salon désormais.

Le matin de mon douzième anniversaire, qui tombait un samedi, donc un jour sans école, je descendis l'escalier quatre à quatre lorsque le facteur frappa à la porte, ce que je faisais rarement.

Il me souhaita un joyeux anniversaire puis me tendit un paquet de lettres. La plupart étaient adressées à grand-père, mais je découvris aussi quelques cartes d'anniversaire, ainsi qu'une lettre qui nous était destinée, à Edward et à moi, et qui portait le cachet de Penang.

— Edward ! l'appelai-je du pied de l'escalier. Ed ! Nous avons reçu une lettre de papa et maman.

Nous dormions à présent dans des chambres séparées. J'occupais toujours l'ancienne, qui me plaisait beaucoup car j'avais vue sur le pommier, tandis qu'Edward avait hérité de la chambre qui donnait sur l'église.

— J'arrive ! cria-t-il.

J'entrai en sautillant dans la cuisine qui était devenue le lieu de vie principal de la maison. Lorsque Dora et Cook entonnèrent un joyeux anniversaire, grand-père, qui était assis dans un fauteuil à bascule près de la cuisinière, se joignit à elles.

— Merci !

Je les embrassai tour à tour puis tendis son courrier à grand-père.

— Papa et maman nous ont écrit.

Je m'assis et attendis Edward pour lire leur lettre à voix haute. Nous adorions tous les cinq découvrir les nouvelles de Penang et les plaisanteries amusantes qu'ajoutaient nos parents.

J'entendis le pas d'Edward approcher, puis il entra et s'assit à table.

— Bonjour grand-père, bonjour Cook, bonjour Dora.

— Bonjour Edward, répondirent-ils en chœur.

— Où est la lettre de papa et maman ? demanda-t-il en vérifiant le courrier posé devant moi.

— Ah non, dis-je en l'éloignant de lui. Pas avant que tu ne m'aies souhaité un joyeux anniversaire.

L'air horrifié, il plaqua une main sur sa bouche.

— Oh non ! C'est aujourd'hui ?

Je le foudroyai du regard.

— Comment as-tu pu l'oublier ?

Il sourit.

— Tiens ! Mais qu'est-ce qu'il y a donc dans ma poche ?

Il en sortit un coffret blanc fermé par un ruban bleu.

— Joyeux anniversaire, Hannah.

— C'est un cadeau de notre part à tous les trois. Cook, Edward et moi, dit Dora en souriant.

Cook trouvait la surprise si amusante qu'elle jeta son tablier par-dessus sa tête, ce qui nous fit éclater de rire. Je dénouai le ruban bleu et ouvris le coffret. À l'intérieur se trouvait une petite croix en argent suspendue à une fine chaîne.

— Nous avons pensé que ça te plairait maintenant que tu es confirmée, dit timidement Edward.

— Vous avez deux ans de retard.

Je le regardai avec affection et attachai la chaîne autour de mon cou.

— Ces choses-là n'arrivent jamais trop tard, dit grand-père en cherchant dans la poche intérieure de sa veste. Et ceci est un cadeau de ma part.

Il ouvrit la main.

— Cette bague appartenait à ta grand-mère.

Dans sa paume se trouvait un délicat anneau en or serti d'une perle et d'un petit diamant. Je joignis les mains sur la poitrine.

— C'est vraiment pour moi ?

— Tout à fait. Essaie-la.

Je la glissai au majeur de ma main droite.

— Est-ce que ce sont de vraies pierres ?

— Oh oui ! Est-ce qu'elle te va ?

Je sentis des larmes me monter aux yeux.

— Parfaitement.

— Tant mieux.

Dora, qui était une vraie romantique, poussa un soupir.

— C'est comme le soulier de Cendrillon.

Je me levai en riant et serrai grand-père dans mes bras.

— Merci.

— Cette bague se transmet de mère en fille depuis des générations. C'est toi la suivante, alors conserve-la précieusement.

— Je n'y manquerai pas.

Cook s'essuya le nez sur son tablier.

— Bon, qui veut une tranche de pain frit ?

J'oubliai mes cartes d'anniversaire et la lettre de Penang jusqu'à ce que Dora me les apporte plus tard dans le bureau.

— Tu as laissé ça sur la table. Je les ai trouvées sous ton assiette.

— Je vais attendre que grand-père soit rentré pour ouvrir la lettre de papa et maman.

— C'est gentil. Tu sais combien Cook et moi adorons avoir de leurs nouvelles.

Les cartes d'anniversaire m'avaient été envoyées par mes amies d'école et deux vieilles dames de l'église. Je les posai sur la bibliothèque pour pouvoir les montrer à grand-père plus tard. Mais mon véritable cadeau, c'était la lettre de mes parents. Je lissai l'enveloppe, examinai le timbre et reniflai même le papier dans l'espoir d'y flairer une trace du parfum de maman. J'avais hâte de l'ouvrir, mais je devais attendre le retour de grand-père à 16 heures. Encore cinq heures à attendre !

Je passai la journée à ranger mes maigres possessions dans ma chambre et à admirer ma nouvelle bague. Lorsque je tournais la main d'un côté et de l'autre, elle scintillait dans la lumière. Puis je me souvins du pendentif qu'on m'avait offert, mon tout premier, et je passai au moins une heure à essayer de m'attacher les cheveux en chignon comme maman, afin de vérifier si le collier mettait bien mon cou en valeur.

Au début de l'après-midi, je m'ennuyais tant après avoir fait le tour du jardin en sautillant et joué sur la vieille balançoire que j'allai voir Cook dans la cuisine.

— Dehors ! dit-elle en bloquant la porte avec son pied. Tu n'as pas le droit d'entrer avant l'heure du goûter.

Je humai l'arôme chaud et sucré qui s'échappait de la cuisine par la porte entrouverte.

— Tu m'as préparé un gâteau d'anniversaire ?

— Tu le découvriras plus tard, petite curieuse !

Elle me ferma la porte au nez.

Je ris, tout excitée, puis grimpai en quelques bonds l'escalier qui menait de la cuisine au vestibule en chantant et en frappant joyeusement dans mes mains. Edward allait bientôt rentrer de son entraînement de rugby. Ensuite, ma petite fête d'anniversaire pourrait commencer.

Je retournai dans le bureau où je relus mes cartes d'anniversaire, puis je tâtai la lettre de Penang dans ma poche. Tout le monde serait présent d'un instant à l'autre maintenant. J'allais enfin pouvoir l'ouvrir.

Grand-père et Edward arrivèrent ensemble, mais ils me firent patienter encore un peu, le temps de se débarbouiller. Finalement, on m'appela à la cuisine où toute la maisonnée était rassemblée. J'entrai les yeux fermés comme on me l'avait demandé, puis j'entendis des chaises racler le sol et des tabliers amidonnés qu'on lissait en étouffant des rires et des chuchotements.

— Quand j'aurai compté jusqu'à trois, tu pourras les ouvrir, dit Edward. Prête ?

Je hochai vigoureusement la tête.

— D'accord. Un. Deux… Attends un peu… Trois !

Ouvrant les yeux, je découvris que la table de la cuisine était couverte de bonnes choses. Des sandwichs en triangle au beurre, au fromage et au jambon, de la langue bouillie et, ce que je préférais au monde, des friands à la saucisse. Au centre de la table se dressait un gros gâteau d'anniversaire glacé sur lequel était écrit mon nom et où brillaient douze bougies.

— Joyeux anniversaire ! entonnèrent-ils tous.

C'était ainsi chaque année depuis qu'Edward et moi habitions ici ; et chaque année, je me sentais à la fois joyeuse, aimée, mais triste à cause du vide laissé par mes parents.

— Allez, dit grand-père. Souffle donc ces bougies avant qu'elles réduisent la maison en cendres.

Je pris une profonde inspiration, les éteignis d'un seul coup et tout le monde m'applaudit.

Ensuite, le festin put commencer. Les friands de Cook étaient si délicieux que je me bagarrai avec Edward pour avoir la plus grosse part.

— Mais j'ai faim, gémit-il. J'ai joué au rugby toute la journée. Qu'est-ce que tu as fait, toi ?

— J'ai attendu. Et l'attente m'a rendue affamée, répondis-je en prenant deux friands supplémentaires.

— Tu ferais bien de garder de la place pour le gâteau, jeune fille, me gronda gentiment Cook.

— Ah oui, tu es obligée d'y goûter, dit Dora. J'ai dû battre le beurre et la crème pendant des heures. Regarde un peu mes muscles.

Elle plia les bras à la manière d'un hercule.

— Ce n'est rien, ça, tâte un peu les miens, dit Edward.

Et nous éclatâmes tous de rire.

Nous nous amusions tant que j'en oubliais à nouveau la lettre dans ma poche. Ce fut grand-père qui me rappela de l'ouvrir.

Après m'être essuyé les doigts sur ma serviette, je décachetai soigneusement l'enveloppe qui avait été expédiée six semaines plus tôt.

Je me raclai la gorge, dépliai les pages et commençai à lire à voix haute.

Cher Edward, chère Hannah,

J'espère que cette lettre te parviendra à temps pour ton anniversaire, ma chérie. Nous sommes vraiment désolés de ne pas être auprès de toi. Papa t'embrasse fort. Il est toujours très occupé à cause de son travail et de ses hévéas.

Vous n'allez jamais le croire, mais des grenouilles ont envahi la plantation. J'ai dû aider les ouvriers à les attraper et à les rassembler dans des seaux. Certaines étaient énormes et sautaient très haut et loin. Nous ne savons pas pourquoi elles étaient si nombreuses ni d'où elles venaient, mais en tout cas, leur arrivée a attiré les serpents. Hélas, une des chiennes errantes de la plantation a été mordue par un très dangereux cobra. Vous vous souvenez de la petite famille de singes que j'ai adoptée et dont je vous parlais dans une autre lettre ? Eh bien, la maman singe a chassé le cobra et a bien failli sauver la chienne, mais il était trop tard. Par chance, ses trois chiots étaient déjà sevrés, alors je les dresse à présent afin qu'ils vivent avec nous. Ils sont si mignons et intelligents ! Il y a deux mâles et une femelle. Je les ai appelés Flopsy, Mopsy et Bunny. Flopsy est noir, Mopsy aussi mais avec une étoile blanche et Bunny (la petite femelle) a le pelage doré. Papa lui-même les aime beaucoup !

Comment vont grand-père, Cook et Dora ? Embrassez-les bien fort de ma part et dites à Cook que sa cuisine me manque. Les genoux de grand-père vont-ils mieux ? Papa utilise du baume du tigre pour calmer ses douleurs. C'est une sorte de pommade qui semble capable de tout guérir.

Notre domestique, Ngai, fait de son mieux en cuisine et il prépare d'excellents currys, mais la cuisson du rôti et du pudding reste un mystère pour lui. J'avais trouvé une recette de friands pour l'anniversaire de papa, mais Ngai n'a réussi qu'à produire une sorte de chausson assez étouffant.

Comment se passe l'école ? Edward, je suis si contente d'apprendre que tu te débrouilles bien dans toutes les matières. Papa dit que tu devrais devenir médecin car tes notes en maths et en sciences sont excellentes. Il est également très fier de savoir que tu as intégré la meilleure équipe de rugby de l'école.

Hannah, ton dernier bulletin était vraiment très prometteur. As-tu réussi à cesser de bavarder et à mieux te concentrer ?

Bon, j'ai une très grande nouvelle à vous annoncer. Je rentre à la maison ! Et il ne s'agira pas d'une simple visite. Je resterai vivre en Cornouailles. Papa ne peut pas quitter Penang car il collabore toujours avec le gouvernement local, mais – et c'est la grande surprise – je ne voyagerai pas seule ! Je viendrai accompagnée d'une personne très spéciale. Une petite personne qui est très impatiente de vous rencontrer !

Dès que nos billets seront réservés, j'enverrai un télégramme à grand-père pour lui annoncer la date de notre arrivée.

Avec tout mon amour,

Maman

— Oh là là !

Je me levai d'un bond et montrai la lettre à Edward.

— Tu te rends compte ? Elle rentre à la maison !

J'exécutai une petite danse tandis que mon frère relisait la lettre.

Une foule de questions me traversait l'esprit.

— Qui amène-t-elle d'après vous ? Les chiots peut-être ? Le singe ? Toute la ménagerie ? C'est le plus bel anniversaire de ma vie !

18

Hannah, Callyzion
Fin de l'été 1936

Le train de maman devait arriver à la gare de Bodmin en fin d'après-midi. Edward et moi adorions nos rares excursions en dehors de Callyzion et la gare était notre destination préférée. Un jour, dans le train pour Plymouth, nous avions traversé le grand pont métallique qui fascinait tant mon frère. En bas, sur l'eau scintillante, des voiliers voguaient comme de petits jouets, tandis que des navires de guerre mouillaient dans la baie.

Le taxi que grand-père avait fait venir comptait deux rangées de sièges. Il y aurait ainsi suffisamment de place pour toute la famille, ainsi que pour les bagages de maman et de son visiteur surprise.

Depuis mon anniversaire, j'avais impatiemment compté les jours jusqu'à son arrivée, mais à présent, j'étais tenaillée par l'angoisse. Allait-elle me reconnaître ? Et moi, la reconnaîtrais-je ? M'aimerait-elle autant qu'avant ? Je m'imaginai me frayant un chemin à travers la foule pour la trouver. Ensuite, je me présenterais au cas où elle ne me reconnaîtrait pas. Cela lui épargnerait un certain embarras. Puis je présenterais Edward et il n'y aurait plus de problème. Aurais-je le droit de lui faire un câlin maintenant que j'avais douze ans ? Les parents étreignaient-ils leurs enfants de plus de cinq ans ? Je ferais comme elle. Si elle voulait me serrer dans ses bras, je l'imiterais. Quand je parlai de mes doutes à

Edward, il m'apparut que maman lui manquait encore plus qu'à moi ; après tout, il avait neuf ans quand elle nous avait quittés pour retourner à Penang avec papa. Il l'avait aimée quatre ans de plus que moi.

— Edward ? demandai-je, tandis que nous traînions dans sa chambre en attendant de partir.

— Quoi ?

— Tu crois que nous devrons serrer la main de maman à la gare ? Nous sommes presque adultes maintenant. Enfin, tu as seize ans.

Mon frère mesurait maintenant plus d'un mètre quatre-vingts. Grand-père paraissait minuscule à côté de lui.

— Je lui serrerai la main, l'embrasserai sur la joue et emporterai son sac dans le taxi, répondit-il.

Bien des années plus tard, je compris qu'il avait dû longuement réfléchir à sa manière de procéder.

Je me regardai dans le long miroir à l'intérieur de son armoire. Je portais une robe d'été à carreaux rouges, des socquettes et des sandales. Dora avait soigneusement tressé mes longs cheveux.

— Tu crois qu'elle me reconnaîtra ? demandai-je. Je me planterai devant elle et je verrai si elle a envie de m'embrasser.

Le quai miroitait dans la chaleur de l'après-midi. La gare était si jolie avec ses parterres de fleurs délimités par d'anciennes traverses de chemin de fer et remplis de roses rouges, de géraniums écarlates et de soucis couleur safran entourés de petites touffes de fleurs bleues et blanches. Je sautillai sur le quai désert en fredonnant, incapable de rester assise tant j'étais nerveuse.

Lorsque je passai devant Edward en sautant à cloche-pied, il tendit un bras pour me retenir.

— Arrête.

— Pourquoi ?

— Tu fatigues grand-père avec toutes tes gesticulations.

Celui-ci était assis sur un banc à l'ombre du poste d'aiguillage noir et blanc. Il devait avoir très chaud dans son costume trois-pièces. Il avait tout de même enlevé son chapeau et s'épongeait le front avec son mouchoir.

— Désolée, dis-je en m'asseyant à côté de lui.

Il me lança un clin d'œil.

— Je me demande où tu trouves toute cette énergie.

Le chef de gare sortit de son bureau, un drapeau dans une main, un sifflet dans l'autre.

Grand-père leva les yeux vers la grande horloge de la gare au-dessus de nous.

— Le train va arriver d'un instant à l'autre. Si vous tendez l'oreille, vous entendrez ses rails chanter avant de le voir.

Telle était la magie des trains. Edward me rejoignit sur le banc et écouta le silence avec moi. Je fus la première à entendre la locomotive, quoi qu'en dise Edward. Grand-père ne perçut son bruit que lorsqu'il apparut au loin.

Sans un mot, nous regardâmes approcher l'énorme engin dont le grondement rompit peu à peu la tranquillité de notre après-midi. Enfin, il s'arrêta avec force sifflements et grincements.

Au milieu d'un nuage de vapeur et de fumée, nous entendîmes les portes s'ouvrir et des voix appeler. Le chef de gare et les deux porteurs qui venaient d'apparaître commencèrent à aider les passagers chargés de valises à descendre des wagons. Le quai était peu à peu envahi par une foule bruyante qui criait des ordres et cherchait ses bagages.

Je tirai sur le bras de grand-père.

— Je peux aller chercher maman ?

Il posa une main sur mon épaule.

— Non, restons ici. Elle finira bien par nous trouver.

Brusquement submergée par la timidité, je pris Edward par le bras et cachai à moitié mon visage dans sa manche.

— Mais qu'est-ce que tu fais ? Lâche-moi.

Grand-père se leva en chancelant.

— Je crois que je l'aperçois.

Edward et moi nous levâmes à notre tour. Je remarquai que mon frère serrait les mâchoires. Ses lèvres semblaient scellées.

Je baissai les yeux et fermai brièvement les paupières.

— Mon Dieu, faites qu'elle nous aime.

— Bonjour ! fit une voix qui m'était vaguement familière.

J'ouvris les yeux.

— Maman !

Je courus vers elle et me jetai dans ses bras tendus.

— Comme tu as grandi, ma chérie.

Maman me serra fort contre elle. Elle dut voir Edward par-dessus mon épaule car, sans me lâcher, elle tendit la main droite et l'attira vers elle.

— Mon garçon, mon grand garçon ! Comme vous m'avez manqué tous les deux.

Je restai dans ses bras quelques instants supplémentaires, jusqu'à ce qu'elle aperçoive grand-père.

— Mon cher Hugh !

Elle s'avança vers lui et l'embrassa sur la joue.

— Merci d'être venu.

Il lui rendit son baiser.

— Quel plaisir de vous revoir chez nous, Clara.

— Ernest m'a demandé de vous passer le bonjour. Il est vraiment désolé de ne pas avoir pu venir cette fois-ci.

— Je sais bien qu'il est occupé. Le monde est à nouveau très instable en ce moment.

Il soupira.

— Mais vous êtes bien arrivés, c'est le principal.

Maman posa la main sur son bras avec affection puis jeta un rapide coup d'œil derrière elle.

— Mais où ai-je la tête ! David, viens dire bonjour à ta famille.

Un petit garçon maigrichon au teint mat et aux yeux très foncés s'avança. Il paraissait terrifié.

— David, je te présente ton grand-père. Et voici ta sœur Hannah et ton frère Edward. Dis-leur bonjour.

Sa lèvre inférieure se mit à trembler et des larmes lui montèrent aux yeux. Mais à mon grand étonnement, il tendit sa petite main et dit :

— Bonjour, je m'appelle David.

Edward et moi lui serrâmes la main sans savoir quoi dire. J'avais une foule de questions à poser à maman, mais mon frère me fit taire d'un regard.

Grand-père appela un porteur qui partit devant avec les bagages puis, tous ensemble, nous quittâmes la gare. Maman marchait à côté de grand-père en tenant David par la main, tandis qu'Edward et moi les suivions.

Dans le taxi, elle insista pour que David s'asseye entre Edward et moi sur la banquette arrière afin que nous fassions connaissance.

Nerveuse, je commençai à parler de tout et de rien. Je lui décrivis notre école et la plage proche où nous allions rarement car nous avions beaucoup de devoirs et de choses à faire à la maison, ainsi qu'à l'église. Je lui expliquai qu'Edward avait presque fini l'école et qu'il voulait devenir médecin. David m'écoutait en silence en me fixant de ses grands yeux bruns.

De son côté, Edward ne disait pas un mot. Il m'avoua plus tard qu'il ne comprenait pas pourquoi nos parents ne nous avaient jamais parlé de David. Cette idée le scandalisait et, comme il l'admit peu à peu, il ne pouvait pas s'empêcher d'en vouloir à ce petit garçon qui avait eu notre mère pour lui tout seul pendant des années. Pendant le trajet en taxi, il parvint tout de même à vaincre sa réticence et montra à David l'unique tour de magie qu'il connaissait. Il sortit un penny et son mouchoir de sa poche, enveloppa la pièce dans le carré de tissu, souffla dessus, prononça quelques mots magiques, et lorsqu'il rouvrit le mouchoir, la pièce avait disparu. Ce tour m'épatait à chaque fois et me rendait terriblement fière de lui. J'éprouvais d'autant plus de respect pour Edward que son talent impressionnait beaucoup mes amies.

À la fin du tour de magie, je l'applaudis en riant. David sourit timidement.

Dès notre arrivée à la maison, on demanda à Dora de s'occuper du petit garçon pendant que le reste de la famille échangeait les dernières nouvelles. J'étais ravie car j'allais enfin pouvoir passer du temps avec maman. Pour être honnête, je n'aimais pas beaucoup David. Je lui trouvais le teint jaunâtre et l'air maussade, et je n'aimais pas sa manie de s'agripper à maman et de cacher son visage dans ses jupes.

En guise de collation, Cook nous avait servi un festin dans le petit salon qui avait été préalablement aéré.

Maman s'arrêta dans le couloir afin de suspendre sa veste et son ombrelle au portemanteau. Je la pris par la main.

— Par ici, maman.

— Je connais le chemin, ma chérie.

Elle me sourit, mais je la vis hésiter légèrement sur le pas de la porte tandis que son regard balayait la pièce.

— Rien n'a changé, dit-elle presque pour elle-même.

Quel plaisir de voir la table crouler sous les sandwichs, les tartines de beurre et les scones ! Il y avait même un cake aux fruits et une génoise à la crème. Je me dirigeai vers un des vieux canapés inconfortables.

— Assieds-toi à côté de moi, maman.

À nouveau, je perçus sa réticence. Cependant, comme Edward et grand-père s'installaient sur le canapé d'en face, elle n'eut d'autre choix que de s'asseoir à côté de moi sur le siège le plus proche de la cheminée éteinte.

Ce fut grand-père qui engagea la conversation.

— Le bateau était-il confortable ?

— En fait, nous avons voyagé à bord d'un bananier.

Maman baissa les yeux vers ses mains jointes.

— C'était beaucoup moins cher que les trajets réguliers. J'ai passé mon temps à jouer au bridge.

— C'est vrai ? Et avez-vous eu la main heureuse ?

Maman sourit.

— Je dois dire que oui. Suffisamment en tout cas pour payer nos petits extras.

Grand-père sourit.

— Bravo. Et David ? Comment a-t-il trouvé la vie à bord ?

Maman sourit affectueusement.

— Il a un peu souffert du mal de mer, mais l'équipage s'est montré très gentil avec lui. Heureusement, il a fini par s'habituer au roulis.

Je commençais à trouver agaçant que David monopolise l'attention des adultes. Je tirai sur le bras de maman.

— Est-ce qu'Edward et moi avions le pied marin quand papa et toi nous avez amenés en Angleterre ?

Maman posa la main sur la mienne.

— Oui, vous étiez très à l'aise.

— Je me rappelle que le bateau tanguait pas mal par moments, dit Edward. Je crois même que j'ai été malade.

Maman rit.

— Un peu, oui, mais tu t'en es vite remis. Oh, quel homme tu es devenu ! Presque aussi grand que papa. Tu te débrouilles toujours bien au rugby ?

— Plutôt, oui.

Edward était un vrai champion, mais il préférait toujours minimiser l'importance de ses exploits, alors que j'adorais me vanter des miens.

— Edward est trop modeste, dit grand-père. Il est vraiment très doué. Le week-end dernier, il a marqué deux essais gagnants.

Mon frère sourit timidement.

— Le rugby est un sport d'équipe.

Ce sujet m'ennuyait. Je voulais en savoir davantage sur notre petit frère, mon rival dans le cœur de maman.

— Au fait, quel âge a David ?

— Cinq ans.

Je me rappelais bien cet âge-là. J'avais cinq ans lorsque nous avions quitté Penang et que papa et maman étaient repartis sans nous. Un sentiment de jalousie s'empara peu à peu de moi.

— Pourquoi tu ne nous as pas dit que nous avions un petit frère ?

— Eh bien, je…

— Votre mère doit avoir faim, dit grand-père. Hannah, et si tu allais dire à Cook que nous boirions bien une tasse de thé ? Ensuite, nous attaquerons ce somptueux festin. Vu la quantité de nourriture, elle n'aura pas besoin de nous préparer un dîner ce soir !

Je quittai la pièce en traînant les pieds.

David nous rejoignit au moment où nous entamions le cake et les sandwichs. Il ne me parlait toujours pas, mais il paraissait un peu plus joyeux après avoir passé du temps avec Dora.

— Est-ce qu'il a été bien sage ? demanda maman en le prenant sur ses genoux.

— Oui, madame Bolitho. Sage comme une image. La vieille balançoire lui a beaucoup plu. J'ai même eu droit à un sourire.

Dora prononça ces derniers mots en regardant David qui enfouit le visage dans le cou de maman. Le regard triste, celle-ci se tourna vers la fenêtre qui donnait sur le jardin.

— Oh, vous voulez parler de la balançoire sous le pommier ? Elle est toujours là ?

— Il n'en restait presque rien, mais je l'ai réparée, répondit Edward. C'est grand-père qui l'a fabriquée quand papa était petit. Tu savais qu'il avait un frère qui s'appelait Bertie ? En réalité, il s'appelait Herbert, il est mort au combat pendant la Grande Guerre.

L'air absent, maman cessa de caresser les cheveux de David. On aurait dit qu'elle ne l'écoutait pas vraiment.

— Oui, votre mère connaissait Bertie, bien sûr, répondit grand-père. Ils étaient amis. C'est grâce à lui qu'elle a rencontré votre père.

Je la regardai, stupéfaite.

— Quelle belle histoire ! Comment était-il, maman ? Est-ce qu'il ressemblait à papa ?

— Oui, beaucoup, répondit-elle lentement. La première fois que j'ai vu votre père, c'était dans cette pièce, et je l'ai pris pour Bertie.

J'éclatai de rire.

— Comme c'est drôle. Imagine qu'ils se sont fait passer l'un pour l'autre ! Tu aurais pu épouser le mauvais !

— En effet.

— Ma parole, comme le temps passe ! s'exclama grand-père. Aimeriez-vous voir votre chambre, Clara ? Dora vous a préparé celle de Louisa et a installé un petit lit à côté du vôtre pour David.

— C'est très gentil de votre part. Il est fatigué.

Maman se leva en soulevant David qui semblait en effet avoir très sommeil.

— Est-ce que je peux t'aider à le coucher ? m'empressai-je de lui demander.

Si je me montrais serviable, elle finirait peut-être par m'aimer davantage que lui.

— Non, non, ma chérie, reste ici. Je n'en ai pas pour longtemps.

Je me rassis et patientai pendant qu'Edward et grand-père discutaient. Comme ils faisaient à peine attention à moi, je me levai et me promenai dans la pièce en caressant les livres et les bibelots familiers. Je finis par avoir une idée : j'allais compter combien de fois je pouvais faire le tour de la pièce jusqu'au retour de maman.

Au sixième, Dora entra.

— Mme Bolitho vous présente ses excuses. Elle aimerait se coucher tôt car le voyage était assez fatigant.

— C'est évident, dit grand-père.

Cette nouvelle me brisa le cœur.

— Est-ce que je peux aller lui dire bonne nuit ?

Voyant que j'étais sur le point de pleurer, grand-père tenta de me changer les idées.

— Tu auras toute la journée de demain pour parler avec elle. Et si nous faisions une partie de Scrabble avant que tu montes te coucher ?

Il savait toujours comment arranger les choses.

Le lendemain matin, impatiente de descendre manger mon petit déjeuner, je me brossai rapidement les dents et choisis d'enfiler un short et un chemisier en coton blanc brodé. Il faisait si bon que je ne risquais pas d'avoir froid.

Dans la cuisine, Cook était occupée à remplir de pilaf au poisson un plat de fête que je n'avais pas vu depuis longtemps.

— Dois-je mettre la table ? lui demandai-je.

— Dora est en train de le faire dans le petit salon.

— Mais nous prenons toujours le petit déjeuner dans la cuisine.

— Pas aujourd'hui. Tu veux bien lui apporter ça s'il te plaît ?

Elle me tendit un pichet de lait et un sucrier.

Dora avait superbement garni la table. Elle avait choisi le plus beau service en porcelaine, d'élégants couverts et nos plus belles serviettes.

— C'est magnifique, Dora.

— Merci. Aimerais-tu cueillir quelques fleurs pour embellir le tout ?

— Oh oui !

Je sortis en sautillant dans le jardin, ravie qu'on me confie une tâche aussi importante. Je me promenai autour des petits parterres de fleurs et pris le temps de réfléchir à ce qui plairait le plus à maman. Finalement, je cueillis quelques roses jaunes, de la lavande et de la menthe. Dans la cuisine, Cook m'aida à choisir un des vases en argent de grand-mère. Le résultat était splendide.

Avec mille précautions, j'emportai mon bouquet dans le petit salon. Au même moment, grand-père et Edward descendaient l'escalier.

— Est-ce que maman est levée ? demandai-je.

— Elle arrive, répondit grand-père en me faisant signe d'entrer.

J'entendis la voix de maman alors que je posais le vase sur la table.

— Bonjour tout le monde.

Elle portait une robe plissée grise à col blanc, ainsi qu'un cardigan sur les épaules et des bas épais. Elle me regarda de la tête aux pieds.

— Tu n'as pas froid dans cette tenue ?

— Oh, non. Il va faire chaud aujourd'hui.

Elle resserra son cardigan autour d'elle.

— La vie sous les tropiques m'a peut-être rendue frileuse.

David était toujours accroché à elle.

— J'ai froid, gémit-il.

Je n'y comprenais rien.

— Mais enfin, c'est l'été !

Maman prit les petites mains de David dans les siennes et les frotta.

— Je suis gelée comme en hiver.

— C'est vrai ?

Elle me regarda gentiment.

— Tu as oublié la chaleur des étés de Penang, pas vrai ?

— C'est possible, répondis-je avec une pointe de rancœur.

Elle se tourna vers Edward qui l'embrassa sur la joue.

— Bonjour, maman.

— Bonjour, Edward. Tu as bien dormi ?

— Oui, merci.

Elle remarqua alors la table.

— Oh, comme c'est joli !

— C'est moi qui ai cueilli les fleurs.

— C'est vrai ? Elles sont superbes, ma chérie.

Sa remarque me fit si plaisir que je ne pus m'empêcher d'éprouver un certain sentiment de supériorité.

La porte s'ouvrit, puis Dora et Cook entrèrent avec deux grands plateaux de plats chauds. Grand-père parut soulagé.

— Voici le petit déjeuner. Asseyez-vous tous.

Je me débrouillai pour me placer à droite de maman qui fit en sorte que David s'installe à sa gauche.

— Bonjour, Cook, dit-elle tandis que la cuisinière posait le plat de pilaf au poisson, le bacon croustillant et les tomates rôties sur la table. Je suis désolée de ne pas être passée vous voir hier. David et moi étions épuisés après le voyage.

— Je suis ravie de vous revoir, madame Bolitho. Et voici donc le petit. Il est adorable.

Cook adressa à David un regard aimant qui ne me plut pas du tout.

— Dis bonjour à Cook, David, dit maman.

— Bonjour, Cook, murmura-t-il.

— Oh, il parle si bien anglais ! En tout cas, mieux que ces deux-là à leur arrivée, dit la cuisinière en nous regardant, Edward et moi. Nous avons mis un certain temps à nous comprendre.

— J'ai commencé à lui apprendre l'anglais il y a quelques mois. Lorsque j'ai su que nous rentrions. Avant, il ne parlait que le malais, expliqua maman d'un ton un peu trop fier à mon goût. Je suppose qu'Edward et Hannah ont complètement oublié cette langue aujourd'hui.

Grand-père secoua sa serviette.

— Je suis sûr qu'ils la maîtriseraient à nouveau rapidement si nécessaire. Bon, que nous a préparé Cook aujourd'hui pour le petit déjeuner ?

Dora posa deux porte-toasts pleins, une petite assiette de beurre et un ramequin de marmelade.

— Que souhaiterait manger monsieur David ? demanda-t-elle.

— De l'ananas, s'il vous plaît.

Cook et Dora parurent sidérées.

— Il n'y en a pas en Angleterre, mon chéri, dit doucement maman.

David prit un air déçu.

— De la mangue alors.

— Il n'y en a pas non plus. Mais regarde ! Tu peux manger du bacon, des tomates, des toasts…

Cook pointa du doigt le plat de pilaf.

— Et j'ai préparé quelque chose spécialement pour toi. Le plat préféré de ton frère et de ta sœur.

Elle souleva le couvercle telle une magicienne sortant un lapin de son chapeau.

— Du kedgeree !

— Est-ce qu'on peut rentrer à la maison maintenant, maman ? demanda David.

Au fil des jours, mon petit frère me parut de plus en plus détestable. Il était maladroit, faisait le difficile et accaparait l'attention de notre mère. J'essayai de me rapprocher de lui en lui lisant des histoires, en le poussant sur la balançoire et en jouant avec lui. Mais dès qu'il se lassait d'une histoire ou d'un jeu, il m'abandonnait pour partir à la recherche de maman.

Son retour ne me rendait pas aussi heureuse que je l'avais imaginé. J'aurais voulu passer plus de temps seule à seule avec elle.

Les adultes semblaient ne se rendre compte de rien. Ils étaient fascinés par le petit garçon.

Quand j'essayai de lui avouer ma déception, Edward se contenta de hausser les épaules.

— Ne t'inquiète pas pour ça, Toots. Fais comme moi.

Il me surnommait ainsi depuis qu'il allait voir des films américains au cinéma.

— C'est facile à dire pour toi. Tu peux sortir avec tes amis et faire tout ce que tu veux. Alors que moi, je dois rester à la maison comme une enfant.

— Dans ce cas, commence à te comporter en adulte. Je ne vois pas ce qui te dérange chez David. Il est peut-être juste un peu gâté.

— Un peu ? Tout le monde est aux petits soins avec lui, alors que nous avons été élevés à la dure, toi et moi. Nous avons dû apprendre à nous débrouiller sans que maman nous surveille à chaque instant.

Je sentis une douleur ancienne se réveiller.

— Ce n'est pas juste. Et pourquoi faire autant de mystères autour de lui ? Pourquoi compte-t-il plus que nous ? Pourquoi papa n'est-il pas venu nous voir et ne nous écrit-il plus depuis une éternité ?

Edward ramassa ses chaussures de rugby.

— Je n'ai pas le temps de t'écouter pleurnicher. Il faut que tu grandisses un peu.

Lorsqu'il sortit de sa chambre, je me jetai sur le lit en pleurant de colère. Je l'entendis lancer un joyeux au revoir à tout le monde, puis claquer la porte d'entrée. Personne ne songea un seul instant à monter me voir.

Finalement, ma tempête intérieure se calma.

J'avais faim.

En général, Cook se reposait pendant les deux heures qui suivaient le déjeuner, si bien que j'avais la cuisine pour moi toute seule si je désirais un petit en-cas. Je descendis l'escalier sans bruit. La porte du bureau était fermée. Je m'arrêtai devant et tendis l'oreille un instant. Maman et grand-père discutaient à voix basse. Parfait. Cela signifiait que David était sorti avec Dora, la seule autre femme de sa vie. Encore une présence dont il privait la mienne à présent.

Dans la cuisine, je me préparai un sandwich au jambon que je posai sur une petite assiette. Je me servis un verre de lait et décidai d'emporter le tout dans ma chambre où je pourrais bouder plus confortablement.

Alors que je repassais devant la porte du bureau, j'entendis des pleurs étouffés et la voix apaisante de grand-père. Je ne pus m'empêcher de coller l'oreille contre le bois.

— Oh, ma chère Clara. N'y avait-il aucune autre possibilité ?

— J'ai essayé, Hugh. J'ai fait de mon mieux. Mais la guerre et le décès de Bertie l'ont transformé. Je ne supportais plus qu'il me crie dessus. David avait peur de lui, tout comme les domestiques. En société, il est toujours aussi charmant et il excelle dans son travail, mais je ne supportais plus son comportement tyrannique.

Maman se moucha.

— Il disparaît pendant des heures – parfois même des jours – sans me dire où il va, ni quand il rentrera. La nuit, je l'entends crier dans sa chambre. Si je vais le voir, il m'agresse presque, et puis il se réveille, embarrassé.

— Pauvre Ernest.

— Pauvre David surtout. Il en a suffisamment enduré. Vous savez combien sa naissance prématurée a été difficile. Il était si petit. Ensuite, il a attrapé le paludisme. J'ai failli le perdre plusieurs fois. Vous savez, j'ai fait deux fausses couches avant lui. J'ai bien cru que je n'aurais plus jamais d'enfant. J'étais si heureuse, beaucoup plus qu'Ernest. Il était plus rassuré depuis qu'Edward et Hannah vivaient en Cornouailles, et voilà que je donnais naissance à un troisième enfant dans ce pays qui, d'après lui, était trop dangereux pour nos petits. Je serais bien restée là-bas, mais la situation s'est détériorée entre nous.

— Oh, ma chère. N'oubliez jamais que vous serez chez vous en Cornouailles et dans cette maison aussi longtemps que vous le souhaiterez.

— Je m'en veux de vous raconter toutes ces choses affreuses sur Ernest. C'est votre fils, et mon mari, mais…

La voix de maman s'assombrit davantage.

— Il est devenu… pas exactement violent, mais il m'a poussée un peu trop fort et m'a blessée.

— Oh, ma chère, dit lentement grand-père. Je suis vraiment navré.

— Ce n'est pas votre faute, dit maman en reniflant. C'est cette fichue guerre.

— Vous auriez dû rentrer plus tôt.

— J'ai eu du mal à trouver l'argent pour nos billets. C'est pour cette raison que nous avons voyagé sur un bananier. Heureusement que je sais jouer au bridge. Grâce aux petites sommes que je gagnais, nous avons au moins pu manger un repas chaud par jour à bord.

— Cela n'a pas dû être facile.

— Ma foi, nous sommes là maintenant. Je ne vous remercierai jamais assez de nous avoir accueillis chez vous.

Le cuir du fauteuil de grand-père couina. Je supposai qu'il changeait de position.

— Vous avez énormément manqué à Edward et Hannah, et je crois que celle-ci souffre de ne pas bénéficier de votre entière attention.

— Mais c'est une grande fille. Ce n'est plus l'enfant que j'ai laissée ici il y a des années. J'ai l'impression qu'elle n'a plus besoin de moi, contrairement à David.

— Toute fille a besoin de sa mère. J'aurais aimé que vous me laissiez leur parler de leur petit frère. Mais comme promis, je m'en suis abstenu.

Mon cœur se mit à battre plus fort dans ma poitrine. Grand-père nous avait donc caché l'existence de David ? Bien décidée à en apprendre davantage, j'essayai de respirer plus calmement.

— Si David était mort, ils auraient eu beaucoup de chagrin, répondit ma mère. Je ne pouvais pas leur faire subir une telle chose. Mieux valait qu'ils ignorent son existence. Autrement, comment auraient-ils supporté l'idée de n'avoir jamais rencontré leur jeune frère décédé ?

— Je comprends. Mais parfois, un secret est une terrible croix à porter.

Le bref silence qui suivit me parut affreusement pesant.

— Bon, quels sont vos projets maintenant, Clara ? Avez-vous l'intention de repartir bientôt à Penang ?

— Non, Hugh. J'ai quitté Ernest.

Immobile, je me sentis brusquement folle de colère. Ne reverrais-je donc jamais mon père ? Comment tous ces adultes que j'aimais et en qui j'avais confiance pouvaient-ils me cacher autant de secrets ?

— Je vois. Comment envisagez-vous votre avenir ici avec vos trois enfants ?

— Je ne représenterai pas une charge financière supplémentaire pour vous. Je n'aurais peut-être pas dû, mais j'ai économisé un peu d'argent sans le dire à Ernest au fil des années. J'envisageais probablement déjà de vivre sans lui. Je me disais que je pourrais ouvrir un magasin et j'aimerais acheter une petite voiture.

— Bien, bien, dit grand-père, vous êtes une femme d'action. Je crois que nous avons besoin d'un verre pour nous remettre de nos émotions. Un petit sherry, peut-être ?

— Non, merci. Mais je vous suis reconnaissante de m'avoir écoutée. Je me sens beaucoup mieux. Je suis désolée de vous tourmenter avec mes problèmes. Mais j'ai gardé ces choses trop longtemps pour moi.

Je devinai en entendant le bruissement de sa robe qu'elle se levait.

— Pensez-vous que Cook m'en voudra si je me prépare du thé ?

Je retournai à grandes enjambées dans la cuisine avec mon sandwich inentamé et mon verre de lait.

Maman entra au moment où je m'asseyais, essoufflée. Elle sursauta en me voyant.

— Coucou maman, dis-je gaiement. Je viens de me préparer un sandwich au jambon. Que dirais-tu d'une tasse de thé ?

Hannah, Trevay
1938

Ma mère mit ses plans à exécution. À l'aide d'une somme d'argent prêtée par mon grand-père, et après avoir longuement cherché un local approprié, elle prit une boutique en location à Trevay et s'acheta une vieille Austin 7. Malheureusement, elle conduisait très mal ; soit si lentement que les autres conducteurs la dépassaient en klaxonnant, soit si vite (et parfois du mauvais côté de la route) qu'ils grimpaient avec leurs voitures sur le trottoir pour l'éviter.

— Mais je conduis parfaitement bien ! s'exclamait-elle si jamais un seul d'entre nous osait retenir son souffle en faisant une prière. Je n'ai jamais eu d'accident !

Ce à quoi Edward répliquait tout bas :

— Non, mais tu en as provoqué plus d'un sur ton passage.

Le magasin de maman vendait de la laine avant qu'elle ne le reprenne. Elle utilisa le stock laissé par l'ancien propriétaire afin de conserver sa clientèle, puis peu à peu, elle commença à importer des soies orientales et ses clientes y prirent goût. Avec le temps, sa boutique acquit une certaine notoriété, du moins en Cornouailles. On ne trouvait plus belle soie que la sienne dans toute la région, pas même à Truro.

Trevay était un petit village de pêche à une quinzaine de kilomètres de Callyzion sur la côte. Le quartier du port se composait de cottages de pêcheurs et d'un pub, le *Golden Hind.* Au-delà de la digue portuaire s'étendait la haute mer. Un inextricable fouillis de bateaux de pêche de toutes tailles mouillait le long de la digue et les hommes posaient leurs prises ou raccommodaient leurs filets sur ses murs de granit. À Trevay, l'accent régional était plus fort qu'à Callyzion. Il fallut du temps à mon oreille pour s'y habituer, car les gens d'ici mangeaient trois mots sur quatre. Mais avec le temps, je finis par parler comme eux. Ma mère me reprenait sans arrêt.

— Ma chérie, s'il te plaît, évite de t'exprimer en dialecte.

Elle avait raison. Je répondais de plus en plus souvent en patois parce que c'était beaucoup plus drôle.

— D'accord, maman.

Son magasin était situé au milieu d'une petite rue commerçante derrière les cottages du port. On y trouvait également une boucherie, un magasin de fruits et légumes, un salon de coiffure, un bureau de tabac qui vendait aussi des journaux et une boulangerie dont les friands faisaient fureur. La boutique de maman se trouvait entre le salon de coiffure et le marchand de fruits et légumes. L'intérieur de ces bâtiments qui dataient de l'époque victorienne était très bien agencé. Il y avait une cave sous le magasin, une pièce à l'arrière du local équipée d'une cuisine dissimulée derrière un rideau, deux chambres au premier étage – mes frères dormaient dans la même, tandis que je partageais celle de maman – et deux autres pièces au deuxième qu'occupaient deux locataires. L'un, M. Tomlinson, était le bedeau de l'église St Peter's, l'autre, Mlle Penrose, était une jeune enseignante de l'école primaire.

Dans les années 1850, la société de chemins de fer avait construit une ligne secondaire qui menait au village, afin de tirer profit de la popularité croissante des petites stations balnéaires pittoresques. Il avait ensuite fallu bâtir un hôtel. Cet énorme édifice occupait le point culminant du village afin que ses clients profitent de la vue du port.

Maman adorait se rendre aux soirées bridge qui y étaient organisées chaque semaine. Elle avait rapidement gagné l'admiration et le respect de tous.

J'avais quatorze ans et j'étais toujours scolarisée. La loi m'autorisait à quitter l'école, mais grand-père avait insisté pour que j'y reste jusqu'à mes seize ans afin de passer le certificat de fin d'études.

Edward avait été admis à l'école de médecine de Bristol. Quant à David, il était, à sept ans, un garçon beaucoup plus facile à vivre. D'après Mlle Penrose, son institutrice, c'était un des élèves les plus brillants de l'école. Il s'intéressait à tout ce qui relevait de la mécanique, étudiait la moindre construction et bricolait occasionnellement l'Austin. Il était aussi très drôle. Depuis que j'avais réussi à refouler ma jalousie, j'appréciais sa compagnie. Il lui arrivait encore de se murer dans le silence, mais il n'avait plus peur de nous.

Nous avions très peu de nouvelles de papa. Ses lettres étaient brèves. Il allait bien. Le caoutchouc se vendait à un bon prix. L'arrivée au pouvoir d'Adolf Hitler l'inquiétait et il était content qu'Edward ait été admis à Bristol.

Je n'avais jamais révélé à quiconque ce que j'avais entendu ce fameux après-midi à Callyzion. J'avais enfoui les choses que j'avais apprises sur notre père au fond de ma mémoire, car il n'était pas question de faire souffrir mes frères. Si David se rappelait ce qu'il avait vu ou entendu à Penang, il le gardait soigneusement pour lui. Jamais je ne l'interrogeai à ce sujet.

Maman était heureuse. Papa réussissait dans son domaine. Nous allions bien. Que demander de plus ?

Maman était si douée pour le commerce qu'elle avait décidé d'investir dans un salon de thé qui venait d'ouvrir sur le port. L'inévitable s'était produit : M. Tomlinson et Mlle Penrose étaient tombés amoureux sous notre toit et s'étaient mariés. La nouvelle Mme Tomlinson avait ensuite quitté son poste d'enseignante à l'école et s'était associée avec maman. Le couple continuait à louer les deux pièces du haut de la maison, devenues une chambre et une salle à manger. Maman avait insisté pour fabriquer la robe de la jeune mariée et pour s'occuper de la disposition des fleurs à l'église. Je ne comprenais pas pourquoi elle tenait tant à s'impliquer dans cette cérémonie. J'avais cependant surpris une conversation entre Mme Emery, notre voisine la coiffeuse, et une cliente qui semblait proche des futurs mariés. Comme le temps était agréable ce jour-là, Mme Emery avait ouvert la porte de son salon pour laisser entrer la brise et aérer la pièce où il faisait une chaleur étouffante à cause des sèche-cheveux. Du fait de l'ambiance bruyante du salon, elle devait parler fort pour se faire entendre.

— J'ai appris que l'institutrice d'à côté était obligée de se marier. Comment Mme Bolitho a-t-elle pu ignorer ce qui se passait sous son toit ? Je n'ai jamais beaucoup aimé cette femme. Je lui trouve un air suffisant. En tout cas, j'aimerais bien savoir où se trouve son mari.

Comme elle ne me voyait pas, je manifestai ma présence en avançant dans son champ de vision puis lui lançai un regard mauvais à travers la vitrine. Cela lui cloua le bec. Je ne lui pardonnerais jamais d'avoir parlé de ma mère de cette façon. Et pourquoi avait-elle dit que Mlle Penrose était obligée de se marier ? Elle était amoureuse de M. Tomlinson, voilà tout.

Maman avait paru assez bouleversée par la messe de mariage ; je l'avais vue verser quelques larmes. Les parents de la pauvre Mlle Penrose n'ayant pas pu venir pour une raison ou une autre, je suppose qu'elle avait eu l'impression de les remplacer. Elle pleurait très rarement et uniquement quand elle pensait que je ne la voyais pas. Peut-être que papa lui manquait plus qu'elle ne le montrait.

En novembre 1938, Mme Tomlinson nous annonça une heureuse nouvelle. Elle allait avoir un bébé au printemps. J'étais ravie, mais j'espérais que ce serait une petite fille.

Lorsque je lui proposai de la garder, elle me répondit que c'était adorable, mais que le bébé dormirait dans son landau au salon de thé et que les dames de Trevay le cajoleraient à son réveil pendant qu'elle travaillerait.

Maman ayant beaucoup de travail à la boutique pendant la période de Noël, elle me laissa décorer les vitrines avec de petits bonshommes de neige que j'avais fabriqués avec de la laine. Un jury devait élire la plus belle vitrine, alors elle avait mis le paquet en y exposant sa soie la plus fine. Elle m'avait même confectionné un costume d'elfe que je portais pour servir les clientes au comptoir, tandis qu'elle était déguisée en Mère Noël. Mme Tomlinson avait préparé des tartelettes que nous offrions aux clientes et maman leur proposait un petit verre de sherry en accompagnement.

— Cela les encourage à dépenser un peu plus, disait-elle, le regard rieur, en me donnant un petit coup de coude.

J'adorais quand elle me traitait comme une de ses amies adultes. Et elle avait raison, les clientes ne regardaient plus à la dépense.

Grand-père avait prévu de passer Noël avec nous. Depuis qu'il avait pris sa retraite, il donnait juste un coup de main au nouveau prêtre de la paroisse lors de la messe de minuit. Edward alla le chercher dans notre vieille Austin, pendant que maman et moi préparions le déjeuner et que David mettait la table. Lui et moi étions allés chercher un sapin la semaine précédente et l'avions décoré avec des guirlandes en papier et des flocons de neige découpés. Maman nous avait fabriqué une petite fée de Noël des années plus tôt en habillant une de mes vieilles poupées d'une robe de soie blanche brodée au fil argenté. Elle lui avait ajouté des ailes à l'aide de deux fils chenille. Selon la tradition, c'était moi qui la posais au sommet du sapin en la coinçant entre deux branches qui griffaient ses petites jambes roses, mais cette année, David voulait s'en charger. Je m'apprêtais à piquer une crise lorsque maman me lança son fameux regard autoritaire. Je fus bien obligée de céder.

— Merci, ma grande, chuchota-t-elle. Que dirais-tu d'un petit verre de sherry ?

Je la dévisageai, bouche bée. Elle ne m'en avait encore jamais proposé.

— Tu auras quinze ans dans quelques mois, et puis, c'est Noël.

Elle sortit la bouteille qu'elle avait proposée aux clientes toute la semaine et la leva vers la lumière.

— Il en reste juste assez pour deux.

Je versai l'alcool avec précaution et en quantité égale dans deux petits verres dont le pied était vert, puis elle leva le sien et trinqua avec moi.

— À la nôtre ! Joyeux Noël.

La chaleur sucrée du sherry envahit ma bouche et se répandit dans mon estomac. Je gloussai.

— Je me sens toute bizarre.

— Ça réchauffe les tripes, dit maman en riant à son tour, avant de vérifier l'heure à sa montre. Tu ferais bien de faire chauffer la sauce à la mie de pain avant que ton frère et grand-père arrivent.

— Nous voici ! cria Edward quelques minutes plus tard, tandis qu'il franchissait la porte de derrière.

— Joyeux Noël ! s'exclama grand-père qui entra en même temps qu'une bourrasque froide et humide. Edward est un très bon conducteur.

— Vous m'en voyez ravie. Donnez-moi donc votre manteau.

Maman prit son pardessus mouillé et l'embrassa.

— Joyeux Noël, Hugh.

Puis elle commença à distribuer des ordres.

— David, mets le manteau de grand-père à sécher sur une chaise, s'il te plaît. Hannah, fais chauffer la bouilloire. Edward, tu veux bien entrouvrir la fenêtre ? Il y a trop de vapeur dans la pièce. C'est à cause du pudding qui est en train de cuire.

Finalement, tout le monde prit place à la somptueuse table du déjeuner.

— Pour tout ce que nous nous apprêtons à recevoir, nous te remercions, Seigneur, dit grand-père.

— Amen, répondit chacun de nous, avant de commencer à manger.

La conversation à table se révéla enjouée et amusante. David avait hâte d'aller ouvrir la petite pile de cadeaux sous le sapin ; grand-père y avait déposé un grand paquet pour lui, mais maman avait décrété que nous n'y toucherions qu'à l'heure du goûter.

— Est-ce que je peux l'ouvrir maintenant, s'il te plaît ?

— Non, mon chéri. Tu n'as qu'à jouer avec les petits cadeaux que tu as déjà ouverts.

Le matin, David nous avait tous réveillés très tôt en nous suppliant de descendre avec lui voir si le père Noël était passé. Maman avait fini par sortir de son lit, s'était enveloppée dans son épaisse robe de chambre puis avait enfilé ses chaussons.

— Bon, allons-y. Je vais en profiter pour allumer un bon feu pour la journée.

Edward, qui était capable de dormir jusqu'au soir, s'était levé et avait posé des bûches dans la cheminée, pendant que je faisais chauffer la bouilloire et préparais du thé.

Les chaussettes suspendues autour de la cheminée étaient remplies de petits cadeaux alléchants.

Nous nous blottîmes les uns contre les autres sur le tapis devant le foyer et ouvrîmes rapidement nos cadeaux. Maman m'avait offert un petit flacon de parfum Devon

Violets. Je m'étais empressée de dénouer le ruban violet qui l'entourait, puis j'avais tiré avec précaution sur le bouchon. L'approchant de mon nez, j'avais profondément humé le parfum. Douce et séduisante, son odeur légère me donnait l'impression d'être une femme adulte.

— Ne le renverse pas, m'avait prévenue maman.

— C'est mon premier flacon de vrai parfum !

Je l'avais serrée dans mes bras, les genoux enfoncés dans les nœuds du tapis.

— Je l'adore. Merci, maman.

Nous avions continué à ouvrir nos cadeaux en buvant du thé. J'avais préparé des sablés pour maman, tricoté des mitaines pour Edward, et pour David, j'avais trouvé une réplique miniature de notre voiture. Il avait aussitôt commencé à la faire rouler sur le sol en imitant l'insupportable grincement du levier de vitesses manipulé par maman.

Elle n'avait pas du tout trouvé cela drôle.

— Ce n'est pas ma faute si cet engin fonctionne mal, s'était-elle exclamée en nous voyant rire aux larmes.

Alors que nous étions rassemblés à table, grand-père fit tinter sa petite cuillère contre son verre d'eau.

— J'aimerais formuler un vœu. Que 1939 soit une année de paix pour nous tous.

— La paix pour nous tous, répéta maman, tandis que nous buvions.

— Et je porte un toast à Ernest qui n'a pu être parmi nous, poursuivit grand-père, mais à qui nous envoyons nos pensées affectueuses.

— À papa, dit Edward.

— À papa, répétai-je.

Maman se leva, s'approcha de l'horloge posée sur la cheminée et récupéra une lettre glissée derrière.

— J'ai un message de sa part pour vous.

— Est-ce qu'il m'a envoyé un cadeau ? demanda David.

Mon cœur se serra. Nous étions sans nouvelle de lui depuis longtemps. Je lui avais écrit deux fois depuis l'été afin de lui raconter comment se passait l'école, la vie à la boutique de maman, et de lui dire combien nous aimerions tous qu'il vienne vivre avec nous en Cornouailles. Nous redeviendrions ainsi une famille. Il ne m'avait toujours pas répondu. Il s'était souvenu de l'anniversaire de David, mais pas du mien. Avais-je fait quelque chose de mal ? Était-ce pour cette raison qu'il m'avait abandonnée en Angleterre quand j'étais toute petite ? J'aurais voulu qu'il rentre pour pouvoir enfin parler de lui comme mes amies parlaient de leurs pères. Des choses amusantes qu'elles faisaient avec eux. De leur complicité. Je me rendais bien compte qu'une fille n'a pas les mêmes relations avec ses parents. Un père peut vous porter sur ses épaules et vous asseoir sur son genou pour vous écouter. C'est le premier homme qu'aime une fille et celui auquel elle comparera toujours son mari. Le père de maman était mort dans un incendie, en même temps que sa mère. Lui arrivait-il de comparer les deux hommes ? À mon avis, mes parents ne s'étaient jamais vraiment aimés, mais il me semblait qu'elle avait besoin qu'il veille sur elle. Ou peut-être était-elle trop indépendante et expérimentée pour avoir besoin d'un homme ? D'après ce que je lisais dans les magazines, tout ce que voulaient ces messieurs, c'était une gentille épouse qui s'occuperait bien d'eux. Maman s'occupait de nous à la perfection, mais avait-elle négligé papa ? Peut-être commettrais-je les mêmes erreurs une fois mariée ; après tout, maman était mon seul modèle. Elle se passait très bien de son mari. Sa propre mère était-elle ainsi ? Plus j'approchais de l'âge adulte, plus je voyais le monde à travers les yeux d'une femme.

Lorsqu'elle eut ouvert l'enveloppe, maman commença à la lire la lettre de papa à voix haute.

Bonjour mes chéris, et joyeux Noël à tous.
Je suis désolé de passer ce nouveau Noël loin de la Cornouailles et de ne pas partager la dinde avec vous. Pendant que je vous écris, la pluie de la mousson ruisselle et la chaleur augmente, tout comme l'humidité. Je vous imagine dans le froid. Est-ce que le gel vous mord les orteils ? Il y a bien longtemps que je ne l'ai pas senti.
Le jour de Noël, je penserai à vous en espérant que vous vous régalez et que vous chantez tous ensemble devant la cheminée. Je suis heureux de vous savoir à l'abri du danger en Cornouailles. De mon côté, je me rendrai à l'église protestante locale et prierai pour vous avant le déjeuner de Noël « anglais » auquel je suis convié au siège du gouvernement.
J'ai bien peur de devoir rester plus longtemps à Penang que prévu. Pour des raisons de confidentialité, je ne peux pas vous expliquer exactement pourquoi, mais notre gouvernement à Londres a demandé à tous les résidents des territoires britanniques de rester sur place pendant la période trouble qui s'annonce en Europe et partout ailleurs.
Je joins à cette lettre quelques photos des jeunes singes avec qui je partage mon petit déjeuner chaque matin, ainsi que celle d'un charmeur de serpents, de quelques temples dont se souvient sûrement Clara, et des petits-enfants de Bunny qui grandissent vite, comme vous tous.
Dieu bénisse chacun de vous,
Papa, Ernest

Maman se tut puis échangea un regard indéchiffrable avec grand-père.

— Papa a également joint dix shillings pour chacun de vous afin que vous vous achetiez un cadeau. N'est-ce pas gentil ?

Ces mots réveillèrent un souvenir dans l'esprit de David.

— Est-ce que je peux ouvrir mes cadeaux maintenant ?

Maman replia la lettre et la rangea dans l'enveloppe.

— Une fois qu'Edward et Hannah auront fait la vaisselle.

David nous regarda d'un air grave.

— Dépêchez-vous, s'il vous plaît.

Edward et moi nous levâmes docilement et commençâmes à débarrasser la table. Tandis que maman et grand-père s'installaient près du feu, nous passâmes derrière le rideau de la cuisine.

— Toots, dit Edward, lorsqu'il fut certain que les adultes ne pouvaient pas nous entendre.

— Oui ? chuchotai-je.

— Si jamais nous entrons en guerre avec l'Allemagne…

— Oh, tu ne vas pas recommencer avec ça. Il n'y aura pas de guerre. Qui peut bien avoir envie de se battre après la dernière ?

— Moi.

— Quoi ?

— Nous en avons discuté, mes copains et moi. Nous irons nous battre si nécessaire.

— Maman s'y opposera.

— Elle ne pourra pas m'empêcher de partir.

— Et tes études alors ? Tu voulais devenir médecin.

— Je les poursuivrai après la guerre.

— Tu n'es pas sérieux. Je te rappelle que nous aurons besoin de docteurs.

Edward commençait à m'agacer.

— Mais nous aurons aussi besoin de pilotes.

— Tu es étudiant en médecine, sifflai-je.

— Non, plus maintenant.

Il passa une assiette sous le robinet d'eau froide.

— J'ai écrit à la direction de l'école pour qu'on m'accorde un ajournement. Beaucoup d'étudiants font la même chose.

J'essuyai les derniers plats en silence puis pliai le torchon avant de le suspendre à la porte du four.

— Quand comptes-tu l'annoncer à maman et à grand-père ?

Il me regarda sans répondre. Je secouai la tête.

— Non, pas ce soir. Tu n'as pas le droit de leur gâcher cette fête.

— Je pensais le faire plus tard, avant de ramener grand-père chez lui.

— Il n'en est pas question. Je t'en supplie, promets-moi de ne rien leur dire aujourd'hui.

Edward soupira et se frotta les yeux.

— Mais quand alors ?

— Après le Nouvel An. Une fois que tout ça…

J'agitai la main en direction de la pièce dissimulée par le rideau.

— Une fois que la joie des fêtes sera passée. Promets-le-moi.

— Bon, d'accord, je te le promets.

— Merci.

19

Hannah, Trevay
Janvier 1939

Le temps était de plus en plus couvert et humide. Un jour, une vague de froid venue du sud-ouest fit tomber une neige épaisse sur la lande. Bientôt, il devint impossible de franchir la lande de Bodmin et la Cornouailles se retrouva coupée du monde.

Nous nous doutions que peu de clientes fréquenteraient la boutique de maman pendant la première partie de l'année, puisqu'elles avaient dépensé toutes leurs économies à Noël, mais nous ne nous attendions pas non plus à ne voir personne. La vie économique de toute la Cornouailles, pas seulement de Trevay, était à l'arrêt. Les éleveurs ne pouvaient plus aller vendre leurs bêtes au marché et le reste de l'Angleterre ne pouvait plus nous envoyer ses produits.

La flottille de pêche de Trevay sortait en mer chaque jour. Nous dépendions des pêcheurs autant qu'ils dépendaient de nous. Quelle que soit l'heure à laquelle ils rentraient, nous les attendions au port. Au lieu de se calmer au fil des jours, les intempéries s'aggravèrent. La température fut bientôt si basse qu'il se mit à geler et l'eau du port intérieur se couvrit de glace. La flottille resta bloquée en mer pendant près de trois jours.

C'est étonnant comme, après une période de catastrophe, on se rappelle surtout la solidarité qui unissait la communauté. Maman ouvrait le café de 8 heures à 19 heures et, à sa demande, les habitants de Trevay y apportaient ce qu'ils avaient à partager, afin que tout le village puisse se rassembler autour d'un bon repas chaud. Pas un habitant ne manquait à l'appel. Les familles ennemies oublièrent leurs querelles, les amis fâchés effacèrent les affronts passés, les enfants se firent de nouveaux copains, et ce fut même le début d'une ou deux histoires d'amour.

Quand enfin la glace du port fondit, nous accueillîmes l'équipage des bateaux avec un bon feu et des plats chauds.

Ce bel élan de solidarité fit même la une du journal local, le *Trevay Times*.

« *Mme Clara Bolitho prend les affamés et les personnes seules sous son aile* », titrait la manchette. J'étais si fière que j'achetai deux exemplaires. Je collai l'un des deux articles dans mon journal intime et me mis à transporter l'autre dans mon petit sac à main, au cas où il m'arriverait de croiser une personne qui ne l'aurait pas lu.

À cause de toutes ces perturbations, Edward n'avait pas eu l'occasion d'annoncer à maman la nouvelle de l'ajournement de ses études de médecine. Un matin de février, il fut cependant obligé de s'y préparer, après que le facteur eut glissé deux lettres dans la fente de la porte.

Maman était occupée à beurrer un toast dans la cuisine.

— J'y vais, criai-je.

Je trouvai les deux lettres sur le paillasson. L'une portant l'emblème de l'école de médecine de Bristol destinée à Edward, l'autre adressée à maman. Par curiosité, je retournai l'enveloppe en quête d'indices sur son expéditeur. Il était écrit « *Michael Hampton, Faversham, Kent* » en belles lettres tracées à l'encre noire.

Lorsque mes frères descendirent l'escalier en se courant après, je tendis sa lettre à Edward.

— Pour toi, dis-je avec un haussement de sourcils.

Il me l'arracha des mains puis la glissa en hâte dans la poche de son pantalon.

— Ce ne sont pas tes oignons, dit-il avant de s'asseoir à table.

— Hannah ! cria maman. Tu veux bien venir chercher le plateau du petit déjeuner et le poser sur la table ?

— J'arrive.

Je rangeai la deuxième lettre dans la poche de mon cardigan et passai derrière le rideau.

— Œufs à la coque et mouillettes, annonça maman en posant un bol d'œufs et un porte-toasts plein au centre de la table.

David attrapa un œuf et le lâcha aussitôt.

— C'est chaud.

Maman le réprimanda gentiment puis l'aida à le poser dans son coquetier et à retirer le chapeau.

— Je peux mettre du beurre dedans ? demanda-t-il.

— Non, répondit-elle d'un ton ferme.

Je repensai à la lettre que j'avais glissée dans ma poche.

— Tiens, du courrier pour toi.

Maman prit ses lunettes et examina l'enveloppe. Elle pâlit aussitôt et se mordit les lèvres.

— Tu reconnais cette écriture ? demandai-je.

Elle retourna l'enveloppe comme je l'avais fait. Une ombre passa sur son visage. Je n'aurais su interpréter son expression. De la tristesse peut-être ? De la stupéfaction ? Elle se leva puis la jeta dans le feu sans l'ouvrir.

Mes frères et moi échangeâmes un regard.

— Pourquoi as-tu brûlé cette lettre ? demanda David.

— Elle m'a été envoyée par une personne que j'ai connue autrefois, dit-elle en se rasseyant, avant de prendre sa tasse de thé.

— Qui était-ce ? demandai-je.

— Ce sont des histoires d'adultes.

— Oh. Est-ce que cette personne t'a fait souffrir ? insistai-je.

— Non, bien au contraire.

Je m'apprêtais à poursuivre mon interrogatoire lorsqu'elle se leva brusquement.

— Vous avez vu l'heure ? Vous allez être en retard à l'école. Edward vous y accompagnera en allant chez le boucher. Tu es d'accord, mon grand ?

Nous remontâmes tous trois la rue d'un pas lourd avant de tourner à gauche en haut de la colline en direction de l'école.

— Vous n'êtes plus obligés de m'accompagner, vous savez, geignit David.

— Maman m'a demandé de passer chez le boucher, alors c'est sur mon chemin, non ?

Edward assumait avec joie le rôle de bras droit que notre mère lui avait assigné et en profitait parfois pour nous clouer le bec quand il nous trouvait pénibles.

— Maman n'était pas contente de recevoir cette lettre, pas vrai ? demandai-je.

Toutes sortes d'explications m'avaient traversé l'esprit et j'avais retenu celle qui me paraissait la plus évidente.

— À mon avis, c'était une lettre d'amour. D'un ancien admirateur.

— N'importe quoi, dit David.

— Qu'est-ce que tu en penses, Edward ?

— Cela ne regarde qu'elle, nous devons respecter son silence.

Il prenait de plus en plus souvent cet air suffisant ces temps-ci.

— Bon, allez-y, bonne journée.

Tandis que nous entrions en courant dans la cour, David me dit :

— Je déteste quand Edward prend cet air supérieur.

Il était si sérieux que je ne pus retenir un éclat de rire.

— Moi aussi !

Nous rîmes ensemble jusqu'à la salle commune.

À notre retour à la maison, je sentis que quelque chose avait changé.

— Maman ?

Je la cherchai dans la cuisine puis dans le magasin où je vis qu'elle avait tourné l'écriteau indiquant que nous étions fermés. J'eus aussitôt un mauvais pressentiment. Les affaires reprenaient depuis quelques jours, et si elle ne pouvait pas s'occuper elle-même des clientes, elle pouvait toujours appeler Edward. Mon frère était étonnamment doué pour les pousser à la consommation. D'après maman, c'était parce qu'il était grand, beau et avenant.

— Quand on a un charme pareil, soit on va loin, soit s'attire un tas de problèmes, le taquinait-elle.

Je quittai le magasin et montai à l'étage.

— Maman ? Edward ?

Il me semblait entendre du bruit dans notre chambre. J'ouvris doucement la porte. Les rideaux étaient tirés. Maman avait dû faire une sieste car elle enfilait ses chaussures, assise au bord du lit. Au lieu de se tourner vers moi, elle passa une main dans ses cheveux détachés.

— Maman ? Qu'est-ce qui se passe ? Tu ne te sens pas bien ?

— C'est toi, ma chérie ? L'école s'est bien passée ?

Elle ne me regardait toujours pas. Je devinai qu'elle avait pleuré.

— Oui. J'ai eu une dissertation sur Oliver Cromwell.

— Oh, très bien.

Elle sortit le mouchoir qu'elle conservait presque toujours dans sa manche et se moucha.

— Pourquoi es-tu dans le noir ? Est-ce que tu as mal à la tête ? Je peux aller te chercher une aspirine ?

— Non, merci.

Elle me jeta un rapide coup d'œil par-dessus l'épaule avec un faible sourire.

— Je vais bien.

J'allai m'asseoir à côté d'elle.

— C'est cette lettre qui t'a bouleversée ce matin ? Celle que tu as brûlée ?

Elle prit ma main dans la sienne et la tapota.

— En quelque sorte.

— Est-ce un admirateur qui te l'avait écrite ? Un homme que tu as connu avant de rencontrer papa ?

Elle sourit tristement.

— Mais où vas-tu chercher tout ça ?

— Je me trompe ?

Elle reposa ma main et prit mon menton entre ses doigts tout en me regardant dans les yeux.

— Chérie, la vie est un long chemin semé d'embûches. Parfois, on parvient à les contourner, mais il arrive aussi qu'on tombe dedans et qu'on se blesse.

— Cette lettre venait donc d'une de ces embûches ?

Maman rit.

— Quelque chose comme ça.

— Tu m'expliqueras un jour ?

— Ça suffit maintenant.

Elle lissa son chemisier puis se leva.

— Tu voulais me dire quelque chose ?

Je me rappelai pourquoi je la cherchais.

— Ah, oui. Où est Edward ?

Elle renifla et se moucha à nouveau.

— Je ne sais pas. Tu as vérifié dans sa chambre ?

Brusquement, je n'étais plus si pressée de le trouver. S'il avait appris à maman qu'il n'allait plus à l'école de médecine, alors que l'arrivée de l'autre lettre l'avait déjà bouleversée, je n'avais vraiment aucune envie de le voir.

— Je vais te préparer une tasse de thé, si tu veux.

— Oui, merci. Ce serait adorable.

Dans la cuisine, la vaisselle du petit déjeuner attendait toujours d'être lavée et personne n'avait commencé à préparer le déjeuner. Cela ne ressemblait pas à maman.

Ni à Edward, en fait. C'était une personne plutôt organisée. Maman ne l'appelait pas « l'homme de la maison » pour rien.

David entra tranquillement dans la cuisine.

— Je peux avoir un biscuit ? Oh, beurk, ça sent les œufs pourris.

Je m'affairai autour de lui.

— Maman a la migraine.

Je pointai la boîte à biscuits du doigt.

— Tu n'as qu'à en manger deux avec un verre de lait, pendant que tu fais tes devoirs. Je vais ranger un peu. Ensuite, si maman ne se sent pas mieux, je nous préparerai des toasts au fromage pour le dîner. Qu'est-ce que tu en dis ?

— Génial. Où est Edward ?

— Je ne sais pas trop, mais il devrait bientôt rentrer.

— Je ne comprends pas grand-chose aux fractions.

— Je t'aiderai s'il n'est pas là. Allez, fais ce que tu peux.

Je remplis une bassine d'eau pour faire la vaisselle, le cerveau à nouveau en ébullition. La situation m'effrayait.

Je n'avais encore jamais vu maman dans cet état. Je l'avais déjà vue en colère, agacée ou fatiguée, mais jamais aussi bouleversée. Si la lettre qu'avait reçue Edward l'avait rendue encore plus triste, j'aurais deux mots à lui dire. Maman était à la fois une mère et un père pour nous. Que ferions-nous s'il lui arrivait quelque chose ?

Soudain, je pris conscience de quelque chose d'énorme. Pourquoi ne m'en étais-je pas rendu compte avant ? Maman était le pivot de nos vies. Elle n'avait pas de mari, personne pour assurer la relève quand elle était en difficulté. Aucune épaule sur laquelle poser sa tête. Elle était seule.

Il fallait à tout prix que papa rentre à la maison. J'allais lui écrire en cachette et le faire revenir. C'était d'autant plus urgent qu'un ancien admirateur envoyait des lettres à maman. Elle avait besoin de lui. Comment pouvait-il la laisser se débrouiller ainsi ? Si je lui exposais la situation, il rentrerait à coup sûr.

Je fis la vaisselle et rangeai la cuisine pendant que la bouilloire chauffait, puis je montai une tasse de thé à maman.

— Tiens, dis-je en la posant sur sa coiffeuse.

— Je te remercie, ma chérie.

Elle était à présent assise sur le petit tabouret et se brossait les cheveux devant le miroir.

— La cuisine est propre et David fait ses devoirs.

— Merci, ma grande, dit-elle en me regardant dans le miroir. Qu'est-ce que je ferais sans Edward et toi ?

Son regard paraissait si triste.

— La question est plutôt : qu'est-ce que nous ferions sans toi ? dis-je avant de redresser ses oreillers et de lisser sa couverture.

C'est alors que je sentis le coin pointu d'une enveloppe glissée entre les draps. Je la sortis. C'était la lettre qu'Edward avait reçue ce matin.

Maman vit la colère déformer mes traits dans le miroir.

— Autant que tu la lises maintenant, dit-elle.

En résumé, l'école de médecine ne pouvait pas lui garantir une place à son retour. Il devrait donc déposer à nouveau sa candidature, mais il ne serait pas nécessairement admis une seconde fois. La direction concluait en lui souhaitant bonne chance dans la Royal Air Force.

Le comportement purement égoïste d'Edward me rendit folle de rage. Comment avait-il osé montrer cette lettre à notre mère avant de m'en parler ?

— Je suis vraiment désolée, maman.

— Pour quelle raison ? C'est un adulte, il fait ce qu'il veut.

— Mais tu as besoin de lui ici. Comme nous tous.

— Oui, mais a-t-il besoin de nous ? En vérité, quand une famille reste unie, c'est uniquement grâce aux femmes. Les hommes le savent.

— C'est pour ça que papa est resté à Penang ?

— En partie.

— Tu n'aimerais pas qu'il rentre ?

J'étais impatiente d'entendre sa réponse.

— Je ferais bien de préparer quelque chose pour le dîner.

— Maman, si je lui écrivais pour lui demander de rentrer, tu n'aurais plus besoin de travailler aussi dur. Il te donnerait de l'argent pour la nourriture, nos uniformes et les factures, et nous formerions une famille.

Ma mère ne m'avait jamais regardée d'un air aussi affectueux.

— Hannah, ma chérie.

Elle posa une main sur mon épaule tout en me caressant tendrement les cheveux de l'autre.

— Tu deviens une femme merveilleuse et tu as une belle vie devant toi. J'ai passé de belles années avec papa, mais au bout d'un moment, Edward et toi avez commencé à me manquer plus que tout. Il ne voyait pas d'inconvénient à rester seul, car il adore Penang. Il vous aime tous beaucoup et peut-être qu'un jour, il rentrera pour ton mariage. Qu'est-ce que tu en dirais ?

Elle essayait de faire comme si tout était normal, mais je n'y croyais pas.

— Ce serait adorable de sa part. Mais maman, je ne veux plus que tu t'occupes de tout toute seule. Peut-être qu'un jour, tu rencontreras un homme gentil, un compagnon, qui te traitera comme une reine ?

Je vis à son sourire qu'elle se retenait de rire.

— C'est très aimable de t'inquiéter pour moi, mais je suis parfaitement heureuse en compagnie de mes trois adorables enfants. Ce que je souhaite par-dessus tout, c'est votre bonheur à tous.

— Et tant pis si tu es malheureuse ? Tant pis si Edward s'engage dans la RAF et ne devient pas médecin ?

Elle soupira.

— Oui. Ma chérie, si tu as une fille un jour, tu l'aimeras autant que je t'aime et autant que ma mère m'aimait. Les hommes ont tort de nous prendre pour le sexe faible. Ce sont eux, les faibles. Grand-mère, toi et moi, nous sommes les plus fortes de cette famille.

Hannah, Trevay
3 septembre 1939

Neuf mois plus tard, l'Angleterre déclara la guerre à l'Allemagne et notre vie – surtout la mienne – perdit aussitôt toute insouciance. On aurait dit qu'une terrible obscurité était tombée sur nous. Deux jours plus tôt, Adolf Hitler avait envahi la Pologne. Il occupait déjà la Tchécoslovaquie et l'Autriche, aussi notre Premier ministre, Neville Chamberlain, qui avait essayé pendant des années d'apaiser les tensions et d'empêcher une nouvelle guerre, estimait-il à présent qu'Hitler allait trop loin. Assis tous les quatre dans l'arrière-boutique, nous apprîmes que notre pays était en guerre en écoutant les informations à la radio. Le corps de maman se raidit aussitôt. Les mains tremblantes, elle se mit à chercher une cigarette. David trouvait quant à lui la situation plutôt excitante. Il commença à sautiller en tirant des coups de feu avec son faux pistolet. Presque au garde-à-vous, Edward nous regarda tour à tour, maman et moi. Je secouai la tête dans l'espoir qu'il se taise. Maman n'avait pas besoin de l'entendre parler de son départ pour l'armée.

— Tu veux bien éteindre la radio maintenant, Hannah ? dit-elle.

Étant la plus près du poste, je n'eus qu'à me pencher légèrement pour atteindre le bouton.

Les bruits de David devenaient insupportables.

— Mais tais-toi à la fin ! criai-je. Et pose-moi ce satané jouet.

Il me regarda, stupéfait, la lèvre tremblante. Je me levai.

— Bon, qui veut une tasse de thé ?

Maman ne changea rien à son quotidien dans la boutique, souriant et bavardant avec les clientes qui étaient toujours pressées de savoir si Edward était déjà parti. Mais dans son lit la nuit, je savais qu'elle ne dormait pas.

Un mois plus tard, Edward monta à bord d'un bateau à destination du Canada où il apprendrait à piloter. Il avait dix-neuf ans.

Bien entendu, nous pensions tous que la guerre n'allait pas tarder à nous atteindre. Les pêcheurs qui avaient combattu pendant la Grande Guerre formèrent une armée de volontaires avec les garçons trop jeunes pour s'engager. Ils se rassemblèrent à l'église de St Peter's et commencèrent à s'entraîner avec des fourches et les rares fusils en bois que certains avaient trouvé le temps de fabriquer. Chaque fois qu'ils défilaient autour du port ou se relayaient pour surveiller l'horizon en attendant l'invasion hitlérienne, les villageois ricanaient ou les applaudissaient, voire les deux. David créa son propre peloton dans la cour de récréation où il expliqua à ses copains comment marcher en rythme et leur demanda de le saluer à la fin de chaque séance. Comme il n'avait que huit ans, maman n'y voyait pas d'inconvénient, d'autant qu'il ne serait pas en âge de s'engager avant longtemps.

J'avais quinze ans et, mon père ayant combattu dans l'armée, j'avais hâte de faire ma part du travail. Puisque je devais attendre deux ans de plus pour m'engager, j'espérais presque que la guerre ne se terminerait pas avant. Je me renseignais déjà sur la procédure sans en parler à maman.

Chaque soir, elle et moi écoutions les informations à la radio, certaines qu'on allait nous annoncer que les soldats allemands s'étaient posés tout le long de la côte sud et seraient bientôt à nos portes. Mais étrangement, tout était calme. Les gens commencèrent à douter de la réalité de cette guerre. À croire qu'Adolf Hitler ne parviendrait jamais à nous atteindre.

Edward passa les fêtes de Noël et du Nouvel An au Canada. Il ne s'attendait pas à rentrer avant le printemps, de toute façon. Il apprenait vite, écrivait-il, et espérait devenir pilote de bombardier.

Mon dernier semestre à l'école s'achevait et j'étais sur le point de passer mon certificat de fin d'études lorsque la guerre prit une nouvelle tournure. En mai 1940, le Premier ministre Chamberlain démissionna et fut remplacé par Winston Churchill, à la grande joie de maman.

— Je suis certaine que c'est l'homme de la situation, dit-elle en sirotant la tasse de thé qu'elle se préparait toujours avant d'écouter les informations.

Je commençais à craindre ces émissions du soir et la voix de l'homme qui annonçait les nouvelles.

« *Bonsoir, voici le bulletin d'informations de la BBC. La France s'est inclinée devant l'armée allemande. La bataille de France s'est conclue par une défaite pour les Britanniques et leurs alliés.* »

— Oh mon Dieu, non, murmura maman, avant d'attraper son étui à cigarettes.

Je vis ses mains trembler et ses rides se creuser autour de sa bouche. C'était effrayant.

— Maman, dis-moi que les Allemands ne vont pas envahir l'Angleterre.

Elle tenta de dissimuler sa peur derrière un rapide sourire.

— Bien sûr que non, chérie. Notre armée de volontaires est là pour nous défendre, et Winston Churchill et ses soldats sont très courageux.

— Mais ils ne seront peut-être pas capables de les en empêcher.

— Je pense qu'ils y arriveront. Nous allons devoir riposter. Avec la plus grande vigueur.

Quelques jours plus tard, nous apprîmes que des centaines de milliers de Britanniques et de soldats des forces alliées avaient été secourus en France, après que l'armée allemande les avait repoussés jusqu'à une petite ville nommée Dunkerque. Des milliers de bateaux, petits et grands, dirigés par des citoyens ordinaires, avaient traversé la Manche pour les secourir. C'était un miracle. Le dimanche suivant, chaque fidèle les remercia dans ses prières à l'église.

Mais à présent, Winston Churchill appelait la RAF à la rescousse.

Par le biais de la radio, il expliqua au peuple britannique que, bien que les forces aériennes allemandes comptent plus de pilotes que la nôtre, nous possédions davantage d'avions, y compris des Spitfire rapides et meurtriers ainsi que des Hurricane qui avaient à présent la difficile mission de protéger la Grande-Bretagne. Il ne faisait aucun doute que les forces allemandes ne se trouvaient qu'à quelques kilomètres de la Manche. Si de vastes champs avaient remplacé la mer, les soldats ennemis n'auraient eu qu'à parcourir à pied la trentaine de kilomètres qui nous séparaient d'eux, et notre sort aurait été entre leurs mains. Je commençai à réfléchir à ce que je ferais s'ils descendaient en parachutes sur Trevay. Comment les repousserais-je ? Je pris l'habitude de vérifier si toutes nos portes et fenêtres étaient fermées de jour comme de nuit et de dormir avec la batte de cricket de David sous mon lit. Je demandai même à maman s'il ne vaudrait pas mieux que celui-ci couche désormais dans notre chambre au lieu de rester seul dans la sienne. Elle me tapota la main.

— Non, ma chérie. C'est très gentil de ta part, et je te remercie vraiment de prendre toutes ces mesures de sécurité dans la maison, mais j'ai l'impression de vivre en prison, et crois-moi, Hitler n'a pas la moindre intention de s'approcher de la Cornouailles.

— Pourquoi ça ? demandai-je avec inquiétude.

— Parce que nous ne capitulerons jamais, exactement comme nous l'a demandé le Premier ministre.

Finalement, Adolf Hitler ne parvint pas à nous envahir car nos avions de chasse lui barrèrent fermement la route. En conséquence, il lança sur le pays un terrible raid aérien.

Caroline
Aujourd'hui

C'était l'anniversaire de ma mère. Je visitais toujours sa tombe ce jour-là, ainsi qu'à Noël et à Pâques, pour marquer l'événement. En général, je me rendais au cimetière de bon matin afin de pouvoir me garer à proximité du portail et de ne pas croiser le garçon qui y tondait la pelouse. Ni le moindre visiteur.

Je préférais parler à ma mère en privé.

Comme il faisait très bon ce matin-là, j'enfilai ma veste légère. Je l'avais repérée dans le grand magasin où j'emmenais déjeuner ma fille, Natalie, chaque fois qu'elle revenait de Londres, mais sa couleur m'avait fait hésiter.

Finalement, Natalie m'avait convaincue de l'acheter.

— Elle est superbe sur toi, maman. Et ce vert menthe avantage ta silhouette.

Je m'étais regardée dans le long miroir en pivotant sur moi-même, les mains dans les poches, puis j'avais tiré un peu sur le col.

— Elle ne paraît pas trop étroite derrière ?

— Pas du tout, cette coupe affine vraiment ta taille.

C'était cet argument qui m'avait convaincue.

— D'accord, je le prends. Je pourrai toujours l'échanger si elle ne me plaît plus quand je la réessayerai à la maison.

Les néons au-dessus de nos têtes émettaient une lueur rosâtre.

— Ces lumières sont soit trop flatteuses soit pas suffisamment. Je ne saurais dire.

Les vêtements de Natalie paraissaient terriblement usés dans le miroir.

— Est-ce que je peux t'offrir un nouveau blouson ? avais-je proposé, l'air de rien.

Ma question l'avait fait sourire.

— Merci, mais ce sweat à capuche me convient très bien.

— Ton jean est troué aux genoux. Tu dois avoir froid aux jambes, non ? Et si je t'achetais un nouveau pantalon ?

— On n'est plus dans les années 1950, maman. Ceci est un jean déchiré de marque vintage et il coûte beaucoup plus cher que la veste que tu t'apprêtes à acheter.

Sans un mot, j'avais alors regardé ses pieds avec insistance.

— Et grâce à ces bottes, mes pieds ne seront pas déformés par des oignons comme ceux des femmes de ta génération qui ont passé leur vie à porter des chaussures trop serrées.

Posant ma nouvelle veste sur mon bras, j'avais répliqué :

— Eh bien, au moins, les femmes de ma génération savent s'habiller de manière féminine.

— Maman ! C'est fini tout ça, ton petit monde binaire n'existe plus ! Aujourd'hui, des hommes s'habillent en femme, des femmes en homme, et puis il y a les asexuels, les bisexuels, les lesbiennes…

— Chut ! Parle moins fort. Tu es à Truro ici, pas à Londres.

Oh, mon Dieu. Depuis un moment, je me demandais si elle n'allait pas finir par m'annoncer qu'elle avait une petite amie.

J'avais fait part de mes inquiétudes à mon amie Annie, une des femmes chargées de fleurir notre église, tandis que nous lavions des vases sous le robinet du cimetière. J'avais toujours apprécié son bon sens.

— C'est une phase, Caroline, rien de plus.

Elle avait posé une main réconfortante sur mon épaule.

— Mais imagine comme ce serait amusant de devoir acheter deux robes de mariée. L'une pour Natalie, l'autre pour sa femme.

J'avais bien failli lâcher mon vase.

Bref, aujourd'hui, c'était la première fois que je sortais vêtue de ma nouvelle veste et il fallait bien admettre qu'elle était très confortable pour conduire. Je pouvais exécuter une marche arrière sans être gênée par la raideur du tissu.

Sur le siège à côté du mien, j'avais posé un bouquet printanier pour maman. Il était composé de fleurs de mon jardin. Quand Tom, mon défunt mari, était tombé malade, il m'avait fait promettre d'entretenir sa pelouse et ses parterres après sa mort, et c'était ce que je faisais. Cette année, les tulipes étaient magnifiques. Droites comme des cierges. Les habituelles fleurs aux tons joyeux rouge et orange poussaient dans le jardin de derrière autour la pelouse, mais en octobre dernier, j'avais également planté deux boîtes entières d'oignons de tulipe rose pâle et noires qui ne cessaient d'émerveiller le facteur.

Aujourd'hui, j'avais cueilli uniquement des fleurs rouges et orange auxquelles j'avais ajouté des myosotis et trois jacinthes blanches.

Elles commençaient à se faner et brunissaient un peu sur les bords, mais elles sentaient encore très bon et maman comprendrait sûrement.

Je lui avais fait faire une pierre tombale en ardoise de Cornouailles. Ce n'était pas un monument voyant, mais une petite stèle fonctionnelle sur laquelle était gravé son nom, Hannah Bolitho, ainsi que les dates de sa naissance et de sa mort.

Juste en dessous, j'avais fait inscrire les mots suivants : « À notre regrettée mère et grand-mère. *Une femme au grand cœur.* »

Des mots simples et appropriés. Vu ce que m'avait coûté l'ardoise, je ne pouvais pas me permettre plus.

Maman était une femme compliquée. C'était surtout dû, je pense, à sa propre mère, la fameuse Clara, une personne très « bohème ».

Je repensai à mon colis-surprise. La malle. Elle apportait des réponses très intéressantes aux nombreuses questions que je m'étais posées en grandissant. La lettre que j'avais trouvée dans la Bible et le journal intime caché au milieu des babioles étaient particulièrement éclairants. La première partie du carnet, du moins. Je ne l'avais pas encore lu entièrement.

La lettre avait été écrite par grand-mère Clara à mon grand-père Ernest et elle y parlait de maman et moi.

Trevay, 1948

Cher Ernie,

Merci pour ta dernière lettre et ton généreux chèque. C'est très aimable de ta part, cette somme permettra à Edward et Shirley de payer les dernières factures de leur mariage. Ce fut une journée très joyeuse. Shirley est la femme qu'il fallait à Edward. Il l'adore.

J'ai été heureuse d'avoir de tes nouvelles. Transmets mes meilleurs vœux à Nizam et sa famille. Je n'arrive pas à croire qu'il a cinquante ans ! Depuis combien d'années travaille-t-il avec toi maintenant ? Presque trente, je suppose. Il s'est mieux occupé de toi que je n'y serai jamais parvenue. Je suis si contente que nous puissions maintenant reparler du passé sans souffrir.

Malheureusement, je ne suis pas en très bonne santé en ce moment. Il s'agit sans doute juste d'une bronchite. Toute la famille est aux petits soins avec moi comme si j'étais mourante, mais je te rassure, cela ne va pas si mal. Par chance, j'étais en forme pour le mariage. Hannah était très jolie en demoiselle d'honneur. Ce qui n'a pas échappé à l'un des amis d'Edward, un ancien pilote de la

RAF comme lui. Hannah et lui se sont revus plusieurs fois, puis il a disparu dans la nature. On peut dire qu'il lui a brisé le cœur. Cependant, il lui a offert un très beau cadeau. Te voilà grand-père, Ernie. Je me rends compte du choc que cela risque de te causer, mais tu as une magnifique petite-fille qui s'appelle Caroline. Sur la photo que je t'envoie, c'est le bébé assis sur les genoux d'Hannah. Notre fille s'est adaptée à son nouveau rôle de mère avec le plus grand naturel, et tout le reste de la famille est déjà fou de la petite. C'est comme si elle avait toujours vécu parmi nous.

Je pense qu'Hannah aimerait beaucoup avoir de tes nouvelles. Sois gentil, écris-lui.

Affectueusement,

Clara

Je savais que j'étais née hors mariage. Ma mère ne me l'avait jamais caché. Mais j'avais toujours espéré découvrir qui était mon père. À présent, il me semblait que je ne le saurais jamais.

Ainsi grand-mère Clara avait toujours soutenu sa fille enceinte et non mariée. Pour être honnête, j'avais effectivement grandi au sein d'une famille très aimante. Mais j'avais toujours rêvé d'avoir deux parents, une jolie maison donnant sur le port et un père qui me choierait.

J'aurais tant aimé aller au pensionnat et y vivre de merveilleuses aventures comme les héroïnes des livres *Malory School* d'Enid Blyton. Les élèves de mon école racontaient des choses horribles sur ma mère – elles critiquaient surtout l'absence de mon père, si bien qu'à la fin, j'inventais toutes sortes d'histoires à son sujet. Il était espion ou bien acteur à Hollywood. Il conduisait des voitures de sport et m'emmenait à Paris pour mon anniversaire. Le problème, c'est que je n'étais pas très douée pour mémoriser les détails de mes histoires ; aussi découvraiton rapidement que je mentais, et les enfants qui étaient devenus mes amis s'éloignaient de moi.

Finalement, j'expliquai qu'il était mort.

Il avait été victime d'un accident au cours d'une mission spatiale.

Cela leur clouait le bec.

Ma grand-mère, qui était décédée quand j'étais bébé, répétait à ma mère que pour bien mentir, il fallait avoir bonne mémoire. La sienne devait être excellente, car le journal intime que j'avais trouvé dans la malle dévoilait quantité de mensonges ! Pas étonnant qu'elle ait tenu à le fermer à clé. Elle avait dû l'oublier à Penang quand elle était rentrée en Angleterre avec mon oncle David. Comme son cœur avait dû battre quand elle s'était aperçue qu'il n'était pas dans ses bagages ! Heureusement pour elle, il semblait que personne n'avait songé à l'ouvrir. On avait dû le ranger et l'oublier jusqu'à ce qu'il me parvienne dans cette malle.

Mais enfin, quelle dissimulatrice !

Ma grand-mère n'avait pas eu trois enfants, mais quatre. Son premier-né était un garçon nommé Michael, ou Mikey comme elle l'appelait dans son journal. C'était le fils d'Herbert Bolitho, le frère aîné de mon grand-père Ernest qui était mort au combat pendant la Première Guerre mondiale. Comment avait-elle fait pour conserver un secret aussi énorme ?

Je n'avais jamais menti à ma fille Natalie. Et elle-même ne m'avait jamais rien caché. À part la fois où Tom et moi lui avions laissé la maison pour passer notre dernier week-end en amoureux, pendant qu'il pouvait encore se déplacer.

— Ni garçons, ni alcool, ni drogue, lui avions-nous rappelé avant de partir.

Hélas, elle ne nous avait pas écoutés.

C'étaient les voisins qui nous avaient prévenus. Je n'avais encore jamais éprouvé une telle honte. Nous l'avions privée de sorties pendant un mois. Depuis, c'était un ange.

J'espérais que ma fille était encore vierge. Elle n'avait que vingt-deux ans, après tout. Au fond de moi, j'étais certaine qu'elle me l'aurait dit si elle avait commis une bêtise.

Tom et moi avions beaucoup de chance. Natalie aurait pu partir à la dérive à la fac, mais dès sa première année sur le campus, elle avait rencontré une fille adorable, Lucy, et toutes deux étaient restées colocataires jusqu'à leur diplôme. Elles partageaient à présent un appartement à Camden Town avec le petit ami de Lucy, Ryan.

Si j'avais été la mère de cette jeune femme, j'aurais été morte d'inquiétude. Il m'était arrivé de discuter avec Ryan au téléphone quand j'appelais Natalie et il avait toujours l'air de rire sous cape.

J'étais certaine que ma fille attendait d'avoir rencontré le grand amour.

En nettoyant la tombe de maman, je lui racontai toutes les nouvelles. Y compris le fait que j'avais appris l'existence du fils illégitime de grand-mère Clara. Je souhaitais qu'elle sache que sa fille et sa petite-fille n'avaient pas hérité de ses faiblesses, qu'elle tenait probablement de sa propre mère. Je voulais qu'elle soit fière de nous. Je déposai le bouquet de fleurs sous son nom et époussetai mes genoux en me relevant.

— Je reviendrai te voir à Noël au plus tard.

Puis comme lors de chacune de mes visites, je lui envoyai un baiser.

Troisième partie

20

Hannah, Trevay
1940

Chaque bulletin d'informations du soir n'était maintenant plus qu'une longue énumération des dégâts causés à nos grandes villes. Le nombre croissant de morts, d'orphelins, de veuves et de sans domicile était consternant. Maman et moi ne pouvions que remercier le ciel de nous tenir éloignées des horreurs de cette nouvelle guerre mondiale.

La formation d'Edward étant presque terminée, il rentrerait juste après l'été. Dans ses lettres, il nous racontait avec humour et enthousiasme son quotidien auprès de ses camarades. Dans celle qui venait de nous parvenir, il nous apprenait qu'il était à présent apte à piloter un bombardier lourd.

Maman retira ses lunettes et reposa sa lettre.

— Cela veut dire qu'il survolera l'Allemagne.

— Tant mieux. Il faut bien que nous leur rendions la pareille. David va être si content.

J'étais encore très enthousiaste et naïve à l'époque. Maman posa la main sur mon genou et le serra fort.

— Non, ne lui dis rien. C'est mieux comme ça. Il ne faudrait pas l'inquiéter.

— Mais il sera si fier de son grand frère !

Elle lâcha mon genou et prit ses cigarettes.

— Et si son avion est abattu ? S'il meurt ? S'il est fait prisonnier ?

— Tout ira bien, maman. Edward est le meilleur. Il ne lui arrivera rien.

Elle inspira à fond et souffla un nuage de fumée en direction du plafond.

— Ce n'est pas un jeu, ma chérie. Chaque camp cherche à anéantir l'autre.

— Moi aussi, je veux participer. Dès que j'aurai dix-sept ans, je m'engagerai et j'abattrai des avions ennemis.

— Parce que tu penses pouvoir protéger Edward ?

— Et ses amis, oui.

— Eh bien, nous verrons. De toute façon, tu n'es pas près d'avoir tes dix-sept ans.

— Je les aurai dans dix mois seulement. Ensuite, je pourrai m'enrôler dans l'ATS.

— La branche féminine de l'armée ?

Maman se gratta la tête avec la main qui tenait sa cigarette. La fumée forma un nuage autour de ses cheveux.

— Pourquoi donc les femmes ressentent-elles le besoin de tuer ?

— Je ne veux tuer personne. Je veux juste abattre des avions ennemis. Leurs pilotes sauteront en parachute ou seront faits prisonniers.

— C'est ça.

Elle tira plus fort sur sa cigarette et se leva en toussant.

— Une tasse de thé avant d'aller te coucher ?

Je la regardai écraser son mégot.

— Maman, je suis sérieuse.

Elle se dirigea vers la cuisine.

— Nous en reparlerons le moment venu.

Depuis quelque temps, toute la population était soumise à un strict rationnement. La nourriture, l'essence et les tissus se vendaient au prix fort.

Il était désormais impossible pour maman d'importer des rouleaux de soie pour son magasin car les voies maritimes étaient constamment ciblées par des bombes ou des torpilles et truffées de mines. Mais comme c'était une femme pleine de ressources, les affaires marchaient bien. Elle avait ressorti sa vieille machine à coudre et proposait désormais de retoucher les vêtements démodés. Elle était extrêmement douée en couture. Elle reprenait les pantalons trop larges, élargissait les jupes trop étroites, ajoutait des bandes de tissu aux robes de grossesse. Ses clientes étaient stupéfaites de tout ce qu'elle parvenait à faire contre un ticket de rationnement.

— Rien ni personne ne m'empêchera jamais d'habiller les gens, disait-elle. Si on leur donnait enfin leur chance, les femmes seraient capables de diriger le monde.

Elle ne s'était plus servie de sa vieille Austin depuis le départ d'Edward. Mais un matin, elle nous demanda, à David et moi, de la laver, de l'astiquer et de verser dans le réservoir le fond d'essence qu'elle avait économisé.

Maintenant âgé de dix ans, David était aussi grand qu'elle, mais ne m'avait pas encore rattrapée.

— Je peux prendre le volant pour aller chercher Edward à la gare si tu veux, dit-il, l'air de rien. Je sais conduire.

— Peut-être, mais tu es trop jeune. C'est moi qui conduirai.

— Mais tu n'as pas utilisé la voiture depuis une éternité. Tu as sûrement oublié comment on fait.

— Absolument pas. De toute façon, il est hors de question que tu prennes le volant.

Cette discussion m'amusa beaucoup. En vérité, David conduisait probablement mieux que notre mère – ce n'était pas difficile. Quelque temps plus tard, lorsque la vieille voiture fut remisée dans les hangars à bateaux au sommet du village, David et moi poussâmes un soupir de soulagement. Non seulement pour notre sécurité, mais également pour celle de toute la Cornouailles.

Maman esquissa un sourire enjôleur.

— Ne t'inquiète pas, tu vas pouvoir te rendre utile, David. Pourrais-tu s'il te plaît vérifier le niveau d'huile et t'assurer que ce foutu tacot démarre ?

Comme prévu, maman fila à toute vitesse sur la petite route sinueuse qui menait à la gare de Bodmin. Convaincue que je vivais mes derniers instants, je tentai de me distraire en admirant les arbres de la forêt qui recouvrait la vallée. La lumière du doux soleil automnal donnait aux feuilles des tons jaune ambre et écarlate. Si je mourais aujourd'hui, ce serait au moins dans un cadre magnifique.

Ce fut David qui perdit son sang-froid le premier.

— Attention, maman !

Je tournai la tête vers la route en pente qui se déroulait devant nous à travers le pare-brise. Nous venions de pénétrer dans un sombre tunnel d'arbres et la chaussée était couverte d'une épaisse couche de feuilles humides. La voiture approchait d'un virage serré à gauche.

— Ne crie pas comme ça, David, grogna maman en tournant la tête vers la banquette arrière pour le regarder. Il ne faut jamais distraire le conducteur…

La vieille guimbarde heurta la haie qui bordait l'autre côté de la route et ses roues arrière se soulevèrent du sol. Elle glissa ensuite sur le tapis de feuilles humides en direction du bas-côté opposé et s'arrêta enfin.

— Ne recommence plus jamais ! cria maman. On ne distrait pas le conducteur ! Regarde ce que tu m'as fait faire !

— Vous n'avez rien, tous les deux ? demandai-je en me frottant les genoux à l'endroit où ils avaient heurté le tableau de bord métallique. David ?

Mon frère était coincé entre la banquette et mon siège.

— Ouais. Ça va.

— Et toi, maman ?

— J'ai besoin d'une cigarette.

Elle chercha son étui et ses allumettes.

— Sors d'abord de la voiture, maman, dit aussitôt David. De l'essence a peut-être coulé dans l'habitacle.

— Oh, bon sang !

Maman quitta son siège à contrecœur et alla s'asseoir sur les épaisses racines d'un arbre qui traversaient un mur de pierre.

Je la rejoignis.

— Maman, tu es sûre que ça va ? Tu m'as l'air un peu pâle et tes mains tremblent.

Elle leva la tête et regarda le ciel à travers les branches.

— Désolée. Je ne voulais pas vous faire peur.

Quelques minutes plus tard, on entendit une auto approcher puis ralentir.

— Est-ce que tout le monde va bien ? demanda le conducteur.

— Oui, merci.

Maman sourit faiblement.

— Nous avons juste dérapé un peu sur les feuilles.

— Ce chemin est traître par ce temps. Puis-je vous donner un coup de main pour ramener la voiture sur la route ?

— Ce serait très aimable à vous. David, va aider ce monsieur s'il te plaît.

Le pare-chocs avant de l'Austin était légèrement cabossé et l'un de ses phares était cassé, mais c'étaient à peu près les seuls dégâts.

Tandis que nous nous éloignions en agitant la main pour remercier notre sauveteur, David vérifia l'heure à sa montre.

— Le train arrive dans dix minutes, maman.

— Nous aurions eu le temps de prendre une tasse de thé si tu ne m'avais pas fait déraper, répondit-elle, vexée.

Dès qu'Edward descendit du train, chacun de nous cria son nom. David se mit à sautiller en lui faisant bonjour et maman agita le mouchoir qu'elle avait emporté exprès.

J'observai avec plaisir ses gestes familiers. Ses yeux paraissaient si bleus à cause de sa peau bronzée. Son uniforme lui donnait fière allure et il s'était laissé pousser la moustache. Nous n'avions encore jamais été séparés aussi longtemps. Je m'aperçus soudain combien il m'avait manqué.

— Qu'est-ce que c'est que ça, sous ton nez ? demanda David. Tu t'es barbouillé d'encre ?

Edward lui donna une petite tape.

— Jaloux. Bonjour, maman.

Notre mère le prit dans ses bras.

— Mon chéri. Comme tu es beau.

Edward me sourit par-dessus son épaule.

— Salut, Toots. Je ne t'ai pas trop manqué ?

Maman lui tendit les clés de la voiture.

— C'est toi qui conduis, mon chéri. À moins que tu ne sois trop fatigué ?

David et moi échangeâmes un regard stupéfait.

— Non, pas de problème.

Edward inclina le siège avant et jeta son nouveau paquetage sur la banquette.

— Il y aura assez de place pour vous deux ?

— Et ta valise ? demanda David.

— Tu n'auras qu'à la poser sur tes genoux, minus, répondit Edward en riant.

Il aida maman à s'installer puis, lorsque tout le monde fut assis, il démarra en trombe et fila pied au plancher sur la route en donnant un grand coup de frein avant chaque virage.

— Cela fait si longtemps que je suis parti. Ces routes sont tellement plus étroites que les canadiennes ! dit-il d'un air amusé.

Maman faisait manifestement de son mieux pour rester calme.

— Je suppose qu'on conduit à droite là-bas, mais je te signale qu'on roule toujours à gauche dans ce pays, mon chéri.

— Je sais. Tu veux bien m'allumer une cigarette ?

Une main sur le volant, l'autre posée sur le dossier de maman, il se rabattit sur la gauche.

— Parce que tu as le droit de fumer maintenant ? demanda David en se penchant par-dessus son épaule.

— Absolument. Ça aide à garder les idées claires. Quand on pilote, il faut rester concentré.

— Attention au cycliste ! s'écria maman, alors qu'il se déportait à nouveau sur la droite.

— Il ne faut jamais distraire le conducteur, dis-je en même temps que David, avant d'éclater de rire.

Enfin, nous arrivâmes à Trevay. Maman entraîna Edward par la porte de derrière.

— Bienvenue à la maison, mon chéri. Une tasse de thé ?

— Tu aurais du café ? demanda-t-il en laissant tomber son paquetage et sa valise sur le sol du salon.

Maman remplit la bouilloire et alluma le gaz.

— Il n'en reste plus depuis longtemps. Mais cela ne me manque pas. Je préfère le thé.

— On trouve encore de tout au Canada, dit Edward en s'asseyant dans un fauteuil. Hé, minus, passe-moi mon sac, tu veux ?

— Arrête de m'appeler comme ça, grogna David, avant d'obéir.

Maman apporta nos tasses de thé sur un plateau et s'assit à table.

— Hannah, j'ai oublié les biscuits. La boîte est rangée dans un coin.

— Au Canada, on appelle ça des cookies, dit Edward en fouillant dans son sac. Au fait, j'ai quelques cadeaux pour vous.

— Des cookies ? demanda David plein d'espoir.

— Non, mais je t'ai apporté…

Edward sortit la main de son sac.

— Une orange !

— Oh, grogna David.

— Une orange ? s'exclama maman. Je n'en ai pas vu depuis… Ma foi, je ne sais même plus.

— Il y en a quatre. Une chacun. Mangez-les, c'est bon pour la vue.

Edward nous distribua les fruits.

— Et j'ai un cadeau spécial pour toi, maman.

— C'est vrai ?

Depuis le départ d'Edward, je n'avais jamais vu le regard de notre mère s'illuminer ainsi.

— Ferme les yeux et tends les mains.

Elle obéit en riant. Edward déposa un fin sachet en papier sur ses paumes.

— C'est bon, tu peux regarder.

Maman examina son cadeau d'un air fébrile.

— Tu as fait des folies, on dirait ?

— Vas-y, ouvre-le.

Elle souleva lentement le bord du sachet comme si elle prenait plaisir à faire durer le suspense.

— Oh !

Bouche bée, elle en sortit un petit paquet.

— Des bas ! Je n'en crois pas mes yeux. Des bas !

Elle posa une main sur sa bouche en retenant ses larmes.

— Et ils sont en soie, dit Edward avec un sourire. Ils te plaisent ?

Elle serra le paquet contre son cœur.

— Je les adore.

— Tu es allé les acheter dans une boutique pour femmes, Edward ? demandai-je, intriguée.

— Tu as dû avoir tellement honte, ricana David, pour qui les sous-vêtements féminins étaient toujours une grande source d'amusement.

— Absolument pas. Il n'y a rien de gênant à ça. J'avais l'habitude de servir les clientes de maman, je te rappelle.

Il se tourna vers notre mère qui serrait toujours le paquet contre sa poitrine.

— Comment vont les affaires ?

Nous échangeâmes les dernières nouvelles en buvant du thé, puis nous dînâmes de saucisses accompagnées de purée et d'une sauce aux oignons (la préférée d'Edward) et nous eûmes à nouveau la sensation de former une famille.

Edward nous raconta quelques anecdotes sur sa formation.

— Je pilotais notre avion d'entraînement, juste un petit monomoteur biplace, avec mon ami Clarky, quand nous avons entendu un bruit terrible qui venait de l'avant. Clarky a regardé devant nos pieds puis tiré sur quelques trucs et le bruit s'est arrêté. « Je ne sais pas ce que j'ai fait, mais c'est réparé, il a dit. Ce à quoi j'ai répliqué : « Tu en es vraiment sûr ? Notre hélice est tombée. »

David l'écoutait couché sur le sol, les mains sous le menton, captivé.

— Et qu'est-ce que vous avez fait ?

— Une vieille leçon de pilotage m'est revenue. On nous avait appris à faire planer notre appareil jusqu'à ce qu'il se pose en lieu sûr, parce qu'au combat, on peut très bien avoir à le faire s'il est endommagé.

— Mais où as-tu atterri ? demandai-je.

— Dans un champ. Dès que nous sommes sortis de l'avion, un fermier et son fils ont accouru à la rescousse. Ils avaient notre hélice. Au moment où elle était tombée, ils avaient compris ce qui se passait et l'avaient ramassée avant de nous regarder atterrir.

— Tu as réussi à la remettre en place ?

— Bien sûr. Un instant plus tard, nous étions à nouveau dans le ciel.

— Ouah, tu es tellement courageux, murmura David.

— Oh, je n'ai fait que mon travail, répondit Edward en riant.

— David, il est l'heure d'aller te coucher, dit maman. Allez, file.

Notre frère fit la moue et laissa tomber sa tête sur sa poitrine.

— Oh, je ne peux pas rester encore un peu ?

— Non.

Edward l'attrapa par la main et l'entraîna vers l'escalier.

— Je viendrai te dire bonne nuit quand tu seras au lit, si tu veux.

Ces mots le requinquèrent aussitôt.

— Oh, oui ! Tu pourras me raconter d'autres histoires ?

— Au lit ! dit sévèrement maman.

Quand David fut enfin bordé, Edward nous rejoignit en bas et maman lui offrit une bière pendant que je préparais notre thé du soir. Elle alluma ensuite la radio.

« *L'armée aérienne de la Marine impériale du Japon a lancé une attaque surprise sur la baie de Pearl Harbor,* à proximité de la ville hawaïenne d'Honolulu. La Maison-B*lanche devrait annoncer l'entrée officielle en guerre des États-Unis dès demain. En Grande-Bretagne, la ville de Plymouth dans le Devon a été massivement bombardée. C'est la base navale de Devonport qui a été le plus lourdement endommagée, mais l'attaque a également fait de nombreuses victimes civiles en ville. Une alerte a été émise dans le Devon et en Cornouailles afin que la population se prépare à subir d'autres raids dans les jours à venir.* »

Edward posa les coudes sur les genoux et écouta attentivement la suite du bulletin, ainsi que les conseils donnés.

Maman attendait en fumant en silence qu'il lui annonce la nouvelle qu'elle redoutait.

— J'ai été affecté à Scampton dans le Lincolnshire. Le commandement des forces de bombardement a besoin du plus grand nombre de pilotes possible.

— Quand pars-tu ?

— J'attends les ordres. Dans deux ou trois jours, sans doute.

Je n'arrivais pas à y croire.

— Mais tu viens de rentrer, et nous ne t'avons pas vu depuis si longtemps.

— C'est mon boulot, Toots.

— Et je suppose que tu vas aller bombarder l'Allemagne, dit maman.

— Oui. Tous les endroits que nous pourrons.

Edward sortit ses cigarettes canadiennes.

— Tu en veux une ? demanda-t-il à maman.

— Oui, merci.

Il en glissa deux entre ses lèvres, les alluma puis lui en passa une.

— Les Allemands auront-ils les moyens de t'abattre ? demandai-je.

— Oui, mais je ne les laisserai pas faire.

Je sentis ma gorge se serrer.

— Je ne veux pas que tu partes.

— Hannah, il est temps d'aller te coucher, dit maman.

— Mais enfin, tu as besoin de lui ici.

C'était terrible, voilà que je geignais comme une enfant.

— Au lit, dit-elle.

J'obéis, mais pas avant de m'être jetée au cou d'Edward.

— Je déteste cette guerre.

— Toots, écoute-moi, nous allons les battre. Je te le promets.

Il poussa ma frange sur le côté et m'embrassa sur le front.

— Et c'est exactement ce que je vais dire à grand-père quand j'irai le voir demain. Tu m'accompagneras ?

— Tu veux bien, maman ?

Notre mère réfléchit en faisant rouler sa cigarette entre le pouce et le majeur.

— Non. Tu dois aller à l'école. Tu pourras lui rendre visite plus tard, mais il faut qu'Edward aille le voir avant de partir.

— Parce qu'il risque d'être abattu ? m'écriai-je en colère. Et que grand-père pourrait mourir avant son retour ? C'est ça que tu veux dire ?

Maman tira longuement sur sa cigarette puis souffla lentement un nuage de fumée.

— Non, ma chérie. Je tiens simplement à ce que tu ailles à l'école.

21

Hannah, Trevay
1941

Edward faisait des prodiges dans la Royal Air Force ; il était à présent sergent-pilote. Son escadron s'apprêtait à recevoir la livraison de nouveaux bombardiers Lancaster. Mon frère se disait certain que les Anglais allaient gagner la guerre.

Grand-père habitait à présent chez nous. Son arthrose du genou – conséquence, d'après maman, de toutes ces années de prières agenouillé sur le sol froid de l'église – s'était sérieusement aggravée. Cook et Dora quant à elles vivaient toujours à Callyzion où elles veillaient gentiment l'une sur l'autre. Maman et moi avions confortablement réaménagé l'ancienne chambre d'Edward et David pour grand-père. Il passait désormais beaucoup de temps alité, mais il parvenait tout de même à descendre et à remonter l'escalier si nécessaire.

Maintenant âgé de onze ans, David dormait dans une des pièces du haut. Ses murs étaient couverts de cartes géographiques et d'articles sur la progression et les pertes de notre armée. Un jour, je lui fis remarquer que Winston Churchill allait finir par réclamer sa présence au ministère de la Guerre. Il fut si agacé que je le dérange qu'il me jeta une bande dessinée à la tête.

La seconde pièce du haut servait d'atelier à maman. Elle y avait installé une grande table de coupe et de couture ainsi que trois mannequins de tailles différentes. Quand la boutique était fermée, elle y montait souvent travailler. Le soir, je lui apportais une tasse de thé quand venait l'heure d'écouter ensemble les informations du soir de la BBC.

Ces dernières semaines, nous avions remarqué que grand-père commençait à oublier des choses et qu'il semblait un peu perdu. Un soir qu'il avait pris David pour papa, nous avions dû lui rappeler que celui-ci se trouvait toujours à Penang. Mais il était difficile de dire s'il nous avait compris.

Les lettres de papa se faisaient rares. Nous en recevions peut-être une tous les deux mois. Comme je l'expliquais à maman, ce n'était pas sa faute. Les bateaux avaient plus important à faire que de transporter des lettres jusqu'à Trevay. Nous continuions cependant à lui écrire chaque semaine. Cela faisait près de trois mois que nous étions sans nouvelle de lui.

« *Voici le bulletin d'informations de la BBC.*

L'île de Singapour est tombée. D'après une estimation, plus de cinquante mille soldats et fonctionnaires australiens et indiens auraient été capturés dans toute la péninsule malaise. Selon le Premier ministre Churchill, il s'agit de la pire capitulation de l'histoire militaire britannique. Il a néanmoins ajouté que "le moment présent est l'un de ceux où la race et la nation britanniques peuvent montrer leur qualité et leur génie". »

Maman fit son possible pour savoir où papa se trouvait et s'il était sain et sauf, mais elle n'obtint aucune information.

Et puis la guerre se rapprocha dangereusement de chez nous.

La ville de Truro fut attaquée. L'ennemi bombarda l'hôpital.

Une deuxième bombe explosa en plein ciel et endommagea une centaine de maisons sur un rayon de quatre cents mètres. Quatorze personnes furent tuées.

Le lendemain, juste après le déjeuner, Bodmin fut à son tour bombardée par deux avions ennemis ; après leur passage, les pilotes allemands firent demi-tour afin de vérifier les ravages qu'ils avaient provoqués et mitraillèrent les civils qui tentaient de venir en aide aux blessés.

Plus tard ce jour-là, un raid similaire fut lancé sur la péninsule de Lizard. Rosevear Farm et quatre maisons furent touchées. Un ouvrier agricole fut blessé et son troupeau tué. Par chance, un Spitfire de la RAF qui poursuivait le bombardier l'abattit et l'avion ennemi s'abîma en mer.

— Ces combats sont terribles, dit maman quand nous apprîmes la nouvelle. Cet homme avait une mère, peut-être une épouse et des enfants.

Je savais qu'elle pensait à papa et à Edward, mais je ne pouvais m'empêcher de m'imaginer installée derrière un gros canon antiaérien avec lequel j'abattrais l'ennemi avant qu'il ne nous inflige encore plus de dégâts.

Il y avait une base aérienne de la RAF à moins de dix kilomètres de chez nous, à St Eval. Située plus près de Callyzion que de Trevay, elle déclencha assez rapidement une riposte. Ce qu'il se passait à la base de St Eval était plutôt secret, mais d'après ce qu'on racontait, elle lançait des missions de reconnaissance visant à photographier les manœuvres ennemies et à faire la chasse aux sous-marins.

La pire attaque que subit le terrain d'aviation eut lieu en juillet. Celle-ci ciblait la piste de décollage. Sans elle, nos pilotes ne pouvaient plus décoller. Après le raid, les avions ennemis survolèrent Callyzion en rentrant à leur base et vidèrent leurs soutes à bombes sur toutes les cibles faciles. Cook et Dora n'eurent sans doute pas le temps de comprendre ce qui se passait. Elles furent tuées sur-le-champ dans leurs lits. Il n'en fallut pas plus pour que je passe à l'action.

Je m'engageai dans l'ATS, la branche féminine de l'armée, alors que je venais d'avoir dix-huit ans.

J'étais prête à quitter la maison, mais je m'en voulais d'abandonner maman. Bien qu'elle soutienne mon engagement, je savais qu'au fond d'elle, elle ne souhaitait pas que je parte.

Plus David grandissait, plus ses passions accaparaient son attention. On ne le voyait plus beaucoup à la maison. Il s'intéressait surtout aux moteurs de bateaux de pêche et passait ses journées les mains dans le cambouis.

Grand-père qui était désormais cloué au lit représentait une énorme charge pour maman. Cela dit, elle ne se plaignait jamais. Une cigarette coincée en permanence entre ses lèvres rouge vif, elle avait toujours le mot pour nous faire rire.

Le jour où je partis effectuer mon entraînement de base, elle se comporta comme si j'allais simplement passer la journée à Truro.

— Au revoir, ma chérie. À bientôt. Je te laisse, grand-père attend sûrement son déjeuner.

Elle m'embrassa puis me laissa sur le port avec mon paquetage en compagnie d'une bande de jeunes recrues, après m'avoir adressé un bref signe de la main. Je grimpai dans l'autocar et la regardai s'éloigner. Je m'attendais à ce qu'elle se retourne pour me lancer un dernier au revoir, mais elle n'en fit rien.

Mes nouvelles camarades étaient plutôt sympathiques. La plupart d'entre nous nous connaissions de vue, et j'étais allée à l'école avec une ou deux de ces filles. Dès l'instant où l'autocar grimpa la colline et quitta Trevay, les rires et les bavardages fusèrent. Le chauffeur était un homme d'âge mûr qui tentait de dissimuler sa calvitie en plaquant les quelques mèches rousses qui lui restaient en travers de son crâne luisant.

— Dans combien de temps arrivons-nous à Salisbury ? lui cria une fille nommée Shirley. Parce que je vais bientôt avoir besoin de me repoudrer le nez.

— Dans six bonnes heures, grommela l'homme. Z'auriez dû le faire avant.

— Mais j'avais pris mes précautions, répondit-elle en riant. Seulement je suis petite, alors le thé de ma mère fait son chemin plus rapidement.

Le chauffeur lui lança un regard noir puis se concentra à nouveau sur la route.

— Comment vous appelez-vous, monsieur ? poursuivit la fille. Moi, c'est Shirley.

— Monsieur Thomas, répondit-il sans la regarder.

— Ça alors ! J'ai connu un M. Thomas à une époque. Vous le connaissez peut-être ?

— P'têt bien. C'était quoi son prénom ?

— John. John Thomas.

Shirley hurla de rire, tout comme les filles autour d'elle. Je dus demander à l'une d'elles ce qu'il y avait de drôle. Lorsqu'elle m'eut expliqué que « John Thomas » était un terme d'argot désignant le sexe masculin, je trouvai la plaisanterie choquante, mais drôle.

À mesure que la lumière du jour déclinait, la conversation se calma. Je dus m'assoupir au bout d'un moment, car Betty, ma voisine, me réveilla en s'écriant :

— Regarde. C'est Stonehenge !

— Où ça ?

— Il fait un peu sombre, mais regarde, tu ne vois pas les ombres des pierres au loin sous le clair de lune ?

C'était la première fois que j'apercevais le célèbre site, mais ce ne serait pas la dernière. Salisbury Plain allait devenir un lieu très familier pour moi.

Nous arrivâmes au camp militaire à une heure tardive, courbaturées, affamées et pressées de passer aux toilettes. Un officier nous accueillit assez froidement puis nous indiqua le chemin jusqu'à notre cabane Nissen en nous demandant de faire un brin de toilette. Tout le camp étant plongé dans l'obscurité, nos yeux mirent un certain temps à s'y habituer et à repérer le chemin qui menait à notre logement, une grande cabane. À l'intérieur, trente lits étaient disposés en deux rangées et un poêle à coke était installé au fond. Je choisis un lit au milieu de la rangée de droite, suffisamment près du poêle pour profiter de sa chaleur, mais assez loin pour laisser les plus frileuses d'entre nous dormir à proximité.

Au fond de la cabane, Shirley cherchait désespérément les toilettes.

— Où sont les WC ? Je vais faire pipi dans ma culotte, je vous jure que ce n'est pas une plaisanterie.

L'officier qui nous avait suivies pointa du doigt la porte par laquelle nous étions entrées.

— Les sanitaires sont à dix-huit mètres à droite, mademoiselle…

Son agacement était perceptible. Shirley se dirigea vers lui et tendit la main.

— Enchantée, je m'appelle Shirley. Et vous ?

— Je suis le sergent-major de compagnie Stewart, aboya-t-il. Et je vais être votre pire cauchemar. À partir de maintenant, vous devrez m'appeler sergent-major ou chef. Compris ?

Tout le groupe se redressa légèrement.

— Oui, chef. Enfin, sergent-major, chef, répondit Shirley.

L'officier fit taire nos gloussements en nous jetant un long regard assassin.

— Le dîner vous attend au réfectoire. Je vous suggère de manger et d'aller vous coucher. Je vous réveillerai à cinq heures demain matin. Vous êtes dans l'armée à présent. Il vous reste quarante-cinq minutes avant l'extinction des feux.

Les sanitaires se trouvaient dans une cabane lugubre et basique, partagée en deux par une rangée de lavabos. Des cabines de toilettes et de douche s'alignaient le long des murs. Lorsque chacune de nous se fut soulagée, nous suivîmes le chemin qui menait au réfectoire où le cuisinier nous servit de la tourte à la viande et du crumble aux pommes. La présence du sergent-major qui nous surveillait dans un coin nous fit passer l'envie de bavarder à son sujet ou de critiquer la nourriture.

Le repas terminé, nous débarrassâmes les tables avant de remercier le cuisinier, puis nous souhaitâmes bonne nuit au sergent-major et nous couchâmes dans nos lits spartiates.

Suivirent six semaines d'entraînement intensif au pas de charge. On testa notre forme physique, notre audition, notre vue et notre sang-froid. Si nous voulions devenir artilleuses, nous devions prouver que nous avions des nerfs d'acier.

En matière de santé, nous étions surveillées de près. Nous recevions une dose de vaccin toutes les quelques semaines, ce qui revenait bien trop souvent à mon goût, tout comme l'examen médical qui avait lieu chaque vendredi. Nous devions nous présenter nues devant une infirmière qui procédait à des vérifications complètes. Je trouvais cette consultation très embarrassante et ne comprenais pas sa nécessité. Je finis cependant par reconnaître son utilité lorsqu'une des filles, qui avait pris du bon temps avec un soldat du régiment de blindés, fut traitée pour des morpions.

Une fois que nous eûmes digéré la nouvelle, nous nous demandâmes comment elle avait trouvé le temps d'attraper ces sales bestioles, puisque nous passions nos journées entières à défiler, nous entraîner, faire le ménage dans notre cabane, cirer nos chaussures, nous rendre à l'église, manier l'équipement de lutte contre les incendies pendant les raids, et défiler encore et toujours. Cette vie était épuisante, mais je l'adorais.

Maman ne put me rendre visite à la fin de mes classes, mais Edward obtint une permission afin de voir sa petite sœur devenir officiellement artilleuse dans l'armée britannique.

Lorsque le défilé fut terminé, nous rompîmes les rangs et allâmes rejoindre nos amis et nos familles.

— Alors, comment j'étais ? lui demandai-je. Est-ce que nous marchions en rythme ?

— Je t'ai trouvée très élégante et le défilé était plutôt réussi. Tu te débrouilles mieux que moi à la fin de mes classes.

— C'est vrai ? Oh, merci. Je suis contente que tu sois venu en uniforme. Je mourais d'envie de pavoiser à tes côtés.

Edward me prit par le bras.

— Allons-y, Toots. J'ai faim. Emmène-moi au pub le plus proche et je t'offrirai le déjeuner.

Shirley nous rattrapa, ravissante dans son uniforme.

— Bonjour, tu dois être Edward, le frère d'Hannah ? Je m'appelle Shirley. J'ai tellement entendu parler de toi.

Elle le prit par l'autre bras et fit un bout de chemin avec nous.

— Il paraît que tu pilotes un Lancaster ?

À en juger par la façon dont Edward buvait ses paroles, nous ne déjeunerions pas en tête à tête.

Par la suite, je demandai une permission d'une semaine afin de rentrer voir ma famille et de profiter du bon air marin de Trevay. Je n'avais pas eu beaucoup le temps de penser à mon ancienne vie, mais tandis que l'autocar descendait pesamment la colline et s'arrêtait au port, je me surpris à admirer toutes les particularités de la ville. La flèche de St Peter's, la nuée de mouettes qui se querellaient sur la digue et l'odeur intense du goudron et du diesel.

Je sautai du haut des marches de l'autocar et dis au revoir aux filles tandis que nous récupérions nos paquetages et rentrions fièrement chez nous en uniforme.

— Salut maman, je suis rentrée ! criai-je en entrant par la porte de derrière.

— Hannah !

David accourut depuis la pièce du fond et faillit me faire tomber à la renverse en se jetant à mon cou. Il me serra si fort que j'en eus presque le souffle coupé.

— Attention à ma veste ! m'exclamai-je en riant. Dis donc, tu as sacrément grandi.

— Évidemment, qu'est-ce que tu croyais ?

Il esquiva la petite claque que je tentai de lui donner, puis cria :

— Maman ! Hannah est rentrée et elle essaie déjà de me frapper.

Le rideau qui séparait l'arrière-boutique de la boutique s'ouvrit d'un coup et maman me regarda en souriant.

— Bienvenue à la maison, ma chérie

Les larmes me montèrent aux yeux.

— Oh, maman ! Comme tu m'as manqué.

Je proposai d'apporter son déjeuner à grand-père.

— Il ne mange pas beaucoup, m'expliqua-t-elle en me tendant le plateau sur lequel était posée une petite assiette contenant une minuscule quantité de poisson, de pommes de terre et de petits pois. Il va être si content de te voir en uniforme. Tiens, prends cette cuillère. Il va falloir que tu le fasses manger, mais par toutes petites bouchées. Il a des difficultés à avaler maintenant. Donne-lui aussi une petite gorgée d'eau de temps en temps.

Maman posa ce qu'il manquait sur le plateau.

— Il ne se souviendra peut-être pas de toi au début, mais ne t'inquiète pas. Il sera tout de même très content de te voir.

Je montai l'escalier et entrai dans la chambre de grand-père. Il était couché, mais son corps semblait s'être affaissé sur ses oreillers.

— Bonjour, grand-père, dis-je en posant le plateau. Veux-tu que je t'aide à te redresser ?

Ses yeux délavés se posèrent sur moi.

— Bonjour, Louisa, répondit-il d'une voix rauque, tandis qu'une bulle de salive se formait au coin de sa bouche. Où étais-tu ?

— Non, c'est moi, Hannah, dis-je en souriant.

— Hannah ? Mais qui est-ce ?

— Je suis ta petite-fille.

— C'est vrai ?

— Oui. Est-ce que je peux t'aider à te redresser un peu ?

Lorsque je le relevai et tapotai ses oreillers, il me sembla léger comme une plume.

— Comment ça se passe en France ? demanda-t-il en me dévisageant. As-tu vu Bertie ?

J'hésitai avant de répondre. Que valait-il mieux lui dire ?

— Honnêtement, c'est un peu le bazar là-bas.

Je pris la petite assiette et m'assis sur la chaise à côté de son lit.

— Mange un peu d'abord. Ensuite, je te raconterai toutes les nouvelles.

Il mâcha longuement une minuscule bouchée de nourriture avant de l'avaler.

— De l'eau.

Lorsqu'il tendit le bras, je remarquai la sécheresse de sa peau à travers laquelle on apercevait des veines bleutées. J'approchai le verre de ses lèvres et l'aidai à boire quelques gorgées.

— Comment va Bertie ? demanda-t-il.

— Aux dernières nouvelles, il se porte bien.

Je lui souris dans l'espoir de paraître plus crédible. Mon oncle Bertie était mort depuis vingt ans, mais dans l'esprit de grand-père, il était manifestement en vie. Je lui fis manger une bouchée de poisson qu'il avala avant de redemander de l'eau.

Il posa sa main fraîche sur mon bras.

— Je suis vraiment navré pour Clara, tu sais. Elle l'aime tant. Quand penses-tu qu'il rentrera à la maison ?

Pauvre grand-père. C'était affreux de le voir si perdu. Un fils mort pendant la Grande Guerre, l'autre à des milliers de kilomètres, probablement retenu captif. Lui raconter la vérité n'aurait fait que le bouleverser. Je me rappelai quel homme gentil et fort il était pour Edward et moi à notre arrivée en Angleterre. Désormais, c'était à moi de faire preuve de gentillesse et de force pour le soutenir. Je souris.

— Elle a épousé ton fils Ernest.

Il fronça les sourcils et remua les lèvres, l'air d'essayer de se rappeler quelque chose.

— Ernest ? Non, non. C'est Bertie qui a épousé Clara. Ernest, lui, est parti à Penang.

— C'est exact, Ernest est parti à Penang. Avec Clara. Tonton Bertie est…

Je réfléchis un instant.

— Il est en France. Moi, je suis née à Penang, comme mes frères Edward et David.

— Mon Dieu, c'est vrai ? Est-ce que tu as déjà rencontré mes garçons ?

— Ernest seulement. C'est mon père.

— Comment t'appelles-tu dans ce cas ?

— Hannah. Hannah Bolitho. Je porte le même nom que toi.

— Ça alors.

Il se tapota la tempe de ses doigts crochus.

— Avec qui es-tu mariée ?

— Personne pour le moment. Je suis ta petite-fille.

— C'est vrai ? Et tu es dans l'armée ? J'aime bien ton uniforme.

— Merci.

— Très élégant. Mes garçons, Bertie et Ernest, sont aussi dans l'armée.

Il regarda à nouveau mon uniforme.

— Tu es donc dans l'armée ?

— Oui.

Il me tapota la main.

— Brave petite, brave petite. Demande donc à Louisa de monter se coucher maintenant.

— Et si tu mangeais encore une petite bouchée ?

Lorsque je fus enfin parvenue à ramasser un petit pois et un minuscule morceau de pomme de terre avec la cuillère, je m'aperçus qu'il s'était endormi.

À mesure que s'écoulait ma semaine de permission, je pris conscience de ce que maman endurait. Il ne devait pas être facile de tenir la boutique tout en s'occupant de grand-père et de David. Je la remplaçai chaque jour auprès de grand-père et m'assurai qu'elle se repose quand la boutique était fermée pour le déjeuner. Mais comment s'en sortirait-elle une fois que je serais partie ?

— Maman, tu pourrais embaucher une assistante à la boutique, tu ne crois pas ? Ou alors une aide à domicile qui s'occuperait de grand-père et des tâches ménagères ?

— Et avec quel argent veux-tu que je paye cette personne ?

— Nous n'aurons qu'à t'envoyer de l'argent, Edward et moi.

— Je n'ai pas besoin de votre aide. C'est très gentil de ta part, Hannah chérie, mais nous en sortirons très bien. David me donne un bon coup de main à la maison maintenant. Il veut aller à l'université pour réaliser son rêve de devenir ingénieur quand la guerre sera finie. Si elle continue, il aimerait s'engager dans la marine.

— Comme soldat du génie ?

— Évidemment.

Elle alluma une cigarette et se mit à tousser.

— Maman, grand-père parlait encore du frère de papa ce matin.

— Ah oui ?

Elle tourna le regard vers la fenêtre et remarqua notre voisine qui étendait son linge sur un fin fil tendu entre deux tuyaux d'écoulement.

— Quelle idiote, celle-là. Il va pleuvoir cet après-midi.

— Tu connaissais bien Bertie ?

Elle fit tomber la cendre dans le petit pot qu'elle utilisait comme cendrier, puis soupira.

— Oh, chérie, c'était il y a si longtemps. C'était un homme très gentil. Je n'aurais jamais connu ton père sans lui.

— Où l'as-tu rencontré ?

— Le monde était petit à l'époque, on n'arrêtait pas de se croiser.

Elle vérifia l'heure à sa petite montre-bracelet.

— Bon, je ferais mieux de rouvrir la boutique. Je veux bien une tasse de thé, si tu en prépares.

Avant de retourner à Salisbury, je m'occupai de toutes les longues corvées qu'elle était obligée de laisser de côté. J'entrepris un grand nettoyage dans la maison et vidai des placards qui n'avaient vu la lumière du jour depuis le début de la guerre. L'armoire à linge installée au sommet de l'escalier me livra ses trésors avec une certaine réticence. Par chance, j'y trouvai quelques draps de lin blancs en très bon état et de belles nappes en dentelle (qu'on utilisait jadis au presbytère de Trevay) avec lesquelles maman pourrait confectionner plusieurs robes de mariée pour ses clientes. Elle en fut ravie.

— Je les avais complètement oubliés, ma chérie. Ce linge appartenait à grand-mère Louisa. C'est elle qui a fait cette dentelle, tu sais. Elle avait les doigts très agiles. Elle a essayé de m'apprendre lors de mon premier Noël auprès d'elle, mais je n'avais aucun talent pour ça. Tes ancêtres étaient des femmes très douées de leurs doigts, tu sais.

David m'aurait bien aidée à balayer la cave, mais il avait une peur bleue des araignées. Il se rattrapa cependant en me remettant les jouets qui ne lui servaient plus et que le Service des femmes bénévoles fut très heureux de recevoir.

Lorsque je voulus aérer la chambre de grand-père et y faire un peu de ménage, il se plaignit des courants d'air et du bruit du balai sur le tapis. Je décidai d'abandonner et m'assis pour lui faire la lecture pendant qu'il somnolait. Il aimait apparemment les romans policiers, en particulier les aventures de lord Peter Wimsey écrites par Dorothy L. Sayers, mais je n'étais pas sûre qu'il suive vraiment l'intrigue. D'après ce que je pouvais observer, il s'affaiblissait et sa respiration était laborieuse. Les deux ou trois dernières nuits que je passai à la maison, ses quintes de toux nous empêchèrent de dormir, maman et moi. Celle-ci refusa cependant de me laisser monter le voir.

— Il n'aime pas qu'on dérange ses petites habitudes. Il vaut mieux que j'y aille.

Le dernier matin, j'appelai notre médecin de famille afin qu'il passe l'examiner.

— Merci d'être venu, docteur Cunningham.

— Tu as l'air en forme, Hannah. La vie militaire te réussit.

Il s'essuya soigneusement les pieds sur le paillasson, puis je l'emmenai à l'étage. Il entra dans la chambre de grand-père, tandis que je m'arrêtais sur le seuil.

— Bonjour, révérend Bolitho. On m'a dit que vous aviez une petite toux. Ce doit être fatigant. Laissez-moi vous examiner.

Je le regardai ouvrir sa mallette et en sortir son stéthoscope ainsi qu'un thermomètre.

— Bon. Je vais glisser ça sous votre langue puis écouter vos poumons.

Grand-père, très pale, se laissa faire.

— Quel âge a-t-il maintenant, Hannah ?

— Presque quatre-vingt-cinq ans.

— C'est une vraie force de la nature.

Le médecin roula son stéthoscope et le rangea dans son sac, puis il retira le thermomètre de la bouche de grand-père et l'examina.

— Il a de la température.

— De quoi souffre-t-il ? demandai-je, inquiète. Comment pouvons-nous l'aider ? Est-ce que c'est grave ? Ma permission se termine aujourd'hui, je dois repartir à Salisbury ce soir, mais je peux essayer d'obtenir un congé pour raisons familiales si nécessaire.

Grand-père me paraissait si vulnérable et désorienté. Le docteur Cunningham devina ma pensée.

— Vu son âge, il ne serait pas étonnant que son état s'aggrave. Il a cependant le cœur solide, alors je pense qu'il va vivre encore un moment. Il souffre d'une infection pulmonaire. Aussi, pour éviter qu'elle ne dégénère en pneumonie, je vais lui prescrire un médicament qu'il devra prendre trois fois par jour. Cela devrait lui donner un petit coup de fouet. Je reviendrai demain prendre de ses nouvelles.

Il ferma sa sacoche et ajouta :

— Il lui faut avant tout de l'air frais. Ouvre sa fenêtre et fais en sorte qu'il boive beaucoup.

Ces mots firent réagir grand-père qui ouvrit ses paupières délicates.

— Ne la laissez pas ouvrir la fenêtre.

Quelques heures plus tard, il fut temps pour moi de partir.

— L'autocar doit être arrivé au port, maman.

— Est-ce que tu m'en voudras si je ne t'accompagne pas ? Je ne voudrais pas laisser Hugh tout seul.

— Mais tu m'as déjà abandonnée avant le départ la dernière fois.

Elle posa les mains sur le haut de mes bras.

— Je ne pouvais pas supporter de te voir partir. Je m'inquiète sans cesse pour toi, et pour Edward. Car je t'aime et tu me manques. Voilà tout.

Elle leva une main pour essuyer une larme sur ma joue. Je la serrai dans mes bras et pleurai sur son épaule.

— Je t'aime si fort, maman. Mais ça ira. Et Edward aussi s'en sortira. En revanche, je suis vraiment inquiète pour toi. Quand la guerre sera finie, nous reviendrons vivre à la maison et nous nous occuperons de toi. Je te le promets.

Caroline, Truro
Aujourd'hui

J'avais décidé de me rendre à Trevay aujourd'hui. La lecture du journal intime de la malle faisait resurgir un tas de souvenirs de notre ancienne maison et de la boutique. Trevay ne se trouvait qu'à quelques minutes de Callyzion en voiture et le temps était prometteur. Il fallait que je retrouve la tombe de grand-mère Clara. Car j'avais des choses à lui dire.

Le cimetière de Trevay était beaucoup moins entretenu que celui où était enterrée maman, près de chez moi. Au lieu de disposer de belles rangées de pierres tombales et de sentiers au tracé presque géométrique, le cimetière de St Peter était un espace naturel. Ses stèles anciennes couvertes de mousse penchaient bizarrement et les inscriptions y étaient presque illisibles. Quelques tombes militaires ornées de rosiers étaient toutefois d'une propreté impeccable et se tenaient aussi droites que des soldats au garde-à-vous, comme ceux qui reposaient en dessous. Le cimetière était suffisamment petit pour que je localise la tombe de grand-mère sans avoir besoin d'un plan. Je passai un agréable quart d'heure à la chercher en lisant à voix haute les noms sur les pierres, comme pour informer les défunts que j'étais là et que je pensais à eux.

Celle de grand-mère se trouvait finalement à gauche de l'église à proximité d'un if taillé. Je m'arrêtai pour déchiffrer l'inscription de sa petite stèle.

À la mémoire de Clara Bolitho.
Authentique fille de Cornouailles.
Tu nous manqueras toujours,
Michael, Edward,
Hannah et David.

Je relus les premières lignes. Authentique fille de Cornouailles ? Quelle blague. Elle était née dans le Kent d'après ce que j'avais lu dans son journal.

Soudain, un second détail me frappa. Ses quatre enfants étaient nommés. Ma mère et mes oncles connaissaient donc leur demi-frère ?

J'allai m'asseoir sur le banc qui se trouvait à un ou deux mètres de la tombe de ma grand-mère et commençai à lui raconter que je l'avais démasquée.

— Bonjour, c'est Caroline. J'ai lu des choses à ton sujet. Récemment, on m'a livré une énorme malle dans laquelle se trouvait ton journal. Je suppose que tu es horrifiée que ta petite-fille, une authentique fille de Cornouailles, connaisse à présent la vérité sur ton passé.

Je me tus et levai le visage vers le ciel afin de sentir la douce chaleur du soleil. J'entendais les alouettes dans les champs derrière le cimetière et l'odeur des ajoncs flottait dans l'air.

— Tu as donc perdu tes parents et tu es partie tenter ta chance à Londres en laissant ton ancienne vie derrière toi. Certains diraient que c'était courageux ; d'autres te traiteraient d'opportuniste.

Je m'interrompis à nouveau. Je sentais que j'étais en colère contre elle et que j'avais envie de le lui dire, mais peut-être qu'elle n'avait pas eu le choix d'agir ainsi. Peut-être que je n'avais pas pris sa situation suffisamment en compte.

Je me raclai la gorge et recommençai à parler.

— Je sais tout sur Michael. Ton premier enfant. Celui que tu as laissé à une autre femme pour qu'elle l'élève, pendant que tu te trouvais un autre homme et t'enfuyais en Malaisie. Tu l'as totalement effacé de ta vie. Tu imagines ce qu'il a dû ressentir ? Il a sans doute passé sa vie à te chercher. Moi, je sais ce qu'il a ressenti. J'aurais adoré retrouver mon père, mais personne ne m'a jamais donné le moindre indice sur lui.

Je me rendais compte que je haussais le ton. Je jetai ces mots à sa pierre tombale tandis que l'émotion me submergeait.

— Ni maman ni toi n'avez jamais voulu que je sache qui c'était !

Et voilà. Voilà la raison pour laquelle j'avais été en colère toute ma vie. La raison pour laquelle j'avais tenu à épouser un homme gentil, ordinaire. Un homme vierge comme moi. Et c'est pourquoi j'avais convaincu Natalie de se préserver elle aussi jusqu'au mariage.

J'essayai de maîtriser mes sanglots, mais les vannes étaient ouvertes.

— Je vous en veux tellement de vous être autorisées à lâcher prise, à prendre des risques et à ressentir la passion, l'amour et l'excitation. Je sais que tu l'as payé cher, mais j'aurais adoré goûter à cette vie-là, moi aussi. Certes, je peux dormir sur mes deux oreilles la nuit, mais c'est d'un tel ennui !

Hannah, Salisbury
1943-1945

Après des mois interminables de formation et d'entraînement physiques, j'intégrai une batterie d'artilleuses capables d'abattre tout ce qui volait au-dessus de leurs têtes. Je commençai au poste d'observatrice, un travail qui exigeait que je sois capable d'identifier n'importe quel avion en vol, puis on me confia peu à peu des instruments de traçage et des télémètres. Ceux-ci permettaient au calculateur de tir de déterminer l'angle auquel ajuster le tir des mitrailleuses. Lorsqu'on me jugea apte à exécuter toutes ces tâches, je fus nommée sergente. J'avais alors dix-neuf ans. Pour occuper un tel poste, il fallait savoir garder son sang-froid sous le feu allemand ; au bout de plusieurs heures, nous étions toutes épuisées mentalement et physiquement, nous n'entendions plus rien à cause du vacarme des armes et nous avions la voix enrouée à force de crier des ordres. Je préférais ne pas penser aux pilotes tués lors de ces opérations. Nous étions toujours soulagées de voir des parachutes se déployer. Au moins ceux-là seraient faits prisonniers ; ils perdraient leur liberté, pas leur vie.

Edward passait plus de temps dans les airs qu'il n'en fallait. Il avait déjà eu tellement de chance que je craignais le pire pour lui à présent. Chaque fois qu'il volait, le risque qu'il soit abattu augmentait. Il finit d'ailleurs par voir la mort de près. Il participait à une mission de bombardement au-dessus d'Essen lorsque son Lancaster fut touché par des tirs antiaériens. L'un de ses moteurs prit feu, mais grâce à ses compétences et au second moteur, il parvint à ramener tout son équipage à la base en survolant la Manche à cent vingt mètres seulement au-dessus de l'eau. Sergent-pilote, il fut ensuite nommé sous-lieutenant d'aviation avant que lui soit remise la Croix du service distingué pour l'Aviation par le roi en personne. Edward avait été autorisé à inviter trois de ses proches à la cérémonie de son investiture au palais de Buckingham. Il avait prévu d'y convier maman, David et cette petite maligne de Shirley, mais je réussis à le convaincre de me laisser sa place. Longtemps, je conservai une photo de nous quatre devant le palais.

Plus tard, maman et David prirent le train pour retourner auprès de grand-père, tandis qu'Edward et moi partions nous amuser en ville. Dans le premier pub, je commandai une limonade que je fis durer toute la soirée, car je n'aimais pas l'alcool, alors qu'Edward s'offrit un grand whisky. Puis un deuxième, et un troisième. Chose étonnante, il ne semblait pas du tout ivre. Dans le pub suivant, il recommença. Nous y rencontrâmes un groupe d'autres pilotes de la RAF qui buvaient également verre sur verre, mais paraissaient totalement sobres.

Je demandai à l'un d'eux quel était leur secret pour tenir aussi bien l'alcool.

— Quand je ne vole pas, je bois une bouteille de scotch par jour. Les autres font pareil. C'est le seul moyen de supporter ce boulot.

Quand je réussis enfin à faire sortir Edward du pub et à l'emmener au logement que maman nous avait réservé, je jugeai utile de le prendre par le bras.

— Est-ce que ça va ?

— Bien sûr, Toots. Ça va parfaitement bien.

— Mais tu as vidé un sacré nombre de verres.

— C'est vrai ? J'aurais pourtant bien continué.

Lorsque je le regardai, il tourna la tête en se pinçant l'arête du nez entre le pouce et l'index.

— Tu es sûr que ça va ?

Je l'entendis retenir brusquement son souffle. Il ne me regardait toujours pas.

— Mais oui, Toots. Puisque je te le dis.

Nous nous arrêtâmes et je me tournai vers lui.

— Edward, parle-moi.

En un quart de seconde, le désespoir fit place à la fureur sur son visage.

— Mais bon sang, tu m'écoutes, oui ou non ? Je me sens parfaitement bien. Ce sont les autres qui vont mal. Mes amis. Nos ennemis. Dieu qu'ils en bavent ! Déchiquetés dans les airs ou noyés dans la Manche.

Sa voix s'étrangla.

— Mais moi, je vais parfaitement bien.

Il se frotta les yeux avec les manches de son pardessus.

Nous nous assîmes sur un banc dans l'obscurité et je le tins dans mes bras pendant qu'il pleurait.

Une vingtaine de minutes plus tard, quand il se fut ressaisi, nous nous levâmes et marchâmes vers notre hôtel en silence. Nous n'avions plus besoin de parler.

Cette nuit-là, ne voulant pas qu'il dorme seul, je restai dans sa chambre et le regardai dormir. Le lendemain matin, nous nous levâmes, mangeâmes le petit déjeuner et ne parlâmes plus jamais de cette soirée.

Chacun de nous poursuivit le travail auquel il avait été formé et vécut les mois suivants le plus intensément possible. À quoi bon ne pas profiter de la vie pendant qu'elle était encore là ?

Je commençai à boire un peu et à accepter les invitations à dîner de la part des hommes qui me faisaient rire. Je tombai même assez sérieusement amoureuse de l'un d'eux. Je lui offris ma virginité puis passai les semaines suivantes sur un petit nuage. Jusqu'à ce qu'il tombe malade et doive se faire enlever les amygdales.

Alors que je patientais dans la salle d'attente pour lui faire une surprise à sa sortie du bloc opératoire, je remarquai une jolie femme au ventre volumineux qui attendait elle aussi un patient. Nous échangeâmes un sourire et nous aurions commencé à discuter si une infirmière n'était pas arrivée à ce moment-là.

— Votre mari va bientôt sortir. L'ablation des amygdales peut être très pénible pour un patient de son âge.

La femme rit.

— Les hommes ne grandissent jamais. Nous avons deux jeunes fils et il est aussi trouillard qu'eux.

Je sortis discrètement de la salle et longeai le couloir du service, suivie de leurs rires qui ne firent que renforcer mon sentiment de honte.

Lorsque mes camarades de chambrée apprirent ce qui m'était arrivé, elles se montrèrent tout aussi compatissantes que critiques. Incapable de supporter leur pitié, je pris part aux récits indécents de leurs histoires d'amour et recommençai à sortir avec des hommes en faisant de mon mieux pour oublier mon chagrin dans les bras de ceux qui m'emmenaient dîner ou m'offraient un week-end à la campagne.

Grand-père mourut en mars 1945. Maman nous apprit, à Edward et moi, dans une lettre, qu'il s'était éteint très paisiblement. Avant d'aller se coucher, elle lui avait rendu sa visite habituelle afin de s'assurer qu'il était bien installé. Il lui avait pris la main, l'avait embrassée puis l'avait remerciée de s'occuper de lui comme une véritable fille. Dans un rare moment de lucidité, il l'avait appelée Clara au lieu de Louisa. Le lendemain matin, elle lui avait apporté une tasse de thé puis avait ouvert les rideaux en s'exclamant que c'était une belle journée. Comme il ne répondait pas, elle avait compris qu'il s'était éteint.

Ayant obtenu une permission de vingt-quatre heures, Edward et moi rentrâmes à la maison pour l'enterrement. Pour être honnête, j'étais soulagée que maman ait à présent une personne de moins à charge.

En avril, elle nous écrivit à nouveau. Le ministère de la Guerre lui avait annoncé que notre père était en vie, mais qu'il était prisonnier au camp de Changi à Singapour. La Croix-Rouge avait obtenu l'autorisation de rendre visite aux civils qui y étaient détenus et un rapport disait que notre père était émacié et avait manifestement subi des tortures (nous apprîmes plus tard qu'on lui avait arraché les ongles des orteils). Mais au moins il était vivant. Je ne l'avais pas vu depuis plus de quinze ans et j'ignorais totalement si une seule de mes lettres lui était parvenue. Cependant, à la simple idée qu'il était en vie, j'étais encore plus impatiente d'en finir avec cette guerre. Je dédiai à mon père chaque bombardier ennemi abattu ; que Dieu me le pardonne.

Je fêtai mes vingt et un ans à la fin du mois d'avril. Chaque anniversaire de mes camarades de chambrée était célébré de la même façon : on emmenait la jeune fille au pub, on la soûlait, puis on la ramenait à la cabane où on la déshabillait, avant de l'abandonner nue dehors dans l'obscurité. Je me débattis de toutes mes forces, mais l'alcool me faisait tourner la tête, aussi mes efforts restèrent-ils vains. Je cognai à la porte en criant aux filles de me laisser entrer, tandis qu'elles riaient à l'intérieur.

— Mademoiselle, dit une voix masculine dans l'obscurité.

Dissimulant le mieux possible ma nudité, je me retournai et me trouvai face à notre commandant accompagné de deux colonels que je n'avais encore jamais croisés.

— Oui, chef ? parvins-je à articuler, alors que les filles étaient devenues très silencieuses derrière la porte verrouillée.

— Votre nom ?

— Sergent Bolitho, chef.

— Pourquoi n'êtes-vous pas en uniforme ?

J'entendis un ricanement derrière la porte.

— C'est mon anniversaire, chef.

— Je vois. Dans des circonstances normales, j'exigerais que vous vous mettiez au garde-à-vous, mais d'après ce que je vois, vous n'êtes pas en état de le faire.

— En effet, chef. Merci, chef.

— Bon, que je n'assiste plus jamais à ce genre de chose.

— Non, chef.

J'entendis qu'on tirait le verrou derrière moi. La porte s'ouvrit et plusieurs mains m'entraînèrent à l'intérieur la cabane.

Le commandant invita les colonels à passer devant lui.

— Sergent Bolitho ? dit-il avant de partir.

— Oui, chef ?

— Joyeux anniversaire.

Le 7 mai, j'étais dans notre cabane Nissen où j'essayais de récupérer après une nuit de garde, lorsque la voix familière de notre Premier ministre, diffusée par les haut-parleurs du camp, me réveilla en sursaut.

« *Hier matin... le haut commandement des forces armées allemandes... a signé l'acte de reddition sans condition... Les hostilités prendront officiellement fin dès minuit une ce soir, le mardi 8 mai... Le cessez-le-feu a commencé hier... La guerre avec l'Allemagne, monsieur le Président de la Chambre des Communes, est par conséquent terminée...* »

— C'est fini, murmurai-je. Cette foutue guerre est finie !

Je bondis de mon lit.

— Les filles, levez-vous. On a gagné !

Le bruit qui s'ensuivit noya le reste du discours de Churchill jusqu'à ce qu'il lance : « *Longue vie à la cause de la liberté ! Longue vie au roi !* » Tout autour de moi, à l'intérieur comme à l'extérieur de notre cabane, j'entendis une explosion de cris, ainsi que la course folle de soldats en délire. Quelqu'un entonna l'hymne national et d'autres voix se joignirent à la sienne. Aucune de nous ne pensait plus à dormir et, malgré l'épuisement, nous courûmes rejoindre la foule. La joie et le soulagement électrisaient le camp tout entier. Nous étions à nouveau des gens ordinaires.

Je passai un appel à la base de Scampton afin de m'assurer qu'Edward était sain et sauf.

— Je vais bien, Toots. Transmets mes salutations au roi quand tu seras à Londres, d'accord ?

Par un heureux hasard, six filles de ma batterie et moi avions reçu une permission de vingt-quatre heures pour le 8 mai. Nous avions prévu de prendre l'autocar pour Winchester et de passer au salon de coiffure avant de nous rendre à un concert, mais nous décidâmes de prendre plutôt le train dès l'aube pour Londres.

Il ne restait plus une place assise dans les wagons. Tous les militaires en uniforme étaient debout afin de laisser les sièges aux jeunes mères et leurs enfants, aux femmes âgées accompagnées de leurs amies, aux jeunes garçons, aux vieillards et même aux chiens. Tout le monde se rendait à Londres pour assister à ce jour mémorable.

Arrivées à Waterloo, nous nous mêlâmes à la foule et franchîmes le pont de Westminster en direction de Parliament Square.

Certaines filles de notre groupe qui n'étaient encore jamais allées à Londres s'extasièrent devant Big Ben et le palais de Westminster.

— Mince alors ! s'exclama Jane, une des observatrices les plus compétentes de notre groupe. Et dire que Winston Churchill habite ici. Ce bâtiment est immense, pas vrai ?

— Je ne vous le fais pas dire !

Un jeune marin américain et son groupe d'amis nous encerclèrent.

— Et vous, mesdemoiselles, vous êtes toutes assurément sensas.

— Hé, j'aime bien les femmes en uniforme, dit un autre en se rapprochant d'une de nos camarades les plus snobs nommée Fiona.

Celle-ci frappa la main qu'il venait de poser sur sa taille.

— Je ne suis pas intéressée.

— Oh, arrête. La guerre est finie. C'est le moment de s'amuser un peu.

— Nous nous amusons entre nous, merci beaucoup. Venez les filles, il ne faudrait pas rater la messe.

Comprenant qu'ils venaient de se faire envoyer balader, les marins abordèrent aussitôt un groupe de membres des forces féminines de la RAF avec force sifflements et clins d'œil.

Nous suivîmes Fiona qui s'éloignait à grands pas.

— Comment ça, nous allons à la messe ? lui demandai-je.

— C'était juste une excuse. Aucun risque que ces types aient envie de sortir avec des nonnes, je me trompe ?

Elle gloussa.

— Si je me fais draguer par un Américain, j'exige qu'il soit beau, sobre et au minimum général. D'ailleurs, pendant que nous sommes là, nous devrions faire un saut à l'abbaye de Westminster avant de commettre des actes que nous regretterons plus tard et adresser quelques mots de remerciements au Tout-Puissant. Maman connaît très bien l'archevêque. Mes parents se sont mariés dans la crypte. Venez.

— Est-ce qu'on a le droit d'entrer ? demanda Ena, une nouvelle recrue de notre batterie d'artilleuses qui venait de Manchester.

— Les portes de Dieu sont ouvertes à tous, voyons. Suivez-moi.

Laissant derrière nous le brouhaha des cris de joie, nous pénétrâmes dans la pénombre silencieuse du vieil édifice. Le toit et sa voûte étaient si hauts que je me sentis aussitôt minuscule et insignifiante.

— Nom d'une pipe, murmura Jane.

Alors que nous nous approchions de la tombe du Soldat inconnu, chacune s'arrêta et retira son calot en signe de respect.

Fiona inclina élégamment la tête, remit son calot sur sa tête et se mit au garde-à-vous. Après un instant d'hésitation, nous l'imitâmes.

Plusieurs civils nous sourirent. Un vieil homme vint même nous remercier.

Aucune de nous ne sut comment réagir. Je me sentais trop émue pour répondre quelque chose d'intelligent.

— Tout le plaisir était pour nous, monsieur, dit finalement Jane avec un sourire.

Ensuite, d'autres personnes s'approchèrent pour nous remercier, nous serrer la main et nous féliciter pour notre courage. Les filles et moi ne savions pas quoi leur dire, car aucune de nous ne se trouvait courageuse ni n'était d'humeur à fanfaronner.

Finalement, nous descendîmes la nef, puis nous trouvâmes un banc à partager dans le chœur. La paix envahit peu à peu mon cœur. Je m'agenouillai et pensai à grand-père, ainsi qu'aux offices qu'il célébrait dans l'église toute simple de Callyzion. Les yeux fermés, je parvins à formuler une médiocre prière de remerciement. Mes mots étaient maladroits et mon esprit trop agité pour que j'arrive à leur donner du sens. Je restai donc à genoux sur l'agenouilloir froid en attendant que les filles se relèvent, prêtes à retrouver l'ambiance festive du monde extérieur.

Alors que nous quittions l'abbaye, un cordon de policiers à pied et à cheval obligea la foule à reculer afin de dégager la route.

— Que se passe-t-il ? demandai-je à une femme qui tenait un bébé dans ses bras.

— À mon avis, le roi et la reine vont bientôt arriver.

— C'est vrai ?

Surexcitées, les filles et moi nous frayâmes un chemin à travers la foule dans l'espoir de les apercevoir. Soudain, un immense cri de joie s'éleva et une calèche découverte transportant le roi, la reine et les deux princesses passa devant nous.

— Merde alors ! s'écria Jane. Ma mère le croira jamais !

Tandis que le cortège royal tournait autour de Parliament Square et remontait le Mall, le cordon de policiers forma une barrière devant nous et nous fit lentement avancer vers le Mall et le palais de Buckingham. La foule compacte marchait comme un seul homme en tanguant tel un bateau sur les flots. Dès que la nouvelle circula que la famille royale était bien rentrée, le cordon se rompit. Nous nous précipitâmes vers le grand portail du palais et collâmes le visage contre la grille en métal. Le célèbre balcon était orné d'une tenture de velours rouge à frange dorée.

— La vue est incroyable de là-haut, me dit tout bas Fiona.

— Depuis le balcon, tu veux dire ?

— La princesse Elizabeth et moi étions ensemble à l'école. Un jour, lors d'une fête, elle m'y a emmenée pour me montrer la vue.

— Tu plaisantes.

— Non. Pourquoi crois-tu qu'elle a rejoint les ATS ?

— C'est toi qui l'as convaincue ?

J'étais ébahie.

— Eh bien, il se peut que je lui aie raconté qu'on s'y amusait follement. Mais pas un mot là-dessus aux autres, d'accord ?

Je secouai la tête.

— Tu ne serais pas en train de me faire marcher ?

— Non, tu peux me croire. Oh, regarde… Les voilà !

Un immense cri de joie s'éleva derrière nous. Fiona leva la main et l'agita énergiquement.

— Tu crois qu'ils vont te voir ? criai-je.

— Ça m'étonnerait… Oh, regarde… Lilibet et Margaret Rose sont là aussi. Hourra ! hurla-t-elle.

J'ignorais si elle me disait la vérité, mais je décidai de la croire car cela ferait une merveilleuse anecdote à raconter à maman. Tandis que, les yeux levés vers le balcon, j'agitais mon calot et criais de joie, Winston Churchill apparut en personne et se plaça entre le roi et la reine. Malgré la clameur assourdissante qui monta aussitôt de la foule, il resta digne et modeste. L'émotion du moment parut submerger tous les témoins de l'événement. Fiona passa un bras sous le mien, le visage humide de larmes.

— Presque six fichues années, et c'est fini !

— J'ai encore du mal à y croire.

Je cherchai le reste de la bande autour de nous, mais nos camarades avaient dû être emportées par la foule.

— Est-ce que tu vois Jane et les autres ? criai-je.

Un peu plus grande que moi, Fiona se hissa sur la pointe des pieds.

— Non. Mais ça va aller, ne t'inquiète pas pour elles.

Nous continuâmes à crier de joie en agitant la main jusqu'à ce que le balcon soit désert et que les portes-fenêtres à rideaux se referment.

— Je crois qu'on a bien besoin d'un verre maintenant, dit Fiona en reposant son calot sur sa tête. Et puis il faut que je trouve mon beau général yankee.

Afin de finir cette journée en beauté, nous filâmes à Soho où la musique battait son plein dans des bars bondés de clients à la joie contagieuse. Je ne m'étais encore jamais sentie aussi ivre ni euphorique. Nous ne vivrions plus jamais avec la peur de mourir le lendemain. Des années plus tard, on raconta que la princesse Elizabeth et la princesse Margaret étaient sorties incognito en ville ce soir-là. Avec un peu de chance, elles s'étaient autant amusées que nous.

Fiona tomba sous le charme d'un beau pilote américain qui dansait le jitterbug comme un pro. Je rencontrai quant à moi un lieutenant britannique qui me récita des poèmes de Rupert Brooke pendant des heures, jusqu'à ce que je l'embrasse pour le faire taire. Riant et chantant à tue-tête, nous descendîmes tous les quatre sur les quais de la Tamise où nous regardâmes l'aube se lever au-dessus du pont de Waterloo.

Ce soir-là, pour la première fois de ma vie, j'eus l'impression réelle d'exister. Je n'étais plus une fillette dans les jupes de sa mère, ni la sœur d'un héros, ni une artilleuse, mais une femme libre et indépendante qui avait toute la vie devant elle. J'obéissais à mes propres règles, ne me laissais imposer aucune limite. Je pouvais faire ce qui me plaisait. Être fidèle à moi-même. J'étais l'égale de n'importe quel homme et je ne vivrais plus jamais dans l'ombre de personne.

22

Hannah, Trevay
1945-1948

Enfin, je pouvais rentrer à Trevay. J'avais hâte de revoir maman et David et de me promener sur la petite plage du port. Par chance, notre village de pêcheurs avait été peu touché par les bombardements, même si la flèche de l'église St Peter avait été endommagée par les tirs de mitrailleuse d'un avion ennemi en flamme qui s'était ensuite abîmé en mer. Secouru par un groupe de pêcheurs, le pilote avait eu droit à quelques pintes au pub avant d'être fait prisonnier de guerre.

Les premiers jours, je passai mon temps au lit ou sur le canapé, me levant seulement pour les repas ou pour faire un brin de toilette. J'étais si heureuse d'être rentrée ! Maman me gâtait terriblement tout en me racontant les derniers potins.

Un soir, environ une semaine après mon retour, je décidai d'aller me promener sur la plage. C'était une belle soirée de juin. Quelques familles jouaient encore au cricket sur le sable, tandis que cinq ou six personnes nageaient dans la mer étale.

Je marchais le long de l'estuaire lorsque j'aperçus un objet flottant presque entièrement immergé dont la couleur rouge brillait dans la lumière du soleil couchant. Je m'arrêtai puis, une main au-dessus des yeux, je focalisai mon regard sur cette chose suspecte, comme je le faisais encore quelques jours plus tôt derrière mon canon antiaérien. Il ne faisait pas assez clair pour que je l'identifie. Mais brusquement, une petite vague la fit remonter à la surface et je compris que mon instinct était le bon. Il s'agissait d'une mine, et d'une grosse. Ces explosifs avaient été jetés à la mer par des navires de guerre dès le début du conflit. Ce n'était rien d'autre que des bombes flottantes. De gros globes métalliques remplis d'explosifs et couverts de pointes qui, lorsqu'elles heurtaient un bateau, le faisaient voler en éclats. Je levai les yeux vers l'estuaire afin de vérifier si les bateaux de pêche de Trevay profitaient de la marée du soir pour rentrer. J'en comptai trois en tout qui se trouvaient à environ quatre cents mètres du port.

— Une mine ! Il y a une mine ! criai-je à l'un des nageurs les plus proches de la plage.

Puis je pointai du doigt l'engin qui avançait doucement vers le port.

— Dites à tout le monde de sortir de l'eau !

Je courus ensuite vers la famille qui jouait au cricket et demandai au père d'aller immédiatement trouver le capitaine du port pour le prévenir. De mon côté, je ferais signe aux trois bateaux de pêche de rester à distance du port quand ils se rapprocheraient. Ayant appris ce qui se passait, quelques promeneurs avaient commencé à se rassembler sur la digue ou étaient descendus sur la plage.

— Éloignez les enfants ! leur ordonnai-je en prenant ma voix de sergent.

Après quoi je demandai aux adultes d'enlever leurs pulls et de les agiter pour avertir du danger la flottille qui rentrait au port.

La mine avait atteint le milieu de l'estuaire. Elle avançait rapidement grâce à la marée montante et se rapprochait de la digue.

Dès que les bateaux se trouvèrent à portée de voix, tout le monde se mit à crier et à agiter son pull en pointant la mine du doigt. À mesure que la lumière déclinait, la visibilité se réduisait. Les rayons rouge doré illuminaient encore sa surface, mais la mine allait bientôt disparaître dans l'obscurité.

Enfin, j'entendis le moteur du bateau du capitaine du port au loin.

Les yeux fixés sur la mine, je lui indiquai sa position le plus clairement possible. Le capitaine coupa son moteur dès qu'il fut à proximité puis, à l'aide d'une gaffe, il commença à pousser doucement l'engin vers la plage. Comprenant ce qui se passait, les pêcheurs, tels des chiens de berger, placèrent leurs bateaux en fer à cheval. Je fis remonter toutes les personnes restées sur la plage sur la digue qui se trouvait à environ deux cents mètres, pendant que les petits bateaux ramenaient la mine vers le sable et attendaient que les démineurs arrivent pour la désarmer.

Lorsque je racontai cette anecdote à David à mon retour, il fut furieux que je ne sois pas venue le chercher. Maman était simplement fâchée que son dîner soit à présent immangeable. Les conséquences de la guerre étaient plus ou moins dramatiques chez nous.

La libération de Singapour fut annoncée en août 1945 et nous reçûmes peu après des nouvelles de papa. Sa première lettre nous fut transmise par la Croix-Rouge. Il nous y racontait qu'il récupérait peu à peu à l'hôpital après avoir souffert de la famine et du paludisme. Quelque temps plus tard nous parvint une lettre écrite de sa main.

> Chers tous,
> Dieu merci, je suis rentré chez moi à Penang et je ne me sens pas trop mal. J'ai bien reçu toutes vos lettres et m'excuse de ne pas y avoir répondu – il était difficile de se procurer du papier à lettres au camp de prisonniers. En vérité, ces quelques mois ont été atroces.

Comment allez-vous ? Le soleil brille-t-il sur notre belle Cornouailles ? Je vous imaginerai mangeant des friands sur la plage pendant que je remettrai la plantation sur pied.

J'espérais vraiment pouvoir la faire visiter à grand-père avant qu'il ne soit trop tard. Merci de t'être occupée de lui et d'avoir veillé sur les enfants, Clara.

Edward, je suis très fier de tes exploits en tant que pilote. Félicitations pour ta décoration. Puisque tu as, je suppose, définitivement abandonné l'idée de poursuivre tes études de médecine, je te demande de devenir, en mon absence, le chef de notre famille et de rester à Trevay afin d'aider ta mère à gérer son commerce.

Hannah, si tu n'es pas déjà poursuivie par une horde d'admirateurs, sache que je ferai en sorte que tu ne tardes pas à te marier et à fonder ta propre famille.

David, si tu n'as pas encore oublié ton vieux père, j'aimerais que tu intègres mon ancienne université le moment venu. Dublin est une ville formidable et Trinity, une excellente école. Je suis certain que je pourrai t'y recommander.

D'ici trois à cinq ans, lorsque les choses seront rentrées dans l'ordre à la plantation et que je serai redevenu moi-même, je compte rentrer en Angleterre pour vous rendre cette visite que j'ai beaucoup trop retardée.

Bien à vous,

Papa

Edward qui avait lu la lettre à voix haute replia la feuille de papier et chacun de nous digéra ces informations en silence.

Maman tendit la main vers son étui et alluma une cigarette. Après avoir laissé une volute de fumée s'échapper de sa bouche et s'élever vers le plafond, elle dit enfin :

— Donc il va bien.

— Il ne rentre pas tout de suite ? s'étonna David.

— La plantation. Il doit d'abord s'assurer que tout est en ordre.

David était perdu.

— Et nous alors ? Il ne s'inquiète pas de savoir si *nous* allons bien ?

Edward glissa la lettre dans son enveloppe.

— Il viendra quand ce sera possible. Pas vrai, maman ?

Notre mère alluma une nouvelle cigarette avec le mégot de la première.

— Bien sûr. Mais il a beaucoup de choses à faire à Penang et nous sommes tous sains et saufs, c'est le principal.

Elle se tourna vers moi.

— Hannah, tu veux bien t'occuper de la boutique aujourd'hui ? J'ai un début de migraine.

Le magasin était calme quand Edward m'apporta une tasse de thé. Nous nous installâmes sur les deux petits tabourets que maman conservait derrière le comptoir pour les moments tranquilles comme celui-ci.

— Le plus important, c'est que papa aille bien, dit-il. C'est tout de même un sacré soulagement.

Je glissai les doigts autour de ma tasse et soufflai doucement sur le thé pour le refroidir.

— Nous ne l'avons pas vu depuis seize ans. Il n'imagine pas un instant ce que ça fait de croire que son père est mort.

— Il en a vraiment bavé, Toots.

— Et nous alors ? Comment ose-t-il envisager de me marier, pousser David à partir à Dublin et te demander d'oublier tes projets d'études de médecine ? Pas étonnant que maman l'ait quitté.

Ces mots s'échappèrent de ma bouche sans que je puisse les retenir.

— C'est la guerre qui nous a séparés, dit Edward sans comprendre ce que je voulais dire.

La lettre de papa avait allumé une étincelle de colère en moi qui refusait de s'éteindre.

— Non, ce n'est pas la guerre, mais son comportement. Cela fait longtemps qu'il rend maman malheureuse. Elle l'était déjà quand nous habitions encore à Penang.

Edward me dévisagea d'un air perplexe.

— Dans ce cas, pourquoi y est-elle retournée avec lui après nous avoir abandonnés chez grand-père ?

— C'était plus compliqué que ça. Papa était... disons qu'il était en colère, c'étaient peut-être les séquelles de la première guerre. David avait peur de lui et... je crois qu'il battait maman.

— C'est vrai ? C'est elle qui te l'a dit ?

— Non, pas exactement.

— Tu as tout inventé.

Edward vida sa tasse de thé.

— Pas du tout.

— Alors comment le sais-tu ?

— Au presbytère, quand maman est revenue avec David, je l'ai écoutée à travers la porte du bureau de grand-père. Elle lui a tout raconté en pleurant. Elle disait l'avoir quitté pour de bon. Que nous ne retournerions jamais à Penang.

Mon frère me regarda d'un air dégoûté.

— Tu écoutais aux portes ? Pourquoi ne m'as-tu rien dit si c'était vrai ?

— Je ne sais pas. C'était tellement affreux que je ne voulais plus y penser. Et...

— Qu'est-ce qu'il y a ? Je t'écoute ?

— La raison pour laquelle elle ne nous avait jamais parlé de David, c'est qu'il avait été très malade à sa naissance et qu'elle craignait qu'il meure. Elle se disait qu'il valait mieux nous cacher que nous avions un frère au cas où nous ne le rencontrerions jamais.

Un sanglot m'étrangla la voix.

— Elle devait être si effrayée et malheureuse. Et puis nous lui manquions, et...

J'imaginai combien maman avait dû se sentir seule et me rappelai combien Edward et moi souffrions également de son absence.

— Je suppose que, comme nous, elle a vécu un long calvaire.

Edward me regarda dans les yeux.

— Est-ce que tu mens ? Il faut que tu me le dises maintenant.

— C'est la vérité. Papa et maman ne vivront plus jamais ensemble, c'est la véritable raison pour laquelle il ne rentre pas en Cornouailles. Mais je t'en prie, n'en parle jamais à maman ni David, d'accord ?

L'annonce un mois plus tard des fiançailles d'Edward et Shirley nous surprit tous. Maman et moi pensions qu'ils s'étaient éloignés l'un de l'autre au cours de l'année passée, mais depuis que Shirley était de retour en Cornouailles et qu'elle habitait à environ six kilomètres de chez nous dans un joli hameau nommé Pendruggan, tous deux s'étaient manifestement rapprochés.

Ils nous annoncèrent la nouvelle au cours d'un déjeuner dominical auquel Shirley avait été invitée. Bien que stupéfaite, maman s'empressa naturellement de les féliciter. David, qui jugea tout cela très nunuche, se trouva une excuse pour monter à l'étage. Littéralement aux anges, Shirley s'accrochait au bras d'Edward comme une vraie sangsue. J'étais furieuse qu'il ne m'ait pas mise dans la confidence. Je lui fis part de mon indignation pendant que nous faisions la vaisselle ensemble, tandis que Shirley et maman bavardaient à table.

— C'est gentil de m'avoir prévenue, chuchotai-je en lui tendant une assiette à essuyer.

— Je ne savais pas que je devais te demander la permission, grommela-t-il.

— Oh, arrête.

Je pris le plat du rôti de porc et commençai à le frotter.

— Pourquoi maintenant ? Tu l'as mise dans une situation intéressante ?

— Bravo, Toots. Un coup direct sous la ceinture. Non, pas du tout. Est-il vraiment inconcevable pour ton esprit tordu que nous soyons réellement amoureux ?

— Amoureux ? Oh, je t'en prie !

Je sortis les mains de l'eau et me tournai vers lui.

— Et toutes ces filles qui te suivent comme des petits chiens ? Comment se fait-il que Shirley soit soudain l'élue de ton cœur ? Tu as à peine prononcé son nom depuis que nous sommes rentrés. Shirley est une bonne amie. Elle ne mérite pas de finir avec une épave comme toi.

Edward jeta son torchon sur le sol et leva les mains en l'air.

— Eh bien, je suis vraiment désolé d'être un peu perturbé après avoir passé des mois à larguer des bombes sur l'Allemagne et fait d'innombrables victimes, alors que j'essayais de protéger mon équipage, ma famille et mon pays.

— Oh, la ferme. Tu sais bien de quoi je parle. La seule chose que tu aimes vraiment, c'est ta bouteille de scotch.

— Depuis quand les hommes n'ont-ils plus le droit de boire un verre de temps en temps ?

— Tu bois un peu plus que ça, je me trompe ? J'ai vu les bouteilles sous ton lit.

— Parce que tu m'espionnes maintenant ?

Edward rougit davantage et s'avança brusquement vers moi. Je me cachai derrière mes bras.

— Tu ne vas quand même pas me frapper ?

— Arrêtez !

Maman ouvrit d'un coup sec le rideau qui séparait la cuisine de la salle à manger. Derrière elle, Shirley était assise, horrifiée.

— Edward, dit maman d'une voix grave et calme. Excuse-toi auprès de Shirley.

Mon frère se redressa.

— Je suis vraiment désolé, Shirley. C'était juste une petite querelle entre frère et sœur. Tu sais ce que c'est.

Le regard de Shirley se posa sur le mien.

— Est-ce que ça va, Hannah ?

J'avais ramassé le torchon sur le sol et m'essuyais les mains.

— Oui, oui, tout va bien. Il nous arrive de nous disputer comme des chiffonniers, mais tu n'as aucune raison de t'inquiéter. Navrée de t'avoir fait peur.

Je ris dans l'espoir de dédramatiser la situation.

— Nous avons bien choisi notre jour ! Je vais préparer du thé, d'accord ?

Shirley récupéra son manteau qui était posé sur le fauteuil de maman.

— Pas pour moi. J'ai dit à ma mère que je ne traînerais pas et le bus arrive dans une dizaine de minutes.

Elle embrassa maman sur la joue.

— Merci beaucoup pour ce délicieux déjeuner, madame Bolitho.

— Je te raccompagne jusqu'à l'arrêt de bus, dit Edward.

Elle passa devant lui puis ouvrit la porte.

— Non. Ça ira. On se verra dans la semaine.

Après avoir lancé un regard rapide à Edward, elle sortit.

— Mais qu'est-ce qui vous a pris ? demanda maman.

Mon frère me pointa du doigt.

— Tu n'as qu'à le lui demander.

Incapable de mentir, je pris une profonde inspiration et lui expliquai que je trouvais la consommation d'alcool d'Edward préoccupante, tout comme ses soudaines fiançailles avec Shirley.

— Maman, tu as bien dû voir les bouteilles sous son lit ?

— Edward est adulte, Hannah. Il fait ce qu'il veut.

— Mais il boit beaucoup. Beaucoup trop même. Tu vois bien qu'il va souvent au pub et qu'il s'enferme dans sa chambre après le dîner.

Maman regarda Edward.

— Pouvons-nous aller jeter un coup d'œil sous ton lit ?

— Non.

Edward essaya de l'empêcher de monter l'escalier.

— Hannah fait des histoires parce que mes fiançailles la rendent jalouse.

— Mais pas du tout !

Edward continuait à nous bloquer le passage, les mains posées sur les murs de la cage d'escalier.

— Elle a tout inventé.

J'avais affronté suffisamment d'hommes ivres et récalcitrants au camp militaire pour ne pas me laisser intimider.

— Tu n'es qu'un idiot, Edward. Nous faisons cela pour ton bien.

Je lui attrapai le bras et le tordis derrière son dos.

— Laisse-moi passer, dit maman d'un ton grave et inflexible.

Edward céda.

Sous son lit, elle trouva quatre bouteilles de whisky vides et une à demi pleine. Elle les sortit une à une et les compta.

Obligée de se rendre à l'évidence, elle ne demanda aucune explication à Edward qui s'effondra en sanglotant sur le sol.

Lorsque le docteur Cunningham sonna à notre porte et monta l'examiner, mon pauvre frère n'avait pas bougé.

Nous attendîmes avec angoisse qu'il redescende et nous livre son diagnostic.

— Edward souffre de ce qu'on appelait jadis « l'usure au combat » et que l'on nomme aujourd'hui « névrose de guerre ». J'ai examiné beaucoup de jeunes hommes, et quelques femmes, qui en sont également atteints, ces derniers temps. On ne peut pas transformer une personne ordinaire en soldat exemplaire et lui faire vivre toutes les expériences horribles que cela implique sans endommager son esprit.

Maman saisit ma main et je serrai fort la sienne.

— Est-ce qu'il va guérir ? demanda-t-elle.

— Cela prendra du temps. Vous aviez peut-être remarqué un changement de comportement avant cette crise. Des sautes d'humeur. De la colère. Un besoin de solitude. Peut-être une consommation excessive d'alcool.

Maman hocha la tête.

— Oui. Nous avons constaté tout cela. J'espérais que c'était juste une phase. Que pouvons-nous faire pour l'aider ?

Elle lâcha ma main et chercha son mouchoir dans sa manche.

— Je lui recommande une bonne cure de repos. Il existe une excellente maison de convalescence pour les anciens soldats à Exeter. Je vais vérifier s'ils ont une place pour lui là-bas.

— Combien de temps y restera-t-il ? demandai-je.

— C'est difficile à dire à ce stade, mais au moins quelques semaines, c'est certain.

Maman s'essuya les yeux.

— Il va se marier.

Le médecin sourit.

— Tant mieux. C'est un beau projet pour toute votre famille.

Il se leva.

— Je vous contacterai dès que je saurai si la maison de repos a une place à lui proposer.

Il serra la main de maman.

— Il va s'en sortir. Cela prendra juste un peu de temps.

23

Hannah, Trevay
1947

Mon frère rentra à la maison après seize semaines de traitement, mais l'ancien Edward mit presque deux fois plus de temps pour réapparaître. Il était régulièrement victime de crises de colère ou traversait des phases de repli sur lui-même.

Pendant sa convalescence, Shirley consacra tout son temps libre à le soigner. Elle travaillait quatre jours par semaine comme guichetière à la banque locale et passait le reste de ses journées auprès de lui.

C'est ainsi qu'elle devint naturellement un membre de notre famille, comme cela arrive rarement avec les « pièces rapportées ». Tous ensemble, nous le couvrîmes d'amour et le tranquillisâmes jusqu'à ce que ses sautes d'humeur se fassent plus rares et moins violentes. Puis un beau jour, Edward se sentit de taille à fixer la date de son mariage : le 16 juin 1947.

Tandis que nous prenions le thé pour fêter l'événement, maman commença aussitôt à imaginer la robe de Shirley. Sa mère et elle n'eurent pas leur mot à dire.

— J'avais mis de côté un satin couleur crème pour la robe de mariage d'Hannah. Mais elle sera parfaite pour la tienne, Shirley.

Je m'étouffai avec une gorgée de thé.

— Et moi alors ?

— Quoi donc ?

Shirley paraissait horrifiée.

— Je ne peux tout de même pas utiliser le satin d'Hannah.

Maman nous mesura du regard tour à tour.

— Ma foi, vous êtes aussi minces l'une que l'autre, alors j'aurai sans doute assez de tissu pour confectionner une robe de mariée pour toi, Shirley, et une robe de demoiselle d'honneur pour Hannah.

Elle me regarda par-dessus sa tasse.

— Ensuite, tu pourras la porter à ton propre mariage quand le moment viendra.

— Une robe de mariage de seconde main ? C'est charmant. De toute façon, qu'est-ce qui te fait croire que Shirley veut que je sois sa demoiselle d'honneur ?

Maman sourit à sa future belle-fille.

— Bien sûr qu'elle le veut. Vous êtes meilleures amies.

— Oh, oui, se sentit obligée de répondre Shirley. J'allais te le demander, Hannah.

— C'est bien vrai ? Ma mère est très douée pour mener les autres à la baguette. Pas vrai, maman chérie ?

— Je ne vois pas ce que tu veux dire.

Shirley rit.

— Ta mère ne parviendrait pas à me forcer la main, même si elle y mettait toute sa volonté.

S'ensuivirent de nombreuses soirées passées à couper, faufiler et chasser le futur marié du salon. Peu à peu, nos robes commencèrent à prendre forme. Elles étaient identiques, sauf au niveau du décolleté. La découpe du mien était carrée, tandis que celle de Shirley avait la forme d'un cœur.

Elle porterait également un voile, bien sûr, fait d'une étoffe simple, long jusqu'aux hanches, qui serait retenu sur sa tête par une tiare minuscule.

— Où l'as-tu trouvée, maman ? Elle est très jolie, dis-je en sortant la petite couronne d'un carré de tissu piqué qui se trouvait au fond d'un petit carton abîmé.

— Je ne m'en souviens plus, répondit-elle, des épingles coincées entre les lèvres.

Je la posai sur ma tête.

— Est-ce qu'elle me va ? Elle était à toi ?

— Puisque je te dis que je ne m'en souviens plus.

— Qu'est-ce que tu portais à ton mariage ? Je n'ai jamais vu de photo de ce jour-là.

— Bon, Shirley, grimpe sur ce tabouret, je vais épingler ton ourlet. Il ne faudrait pas que tu te prennes les pieds dans ta robe en marchant jusqu'à l'autel.

— Pourquoi n'y a-t-il aucune photo de ton mariage ? insistai-je.

— C'était juste après la guerre, répondit ma mère d'un ton irrité. Nous avions mieux à faire de notre argent.

Elle s'agenouilla et commença à épingler l'ourlet de Shirley.

— Tu portais une vraie robe de mariée ?

— Oh, bon sang, je te dis que c'était il y a longtemps.

Elle recula afin d'examiner son travail. Je pensai que le sujet était clos jusqu'à ce qu'elle ajoute :

— Je portais un tailleur ordinaire. Rien de particulièrement chic. La tiare m'avait été offerte par une amie du Kent où je suis née. Quand elle a su que j'allais épouser ton père, elle me l'a envoyée. Elle ignorait que je ne possédais pas la robe de mariée qui allait avec.

— C'était tout de même gentil de sa part.

Je reposai délicatement la tiare dans le carton.

— Comment s'appelait-elle ?

Maman évoquait rarement sa vie dans le Kent. Tout ce que nous savions, c'était que ses parents étaient morts dans un incendie et qu'elle était partie travailler à Londres alors qu'elle n'avait que dix-huit ans.

— Philippa Hampton. Une femme très gentille. Elle s'est occupée de moi quand je me suis retrouvée seule.

L'expression de maman s'adoucit un instant, puis elle se crispa à nouveau et répondit d'un ton brusque :

— C'est la personne qui m'a appris à coudre.

Soudain, j'eus un déclic. Je repensai à la lettre que maman n'avait pas ouverte des années plus tôt. Celle qu'elle avait jetée au feu. J'étais certaine que le nom au dos de l'enveloppe était Hampton.

— Parle-moi d'elle.

— Elle possédait une charmante boutique. Un peu comme la nôtre, mais plus petite, où je travaillais pour elle.

— Tu ne nous en as jamais parlé.

— Non, c'était il y a longtemps. Mais cette femme s'est montrée très gentille avec moi quand j'étais… jeune. Ensuite, nous nous sommes perdues de vue.

— C'est triste. Elle avait l'air adorable.

— Elle l'était, en effet. Mais…

Maman recommença à examiner l'ourlet.

— Que porterez-vous à l'église si je ne termine pas ces robes à temps ? Bon, passe-moi le mètre ruban.

Le mariage eut lieu par une chaude journée sans nuages.

Le matin, j'entrai à reculons dans la chambre d'Edward, une tasse de thé dans chaque main.

— Bonjour ! Allez, debout !

— Quelle heure est-il ? marmonna-t-il, les yeux fermés.

— Huit heures moins le quart. L'heure pour toi de partager une dernière tasse de thé avec ta sœur en tant qu'homme célibataire.

Il se redressa et passa les mains dans ses cheveux gominés. Je lui tendis sa tasse.

— Merci.

— Pousse-toi un peu.

Il me fit une place à côté de lui et nous bûmes en silence.

— Tu as le trac ?

— Non.

— Tant mieux.

— C'est une femme bien, Shirley, non ? Vous l'aimez beaucoup, maman et toi, pas vrai ?

— Je suis contente que tu me poses la question, répondis-je d'un ton grave. Maman et moi tenons à ce que tu saches que nous la trouvons horrible et que tu commets une grave erreur.

— Très drôle, Toots.

Je lui envoyai un petit coup de coude dans les côtes.

— Nous l'adorons, idiot. C'est une fille formidable. N'oublie pas que c'était mon amie avant que tu la rencontres, et j'ai des goûts excellents.

— Ce thé est très bon.

Il avala une deuxième gorgée et sourit.

— Bon sang, et dire que je me marie aujourd'hui.

— M. et Mme Bolitho. Qui aurait cru que cela arriverait un jour ?

— Si seulement papa était là.

— À mon avis, maman pense que c'est mieux ainsi. Tu imagines le bazar s'il débarquait sans prévenir ?

— Je suppose que tu as raison.

Je me penchai et l'embrassai sur la joue.

— Comme toujours.

Je descendis du lit.

— Si tu as fini ton thé, je peux rapporter ta tasse à la cuisine. Je passe après maman dans la salle de bains. Ensuite, c'est ton tour, puis celui de David.

— D'accord.

Il me tendit sa tasse vide.

— Une dernière chose, dis-je en me dirigeant vers la porte.

— Quoi ?

— Tâche de ne pas être trop laid pour changer.

Refermant la porte, j'évitai de justesse l'oreiller qu'il venait de me lancer.

Maman, David, Edward et moi avions décidé de nous rendre à l'église à pied. À travers la vitrine de la boutique, le soleil donnait à Trevay un air de carte postale.

— Tu veux bien nous prendre en photo, David ?

Maman photographiait tout et n'importe quoi depuis que nous lui avions offert un appareil à Noël.

— Posons devant la boutique. Papa sera content de la voir.

— La boutique ? Et moi alors ? Je suis le futur marié, je te rappelle, plaisanta Edward.

— Et moi la demoiselle d'honneur !

Maman nous plaça comme elle le souhaitait.

— Personne ne songera à vous regarder si je suis sur la photo, dit-elle en riant.

David prit quelques clichés comme elle le lui demandait, puis je le remplaçai et leur demandai de poser devant un palmier.

— Papa n'est pas le seul à vivre dans un endroit exotique, après tout.

Edward vérifia l'heure à sa montre.

— Nous ferions mieux d'y aller.

Maman commença à s'agiter autour de lui. Elle vérifia s'il s'était correctement rasé et épousseta les épaules de sa veste d'uniforme.

— Te voilà prêt. David, montre-moi tes mains. Le témoin se doit d'avoir les ongles propres.

Mon frère obéit docilement.

— Je les ai brossés.

— C'est bien. À toi, Hannah. Tourne lentement sur toi-même, il faut que je vérifie si ta robe tombe droit. Est-ce que ça tire quelque part ?

— Non, maman. C'est parfait.

— Tant mieux. Et moi alors, comment je suis ?

Elle portait son tailleur bleu marine avec un chapeau en feutre qu'elle avait reformé à la vapeur, avant de l'orner d'une pivoine en soie.

— Tu es magnifique, maman, répondis-je.

Edward lui offrit son bras.

— Allez, viens, mais pas de larmes à l'église, je t'en supplie.

— Pour qui me prends-tu ? demanda-t-elle en reniflant.

Tous trois me laissèrent à la porte de l'église et partirent s'installer sur leurs bancs pendant que j'attendais Shirley.

Les invités paraissaient heureux d'assister à la cérémonie. Avant d'entrer dans l'église, ils émirent quelques commentaires sur ma robe et le temps qu'il faisait. Au bout d'un moment, je remarquai un groupe de trois jeunes hommes vêtus d'uniformes de la RAF. Je leur tendis la main.

— Vous devez faire partie de la bande de Scampton.

— Absolument, répondit le plus grand et le plus beau avec un large sourire. Je suppose que tu es la sœur du marié, Hannah ?

Ses yeux étaient si bleus que je dus détourner le regard un instant.

— En effet.

— Le sergent Hannah Bolitho de la branche des ATS ?

— Tout à fait.

Je rougis.

— Ravi de te rencontrer. Je m'appelle Greg. Et voici Dougie et Ian.

— Enchantée, parvins-je à articuler.

— Nous ferions mieux d'entrer voir comment va Ed. Il ne faudrait pas qu'il se dégonfle, hein ? On se voit plus tard ?

— Avec plaisir.

Je les regardai se diriger vers la porte de la vieille église puis disparaître dans l'obscurité.

La mère de Shirley arriva ensuite accompagnée de quelques-unes de ses sœurs, l'air agité.

— J'ai bu un sherry pour me calmer, mais il n'a servi qu'à me donner des vapeurs. Ai-je l'air d'avoir chaud, Hannah ? Faut-il que je me repoudre le nez ?

— Non, vous êtes magnifique.

Je l'embrassai puis me retrouvai coincée avec les tantes qui avaient également bu un petit verre de sherry et tenaient à me serrer dans leurs bras.

— Vous feriez mieux d'entrer, dis-je. Shirley va arriver dans une minute.

Enfin, elles s'éloignèrent en caquetant comme des oies.

Au même moment, le pasteur sortit de l'église.

— Des retardataires ?

— Je ne crois pas.

Je me retournai et scrutai la courte ruelle devant moi.

— Je ne vois personne.

Le pasteur sourit.

— Ton frère paraît un peu nerveux. Contrairement à ta mère qui est en train de distribuer des caramels.

Je ris.

— Cela lui ressemble bien.

Brusquement, j'entendis des pneus rouler sur le gravier.

— Voilà la mariée !

Une petite voiture bleue décapotable au chrome rutilant s'approchait de nous en ronronnant. Coiffée de sa tiare scintillante, Shirley me fit bonjour sous son voile depuis la banquette arrière.

— J'espère que je n'arrive pas trop tôt !

— Attention, la mariée ne doit pas paraître trop impatiente, dit le pasteur en riant.

Le conducteur quitta son siège et ouvrit la portière arrière pour laisser sortir Shirley et son père.

— Tu es magnifique, lui dis-je.

— Toi aussi.

Elle sourit.

— Oh là là, j'ai l'estomac un peu barbouillé.

— Tout va bien se passer.

Je lui montrai le petit sac en satin que maman m'avait fabriqué.

— J'ai un mouchoir et des sels là-dedans si tu en as besoin.

— Oh, merci. Comment trouves-tu mon rouge à lèvres ? Est-ce que j'en ai sur les dents ?

— Montre-moi ? Non, ça va.

Son père commençait à s'impatienter.

— Venez donc, vous deux. Inutile de faire attendre les invités.

Assise à côté de maman pendant la messe, je tentai discrètement de repérer Greg le pilote parmi les invités. Il se trouvait à deux bancs de nous. Ayant du mal à le regarder sans me tordre le cou, je fis contre mauvaise fortune bon cœur et l'écoutai avec ravissement chanter les différents cantiques sans la moindre fausse note.

Même si David ne put s'empêcher de faire le clown en prétendant avoir perdu l'alliance de son frère, la cérémonie se déroula sans anicroche.

Tandis que je suivais les jeunes mariés qui remontaient l'allée en direction du soleil éclatant, je réussis à observer Greg en douce. Quand je vis qu'il me dévisageait avec un grand sourire, je faillis me prendre les pieds dans la robe de Shirley.

Lorsque vint le moment de poser pour les photos de groupe sur les marches ensoleillées de l'église, je cherchai mon frère du regard. Il bavardait en fumant avec quelques invités derrière une pierre tombale.

— Edward ? l'appelai-je sans cesser de sourire au photographe. Demande donc à la bande de Scampton de se joindre à nous. Cela fera une chouette photo pour papa.

Edward mordit aussitôt à l'hameçon et appela ses copains. Le photographe nous rassembla, les jeunes mariés, les trois pilotes de la RAF et moi. Je me retrouvai ainsi à côté de Greg qui en profita, semble-t-il, pour m'effleurer les fesses tandis qu'il tirait sur le dos de sa veste. Et voilà, j'étais amoureuse.

La réception nous attendait dans l'arrière-salle du *Golden Hind*. Les invités s'engagèrent peu à peu sur l'agréable chemin qui menait de l'église au port. Je flânai seule un moment. En contrebas, la mer était haute et scintillait sous le ciel bleu. Les feuilles des tamaris roses s'agitaient doucement derrière les murs d'ardoise et le parfum de noix de coco des ajoncs flottait dans l'air. La caresse de ma robe de satin sur ma peau était agréable ; je commençai à imaginer mon propre mariage et me vis longer ce chemin serrée contre Greg, les épaules couvertes de confettis, son bras fort autour de ma taille. J'étais si absorbée par ma rêverie que je n'entendis pas immédiatement qu'on m'appelait.

— Hannah ! Hannah !

Je m'arrêtai et me retournai. M. et Mme Tomlinson se dirigeaient vers moi d'un bon pas en tenant par la main une enfant que je supposai être leur fille. Il s'agissait de nos anciens locataires qui s'étaient mariés,

— Bonjour ! dis-je en souriant. Je ne vous ai pas vus à l'église.

— Nous étions un peu en retard, répondit Mme Tomlinson. Sophie, dis bonjour à Hannah.

L'enfant me regarda en plissant les yeux puis se cacha dans les jupes de sa mère.

— Elle est timide, mais une fois qu'elle vous connaît, elle ne vous lâche plus !

Nous commençâmes à descendre la colline ensemble.

— Je suis tellement contente que vous ayez pu venir. Comment trouvez-vous votre nouvelle paroisse, monsieur Tomlinson ?

Nous échangeâmes quelques nouvelles en marchant jusqu'au port où se trouvait le pub, puis ils aperçurent maman et me laissèrent seule.

Greg avait disparu avec ses amis après la séance de photos. Je supposai qu'il était déjà arrivé au bar. Passerais-je pour une désespérée si je partais à sa recherche ? Décidant que la foule bruyante du pub pouvait se passer de moi encore un peu, je flânai en direction de la digue.

Je m'appuyai contre la pierre tiède et inclinai le visage vers le soleil. Les yeux fermés, j'écoutai les différents bruits qui m'entouraient et oubliai peu à peu mon brusque entichement pour Greg. Les rires des clients du pub se mêlaient aux cris des mouettes au-dessus de moi. Le son des vagues qui léchaient la digue un peu plus bas s'unissait au chant des gréements des bateaux de pêche. J'ouvris les yeux et inspirai profondément l'air chargé d'odeurs de goudron et de sel marin. J'étais peut-être née à l'autre bout du monde, mais le sang qui coulait dans mes veines était celui d'une femme de Cornouailles.

— Excusez-moi.

Je sursautai. Un homme pas beaucoup plus âgé qu'Edward s'était approché de moi sans que je le remarque. Il avait un visage aimable. Légèrement familier, en fait. Il me plut aussitôt. Je lui souris.

— Je peux vous aider ?

— Oui, avec un peu de chance. Je cherche quelqu'un.

— Je connais la plupart des gens d'ici, allez-y.

Il sourit timidement.

— Je devine à votre robe que vous avez assisté au mariage de ce matin.

— En effet, j'étais première demoiselle d'honneur, répondis-je en riant. C'était mon frère qui se mariait. Vous le connaissez ?

Je me demandai si c'était pour cette raison que son visage m'était familier.

— Non, non. Je cherche en fait une amie de ma mère adoptive. Clara Bolitho ?

— C'est ma mère.

— Ah, d'accord. Ça alors !

Il se passa nerveusement une main dans les cheveux.

— Je m'appelle Michael Carter. Votre mère a connu la mienne dans le Kent. Mlle Philippa Hampton ?

— C'est incroyable ! Maman m'a parlé d'elle pour la première fois il y a quelques semaines. Elles étaient très liées, je crois.

— Je le crois aussi, oui.

Il sembla esquisser un sourire soulagé puis commença à se mordre la lèvre.

— Mais voilà... Votre mère est sûrement très occupée aujourd'hui à cause du mariage de votre frère, non ? Je vais attendre un peu. Ma venue risque de la troubler.

Il lâcha un petit rire nerveux.

— Je la verrai plus tard.

— Pas du tout. Vous n'avez qu'à vous joindre à nous. Maman sera certainement ravie que vous célébriez ce grand jour avec nous. Je lui dirai que vous êtes là.

— Oh non, non. Je pense qu'elle sera très surprise de me voir. Et je ne voudrais pas perturber cette fête de famille. Je pourrai lui rendre visite demain ?

Par-dessus son épaule, j'aperçus le séduisant ami d'Edward à l'extérieur du pub, une bière à la main.

— Vous êtes sûr de ne pas vouloir vous joindre à nous ?

— Absolument.

— Bon, très bien. Si vous changez d'avis, vous savez où nous trouver.

Je cessai de penser à lui à la minute où je le quittai. Je me dirigeai nonchalamment vers le pub, certaine que Greg ne pouvait pas me rater.

— Salut, dit-il en souriant.

— Salut !

— C'est un beau mariage. Je peux t'offrir un verre ?

— Oui, merci. Une limonade, s'il te plaît.

Dès cet instant, je sus que nous sortirions tôt ou tard ensemble. Une main autour de ma taille, il m'emmena à l'intérieur du pub où il discuta avec différents invités en me gardant près de lui, attentif.

— Est-ce que je peux m'asseoir à côté de toi ? demanda-t-il quand arriva l'heure du repas.

— Je ne sais pas trop. Shirley a passé des heures à élaborer un plan de table.

— Je vais arranger ça.

Il m'entraîna vers la table des mariés où il chuchota quelque chose à l'oreille d'Edward. Celui-ci parla à Shirley qui discuta ensuite avec une serveuse qui hocha la tête en regardant Greg et glissa une chaise entre celle de ma voisine et la mienne.

— Voilà qui est mieux, dit-il en attendant que je m'asseye pour s'asseoir à son tour. Maintenant, dis-moi qui sont tous ces gens.

Je pointai du doigt les personnes que je connaissais le mieux puis surpris le regard très méfiant de maman qui était assise en face d'Edward.

— Et voici ma mère, Clara.

— C'est une femme magnifique.

— En effet.

— Elle s'inquiète pour toi.

— Évidemment. Elle ne te connaît pas.

— Présente-moi.

— Maintenant ?

— Oui. Avant que le repas soit servi.

— D'accord.

Nous nous levâmes et nous dirigeâmes vers elle.

— Maman, puis-je te présenter Greg Winter ? C'est un ami d'Edward.

Sans se lever, ma mère le regarda de la tête aux pieds et lui tendit la main.

— Enchantée.

— Je suis ravi de vous rencontrer, madame. Edward et moi pilotions dans la même escadrille. Votre fils est un homme bien.

Maman éprouvait toujours une grande méfiance à l'égard des charmeurs.

— En effet. Et que faites-vous maintenant que la guerre est terminée ?

— Je suis photographe.

Cette information ne l'impressionna nullement.

— Dans quel domaine ?

— Je m'intéresse à la mode. Quelques-unes de mes photos ont été publiées dans des magazines féminins.

— La mode ?

Cette fois, elle était impressionnée.

— C'est également mon domaine.

— Vraiment ? Comme c'est intéressant ! J'ai hâte que vous m'en parliez. Peut-être pourrions-nous trouver un endroit calme pour discuter après le repas ?

— J'en serais ravie.

De retour à notre table, Greg chuchota :

— Elle me déteste.

— Oh, arrête. Je crois plutôt que tu lui as plu.

— Je l'espère, car elle risque de me voir très souvent.

Il chercha ma main sous la table.

— Si ça ne te dérange pas.

Le repas était excellent et les discours amusants ; même David, malgré le trac, parvint à faire rire les invités qui l'applaudirent avec enthousiasme. Quant à Greg, il ne s'éloigna pas de moi un seul instant. Lorsque le petit orchestre de swing commença à jouer, il me prit par la main et m'entraîna vers la piste de danse. C'était un danseur si doué que je le suivis bientôt aussi aisément que si nous avions été partenaires toute notre vie. Maman ne me quitta pas des yeux pendant tout ce temps.

À minuit, les jeunes mariés firent leurs adieux aux invités et quittèrent le pub sous une pluie de grains de riz et de grivoiseries. Ensuite, chacun commença à rassembler ses affaires tandis que l'orchestre rangeait ses instruments.

Tout en souhaitant une bonne nuit aux convives, je retournai à notre table pour récupérer mon petit sac et mes chaussures que j'avais enlevées avant de danser. Mme Tomlinson était assise seule à la sienne.

— Bonsoir, vous êtes-vous bien amusée ? demandai-je. Où est Sophie ?

— Harold est en train de la coucher. Nous avons réservé une chambre à l'étage.

Lorsqu'elle pointa vaguement le plafond du doigt, je compris qu'elle avait un peu trop bu.

— Oh, vous avez eu une bonne idée. Bon, eh bien, bonne nuit.

Je ne voulais pas trop traîner car Greg m'attendait dehors. Mais elle m'attrapa par la main et tira sur mon bras jusqu'à ce que je m'asseye à côté d'elle.

— Il faut que je vous dise quelque chose. Je me remémorais mon propre mariage. Quel jour merveilleux ! Votre mère était un ange. Je ne sais pas ce que nous aurions fait sans elle. Vous avez beaucoup de chance d'être sa fille. Je l'aime autant que si c'était ma mère. C'est un ange, cette femme, un ange.

Elle avait réellement bu un verre de trop.

— Ah ah, pas toujours ! Mais nous l'adorons.

— Elle est merveilleuse. Cette femme est une perle. Une perle.

— Formidable, répondis-je en souriant, avant de jeter un coup d'œil angoissé en direction de la porte.

— Je vais vous raconter quelque chose. Quand Harold et moi étions vos locataires, nous sommes tombés amoureux.

— Oui, je suis au courant.

Avec un peu de chance, si j'écoutais ce qu'elle avait à me dire, je pourrais ensuite filer.

— Nous avons été obligés de nous marier, vous voyez, parce que Sophie était en route et ma famille avait coupé les ponts avec moi, mais votre mère… votre mère a tout compris Elle s'est montrée si gentille. Personne ne l'a jamais deviné.

— C'est vrai ? Ça alors. Je l'ignorais.

Je lançai un nouveau coup d'œil du côté de la porte.

— J'adorerais parler davantage avec vous, mais M. Tomlinson se demande sûrement où vous êtes, et je suis assez fatiguée. C'était une merveilleuse journée, pas vrai ?

— Vous êtes une jeune fille tellement chanceuse.

Par chance, M. Tomlinson finit par arriver.

— Chérie, il est l'heure d'aller se coucher. Je crois que tu as un peu abusé du sherry.

Je le regardai aider doucement sa femme à se lever.

— Viens, ma belle. Bonne nuit, Hannah. C'était un mariage magnifique. Magnifique.

Tandis que le couple disparaissait dans la cage d'escalier, je me précipitai dehors.

Greg m'attendait en fumant une cigarette sous le clair de la lune.

— Tu en veux une ?

Je secouai la tête.

— Est-ce qu'on peut marcher un peu ? demandai-je. Quelle nuit splendide !

Mon village ne m'avait jamais paru aussi romantique. Séduite par l'air doux et le ciel étoilé, je posai audacieusement la tête sur l'épaule de Greg.

Il m'embrassa sur la tête.

— Comme c'est agréable. Edward m'a dit que vous étiez tous deux nés en Malaisie ?

— Oui. Nous sommes arrivés en Cornouailles quand il avait dix ans et moi cinq. Je me souviens à peine de Penang. Je me sens chez moi ici maintenant. Et toi, d'où viens-tu ?

— D'un village près de Birmingham. Dans le Black Country. Mon père était mineur. Si la guerre n'avait pas éclaté, je travaillerais au fond d'un puits à l'heure qu'il est.

— Tes parents doivent être très fiers de tes exploits de pilote.

— Il faut plus de courage pour descendre dans la mine, tu peux me croire.

— Tu as des frères et sœurs ?

— Non, je suis fils unique. Mes parents tiennent à moi comme à la prunelle de leurs yeux. J'étais un enfant pourri gâté.

— Tu les vois souvent ?

— Non.

— Pourquoi ?

— Tu risques de me détester si je te le dis.

— Jamais de la vie ! Raconte.

Nous nous arrêtâmes et il inclina le visage vers les étoiles avec un profond soupir.

— Franchement ? J'attends plus de la vie que ce qu'ils ont à m'offrir. Je veux me faire un nom. Devenir quelqu'un. Avoir une vie meilleure que la leur.

— Cela ne doit pas t'empêcher de les aimer. Tu seras toujours leur fils.

— Je sais. Et ils ne cesseront jamais de m'aimer. Mais je ne veux pas d'eux dans le monde qui est le mien aujourd'hui.

Il chercha ses cigarettes puis en alluma une.

— Tu dois me trouver très égoïste.

J'étais trop enivrée par sa présence pour faire preuve d'esprit critique.

— Non, je te comprends, bien sûr.

Il m'embrassa. Mais pas avec la détermination d'un homme qui voulait coucher avec moi parce qu'il craignait de mourir le lendemain, comme les soldats que j'avais connus jadis. Non, ceci était le baiser d'un homme qui me voulait moi. Rien que moi.

Quand nos bouches se séparèrent, il me sourit timidement.

— Tu es la jeune femme la plus charmante que j'aie jamais rencontrée.

— C'est vrai ?

— Oh oui.

— Ça alors !

Il sourit et m'embrassa à nouveau.

— Bon, je ferai mieux de te raccompagner si je ne veux pas confirmer les soupçons de ta mère à mon sujet.

En chemin, nous ne cessâmes de nous arrêter pour nous embrasser dans l'ombre des bateaux amarrés aux quais ou des enseignes grinçantes qui se balançaient au-dessus du trottoir.

J'entendis les cris d'Edward avant même que nous ne tournions au coin de notre ruelle.

— Sortez d'ici ! Je ne sais pas qui vous êtes ou pour qui vous vous prenez, mais vous contrariez ma mère.

En approchant, je découvris mon frère dans l'entrée de notre boutique et Michael Carter, l'homme qui était venu me parler sur le port quelques heures plus tôt, se tenant face à lui d'un air digne.

— Edward, je veux simplement lui parler. S'il vous plaît.

— Ne m'appelez pas par mon prénom. Vous ne me connaissez pas et ma mère n'a jamais entendu parler de vous.

Michael fit un pas vers mon frère.

— Je veux juste la voir. Lui parler. Je ne lui veux aucun mal.

Edward semblait prêt à se battre.

— Dégagez.

Michael leva les mains pour l'apaiser.

— S'il vous plaît. Je suis venu lui parler de son amie, ma mère adoptive. Elle m'a demandé de retrouver votre mère avant de mourir. Je vous en prie.

Même s'il était un peu plus grand que lui, Michael n'avait pas la force d'Edward. Mon frère l'attrapa par le col, le souleva presque de terre et le jeta sur la chaussée.

— Je vous ai dit de dégager. Si jamais je vous revois dans les parages, je jure devant Dieu que vous repartirez de ce village en fauteuil roulant. Compris ?

— Oui. Mais si votre mère décide finalement de me contacter, dites-lui que je suis toujours à Faversham. À la même adresse.

Michael se releva en essuyant le sang qui coulait sur sa main.

— C'est ça, foutez le camp.

Edward lui lança un dernier regard assassin puis rentra dans la boutique et claqua la porte. Le bruit des verrous résonna autour de nous.

J'étais profondément secouée. Jamais je n'avais vu mon frère aussi en colère.

Greg s'approcha de Michael dont le visage était livide.

— Comment vous sentez-vous ?

— Ça pourrait aller mieux. Je savais que ma venue provoquerait un choc, mais j'espérais que les choses se tasseraient. Je voulais juste qu'elle me voie. Qu'elle sache.

Il passa une main dans ses cheveux en bataille puis examina sa main blessée.

— Est-ce que c'est grave ? demandai-je.

Il sourit en me reconnaissant.

— Hannah. Rebonjour. Non, c'est juste une éraflure.

— Vous devriez vous reposer un instant, dit Greg en l'aidant à s'asseoir sur le bord du trottoir.

Je le rejoignis et posai un bras sur ses épaules voûtées.

— Est-ce que je peux transmettre un message à ma mère ?

Michael leva les yeux vers les fenêtres au-dessus de la boutique et esquissa un sourire triste.

— Cela peut attendre. Je voulais juste qu'elle me voie et que nous fassions connaissance. Rien de plus. Je ne suis pas venu semer la zizanie.

— Mais pourquoi tenez-vous tant à la rencontrer ?

Greg sortit un mouchoir de sa poche.

— Vous feriez mieux de vous bander la main.

Michael fut surpris de découvrir que du sang gouttait sur son pantalon.

— C'est plus qu'une éraflure. Vous avez dû tomber là-dessus, dit Greg en pointant du doigt un morceau de verre.

Je pris sa main dans la mienne. La plaie était petite mais profonde.

— Attendez, je vais vous le nouer. Voilà. Il faudra désinfecter cette blessure. Où logez-vous ?

Il se leva et lâcha un rire amer.

— Loin. De l'autre côté de la colline.

— Voulez-vous que je vous trouve un taxi ?

— Non, non. Ça va. Vous êtes une bonne personne, Hannah. Mais si vous saviez ce qui m'amène, vous me traiteriez sans doute comme l'a fait votre frère.

— Je vous promets que non. Je veux vous aider.

— Vous êtes très gentille.

Il serra la main de Greg puis la mienne.

— Je suis tellement content de vous avoir rencontrée, Hannah. Et je m'excuse d'avoir causé un tel esclandre.

— Restez donc à Trevay ce soir. Nous pourrions nous revoir demain et parler ?

Il m'adressa un sourire aimable, presque affectueux.

— Un autre jour peut-être.

Prenant une profonde inspiration, il se redressa et me salua d'un léger signe de tête.

— Bonne nuit. Et merci. Je n'oublierai jamais votre gentillesse.

Il dit au revoir à Greg puis s'en alla.

Nous le regardâmes tourner au coin de la rue et écoutâmes son pas s'éloigner dans la nuit silencieuse.

En colère, je me tournai vers la porte de notre boutique.

— Il va falloir que je dise deux mots à Edward.

Greg me prit par le bras et m'attira contre lui.

— Pas maintenant, ce serait dommage de gâcher sa nuit de noces.

Je poussai un soupir.

— Je suppose que tu as raison. Tu veux une tasse de thé ?

— Non.

Il passa les bras autour de moi.

— C'est toi que je veux.

— Oh, Greg.

— Allez. Nous n'avons qu'à trouver un endroit tranquille.

Nous passâmes le reste de la nuit à nous raconter nos vies, blottis sous l'abribus près du marché aux poissons. Il m'expliqua qu'il voulait voyager à travers le monde et devenir photojournaliste. Pendant la guerre, il était parvenu à photographier les ravages des bombardements en Allemagne depuis son cockpit. Il décrivit la façon dont il avait dû pour cela se détacher de la réalité. Du sort des victimes, des sans-abri, des veuves et des orphelins. Après avoir découvert ce qu'il faisait, le ministère de la Guerre lui avait demandé de collaborer avec le service de renseignements de l'armée.

— Ce n'était pas une tâche facile. Une fois que tu as largué ta charge explosive, tu n'as qu'une envie, c'est de déguerpir. Pas de te poser des questions sur la mise au point et la composition de ta prochaine photo. Mais quand une occasion se présentait, je la saisissais. Et j'ai fini par me rendre compte qu'on pouvait raconter toutes les histoires au monde avec des photos. Tu as déjà feuilleté le magazine *National Geographic* ?

Je secouai la tête.

— Tu devrais. On y trouve des reportages sur des personnes et des endroits inimaginables. Des milieux sauvages, hostiles, colorés.

— Comme Penang ?

Son regard s'éclaira.

— Exactement ! Je pourrais t'y emmener un jour, et tu me montrerais la maison de ton père. Sa plantation. La vie des travailleurs.

— J'adorerais. Nous avons pris quelques photos d'Edward et Shirley aujourd'hui. Tirés à quatre épingles. Et puis de maman, David et moi aussi. Mon père n'en a pas reçu depuis une éternité. Il aura du mal à reconnaître David tellement il a grandi.

Greg sourit.

— C'est ça, tu as tout compris. Il s'agit d'immortaliser nos vies. Ainsi que celles des gens qui nous entourent. Et de voir ce que nous pouvons apprendre les uns des autres.

— C'est vraiment passionnant. J'aimerais beaucoup te voir travailler.

— Je te photographierai.

Il me regarda dans les yeux et je craquai telles les héroïnes des romans d'amour que je lisais.

Tandis que le ciel commençait à s'éclairer à l'est, les feux de navigation rouges et verts de la flottille de pêche de Trevay qui rentrait au port apparurent dans l'obscurité lointaine.

Nous marchâmes jusqu'à la digue et descendîmes sur la petite plage où je regardai les bateaux approcher pendant que Greg faisait des ricochets.

— Stop ! Ne bouge plus, dit-il alors que je m'apprêtais à mon tour à lancer un morceau d'ardoise sur l'eau.

— Pourquoi ?

— Dans la lumière de l'aube qui brille derrière toi, tu es la plus belle fille que j'aie jamais vue.

J'éclatai de rire.

— Plus belle que tous ces mannequins avec qui tu travailles ?

— Leur beauté est superficielle. Ces filles n'ont aucune personnalité. Elles ne t'arrivent pas à la cheville.

Ces mots m'allèrent droit au cœur.

Greg m'enlaça, m'embrassa à nouveau puis murmura dans mon cou :

— Je crois que c'est le plus beau jour de ma vie.

— Pour moi aussi, dis-je dans un souffle. Quelle heure est-il ?

Il jeta un coup d'œil à sa montre.

— Cinq heures moins dix.

— Hein ? Oh non, maman va être furieuse.

Il me prit par la main et m'entraîna en courant.

Il ouvrit la porte de derrière sans bruit, me laissa entrer puis, après un dernier baiser, il m'abandonna pour rentrer à sa pension de famille. Je grimpai doucement l'escalier et trouvai maman profondément endormie. Elle ne ronflait pas tout à fait mais soufflait par la bouche et la vibration de ses lèvres produisait un petit ronronnement. J'enlevai ma robe de demoiselle d'honneur et la suspendis soigneusement à un cintre. Dans le miroir de la coiffeuse, je me trouvai différente de la veille. Plus douce, plus heureuse, plus féminine. J'avais eu si peu de temps pour prendre soin de moi pendant la guerre. Je retirai mes sous-vêtements, enfilai ma chemise de nuit et me couchai. Greg obsédait mes pensées. Il m'avait tant embrassée que mes lèvres étaient presque enflées. Je crus que je n'allais jamais réussir à m'endormir. Un sommeil profond et sans rêve finit par me gagner. Shirley me réveilla quelques heures plus tard.

— Hannah ? Tu dors encore ?

— Oui, dis-je sans ouvrir les yeux. Est-ce que maman est levée ?

— Oui, elle est déjà en bas.

Elle souleva mes draps en gloussant et se glissa à côté de moi.

— La journée d'hier n'était-elle pas sublime ? Je n'arrive pas à croire que nous sommes sœurs à présent. Edward est l'homme le plus merveilleux au monde, je suis tellement heureuse. Notre nuit de noces était plutôt réussie, dit-elle avec un petit rire.

Je tirai les draps autour de moi.

— Beurk ! Je ne veux rien savoir.

— Et toi ? Raconte-moi comment c'était avec le beau Greg.

J'ouvris un œil et souris.

— Je vais être obligée d'omettre quelques détails.

Elle écarquilla les yeux.

— Oh mon Dieu ! Hannah ! Tu as osé ?

— Non. Mais j'ai bien failli. Quelle heure est-il ?

— Huit heures moins le quart.

— Misère, je suis rentrée à cinq heures. Je peux dormir encore un peu, s'il te plaît ?

— D'accord.

Elle se tortilla à côté de moi. J'ouvris un œil.

— Tu restes ou tu retournes à tes activités conjugales ?

— Je reste.

— Dans ce cas, plus un bruit.

— D'accord.

Son silence ne dura pas plus de dix secondes.

— Il s'est passé quelque chose de très étrange hier soir.

— Quoi donc ?

— Un homme est venu voir ta mère. Mais dès qu'elle l'a aperçu, elle a demandé à Edward de le chasser.

Tout à coup, je n'eus plus tellement sommeil.

— Oui. J'ai vu Edward le jeter dehors. Je lui ai parlé. Il avait l'air très gentil.

Shirley frissonna.

— Il a dû nous suivre après la réception car il traînait derrière nous quand nous sommes rentrés. Nous sommes entrés par la porte de derrière comme d'habitude et l'avons laissée ouverte car la soirée était agréable. Pendant qu'Edward faisait chauffer la bouilloire, ta mère et moi sommes passées dans le salon avec David qui, soit dit en passant, avait abusé du panaché. Nous étions en train de rire de ses plaisanteries idiotes quand nous avons entendu frapper à la porte de derrière, puis une voix masculine demander si c'était bien la maison de Clara Bolitho. Ta mère et moi avons aussitôt fait taire David et tendu l'oreille. L'homme a ensuite déclaré qu'il s'appelait Michael quelque chose et que sa mère adoptive avait connu ta mère quand elle vivait dans le Kent. Celle-ci s'est levée d'un bond pour aller le voir. Je l'ai suivie et, quand elle a découvert qui c'était, elle lui a claqué la porte au nez. On aurait dit qu'elle avait vu un fantôme. Elle était si pâle que je me suis dépêchée de lui servir un brandy. Bref, un instant plus tard, on a entendu cogner à la porte de la boutique et ta mère a demandé à Edward de le chasser. Et de lui interdire de traîner par ici. J'ai ensuite entendu ton frère ouvrir la porte et passer un savon à cet homme. Ta mère était totalement bouleversée. Edward lui a servi un deuxième brandy afin qu'elle se calme, puis elle est allée se coucher en disant qu'elle avait la migraine.

— Qui était donc ce Michael ? Est-ce qu'elle vous l'a dit ?

— Non. Elle n'a fait aucun commentaire.

— C'est drôle, je l'ai rencontré hier après le mariage. Nous avons discuté, il avait l'air vraiment gentil.

— Ma foi, je pense qu'Edward a raison. Ce doit être une sorte de déséquilibré. Tu vois ce que je veux dire, quelqu'un qui a des amis imaginaires, ce genre de chose. Tu as vu les personnes que côtoyait Edward à l'hôpital quand il était souffrant. Cet homme a peut-être les mêmes problèmes que lui à l'époque.

— Ah, oui. Tu as sans doute raison.

Je me rappelai que le visage de Michael me semblait familier.

— Ils devaient être soignés dans le même hôpital. Il a peut-être entendu Edward parler de maman et s'est imaginé des choses bizarres. Pauvre homme.

— Edward affirme qu'il ne l'avait jamais vu auparavant.

— Il était si assommé par les médicaments qu'il est sûrement incapable de s'en souvenir.

— Je n'y avais pas pensé. C'est certainement ça. Bien vu, Hannah. Mystère résolu !

24

Hannah, Trevay
1947

Edward et Shirley s'habituèrent sans mal à la vie conjugale. Maman réinstalla son atelier au rez-de-chaussée pour qu'ils puissent emménager dans les deux pièces du haut. Shirley conserva son emploi à la banque et Edward décida de travailler au pub quand on n'avait pas besoin de lui à la boutique.

Quant à moi, tout ce que je voulais, c'était revoir Greg. Je n'eus aucune nouvelle de lui pendant les six jours qui suivirent le mariage.

— Bouge-toi un peu au lieu de broyer du noir toute la journée, me grondait maman. Tu passes des heures à attendre le facteur pour rien. Rends-toi donc utile. La boulangerie cherche des vendeuses.

La boulangerie du quai était réputée pour la qualité de son pain et de ses friands. Le poste proposé n'avait rien à voir avec celui que j'occupais dans l'artillerie antiaérienne, mais c'était mieux que rien (et la paye était meilleure que celle que je touchais à la boutique). Étonnamment, les femmes qui avaient remplacé les hommes au pied levé pendant la guerre étaient à présent reléguées aux emplois de bureau ou aux postes de vendeuses, tandis que ceux-ci avaient repris leurs fonctions comme si de rien n'était.

J'acceptai toutefois ce travail parce qu'il était facile et qu'il ne m'empêcherait pas de voir Greg le week-end.

Sa première lettre arriva pile une semaine après le mariage.

Ma chère et belle Hannah,
Pardonne-moi de ne pas t'avoir écrit plus tôt, mais j'ai été embauché pour photographier des modèles de tricot. C'était un boulot très mal payé, mais je pourrai tout de même t'offrir un dîner convenable ce week-end. Peux-tu me rejoindre en ville ? Je paierais bien ton billet de train, mais je serais ensuite obligé de te priver de pudding au dessert. Promets-moi que tu vas venir ! Je ne peux passer une semaine de plus sans toi.
Réponds-moi vite.
Ton Greg

Je racontai à maman que Greg m'avait réservé une chambre à l'hôtel où ses parents logeaient quand ils allaient le voir à Londres, tandis que lui dormirait dans son petit appartement.

Elle plissa les yeux et alluma une cigarette avant de se lancer dans un vague sermon qui ne m'apprit rien de nouveau.

— Les hommes s'excitent si rapidement que les femmes doivent se montrer très prudentes. Celles qui tombent enceintes avant le mariage ne peuvent s'en prendre qu'à elles-mêmes. Ton père te déshéritera s'il apprend que tu as commis une bêtise. Et imagine ce que penseront Edward et David. Tu déshonoreras toute la famille.

— C'est bon, maman, je sais. Greg est un homme très respectueux et je ne suis pas idiote.

— J'espère bien.

Le trajet en train me parut interminable. Sur le quai à Paddington, je cherchai Greg du regard, car il m'avait dit qu'il m'y attendrait. Ne le voyant pas, j'allai l'attendre au café de la gare. Il arriva avec près d'une heure de retard, sincèrement navré.

— Hannah chérie, je suis vraiment désolé. Ce satané styliste avec qui je travaille se comporte comme une vraie diva. Il a quitté la pièce en boudant quand je lui ai dit que la robe qu'il avait dessinée n'allait pas tellement au mannequin. Et puis il a commencé à pleurer ce qui a mis Francine en colère. Cette fille est peut-être agréable à regarder, mais…

— Francine ? Francine Wallis ?

— Oui, bref, elle s'est mise à pleurer à son tour, son maquillage était fichu et…

— Cette femme fait la couverture de presque tous les magazines !

— Oui, chérie, mais crois-moi, elle est aussi laide qu'une serpillière trempée quand elle pleure. La maquilleuse a mis une éternité à…

J'éclatai de rire.

— Mais elle a été désignée comme une des plus belles femmes de l'année.

Il se tut et me dévisagea.

— Hannah chérie, et dire que je t'embête avec mes histoires de diva névrosée, alors que je devrais héler un taxi sur-le-champ et t'emmener dans mon humble demeure où je pourrai te couvrir de baisers !

Nous courûmes vers la file de taxis.

— À Ealing, s'il vous plaît. Denbigh Road, lança Greg au chauffeur avec un charme décontracté.

— Compris, monsieur.

À l'arrière du taxi, Greg prit ma main dans la sienne et je me sentis renaître. L'avenir était si prometteur. J'avais entendu des femmes raconter que le jour où elles avaient rencontré leur futur mari, elles avaient su immédiatement que c'était « le bon ». Et aujourd'hui, je comprenais ce qu'elles avaient ressenti. Moi aussi, j'avais trouvé le bon.

— C'est juste ici à gauche.

Le taxi s'arrêta devant une grande maison en briques rouges à trois étages, identique à ses voisines.

— Deux shillings et six pence, s'il vous plaît.

Greg tapota ses poches.

— Oh bon sang, j'ai oublié mon portefeuille au studio.

Il esquissa une moue désolée.

— Chérie, est-ce que tu pourrais… ?

— Oui, bien sûr.

Je payai le chauffeur sans oublier de lui laisser un pourboire.

Il me remercia en souriant et dit suffisamment fort pour que Greg l'entende :

— N'oubliez pas de vous faire rembourser, mademoiselle. Au revoir.

— Mais pour qui me prend-il ? s'indigna Greg. Merci, chérie, je n'oublierai pas que j'ai une dette envers toi.

Son studio se trouvait au dernier étage de la maison. Il s'agissait d'une vaste pièce aérée dont les fenêtres donnaient sur la rue.

— C'est un logement temporaire, dit-il en s'agenouillant pour allumer le radiateur à gaz avec une allumette. Il y fait un peu frisquet à cause des courants d'air, mais par chance, la lumière naturelle y est fabuleuse.

C'était la chambre la plus romantique que j'aie jamais vue. À travers la lucarne, on apercevait l'azur. Je nous imaginai enlacés sur le tapis, comptant les étoiles qui apparaissaient dans le ciel.

La flamme du radiateur s'éteignit.

— Merde. Foutu compteur. Hannah, tu n'aurais pas quelques shillings ?

Je lui donnai volontiers la monnaie.

— Désolé, chérie. Moi qui voulais que tout soit parfait !

— C'est plutôt romantique. Deux amants dans une jolie mansarde…

Il haussa comiquement un sourcil.

— Deux amants ? Tu ne songerais pas à m'émoustiller, dis-moi ?

— Jamais je n'oserais faire une chose pareille.

Il fit un pas vers moi et murmura :

— Moi non plus.

À mon tour, je fis un pas vers lui si bien que nos visages se touchèrent presque.

— Si nous sommes d'accord, c'est parfait.

Jamais un homme ne m'avait aussi bien embrassée. Certains y mettaient trop de vigueur. La langue déplaisamment conquérante. Les dents heurtant les miennes. Alors que les lèvres de Greg étaient tendres, se mouvaient avec légèreté et sans se presser. Honnêtement, j'aurais pu passer la nuit entière à me laisser embrasser. Les femmes ont le cœur faible, que voulez-vous.

Après ce long baiser, Greg entreprit de préparer des toasts au fromage puis versa le fond d'une bouteille de gin dans deux verres.

Je n'avais aucune intention d'aller dormir dans le petit hôtel de sa rue, contrairement à ce que j'avais dit à maman. Peu à peu, le gin fit son effet ; je me déshabillai avec enthousiasme et laissai Greg me faire l'amour sur le tapis devant le radiateur. Il n'y avait pas d'étoiles au-dessus de nos têtes, juste le crépitement de la pluie sur la vitre. Il ne me demanda pas si c'était ma première fois et je ne lui révélai pas que je l'avais déjà fait. Je fus toutefois soulagée qu'il ait un paquet de préservatifs sous la main.

— Hannah, tu as entendu ce que je viens de dire ? demanda maman, tandis qu'elle sortait par la porte de derrière avec un panier à linge. Tu comptes rester assise à te limer les ongles toute la journée ?

Je posai ma lime.

— Désolée, maman. Tu as besoin d'aide ?

Greg m'avait complimentée sur mes mains. D'après lui, j'avais les doigts d'une peintre ou d'une joueuse de violon.

Maman soupira.

— Tu verrais ta tête, j'ai l'impression de t'avoir réveillée au milieu d'un rêve érotique.

Sa vulgarité me surprit tant que j'éclatai de rire.

— Maman !

— Franchement, depuis que tu es rentrée de Londres, tu as l'esprit complètement ailleurs, dit-elle en calant le panier à linge sur sa hanche. Prends les pinces à linge et aide-moi à étendre tout ça.

Il faisait bon dehors. La chaleur se réverbérait sur les briques de la petite cour carrée qui nous servait de jardin. Maman y avait récemment planté des pois de senteur qui grimpaient le long d'un treillis fixé au mur nous séparant de la maison voisine et des pommes de terre nouvelles poussaient dans une vieille baignoire en zinc près du portail.

— Le linge devrait sécher rapidement, dit-elle tandis que nous étendions les draps et les chemises d'uniforme de David sur le fil.

— Je les repasserai ce soir si tu veux.

Je lui adressai mon sourire le plus charmant. Elle avait raison, je me tournais les pouces depuis que j'avais vu Greg.

— Je préparerai également le dîner. Qu'est-ce que tu as prévu ?

Parfaitement consciente que je faisais de mon mieux pour la tranquilliser, elle me lança un petit sourire et plongea la main dans la poche de poitrine de sa tunique à fleurs en quête d'une cigarette.

— Des saucisses avec de la purée et des petits pois. Puisque tu es d'humeur serviable, tu m'apporterais une tasse de thé ?

— Bien sûr, maman. Assieds-toi au soleil, je reviens tout de suite.

De retour dans la cuisine, je décrochai deux tasses suspendues sous l'étagère à vaisselle et attendis que la bouilloire siffle. De la fumée de cigarette se répandait dans la pièce par la fenêtre. J'aimais cette odeur. C'était celle de maman. J'étais à peu près certaine de ne jamais l'avoir vue épingler un ourlet ou écosser des petits pois sans une cigarette au coin des lèvres, les yeux plissés à cause de la fumée.

Je préparai le thé et l'emportai dehors. Maman était assise sur la vieille chaise en bois que nous laissions dehors pour profiter du beau temps.

— Tiens.

Elle jeta son mégot sur le sol en briques et prit la tasse que je lui tendais. Elle avait l'air fatigué.

— Merci, ma chérie.

Je m'assis sur le sol tiède.

— Tu en fais trop, maman.

Elle but une petite gorgée de son thé bouillant, toussa et sortit une nouvelle cigarette.

— J'aurai tout le temps de me reposer dans ma tombe.

— La toux de votre mère semble s'aggraver, dit Shirley en rentrant de l'église le dimanche suivant.

— Je l'entends tousser depuis que je suis né, répondit Edward. Pas la peine de s'en faire.

Shirley se tourna vers moi.

— Tu ne trouves pas que ses quintes sont plus fréquentes, Hannah ?

Je réfléchis un instant.

— Non. Je n'ai rien remarqué.

Je repensai toutefois aux paroles de Shirley les jours suivants. Il était vrai que maman toussait plus que d'habitude la nuit et j'avais découvert quelques gouttes de sang sur un de ses mouchoirs.

— J'ai saigné du nez, m'avait-elle répondu.

David termina l'école cet été-là. Il avait obtenu de bonnes notes à ses examens de fin d'études et avait été embauché comme apprenti dans un petit garage de Trevay.

— Je croyais que tu devais étudier à Trinity, l'ancienne université de papa ? dit Edward en bourrant sa pipe, sa nouvelle lubie.

David haussa les épaules.

— Nous sommes sans nouvelles de lui depuis une éternité. Pourquoi je m'embêterais à partir à Dublin alors que le vieux Reggie…

— Tu es censé l'appeler M. Davies, le réprimanda maman.

— D'accord. Alors que « M. Davies » dit qu'il m'aura appris tout ce qu'il faut savoir sur la mécanique avant mes dix-huit ans.

— J'aurais eu bien besoin de toi pour réparer mon vieux zinc pendant la guerre, dit Edward en allumant sa pipe.

— C'est vrai ? Tu crois que je serais capable de retaper des avions ?

— Bien sûr. Mais te connaissant, tu ne pourrais pas t'empêcher de leur ajouter plein de nouveaux gadgets.

Maman rit avant de tirer longuement sur sa cigarette.

— Oh, mon chéri, ne va pas donner des idées à ce pauvre…

Elle se tut brusquement, chercha son mouchoir dans sa manche et fut prise d'une violente quinte de toux qui finit par lui donner des haut-le-cœur.

— Vous avez avalé de travers, Clara ? demanda Shirley en se levant, prête à lui tapoter le dos.

Maman leva une main pour l'en empêcher, le mouchoir contre son visage. Puis elle tenta de reprendre son souffle en secouant la tête.

— Je vais chercher de l'eau, dis-je avant de filer à la cuisine.

À mon retour, maman respirait si bruyamment qu'Edward, Shirley et David la dévisageaient d'un air médusé. Suivant leurs regards, je vis un caillot de sang dans le mouchoir qu'elle tenait au creux de la main.

Edward se ressaisit subitement, l'aida à s'allonger sur le sol et demanda à Shirley d'aller chercher un coussin et une couverture.

— Hannah, va chercher le docteur Cunningham ! cria-t-il.

— Je t'accompagne, dit David en frissonnant.

Nous quittâmes la maison en hâte.

— Est-ce qu'elle va mourir ? demanda-t-il, les larmes aux yeux.

— Bien sûr que non, mon chéri, répondis-je du ton le plus convaincant possible. Allez, le dernier arrivé chez le médecin est une poule mouillée !

Le reste de l'après-midi s'écoula à la fois trop vite et trop lentement.

Le docteur Cunningham l'examina puis fit venir une ambulance.

— Simple précaution. Autant lui offrir une bonne nuit de repos à l'hôpital et en profiter pour l'examiner.

Tandis que Shirley et Edward accompagnaient maman, je mangeai des toasts et jouai au Ludo avec David en écoutant la radio.

Nous étions toujours debout à leur retour. David se leva d'un bond.

— Qu'ont dit les médecins ?

Edward me regarda. Il paraissait exténué.

— Toots, tu veux bien faire chauffer la bouilloire ? Attends, on n'aurait pas plutôt un fond de whisky ?

Je sortis la bouteille, lui en servis un petit verre puis, après un instant d'hésitation, en versai également quelques gouttes dans le thé de Shirley.

— Alors, raconte. Qu'est-ce qu'elle a ? demandai-je.

Edward s'installa dans le fauteuil de maman et se frotta les yeux.

— Ils vont lui faire passer quelques examens les prochains jours. Et la garder à l'hôpital pour qu'elle se repose. Il se peut que sa quinte de toux ait fait éclater un vaisseau sanguin. Sinon, c'était peut-être une crise d'asthme, ou pire, la tuberculose, mais d'après les médecins, c'est peu probable.

— Dieu merci.

Edward vida son verre.

— Toots, il va falloir que tu demandes un congé à la boulangerie. Tes patrons comprendront.

— Comment ça ? J'aime mon travail et l'argent que je rapporte à la maison a la même valeur que le tien.

— Shirley ne peut pas quitter son emploi à la banque et je te rappelle que je travaille tard tous les soirs au pub tout en étant obligé de gérer la boutique. Ce serait normal que tu t'occupes de la maison et que tu me remplaces au magasin.

— Je suppose que tu as raison, répondis-je froidement.

Quand pourrais-je revoir Greg si je devais tenir la maison ?

Edward était déjà passé à autre chose.

— David, tu donneras un coup de main à Hannah. Chacun de nous doit se retrousser les manches.

— Oh non, pourquoi moi ? Je travaille aussi, je te signale.

Edward finit par perdre son calme.

— Bon sang, heureusement que maman n'est pas là pour entendre vos jérémiades de sales petits égoïstes.

Shirley, qui était assise à côté de lui, posa la main sur son bras.

— Chéri, nous sommes tous bouleversés et fatigués. Inutile de te mettre en colère.

— Je suis désolé, murmura David, tandis que je tirais honteusement sur la peau d'un ongle.

— Moi aussi, dis-je. Je préviendrai mes patrons demain. Je ne veux pas que maman s'inquiète.

— Vive le travail d'équipe ! lança Shirley en levant sa tasse.

J'esquissai un faible sourire, tandis que mon petit esprit égoïste imaginait déjà comment profiter au mieux de l'absence de maman pour voir Greg.

Je ne pouvais pas l'appeler car il n'avait pas le téléphone dans son studio. De toute façon, il était souvent amené à se déplacer pour ses séances de photos. Mais puisque j'avais son adresse, je pouvais toujours lui écrire. Si mon cœur avait très envie de lui faire savoir combien il me manquait, mon esprit, lui, décida d'affecter la nonchalance.

Cher Greg,

La Cornouailles est magnifique en ce moment. Je n'ai qu'une envie, c'est de prendre des bains de soleil et de nager. Je songe d'ailleurs à m'acheter un nouveau maillot de bain. Peut-être un modèle un peu osé ? Que dirais-tu d'un joli rouge à dos nu et décolleté en cœur ? J'ai vu ta photo des mannequins sur la plage de Bournemouth dans le journal d'hier. Tu crois qu'un de leurs maillots m'irait bien ?

Si tu venais à Trevay, je pourrais poser pour toi. Je plaisante ! Mais ce serait sûrement amusant !

Malheureusement, je ne vais pas pouvoir te rendre visite à Londres avant un moment. Ma mère est légèrement souffrante et doit se reposer. Elle est entre de bonnes mains à l'hôpital pour le moment, alors je suis obligée de la remplacer à la boutique.

En fait, je risque de bien m'amuser, car les clientes de maman sont plutôt vieux jeu. Elles sont assez déçues de me voir derrière le comptoir, les pauvres : elles adorent Edward. Il est si doué pour seconder maman qu'il leur vendrait n'importe quoi.

Que dirais-tu de nous rendre visite un de ces jours ? Edward sera ravi de te revoir.

Avec toute mon affection,

Hannah

Je relus ma lettre plusieurs fois. Était-elle trop mièvre ? Avais-je l'air d'une désespérée ? Accepterait-il mon invitation indirecte ?

Finalement, je collai un timbre sur l'enveloppe puis marchai d'un pas décidé jusqu'à la boîte aux lettres, dans laquelle je la glissai et la lâchai avant de pouvoir changer d'avis. Voilà, c'était fait. Qu'est-ce que je risquais après tout ?

Je me fis quand même du mauvais sang de l'après-midi jusqu'au soir et m'imaginai à plusieurs reprises attendant le facteur devant la boîte et le suppliant de me rendre ma lettre.

— Je ne peux pas, mademoiselle. C'est contraire au règlement. Et si on me confie ce travail, c'est justement pour que j'empêche le courrier de tomber entre les mains des criminels.

— Mais je ne suis pas une criminelle !

— Et comment le saurais-je, dites-moi ? Cette enveloppe peut très bien contenir de l'argent ou un chèque ! Bon, maintenant filez, mademoiselle, sinon je vais devoir appeler la police et vous finirez derrière les barreaux.

J'avais si honte d'avoir envoyé une lettre aussi suggestive à Greg. Que penseraient de moi Edward et maman s'ils l'apprenaient ?

Maman ! Je n'avais pas pensé à elle de la journée. Je décidai d'aller la voir dès le lendemain matin. Quelle honte, j'étais non seulement une femme de petite vertu, mais aussi une fille sans cœur.

Maman avait déjà l'air beaucoup mieux. Assise dans son lit, elle buvait du thé en discutant avec sa voisine de chambre très âgée.

— Bonjour maman.

— Ma chérie, j'étais justement en train de parler de la boutique à Mme Lane. Tout se passe bien là-bas ? Est-ce que Mlle Southern est venue chercher la dentelle que je lui ai commandée ? Je l'avais mise de côté.

— Oui, maman, et elle était très satisfaite.

— Oh, tant mieux. Il me semblait qu'un lilas lui irait mieux que du bleu. La pauvre a le teint si cireux.

Elle se tourna vers Mme Lane et haussa la voix.

— C'est une telle bénédiction d'avoir une fille comme la mienne. Elle était dans la branche féminine de l'armée, vous savez. On l'a même nommée sergent.

Mme Lane me regarda et sourit. Ses dents, remarquai-je, se trouvaient dans un verre à côté d'elle. Elle hocha la tête.

— Ah, d'accord.

— Elle est un peu sourde, dit maman. Pauvre femme. Je lui parle pour la distraire, mais je ne sais pas très bien si elle me comprend.

Elle se tourna de nouveau vers sa voisine.

— Je vous présente ma fille Hannah. Celle dont je vous parlais. Je vais lui demander de m'apporter de la laine et des crochets et je vous tricoterai une liseuse. Vous vous rappelez ?

— Ah oui, fit Mme Lane avec un sourire qui dévoila de nouveau ses gencives nues. Mercredi.

Ma mère hocha la tête comme si elle s'adressait à un jeune enfant.

— C'est ça. La pauvre, dit-elle moins fort. Elle n'a pas toute sa tête. Elle est obsédée par le mercredi, Dieu sait pourquoi.

Une jeune infirmière s'approcha du lit de la vieille dame en poussant un chariot de médicaments. Elle sourit à maman.

— Je m'occupe d'abord de Mme Lane, puis ce sera votre tour, madame Bolitho.

Je m'écartai afin qu'elle puisse tirer le rideau autour de sa patiente, puis je tirai une chaise vers moi et pris la main de maman.

— Comment te sens-tu ?

— J'en ai marre d'être ici.

— Le repos va te faire du bien. Est-ce que ta toux s'améliore ?

— Un peu. Les médecins n'arrêtent pas de m'ausculter et de me répéter que je dois arrêter de fumer, grogna-t-elle, avant de poursuivre à voix basse : Et puis ils me font avaler des tas de comprimés qui me bloquent le transit. Tu pourrais m'apporter du sirop de figue ?

— L'infirmière t'en donnera si tu le lui demandes.

— La situation est déjà suffisamment embarrassante. Je ne voudrais pas que tout le service soit au courant.

— Oh, maman. Comme tu nous manques.

— J'espère bien.

— En tout cas, les choses se passent à merveille à la maison. Shirley et moi partageons la cuisine et le repassage.

— Et la boutique tourne bien ?

— C'est le train-train. La commande de Singapour est arrivée hier. Certains brocarts sont vraiment jolis.

— Tant mieux.

— Au fait, est-ce que le médecin sait déjà quand il te laissera sortir ?

— Aucune idée, personne ne me dit rien ici.

Le rideau voisin s'ouvrit et nous découvrîmes une Mme Lane paisiblement endormie sur ses oreillers, les cheveux brossés.

La jeune infirmière énergique se tourna vers maman.

— Bonjour, madame Bolitho. À votre tour maintenant. Avez-vous bien dormi ?

— Non, très mal. Il y a trop de bruit ici et il fait trop chaud pour dormir.

La jeune femme sourit en sortant un stylo de sa poche

— Dans ce cas, pourquoi le personnel de nuit a-t-il noté que vous dormiez à chacune de ses visites ?

— Il se peut que j'aie somnolé.

— Ah, je vois ! Il faut que je signale à mes collègues que si vous ronflez, c'est que vous n'êtes pas vraiment endormie, c'est bien ça ?

— Ne faites pas attention, dis-je en riant. Ma mère est une affabulatrice née.

— Ah ah ! Je l'avais remarqué. Bon, le médecin va bientôt passer, madame Bolitho, alors je dois vous faire un brin de toilette.

Je me levai.

— Pendant ce temps-là, je vais nous chercher du thé. Oh, est-ce que vous auriez du sirop de figues ? Maman en a quelque peu besoin.

Je leur lançai un clin d'œil et partis à la recherche du chariot de boissons.

25

Hannah, Trevay
1947

D'après le médecin, la poitrine de maman se dégageait bien. Ce n'était ni de l'asthme ni la tuberculose, et pourvu qu'elle ne touche plus aux cigarettes, tout irait bien ; cependant, comme il souhaitait lui faire essayer un nouveau traitement, elle devrait passer la semaine suivante sous surveillance.

Je sortis de l'hôpital entièrement rassurée. Comme Edward s'occupait de la boutique, je décidai de descendre chez le boucher et d'acheter quelques bons steaks pour le dîner. Une petite folie pour fêter la guérison de maman ! La mer étincelait, j'étais amoureuse et je me sentais aimée. J'étais si heureuse que je sautillais presque sur le trottoir. Je pris même le temps de sourire et de parler aux personnes que je croisais. Le café du quai ayant sorti des tables, je m'y arrêtai et commandai un thé et un petit pain grillé ; je pouvais bien m'offrir ce plaisir puisque je n'avais pas pris de petit déjeuner. C'était mon argent après tout.

Je partageai les dernières miettes de mon pain avec une jeune mouette, vidai dans ma tasse le thé tiède qui restait dans la petite théière marron, laissai quelques pièces sur la soucoupe et rentrai à la maison, le cœur léger.

Edward leva les yeux et sourit lorsque je franchis la porte de la boutique.

— Salut, Toots. Comment va maman ?

Je lui racontai les dernières nouvelles.

— Tu as eu du monde ? demandai-je.

— Non, pas un chat.

Assis derrière le comptoir, il s'étira.

— Au fait, il y a une lettre pour toi.

Il sortit une enveloppe cachée sous une pelote de laine jaune poussin.

— Pourquoi avons-nous ça en stock ? demandai-je. Cette couleur est horrible.

— Mme Peters a décidé de tricoter une couverture pour le berceau de son futur petit-enfant.

— Pauvre bébé.

Je pris l'enveloppe qu'il me tendait. Mon cœur fit un bond quand je reconnus l'écriture de Greg.

Edward se dirigea vers le rideau de l'arrière-boutique qui nous servait de salle à manger.

— Je vais faire un somme avant de partir travailler au pub.

J'aurais pourtant bien aimé lire ma lettre avant qu'il ne me confie la boutique.

— J'ai acheté des steaks pour le dîner. Je vais t'en faire cuire un avant que tu files au pub. Mais laisse-moi d'abord les mettre au frais dans le cellier et me refaire une beauté.

Il fit demi-tour à contrecœur.

— Des steaks ? Ma parole, tu fais des folies. Mais j'en mangerai un volontiers.

— J'ai eu envie de fêter le diagnostic encourageant du médecin.

Je rangeai rapidement les steaks puis me glissai dans la salle de bains, la seule pièce dont la porte fermait à clé et où je pourrais lire la lettre de Greg tranquille.

Hannah chérie,

J'aime beaucoup t'imaginer dans un de ces maillots de bain. Je te l'enlèverais en un rien de temps. Enfin, à moins que je ne te laisse d'abord m'aguicher un peu.

Il faut que je te dise : j'ai proposé à *Woman's Own* d'organiser une séance photo en Cornouailles. Le directeur artistique a adoré cette idée. As-tu déjà des projets pour jeudi prochain ? Que dirais-tu d'être mon assistante ? Après la séance, je pourrais rester pour le week-end, qu'est-ce que tu en penses ? Connaîtrais-tu un petit bed & breakfast romantique ?

Je t'appellerai à mon arrivée.

G.

Je relus sa lettre, électrisée par chacun des mots qu'il avait écrits. Avec un peu de chance, maman ne rentrerait pas avant lundi ou mardi.

Je fis cuire les steaks avec le plus grand soin et les accompagnai d'oignons frits et de pommes de terre, un des plats préférés d'Edward.

— C'était très bon, Hannah, dit-il en essuyant son assiette avec un morceau de pain.

— Délicieux, renchérit Shirley.

— Je peux manger tes patates si tu n'en veux pas ? lui demanda David.

— Vas-y, je t'en prie.

Elle les poussa avec son couteau sur son assiette avant de se lever.

— Je vais faire la vaisselle.

— Non, je m'en occupe. Tu as travaillé toute la journée.

Je me levai à mon tour et pris l'assiette d'Edward. Elle m'adressa un sourire reconnaissant.

— Tu es sûre ?

— Absolument.

— Dans ce cas, je vais prendre un bain et me coucher tôt.

Elle s'étira.

— Ça ne te dérange pas, Eddy ?

— J'essaierai de ne pas te réveiller en rentrant du pub.

Mon frère se leva, l'embrassa affectueusement sur la tête, puis il attrapa le manteau posé sur le dossier de sa chaise.

— À plus tard.

— Je vais te préparer une tasse de thé si tu veux, Shirl, dis-je quand il fut parti. Je te l'apporterai quand j'aurai fini de ranger la cuisine.

— C'est vrai ?

— Oui, vas-y. David…

— Tu veux que j'essuie la vaisselle, dit mon frère d'un ton maussade.

— Non. Je me disais que tu avais peut-être envie d'écouter cette comédie à la radio qui te fait bien rire.

— Mais maman n'aime pas que je traîne le soir, répondit-il, visiblement surpris.

— Eh bien, profites-en puisqu'elle n'est pas là.

— Mince alors ! Merci, sœurette.

Je lavai et essuyai la vaisselle, puis je rangeai la cuisine et montai une tasse de thé à Shirley. Comme elle était toujours dans son bain, je m'assis sur le bord de la baignoire pendant qu'elle le buvait.

— Quelle bonne nouvelle pour ta mère !

— N'est-ce pas ? Elle avait l'air beaucoup mieux ce matin. Elle nous a fait une de ces peurs.

Je simulai un bâillement.

— Tu dois être épuisée, Hannah. Tu t'occupes si bien de nous et de la boutique.

— C'est vrai que je suis un peu fatiguée.

Je fis rouler ma tête d'une épaule à l'autre.

— Je prendrai le relais ce week-end, dit-elle gentiment. Tu pourras te reposer.

— Pas question que je te laisse tout le travail, murmurai-je en me massant la nuque.

— Tu as mal à la tête ?

— Un peu.

Shirley se redressa si brusquement que de l'eau déborda sur ma jupe.

— Attention !

— J'ai une idée géniale ! Passe-moi la serviette, s'il te plaît.

Elle posa les pieds sur le fin tapis de bain et s'enveloppa dans la serviette que je lui tendais.

— Tu as besoin de faire une pause.

Je lâchai un rire sarcastique.

— Attends, écoute-moi !

Elle paraissait très contente d'elle.

— Tu vas contacter Greg et lui proposer de venir pour le week-end !

J'éclatai de rire.

— Ne dis pas n'importe quoi !

— Je suis très sérieuse.

Elle finit de se sécher et saupoudra ses aisselles de talc.

— Tu peux me passer ma chemise de nuit ? Elle est suspendue derrière la porte.

— Et où logerait-il ?

Elle enfila sa chemise de nuit, prit sa brosse à dents et la pointa sur moi en souriant.

— Tu pourrais raconter aux autres que tu as été invitée chez une vieille copine des ATS quelque part sur la côte !

— D'accord, mais laquelle ?

Ma petite comédie marchait comme sur des roulettes.

— Euh, Faye ?

— Je ne lui ai pas parlé depuis des mois.

— Ce n'est pas un problème. Écoute-moi.

Elle baissa la voix.

— Je dirai à Eddy que tu as été invitée à passer quelques nuits chez elle et que tu as vraiment besoin d'une pause avant le retour de ta mère.

— Et… ?

— Tout ce que tu auras à faire, c'est prendre du bon temps en compagnie de Greg dans un hôtel douillet !

J'ouvris des yeux ronds.

— Jamais je ne pourrais faire ça !

— Tu en as envie, oui ou non ? Je ne cafterai pas. Tu sais que tu peux me faire confiance, n'est-ce pas ?

Je laissai échapper un rire étonné.

— Shirley ! Espèce de petite dévergondée !

Elle esquissa un sourire en coin.

— Edward et moi n'avons rien fait de ce genre avant le mariage, je te signale.

— Tais-toi, je ne veux rien savoir !

— Oh, arrête. Je sais bien que tu t'es amusée aussi. Nous pensions toutes que nous allions mourir, tu l'as oublié ? On n'a qu'une vie, sœurette.

— Oh, Shirley. Tu es merveilleuse, dis-je en riant.

En me couchant ce soir-là, j'éprouvai juste un soupçon de culpabilité à l'idée de l'avoir manipulée aussi facilement.

Greg m'appela deux jours plus tard. Il arriverait en train le lendemain, tandis que Francine Wallis descendrait en voiture avec son mari, Maurice.

— C'est un vrai tyran, mais il est très riche. Je ne peux pas le supporter, mais il refuse de passer une seule nuit sans Francine, alors deux, n'en parlons pas. Pauvre femme. Au fait, chérie, tu saurais te débrouiller avec un pinceau à maquillage ? La fille que j'embauche d'habitude s'est retrouvée en cloque, alors elle a dû aller se faire charcuter.

— Charcuter ?

— Oui, tu sais… par une « faiseuse d'ange ». Une bonne femme qui ne s'y connaît pas plus que moi en médecine, j'imagine, mais au moins la fille sera de retour au travail la semaine prochaine.

— Oh, non. C'est affreux.

Je repensai aux copines qui s'étaient retrouvées dans le même pétrin pendant la guerre. Nous avions appris un jour que l'une d'elles en était morte.

— Ma foi, les femmes n'ont qu'à faire attention, pas vrai ? À quoi s'attendent-elles quand elles couchent avec le premier venu ?

Sa réaction me surprit.

— Je suppose que tu as raison.

Je repensai à toutes les fois où je l'avais échappé belle. Certains des hommes que j'avais connus refusaient d'utiliser un préservatif et il était presque impossible pour les femmes de s'en procurer, à moins qu'elles ne soient mariées ou connaissent un médecin compréhensif. J'étais incapable d'envisager l'idée d'aller trouver le docteur Cunningham pour lui en demander. Cet homme était notre médecin de famille depuis des années !

— D'ailleurs, il va falloir que je fasse quelques achats si je t'ai pour moi tout seul ce week-end…

Je rougis, non d'embarras, mais d'excitation.

— En effet, tu as intérêt.

— Content de te l'entendre dire. Bon, retrouve-moi sur le quai à l'heure du déjeuner et tâche de te faire passer pour une maquilleuse professionnelle, d'accord ?

— D'accord.

Il avait déjà raccroché.

Je mis Shirley au courant de notre plan.

— Tu en as de la chance !

— Tu veux bien tout expliquer à Edward à ma place ?

— Bien sûr. Laisse-moi juste récapituler. Greg vient passer quelques jours ici pour une séance de photos et tu vas gagner un peu d'argent de poche en travaillant pour lui comme maquilleuse. C'est ça ?

— Oui.

— Ensuite, vendredi soir, Greg reprend le train pour Londres, tandis que tu pars voir Faye quelques jours à Penzance.

— Exact.

— Mais en réalité, Greg et toi prendrez dans le train ensemble pour faire des cochonneries tout le week-end.

Elle salua tandis que je l'applaudissais.

Cette histoire était si plausible que maman elle-même y crut et se réjouit que je m'offre une petite pause avant son retour.

— Tu l'as bien mérité, ma chérie, vu tout ce que tu fais pour notre famille pendant que je suis coincée ici.

La culpabilité me rongea tout le reste de l'après-midi et je fus incapable de trouver le sommeil le soir. La conscience torturée, je finis par me lever au point du jour et descendis me préparer une tasse de thé. Je l'emportai dehors et m'assis dans le vieux fauteuil de maman afin de regarder le jour se lever derrière la maison. Un couple de moineaux avait fait son nid dans la gouttière du toit. J'écoutai leurs oisillons se réveiller et commencer à pépier. Leurs parents partirent bientôt à la recherche d'un goûteux petit déjeuner. Je me rappelai qu'il nous restait des biscuits dans une boîte. J'allai en chercher quelques-uns et les cassai en petits morceaux. Quand maman était à la maison, c'était toujours elle la première levée. Elle m'avait raconté que, quand tout était calme, les oiseaux venaient manger dans sa main.

Une fois que je fus réinstallée dans le vieux fauteuil de jardin, je jetai quelques miettes devant moi et regardai les deux moineaux se poser sur le mur qui nous séparait des voisins. Ils inclinèrent la tête sur les côtés en m'observant de leurs yeux ronds. Comme je restais immobile, ils s'approchèrent au bout de quelques minutes, picorèrent les miettes et s'envolèrent jusqu'à leur nid pour calmer la faim de leurs petits. Peu à peu, ils s'aventurèrent plus près de moi, jusqu'à ce que l'un d'eux bondisse sur ma paume ouverte et saisisse une miette dans son bec. Je m'imaginai assise dans le jardin de la maison que je partagerais avec Greg un jour. Un cottage niché dans la verdure. La mer scintillante au-delà du portail. Je poserais de la limonade fraîche et du pain encore chaud sur la table du jardin, puis nous enseignerions un tas de choses à notre fils aîné et à sa petite sœur sur la faune et la flore. Greg leur construirait des cabanes et je leur apprendrais à reconnaître les oiseaux.

Je laissai tomber les dernières miettes de biscuit sur le sol puis comptai les coups qu'égrenait la cloche de l'église. Six heures.

À mesure que le soleil se levait, le ciel prenait un ton bleu pâle. Greg allait être content. Ses photos promettaient d'être magnifiques.

De retour dans la cuisine, je mis la table du petit déjeuner.

Edward fut le premier à descendre.

— Tu es bien matinale, dit-il en nouant sa cravate. À quelle heure arrive Greg ?

— Midi.

J'allumai le gaz sur la cuisinière.

— Des toasts aux œufs ?

— Ce sera parfait, merci.

Il s'avança devant le miroir posé sur la cheminée et vérifia son col.

— Tu as un faible pour Greg, pas vrai, Toots ?

— Je le trouve pas mal, répondis-je sans me retourner.

— Écoute.

Il me regarda.

— Je sais que ce ne sont pas mes affaires, mais fais attention à toi.

— Qu'est-ce que cela veut dire au juste ?

Je jetai un coup d'œil aux toasts sous le gril puis cassai quatre œufs dans la poêle.

Edward s'assit.

— Je ne veux pas que tu souffres, Toots. Greg est marrant, c'est sûr, mais l'idée qu'il batifole avec ma sœur ne me plaît pas tellement.

Je retournai les œufs à l'aide de la spatule.

— Je te rappelle que je ne suis plus une adolescente naïve. D'ailleurs, il ne batifole pas avec moi. Je l'aime bien et j'apprécie sa compagnie.

— Ce que je veux dire, c'est qu'il a la réputation d'un coureur de jupons.

J'éclatai de rire.

— Pour l'amour du ciel ! Je suis une femme adulte, je me débrouille très bien toute seule. Et je sais parfaitement quel genre d'homme est Greg.

— Ah bon ? Pour être honnête, je ne l'aime pas tellement. Nous étions copains autrefois, mais cet homme n'est pas exactement celui qu'il prétend.

Edward commençait à me taper sur les nerfs.

— J'en jugerai par moi-même.

Il leva les mains en signe de paix.

— D'accord, d'accord. Je suis soulagé qu'il ne traîne pas ici ce week-end, c'est tout. Maman n'aimerait pas ça.

Il tendit la main derrière lui pour allumer la radio.

— Qu'est-ce qu'elle n'aimerait pas ?

Shirley apparut déjà habillée et fraîchement maquillée.

Je récupérai les toasts sous le gril et lui tendis un couteau.

— Tu veux bien les beurrer ? Les œufs sont presque prêts. Edward pense que si Greg restait ici ce week-end, maman verrait cela d'un mauvais œil.

Shirley me lança un regard en coin.

— Pourquoi ? Ce garçon me semble tout à fait digne de confiance.

Elle sourit à Edward qui écoutait les informations.

— Hannah, dit-elle haut et fort. À quelle heure part ton train pour Penzance samedi ?

— Oh, juste après celui que prend Greg pour rentrer à Londres.

— Ah oui, c'est vrai, dit-elle en me lançant un clin d'œil, tandis qu'Edward entamait un toast. Je suppose que vous pourrez partager un taxi pour aller à la gare. Il t'aidera à porter ton sac.

— C'est une bonne idée. Tu ne trouves pas, Edward ?

— Quoi ? Désolé, j'étais ailleurs. Est-ce que le thé est prêt ?

Je passai le reste de la matinée à faire les lits et à ranger la maison dans l'espoir de faire taire la voix de ma conscience une bonne fois pour toutes.

Je rassemblai quelques affaires et les rangeai dans ma petite valise que je glissai sous mon lit en prévision de mon week-end en amoureux.

Ensuite, je me lavai les cheveux et me rasai les jambes. Il ne me restait plus qu'à me maquiller un peu – j'appliquai une couche de rouge à lèvres sur ma bouche et me poudrai les joues – et à m'habiller. Puisque j'allais être la maquilleuse de Francine Wallis, il fallait que je porte la tenue adéquate. J'avais acheté un jean des mois plus tôt dans l'idée de le porter pour traîner à la maison, mais peu après, j'avais vu Marilyn Monroe qui posait vêtue d'un pantalon semblable dans un magazine et elle était sensationnelle. Je me demandai si c'était à cause de son véritable prénom, Norma Jean, qu'on appelait les jeans ainsi. Je décidai de porter le mien avec la vieille chemise rose en vichy de maman que je nouai à la taille. Tout en me regardant dans le miroir, je retroussai ses manches et ouvris un deuxième bouton. Le résultat était très plaisant. Enfin, je cherchai mes vieilles espadrilles dans la garde-robe puis retroussai le bas de mon pantalon. C'était encore mieux.

Dès que j'eus rassemblé les produits cosmétiques de base (poudre, rouge à lèvres, eye-liner et mascara), une brosse et une bombe de laque dans une trousse de toilette, j'eus véritablement l'impression d'être une esthéticienne professionnelle.

Arrivée à la gare avec une demi-heure d'avance, je m'assis sur un banc et inclinai le visage vers le soleil. S'il me restait quelques scrupules, ils s'évaporèrent telle la brume dans la chaleur dès que le train de Londres entra en gare dans un bruit assourdissant. J'aperçus Greg qui descendait sur le quai. Il était si beau que mon cœur s'emballa. Ses cheveux, un peu plus longs que la dernière fois, étaient retenus par les lunettes de soleil posées sur sa tête. Il portait un pantalon ample couleur crème, une chemise blanche et un pull bleu marine noué sur les épaules. Je le regardai poser la sacoche de son appareil photo et un petit sac de voyage sur le quai, puis je trottai vers lui. Je m'apprêtais à l'appeler lorsqu'une élégante main féminine se tendit vers lui depuis l'entrée du train.

— Greg, mon chou, tu veux bien m'aider à descendre ? fit une voix haut perchée.

Une fine jambe en bas de soie apparut ensuite, suivie du corps mince de Francine Wallis. Greg tendit les bras et la déposa sans effort sur le sol. Du début à la fin de l'opération, ils ne se quittèrent pas un instant du regard.

— Bonjour, dis-je en marchant droit vers eux. Madame Wallis, je suis Hannah, votre maquilleuse pour la séance photo d'aujourd'hui.

Greg sursauta et faillit trébucher sur ses bagages.

— Hannah !

Il déposa un léger baiser sur ma joue.

— C'est gentil de nous dépanner.

Je lui adressai un large sourire.

— Mon cher Greg, il suffit que tu m'appelles pour que j'accoure. Tu me connais !

Je pointai du doigt les deux valises qui étaient restées posées près du marchepied.

— Tu ferais bien de récupérer les bagages de Mme Wallis sans tarder, sinon le train va repartir avec.

Il s'exécuta d'un air agacé.

Francine me regarda de la tête aux pieds et me tendit une main molle. Je la serrai énergiquement dans l'espoir de lui déboîter au minimum l'épaule.

Essoufflé après avoir transporté les deux énormes valises, Greg fit glisser ses lunettes de soleil sur son nez.

— Ma chère Hannah. C'est vraiment gentil de ta part d'être venue nous chercher.

Je l'ignorai.

— Je ne savais pas que vous veniez en train, madame Wallis. Greg m'avait dit que vous descendriez en voiture avec votre époux.

— Ah oui ? fit-elle, les yeux plissés. Malheureusement, il est retenu à Londres par ses affaires.

— Quel étourdi, ce Greg. J'ai l'impression que tu ne sais plus où donner de la tête en ce moment, mon chéri.

Avec un sourire, je glissai un bras autour de sa taille et l'embrassai sur la bouche.

Greg éclata de rire. Je devinai qu'il était nerveux.

— Au fait, où logez-vous, madame Wallis ? Je vais héler un taxi pour qu'il vous dépose.

Je fis signe à un porteur de s'occuper de leurs bagages.

— C'est vrai, ça. Où logeons-nous, Greg ?

— Bon sang, Maurice ne t'a rien réservé ?

— Mais qu'est-ce que j'en sais à la fin ?

Le ton grincheux de Francine me plut beaucoup. Puisque nous étions manifestement rivales, j'allais lui en faire voir de toutes les couleurs.

— Eh bien, il y a toujours des chambres à louer au-dessus du pub, dis-je. Elles sont très douillettes. Je suis sûre que les patrons en auront une à vous proposer, et leur petit déjeuner est excellent.

Elle frissonna.

— Je n'en ai pas avalé un seul depuis sept ans.

Nous quittâmes la gare en suivant le porteur qui appela l'un des taxis d'un sifflement.

— Où allez-vous, monsieur ? demanda-t-il à Greg.

— Euh… Hannah, tu aurais autre chose à nous proposer que le pub ?

Je lui lançai un sourire charmeur.

— Ma foi, il y a toujours cette petite pension de famille où tu logeais la dernière fois que tu es venu ici.

Francine esquissa une moue hideuse.

— Je croyais que tu ne connaissais pas cet endroit, Greg.

— Pour être honnête, il n'a pas vraiment eu le temps de visiter la ville cette fois-là. Nous avons été très occupés, pas vrai, chéri ?

Je lui envoyai un coup de coude dans les côtes.

Il me lança un regard noir.

— Si tu le dis.

Je ris puis me tournai vers le porteur qui avait chargé les bagages dans le coffre du taxi.

— Connaissez-vous un établissement correct où nous pourrions loger notre invitée ?

Il souleva la visière de sa casquette et se gratta le front.

— Eh bien, il y a toujours le *Railway Hotel*. Cependant, ses chambres ne sont pas données.

— Mais c'est parfait ! s'exclama Francine.

Je secouai la tête.

— Malheureusement, il est complet. J'ai vérifié hier. Mais je suis sûre que le pub aura une chambre à vous proposer.

Après avoir ouvert la portière arrière du taxi, je laissai Francine et Greg s'installer sur la banquette puis m'assis à l'avant à côté du chauffeur et dis :

— Au *Golden Hind*, s'il vous plaît.

26

Hannah, Trevay
Août 1947

Les propriétaires du pub avaient bel et bien une chambre pour Francine. Celle-ci était assez petite et il fallait grimper deux volées de marches raides et étroites pour y accéder, mais elle était plutôt jolie. Les rideaux étaient assortis à la courtepointe du lit à une place. Le petit miroir de la coiffeuse n'était que légèrement fissuré. Et la salle de bains, tout comme les toilettes, se trouvait juste en face dans le couloir. Francine devrait simplement les partager avec le représentant de commerce qui louait la chambre d'en face.

— Et regardez ! Vous avez même vue sur la mer.

À en juger par le regard que m'adressa Francine, elle me prenait réellement pour une idiote. Elle semblait en outre se délecter de la soumission de la femme du propriétaire, Olive, qui s'avérait être sa plus grande fan.

Conformément à son souhait, celle-ci lui monta un grand Bloody Mary accompagné de bâtonnets de céleri et offrit de repasser toutes les tenues nécessaires à la séance photo de l'après-midi qui étaient rangées dans une valise pleine à craquer.

Pendant qu'elles discutaient, j'entraînai Greg en le tirant par le bras et dis bien fort :

— Viens, je vais te montrer les lieux avant que la mer soit haute.

Je le conduisis au port puis tournai à gauche vers la petite plage qui bordait l'estuaire et la mer. Greg rumina en silence tout le long du trajet.

Sur la plage de sable, je m'arrêtai pour contempler l'horizon.

— La mer est basse, c'est le moment idéal pour commencer la séance. Tu as remarqué le contraste des couleurs du sable et du ciel ? C'est parfait, tu ne trouves pas ?

Comme il portait à nouveau ses lunettes de soleil, il m'était impossible de déchiffrer son regard.

— Mais qu'est-ce qui t'a pris ? dit-il après un silence embarrassant.

— De quoi parles-tu ? demandai-je innocemment.

— Tu crois que je couche avec elle, c'est ça ?

— Qu'est-ce qui te fait penser une chose pareille ?

Je me tournai vers la mer.

— C'est vraiment un décor splendide. Je donne une demi-heure à Francine pour avaler son céleri. Ensuite, je retournerai au pub pour la maquiller. Tu pourras installer ton matériel pendant ce temps-là. Je demanderai à Olive d'apporter les tenues sur la plage. Nous n'aurons qu'à les poser sur ce rocher. Il devrait sécher d'ici là. Il suffira que je tienne une serviette autour de Francine pour qu'elle se change, histoire d'épargner le peu de pudeur qui lui reste.

— Arrête ça, Hannah, dit-il en me regardant enfin.

— Quoi donc ?

— Je ne couche pas avec elle. C'est une mannequin célèbre et importante. Et puisqu'elle m'a choisi comme photographe, je suis obligé de veiller à ce qu'elle soit satisfaite.

Mon sourire de façade s'effaça.

— J'ai vu la façon dont tu la regardais en l'aidant à descendre du train.

— Je ne faisais que mon travail, répondit-il avant de pousser un soupir découragé. Si je veux que mes modèles aient confiance en moi, je dois faire semblant de flirter avec elles. C'est mon boulot.

— Pathétique.

— Oui, c'est vrai, mais ton comportement ne l'est pas moins.

— Et comment est-ce que je me comporte, au juste ?

Il retira ses lunettes et me regarda dans les yeux.

— Comme une femme jalouse. Chérie, je t'en prie, ne gâche pas les quelques jours que nous pouvons enfin passer ensemble. J'ai tellement hâte d'être seul avec toi.

Il caressa le haut de mon bras.

— Toi seule illumines ma vie. Tu crois vraiment que j'avais envie de passer toutes ces heures dans le train à l'écouter médire et se prendre pour le centre du monde ?

Je traçai une ligne du bout de mon espadrille dans le sable.

— Je n'ai pourtant pas eu l'impression que ça te déplaisait.

Il fit un pas vers moi, passa les bras autour de mes épaules et attira ma tête contre sa poitrine.

— Chérie, tu n'as aucune raison de la craindre. Elle n'a rien dans la tête et ne pense qu'à son physique. Bon sang, j'étais furieux quand elle m'a dit que Maurice ne venait pas. Ils se sont disputés et il n'a même pas voulu l'accompagner à Paddington. J'ai dû passer la prendre chez eux et faire comme si je n'entendais pas Maurice lui crier des insultes depuis l'étage. Elle pleurait, il hurlait ; c'était un spectacle tout à fait pitoyable.

Je levai la tête.

— Est-ce que tu me dis la vérité ?

— Oui.

Son sourire me fit fondre.

— Au fait, tu es terriblement sexy dans cette tenue.

— Tu trouves ? ronronnai-je.

— Hum hum. Avec son visage parfaitement maquillé et ses vêtements haute couture, elle paraît très terne à côté de toi.

Il me tint à bout de bras, le regard brûlant.

— Tu es une vraie pin-up.

— Oh, arrête ! m'exclamai-je, ravie.

Il m'attira à nouveau vers lui et m'embrassa tout en promenant les mains sur ma taille, mes hanches et mes fesses.

— J'ai envie de te faire l'amour immédiatement. Sur le sable.

Ces mots me donnèrent des frissons.

— Pourquoi pas ce soir ?

— C'est vrai ? Je pourrais apporter une couverture, une bouteille de vin…

— Oh oui, s'il te plaît.

— C'est comme si c'était fait.

Pendant qu'il choisissait l'endroit et la façon dont il prendrait ses photos, j'allai préparer Francine. Tandis que j'approchais du *Golden Hind*, je vis une grande voiture décapotable bleue s'arrêter devant le pub dans un crissement de pneus. Un petit homme au teint mat et à l'épaisse moustache blanche sauta par la portière et s'élança vers l'entrée du pub sous les yeux écarquillés d'un groupe de passants qui s'étaient arrêtés pour admirer son auto rutilante.

Au moment où je pénétrai dans le pub, l'homme martelait du poing le comptoir ciré en criant à Graham, le barman :

— Où est ma femme ? Je sais qu'elle se cache ici.

Apercevant une porte, il se précipita vers elle.

— Si elle est avec ce satané blanc-bec, je vous jure que je le tue.

— Monsieur ! Je ne sais pas qui vous cherchez, mais cette porte mène à la cuisine.

L'homme, Maurice Wallis probablement, fit volte-face, les yeux exorbités.

— Dans quelle foutue chambre loge-t-elle ? Si vous ne me le dites pas tout de suite, vous allez prendre mon poing dans la figure.

— La porte de l'escalier est celle-ci, répondit Graham en tremblant.

— J'espère pour vous que ce n'est pas un bobard.

— Excusez-moi !

Je m'interposai en hâte entre Maurice et la porte.

— Je pense pouvoir vous aider. Est-ce que vous cherchez Mme Francine Wallis ?

— Mais qui êtes-vous donc ?

— Sa maquilleuse pour la séance de cet après-midi. Je m'apprêtais à monter l'aider à se préparer. Voulez-vous me suivre ?

Tandis que nous montions l'escalier, il se mit à crier :

— Francine ? Si tu es avec cette femmelette, je te préviens que je vous étriperai tous les deux.

J'entendis une porte s'ouvrir à l'étage.

— Maurice ?

— Francine ? C'est toi ?

La jeune femme devint tout à coup hystérique.

— Oh, chéri, tu es là ! On m'a obligée à loger dans cet endroit épouvantable sous prétexte qu'il n'y en avait pas d'autre. Comment pourrais-je dormir dans ce taudis ? C'est affreux. Je veux rentrer à la maison.

Maurice qui était passé brutalement devant moi grimpait à présent l'escalier quatre à quatre.

— Si c'est cette lavette qui te force à loger dans ce trou à rats, je jure devant Dieu que je lui ferai la peau.

Alors qu'il atteignait la dernière marche, Olive sortit de la chambre de Francine, le visage déformé par l'indignation.

— De quoi avez-vous osé traiter mon pub ?

— De trou à rats !

Maurice se planta face à Olive qui lui envoya un bon coup de poing dans le menton.

— Mais pour qui vous prenez-vous ? Personne n'a le droit de traiter mes clientes de cette façon !

— Cet homme est mon mari, espèce d'idiote ! hurla Francine.

Olive pivota sur les talons.

— Tiens tiens, je suis une idiote maintenant ? Après vous avoir servi votre stupide céleri et repassé tous vos vêtements ? Fichez le camp d'ici, vous deux ! Vos sales manières de Londoniens ne nous impressionnent pas. Nous valons bien mieux que vous, mon mari et moi.

— Comment osez-vous me parler comme ça ?

Francine paraissait prête à mordre.

— Mon époux et moi sommes suffisamment riches pour racheter votre pub dégoûtant et tout le village pour dix fois leur prix.

— C'est ça, essayez pour voir. Mais d'abord, vous me devez deux livres pour la chambre, les six bâtonnets de céleri et ce foutu Bloody Mary.

— Je serais prête à dépenser le double pour partir d'ici, dit Francine sans réfléchir. Maurice, paie donc cette paysanne.

Olive éclata de rire.

— Vous ne croyez quand même pas pouvoir m'insulter gratuitement ? Vous me devez quarante livres maintenant.

Francine tapa du pied.

— Maurice, paie-la tout de suite et ramène-moi à la maison.

L'homme regarda Olive en tapotant ses poches.

— Acceptez-vous les chèques ?

— Sans problème, répondit-elle en souriant. Mais ça vous coûtera soixante livres. Et dépêchez-vous, sinon ce sera quatre-vingts.

Dès que je pus m'échapper du pub, je retournai voir Greg. Il avait retroussé son pantalon crème juste au-dessus de ses chevilles et ouvert quelques boutons supplémentaires de sa chemise. Son appareil photo dans une main, il protégeait ses yeux de l'autre en regardant le soleil.

— Greg ! Greg !

Il se tourna vers moi.

— Ah, te voilà. La lumière devrait être encore bonne pendant les deux prochaines heures. Mais… où est Francine ?

— Elle est repartie à Londres.

Il fallait bien admettre que j'avais du mal à cacher ma joie.

— Mais qu'est-ce que tu racontes ?

Je lui expliquai ce qui s'était passé.

— Et tu n'as pas songé à la retenir ? s'écria-t-il, fâché.

— Ma foi, non. Tout s'est passé très vite. Ils ont disparu en un clin d'œil.

— Où sont les tenues ?

— Celles de la séance ?

— Évidemment !

Il était si en colère que je me demandai comment il allait prendre la deuxième nouvelle.

— Elle les a emportées.

— Quoi ? Nom d'un chien !

Il saisit son trépied et le jeta dans le sable.

— Qu'est-ce que je vais bien pouvoir dire au magazine ?

— La vérité ?

— Mais ces gens se moquent de la vérité ! Tout ce qu'ils veulent, ce sont des photos ! Oh, bon sang…

Il s'assit dans le sable, son appareil photo sur les genoux.

— Je savais qu'elle était pénible, mais là, elle a dépassé les bornes.

Je le rejoignis et passai un bras autour de ses épaules voûtées.

— Je suis sincèrement désolée. Tout est ma faute. J'aurais dû lui prendre une chambre au *Railway Hotel*.

Il chercha ma main.

— Tu n'y pouvais rien s'il était complet.

— Il ne l'était pas.

— Pardon ?

Je secouai la tête d'un air penaud.

— Excuse-moi.

Il lâcha brusquement ma main.

— Petite idiote.

— Je suis désolée, marmonnai-je.

— Désolée ? s'écria-t-il en se levant. Elle est bien bonne ! Je viens de perdre un contrat extrêmement juteux à cause de toi et tu es désolée ?

— Oui.

— Laisse-moi maintenant, j'ai besoin d'être seul.

Il commença à marcher vers le bord de l'eau.

Perdue et blessée par sa méchanceté, je restai assise sans bouger. Mais qu'est-ce que j'avais fait ? L'avertissement d'Edward me revint à l'esprit. Était-ce de cela qu'il voulait parler ? *Cet homme n'est pas exactement celui qu'il prétend.*

Je regardai Greg s'éloigner. Il marchait à présent dans la mer. Je ne le quittai pas des yeux jusqu'à ce que je n'aperçoive plus qu'une petite silhouette sur l'horizon empourpré. Le sable commençait à se refroidir sous mes fesses. Je me levai et découvris que la mer avait beaucoup monté pendant que je m'apitoyais sur mon sort. Si Greg ne faisait pas demi-tour dans la demi-heure, il serait pris au piège dans une des nombreuses baies rocheuses dont il était impossible de s'échapper à marée haute.

Je ramassai rapidement son trépied et la sacoche de son appareil photo, les posai sur les rochers où ils resteraient au sec et courus le rejoindre.

Trempé de la tête aux pieds, de l'eau jusqu'aux genoux au milieu des déferlantes, il parut furieux de me voir.

— J'ai failli me noyer ! hurla-t-il. J'ai laissé tomber mon appareil photo et ces foutues vagues l'ont emporté.

Il fallait à tout prix que je le ramène en lieu sûr. Je l'attrapai par le bras.

— La mer monte vite. Accroche-toi à moi et ne me lâche pas.

Il me repoussa.

— Je dois d'abord retrouver mon appareil.

Au moment où il se tourna vers le large, une énorme vague s'abattit sur nous. Submergée, je heurtai le fond sablonneux parsemé de morceaux d'ardoise et perdis tout sens de l'orientation. Les poumons brûlants, je parvins à remonter à la surface et pris une grande bouffée d'air. Je cherchai Greg autour de moi, mais il était invisible. J'allais devoir plonger pour le retrouver. Par chance, j'étais bonne nageuse. Le sable et les algues qui ondulaient devant mon visage me bloquaient la vue. Je m'efforçai de décrire des cercles de plus en plus grands en nageant bras et mains tendus dans l'espoir d'entrer en contact avec son corps. Mon cœur battait de plus en plus vite. Rien. Je ne sentais que des algues. Je remontai à la surface, inspirai à fond et poursuivis mes recherches. Je savais que c'était ma dernière chance. Dans l'estuaire, la marée montante vous emportait rapidement vers le fond. Il ne me restait plus qu'à courir chercher de l'aide. D'après mes calculs, j'atteindrais le canot de sauvetage en sept minutes environ. À nouveau, je remontai à la surface puis me traînai hors de l'eau. Les mains sur les genoux, je tentai de reprendre mon souffle le plus rapidement possible.

Trente secondes plus tard, je me redressai, prête à courir jusqu'au port, et c'est là que je l'aperçus. La tête et les épaules reposant sur le sable. Le reste de son corps ballotté par les vagues.

— Greg !

Je le rejoignis et tombai à genoux.

— Greg !

Je posai la main sur son cou afin de vérifier son pouls.

— Greg ! C'est Hannah. Tu m'entends ?

À peine eus-je senti un faible battement que je me relevai, l'attrapai sous les épaules et le tirai sur le sable. Dès que j'eus fait rouler son corps sur le côté, de l'eau jaillit de sa bouche et il se mit à tousser.

— Greg.

Je le secouai.

— Respire. Inspire à fond. Allez.

Sa poitrine se gonfla peu à peu et il ouvrit les yeux.

— Dieu soit loué, murmura-t-il. Merci.

En vrai bonhomme, il s'opposa à ce que je l'emmène chez le médecin, aussi le conduisis-je à la maison. Lorsque nous franchîmes la porte de la cuisine, dégoulinants de la tête aux pieds, Shirley, qui avait les mains plongées dans l'évier, poussa un cri de terreur.

— Oh, mon Dieu ! Mais que vous est-il arrivé ?

Elle m'apporta aussitôt une chaise, mais j'obligeai Greg à s'y asseoir.

— On dirait que vous l'avez échappé belle. Je vais vous préparer du thé.

— Tu n'aurais pas plutôt du brandy par hasard ? demanda Greg en claquant des dents. Hannah vient de me sauver la vie.

Si j'avais su ce qui allait ensuite se passer, je l'aurais sans doute laissé se noyer.

27

Hannah, Trevay
1947

Shirley m'avait fait couler un bain bien chaud, mais j'insistai pour que Greg le prenne en premier. Il en avait plus besoin que moi. Plus tard, je me glissai dans l'eau après y avoir vidé une bouilloire pleine.

Shirley nous fit réchauffer de la soupe.

Greg était à présent emmitouflé dans la robe de chambre d'Edward tandis que j'avais enfilé mon pyjama le plus chaud. Assis devant le feu qui venait d'être allumé, nous racontâmes aux autres ce qui s'était passé.

— Vous avez eu une sacrée chance, dit Edward. Vous auriez pu y rester.

— Jamais il ne m'arriverait une chose pareille, dit David qui se prélassait sur le tapis devant nous. Je suis trop bon nageur pour que la mer m'emporte.

Shirley l'enjamba et alla s'asseoir.

— Tu dis n'importe quoi. Les vagues ne font pas la différence.

— Heureusement que la mer a rejeté le corps de Greg. Je ne suis pas sûre que le canot de sauvetage serait arrivé à temps pour le sauver.

Je frissonnai à la pensée du drame auquel nous avions échappé.

— Inutile d'en faire une montagne, dit Greg, visiblement agacé. Je ne risquais pas grand-chose. Mais je dois admettre que j'ai été soulagé en voyant qu'Hannah était saine et sauve.

Je le revis piquer une colère après avoir perdu son appareil et reposer presque inconscient au bord de l'eau, puis je fermai les yeux pour ne plus y penser.

— Je croyais qu'elle t'avait sauvé la vie, dit Shirley.

— C'était une façon de parler, ma belle.

Il se tourna vers Edward.

— Il te reste du brandy ?

— J'ai hâte de raconter ça à maman, dit David.

Shirley le poussa du pied.

— Tu ne vas rien lui raconter du tout. Rappelle-toi ce que nous a dit le médecin. Ta mère aura besoin de calme à son retour.

— Si tout se passe bien, dit Edward, elle sera de retour parmi nous mardi après-midi.

Je m'aperçus combien elle me manquait.

— Je ferai le ménage dans toute la maison avant son arrivée et je demanderai au boulanger de lui préparer un gâteau de bienvenue.

Nous discutâmes un moment du retour de maman et des tâches que nous avions à nous répartir. Edward décida de faire l'inventaire de la boutique. Shirley sortit un carnet et un crayon puis commença à dresser la liste des courses. Quant à David, il promit de nettoyer sa chambre.

Shirley remarqua en même temps que moi que Greg commençait à bâiller.

— Tu es fatigué, dit-elle. Tes vêtements sont encore un peu humides, mais quand tu arriveras à l'hôtel, tu n'auras qu'à demander qu'on te les fasse sécher.

Il sourit d'un air penaud.

— Merci de t'en être occupée. Le problème, c'est qu'avec tout le remue-ménage qu'a provoqué Francine, j'ai oublié de me réserver une chambre.

Il se leva et se redressa en grimaçant.

— Mais ne vous en faites pas pour moi. Je trouverai certainement quelque chose. Si tu pouvais juste me dire où sont mes vêtements, Shirley ?

Edward se leva à son tour.

— La chambre de Francine est sans doute encore libre au pub. Je vais y descendre avec toi. J'en profiterai pour t'offrir une pinte.

— Euh, aucun de vous n'ira nulle part, intervint Shirley. Greg peut très bien dormir sur le canapé. Le moins que nous puissions faire est de l'héberger.

— Tout à fait, dis-je. Edward ! Greg est ton meilleur ami, tu ne vas tout de même pas l'envoyer dormir ailleurs.

Greg secoua la tête.

— Je ne voudrais pas abuser de votre hospitalité.

— Il n'est pas question que tu t'en ailles, dit Shirley avant de me lancer un clin d'œil malicieux. Les amis d'Eddy sont nos amis.

Elle alla chercher des couvertures et un oreiller puis lui prépara un lit confortable sur le canapé.

Je vérifiai l'heure.

— Il se fait tard. Au lit, David.

Shirley prit Edward par le bras.

— Il est temps pour nous aussi de monter nous coucher, Eddy.

— Allez viens, Toots, dit celui-ci. La journée a été longue.

— Je vais juste me chercher un verre d'eau, répondis-je pour gagner du temps.

— Tu peux m'en apporter un aussi ?

Je devinai que David essayait comme moi de traîner encore un peu.

— Oui, oui. Je monte dans une minute.

De son côté, Greg s'installait sur le canapé sans un mot.

— Allez monte, Toots, dit Edward. Je vous apporte deux verres d'eau.

De toute évidence, il était méfiant.

— Bonne nuit, Greg, dis-je. Dors bien.

Ses yeux étaient déjà fermés.

— Merci. Bonne nuit.

Une fois couchée, je maudis mon frère. Quelle humiliation ! Et dire que je lui avais obéi !

Je pensai à Greg. Dormait-il déjà ? N'envisageait-il pas de monter discrètement me rejoindre ? En réalité, ce serait très imprudent car il ne connaissait pas la maison et ignorait derrière quelle porte je me trouvais.

Si j'attendais une demi-heure de plus, afin d'être certaine qu'Edward, Shirley et David dormaient profondément, je pourrais descendre sans bruit et me glisser dans son lit. Mais imaginons qu'il se réveille en sursaut et pousse un cri ? C'était un risque. Mais cela valait peut-être la peine de le prendre ?

Enfin, j'entendis distinctement les ronflements d'Edward au-dessus de moi. Le reste de la maison était silencieux. Je patientai encore cinq minutes puis sortis doucement de mon lit, traversai la chambre, sortis sur le palier et descendis. Je devinai la forme du corps endormi de Greg, éclairé par le lampadaire de la ruelle. Je restai parfaitement immobile, prête à mentir si quelqu'un me surprenait ici. Je n'aurais qu'à dire que j'étais descendue me resservir un verre d'eau.

Je patientai quelques minutes dans le silence. Personne ne s'était réveillé.

— Greg ? chuchotai-je. Greg ? Tu dors ?

Il remua sous sa couverture.

— Je t'attendais, répondit-il à voix basse. Viens là.

Je me glissai à côté de lui, puis ses lèvres cherchèrent les miennes. Le désir monta rapidement en moi tandis que ses doigts caressaient mes seins et se glissaient sous mon pyjama.

— Je ne pensais qu'à ça, dit-il. Tu m'obsédais depuis notre petite discussion osée sur la plage ce matin.

Il changea de position de sorte à se retrouver quasiment couché sur moi.

— Hannah, j'ai toujours tellement envie de toi.

— Greg chéri.

Je passai les doigts le long de sa colonne vertébrale. La sensation de sa peau nue m'excita encore plus.

Brusquement, il se souleva sur un coude et se massa la cuisse.

— Oh, merde ! J'ai une crampe.

Il tomba du canapé en essayant de plier la jambe.

— Tu veux bien appuyer sur mon pied ?

J'obéis et, quelques secondes plus tard, il se détendit.

— Désolé.

J'aperçus ses dents blanches lorsqu'il sourit dans l'obscurité.

— Ce canapé est un peu trop petit. On pourrait aller ailleurs ?

— Pas dans ma chambre. Désolée.

— Et la boutique ?

Il commença à me mordiller le cou.

— D'accord.

Dans la boutique sombre, le parfum érotique des soies orientales nous enveloppa tandis que régnait un silence sensuel.

Greg me prit par la main et m'entraîna vers le milieu de la pièce.

— Quel est le meilleur endroit ?

— Je ne sais pas trop. C'est la première fois que je fais ça ici.

— Tant mieux.

Il prit mon visage dans ses mains et m'embrassa passionnément.

— Je veux être le premier. Il nous faut des coussins. Est-ce qu'il y en a quelque part ?

— Oui. Sur les tabourets derrière le comptoir.

— Aaah, le comptoir !

— Tu veux que… ?

— Absolument. Tu ne trouves pas ça terriblement excitant ? Que penseraient toutes vos clientes si elles savaient ce que nous allons faire ?

Il rassembla trois coussins moelleux et les posa sur le comptoir en verre.

— Salut, dit-il en regardant derrière moi.

Le cœur battant la chamade, je crus qu'Edward venait d'entrer dans la boutique.

— Qu'est-ce qu'il y a ?

— Un beau et grand miroir.

C'était celui que maman utilisait lors des essayages. Greg le souleva et le posa à côté du comptoir.

— Comme ça, nous pourrons nous voir.

Il me hissa doucement sur le meuble.

— Tu vois comme tu es belle ?

Dans l'obscurité, j'aperçus mes yeux fous de désir.

— J'ai envie de toi, soufflai-je.

— Moi aussi.

Plus tard, lorsque nous nous séparâmes, Greg retourna dormir sur son canapé et je remontai dans ma chambre. Mon petit réveil d'enfant indiquait qu'il était quatre heures passées. Sous mes draps froids, je me sentis différente. Aimée. Vénérée. Greg m'avait fait l'amour comme aucun homme avant lui. Généreusement. Passionnément. Je savais que nous nous aimions et que nous étions faits l'un pour l'autre. Notre avenir était plein de promesses de bonheur et d'amour.

Shirley me réveilla en m'apportant une tasse de thé à huit heures et demie.

— Bonjour, marmotte.

Elle m'embrassa sur la tête.

— Bien dormi ?

— Très bien, merci.

Je m'étirai.

— Est-ce que Greg est levé ?

— Il est parti. Il devait prendre le train de bonne heure. Il t'a laissé un mot.

Elle sortit un bout de papier froissé de sa poche.

— Tiens.

Merci pour tout, Hannah.

Greg

28

Hannah, Trevay
Décembre 1947

Les jours suivant le départ précipité de Greg, je tentai par tous les moyens de le contacter. Je me rendis même à Londres où j'attendis son retour devant son immeuble. Je montai la garde du petit matin à la fin de l'après-midi jusqu'à ce qu'enfin une jeune femme poussant un landau s'arrête devant la porte, sorte ses clés et entre. Quand je sonnai et demandai Greg, elle me répondit que son mari et elle étaient les nouveaux locataires. Non, il n'avait laissé aucune adresse pour faire suivre son courrier.

Un mois plus tard, je tombai sur ces quelques lignes dans un magazine : « *Le jeune et talentueux photographe mondain Greg Winter est désormais fiancé avec la mannequin Francine Wallis. Mme Wallis, qui vient d'obtenir le divorce après trois ans de mariage, déclare qu'elle n'a jamais été aussi heureuse.* »

La photo les montrait enlacés, accoudés à la balustrade d'un balcon couvert de plantes grimpantes exotiques qui surplombait une mer scintillante.

Ce jour-là, je vomis pour la première fois.

Deux mois plus tard, je compris que j'étais enceinte.

Comment le dire à maman ? À Edward ? Shirley ? David ? À tout le village de Trevay ?

Finalement, je n'eus pas besoin de l'annoncer à maman. Elle m'entendit vomir un matin.

Alors que je me rinçais la bouche au-dessus du lavabo, je sentis sa présence dans mon dos.

— Chérie ? demanda-t-elle doucement. Est-ce que ça va ?

Je m'essuyai rapidement la bouche avec la serviette de toilette.

— Oui, c'est juste un petit virus. Qu'est-ce que tu fais debout au fait ? Tu sais bien que tu dois de te reposer. Ordre du médecin.

— Ne t'inquiète pas pour moi. Mais toi, qu'est-ce qui t'arrive ? Ce n'est pas un virus, je me trompe ? Ce sont des nausées matinales.

— Enfin, comment peux-tu dire une chose pareille ?

J'essayai de sortir de la salle de bains, mais elle me barra le passage.

— Maman, je t'en prie. Retourne te coucher, je t'apporterai une tasse de thé. Que veux-tu pour le petit déjeuner ? Des toasts avec de la marmelade ?

Elle ne bougea pas.

— Si tu crois pouvoir me berner. De combien de mois es-tu enceinte ?

— Enfin, maman, tu te trompes complètement.

— Je suis sûre que non. As-tu vu un médecin ? Dis-moi la vérité.

Ces longues semaines d'angoisse et de colère m'avaient épuisée. La tête se mit à me tourner et je m'assis sur le bord de la baignoire.

— Non, je n'ai consulté personne.

J'avais l'air si faible et idiote.

— Pourquoi ne m'en as-tu pas parlé ?

Je me pris la tête entre les mains.

— Oh, maman, si tu savais combien de fois j'ai failli le faire. Je voulais te le dire, mais…

Elle s'assit à côté de moi.

— Qui d'autre est au courant ? Le père ?

Je secouai la tête.

— Je ne l'ai dit à personne.

— Ma pauvre petite.

Elle passa le bras autour de mes épaules.

— Nous irons ensemble chez le médecin.

Je posai la tête sur sa poitrine réconfortante et mes larmes mouillèrent sa chemise de nuit.

— As-tu réfléchi à ce que tu vas faire ? demanda-t-elle gentiment.

— Non, je n'en sais rien.

Elle me serra un peu plus fort.

— Écoute-moi. Je crois qu'il est trop tard pour y mettre un terme. De toute façon, tu peux très bien garder ce bébé. Nous serons là pour lui. Il aura une famille. Tu n'es pas la première femme célibataire à tomber enceinte, et je vais te révéler un secret : on n'a pas besoin d'un mari pour élever des enfants. N'importe quel bébé est une bénédiction.

— Tu n'es pas en colère contre moi ?

— Pourquoi le serais-je ?

— Parce que je t'ai désobéi.

Elle souleva mon menton et me regarda dans les yeux.

— Écoute-moi. Tu seras toujours ma petite fille, mais ce soir, nous sommes deux femmes qui doivent nous serrer les coudes. Quand je te vois, Hannah, telle que tu es à présent, je t'aime encore plus.

Je m'agrippai à elle tandis qu'elle me berçait doucement.

— Oh, maman. Je suis vraiment désolée. J'ai essayé de m'en débarrasser. J'ai pris un bain chaud et bu du gin. Pendant la guerre, les filles que je côtoyais disaient que c'était la meilleure solution, mais il ne s'est rien passé, et je n'ai pas trouvé le courage de partir à la recherche d'une femme pour… tu sais… avec des aiguilles à tricoter… Oh, maman, je suis vraiment désolée. Tu vas le dire à papa ?

Elle posa à nouveau une main sous mon menton et leva mon visage vers le sien.

— Nous n'avons pas besoin de lui en parler pour le moment. Qu'est-ce qu'il pourrait bien faire de toute façon ? Tu vas donner naissance à ce bébé et le garder.

Son regard fouilla le mien.

— C'est ce que tu veux, non ?

— Si tu n'y vois pas d'inconvénient. Que diras-tu aux gens ?

— Toute la famille et moi, nous leur dirons, sans honte ni regret, que nous sommes fiers de toi. Ce bébé est pour nous l'occasion d'accomplir un acte honorable.

— Mais cela n'aura rien d'honorable. Je serai une mère célibataire. Une femme impure. Une marie-couche-toi-là. Une pauvre idiote.

Maman sourit.

— Tu peux tout aussi bien devenir la formidable maman d'un enfant très désiré.

— Tu n'as pas honte de moi ?

— C'est plutôt toi qui aurais des raisons d'avoir honte de moi.

Elle prit une serviette et m'essuya les yeux.

— Bon, je crois que nous avons bien besoin d'une tasse de thé.

Avant de l'annoncer au reste de la famille, maman m'emmena consulter un médecin. Une nouvelle praticienne avait rejoint le cabinet, le docteur Sally Finch.

— Quand avez-vous eu vos dernières règles, Hannah ? me demanda-t-elle gentiment.

Lorsque je lui eus indiqué la date, elle compta les semaines sur le calendrier de son bureau.

— Je dirais que ça fait une quinzaine de semaines. Pas de saignements ?

— Non.

— Parfait. Maintenant, si vous voulez bien vous allonger sur la table d'examen, je vais vérifier la taille du bébé et les battements de son cœur.

En m'allongeant, je vis maman s'essuyer les yeux.

— Est-ce que ça va ?

— Cela me rappelle ma première grossesse.

Le docteur Sally leva les yeux.

— Votre premier-né faisait-il un bon poids, Mme Bolitho ?

Lorsque je regardai maman, je vis quelque chose – la mélancolie d'un souvenir peut-être – passer dans son regard.

— Edward ? Oh, oui. Les suivants aussi. Pourquoi ?

Le docteur Sally posa la main sur mon petit ventre.

— Parce que ce bébé m'a l'air de bonne taille. Telle mère, telle fille.

Elle prit un petit cône en bois et le pressa contre mon abdomen.

— Ah, oui. On entend bien les battements de son cœur ici. Hannah, votre bébé se porte à merveille.

Redoutant la réaction d'Edward, je demandai à maman de lui annoncer elle-même la nouvelle, ainsi qu'à Shirley et David, pendant que j'attendrais dans ma chambre.

Ce fut Shirley qui monta me voir la première.

— Pourquoi tu ne m'as rien dit ?

— Ce n'est pas l'envie qui m'en manquait, mais j'avais peur.

— De moi ?

Elle me rejoignit sur le lit.

— Tu as dû te sentir si seule.

— Honteuse, surtout.

— C'est Greg le père ?

— Chuut.

Je jetai un coup d'œil anxieux à la porte ouverte de ma chambre.

— Je t'en prie, ne le dis à personne. Edward le tuerait.

— Moi aussi. Il est au courant ?

— Non. Je n'ai pas réussi à le retrouver. De toute façon, je n'en ai plus aucune envie maintenant.

— Il ne sera jamais heureux avec cette garce squelettique.

Je lui pris la main.
— Je ne veux pas qu'il le sache.
— Cet homme est un imbécile.
— Moi aussi.
— Absolument pas ! C'était à lui de prendre ses précautions.
— Je suis autant à blâmer.
— Mais lui va tranquillement poursuivre sa vie. Alors que toi…
Je comprenais qu'elle me défende avec une telle vigueur, mais je n'en avais pas besoin.
— Alors que moi, j'ai une famille aimante qui entourera ce bébé d'affection.
Des larmes lui mouillèrent les yeux.
— C'est vrai.
— Est-ce qu'Edward est en colère ?
— Il finira bien par se faire une raison.
— Et David ?
— Il est tout excité à l'idée de devenir tonton.
— Quel ange.
— Nous serons tous à tes côtés, Hannah. Tous.

À l'approche de Noël, maman recommença à tousser. Elle s'était remise à fumer et refusait de retourner voir le médecin.
— Il n'est pas question que j'embête le docteur Cunningham pendant les fêtes. Il doit être bien assez occupé. On verra comment je me sens plus tard.
Je me sentais coupable car elle était sans cesse aux petits soins avec moi. La sage-femme m'avait conseillé de me reposer dès que je le pouvais, ce que maman avait quasiment interprété comme une interdiction de bouger.
Je n'eus même pas le droit de l'aider à préparer le gâteau de Noël.
— Ce n'est pas bon pour ta tension, dit-elle.

— Mais, maman, le bébé ne naîtra pas avant fin mai, début juin. Je n'en suis même pas à la moitié.

— Ça m'est égal.

Elle toussa.

— Repose-toi pendant que tu peux.

Le pauvre David finit par récolter un grand nombre de mes corvées.

— Je suis vraiment désolée, lui dis-je un après-midi, tandis que je me réchauffais les pieds devant la cheminée en le regardant apporter un panier de bûches.

— Pourvu que tu m'offres un énorme cadeau de Noël, ça ne me dérange pas. Et puis maman m'a chargé de décorer le sapin cette année, ce que je n'ai jamais eu le droit de faire avant.

— Si tu pouvais juste éviter d'y accrocher toutes tes petites voitures et tes tracteurs...

— Je n'y avais pas pensé ! Merci, sœurette.

— Ne me fais pas rire, sinon le bébé va avoir envie de sortir !

— De l'eau chaude ! Des serviettes ! cria David, ce qui me fit encore plus rire.

— Qu'est-ce qu'il y a de si drôle ? demanda maman qui arrivait de la boutique.

— Les clowneries de David, comme toujours, dis-je en me soulevant afin de lui faire une place sur le canapé. Viens t'asseoir à côté de moi. David, tu veux bien faire chauffer la bouilloire ?

— Oh, mais pourquoi moi ?

— Et apporte-nous du gâteau, dis-je.

Maman s'assit et tira un mouchoir de sa manche.

— Quelle journée !

— Tu as servi beaucoup de monde ?

Elle hocha la tête puis eut un accès de toux. Celle-ci était différente des autres. Grasse et saccadée. Chaque fois qu'elle réussissait à reprendre son souffle, la quinte qui suivait était plus forte et plus difficile à calmer.

Je me redressai et lui frottai le dos.

— Maman, il faut vraiment que tu voies le médecin. Ta toux s'aggrave.

Elle secoua la tête, incapable de parler. Son visage était presque gris.

— Allez, maman. Essaie de prendre une longue et profonde inspiration.

Elle fit une tentative, mais une nouvelle quinte de toux, encore plus violente que les précédentes, fit jaillir un gros caillot de sang de sa bouche.

— Maman ! David, appelle le docteur Cunningham.

Et dire que je commençais tout juste à découvrir qui était vraiment ma mère… L'idée de ce qui pouvait lui arriver me terrifiait.

29

Hannah, Trevay
Décembre 1947

— Je refuse de passer Noël à l'hôpital, dit maman au médecin.

— Clara, vous n'avez pas le choix, répondit celui-ci en roulant son stéthoscope. Vous souffrez d'une très grave infection pulmonaire. Il s'agit peut-être d'une pneumonie.

— Vous n'aurez qu'à m'hospitaliser après les fêtes.

— Impossible. Un lit vous y attend, vous irez aujourd'hui.

— Mais je n'ai rien.

Le docteur Cunningham la regarda sévèrement par-dessus ses lunettes.

— Je suis votre médecin, vous devez m'obéir, compris ? Votre famille parviendra très bien à s'en sortir sans vous et on s'amuse beaucoup à l'hôpital le jour de Noël. Les infirmières ont décoré le service. Il y aura même une chaussette suspendue au pied de votre lit.

Il souleva sa sacoche.

— Edward vous y emmènera. Je serai là-bas pour vous accueillir.

Je le raccompagnai et le remerciai d'être venu aussi vite.

— Vous pensez vraiment que c'est une pneumonie ? chuchotai-je, car maman avait l'ouïe fine.

— Je l'espère pour elle.

Il posa sa main sur la mienne.

— Mais c'est une fumeuse et le tabac peut provoquer toutes sortes de problèmes.

La peur commença à m'envahir.

— C'est-à-dire ?

— N'allons pas trop vite en besogne. Nous en saurons plus une fois que les médecins de l'hôpital lui auront fait passer des examens.

Il baissa les yeux vers mon ventre rond.

— Et vous, comment allez-vous ?

— Bien.

— Tant mieux. La situation ne doit pas être facile pour vous.

Il coiffa son chapeau.

— Bon, je ferais mieux de filer. Ne vous inquiétez pas, je veillerai sur votre mère. Surtout, prenez soin de vous.

Tout compte fait, ce Noël fut l'un des plus heureux de notre vie. Shirley prit la boutique, la cuisine et les achats de Noël en charge, tout en supervisant les travaux de décoration de David. Elle ne s'impatienta qu'une seule fois, lorsqu'il se servit de sa ouate pour fabriquer des boules de neige qu'il colla aux vitrines du magasin.

Edward nous emmenait tous les jours à l'hôpital et nous aidait à comprendre le jargon médical des médecins.

Maman paraissait beaucoup mieux depuis qu'elle était sous traitement. Les médicaments soulageaient considérablement sa toux mais lui faisaient également reprendre du poids. L'ironie de la chose, c'était qu'elle avait l'air plus en forme que jamais.

Le jour de Noël, Shirley insista pour que nous emportions de la dinde et des accompagnements à l'hôpital afin de les manger autour du lit de maman. Je trouvai l'idée assez absurde, mais amusante. Les infirmières ayant distribué des papillotes surprises à tout le service, nous entonnâmes des chants de Noël coiffés de chapeaux en papier.

Le soir du réveillon du Nouvel An, nous introduisîmes une bouteille de sherry en cachette dans la chambre de maman et échangeâmes joyeusement nos vœux à minuit.

Deux jours plus tard, le médecin nous convoqua dans son bureau à l'hôpital.

— Votre mère va mieux, mais nous avons découvert plusieurs tumeurs de petite taille dans ses poumons.

— Un cancer, dit Edward.

Le médecin ouvrit le dossier de maman.

— Je ne veux pas que vous considériez cela comme une mauvaise nouvelle. Nous pensons que des séances de radiothérapie pourraient détruire ces tumeurs, ce qui éviterait de l'opérer.

Shirley prit ma main dans la sienne.

— C'est plutôt positif.

— De nombreuses options s'offrent à nous, mais je recommanderais fortement de commencer des séances de radiothérapie le plus rapidement possible.

Edward semblait réfléchir.

— Et si vous l'opériez pour les lui enlever, avant de recourir à la radiothérapie pour éliminer celles que vous auriez pu manquer ?

— C'est une bonne question, monsieur Bolitho, mais votre mère n'est plus toute jeune et il s'agit d'une opération très invasive. Cela risquerait de beaucoup la fatiguer.

— Dans ce cas, essayez d'abord la radiothérapie, intervins-je. Maman semble si en forme en ce moment.

Le médecin m'adressa un sourire encourageant.

— En effet, cela augmente nettement ses chances de s'en sortir. La radiothérapie n'est cependant pas une partie de plaisir. Il est possible qu'elle souffre et perde beaucoup d'énergie, mais nous pensons que c'est la meilleure solution.

Edward hocha lentement la tête.

— D'accord. Quand pouvez-vous commencer ?

Maman sortit de l'hôpital trois semaines plus tard. Les médecins, qui étaient très satisfaits des résultats, l'avaient autorisée à rentrer à la maison à la condition qu'elle se repose et ne travaille plus à la boutique.

Edward et David allèrent la chercher, pendant que Shirley et moi les attendions à la maison. Le retour de maman fut joyeux. Ce fut merveilleux de la voir assise à nouveau dans son fauteuil préféré.

— Quel bonheur d'être de retour à la maison, dit-elle avec un soupir. J'ai aperçu des perce-neige le long des chemins. Le printemps approche.

Ainsi commença une nouvelle vie agréable pour nous tous. Shirley avait quitté son travail à la banque afin de s'occuper de la boutique où je l'aidais occasionnellement. Peu à peu, les souvenirs qui surgissaient chaque fois que je regardais le comptoir et le miroir s'estompèrent. J'avais enfoui cet épisode au fond d'un tiroir de ma mémoire que je ne voulais plus jamais ouvrir. Si j'y pensais trop longuement, le sentiment de culpabilité et de honte que j'éprouvais était insupportable. J'étais tellement en colère contre Greg. Comment un homme pouvait-il laisser tomber une femme sans penser un instant aux ravages qu'il avait pu provoquer ? Je n'avais pas oublié sa remarque au sujet de ses vols au-dessus de l'Allemagne : « *Une fois que tu as largué ta charge explosive, tu n'as qu'une envie, c'est de déguerpir.* » La grossièreté de cette phrase ne m'avait pas frappée à l'époque, mais elle me rendait folle de rage à présent. Que dirais-je à mon enfant à propos de son père ? Devrais-je lui raconter qu'il ne s'agissait que d'une passade ? Qu'il avait trouvé la mort dans un terrible accident ? Devrais-je simplement lui dire la vérité ? Toutes ces questions me perturbaient tant que je dus clore définitivement ce chapitre de ma vie. J'avais été stupide. Un homme m'avait brisé le cœur, et alors ? Tant d'autres imbéciles avant moi avaient confondu le désir et l'amour. Dieu merci, j'avais une famille compréhensive.

Maman reprenait de la force chaque jour. Sur sa dernière radio, les tumeurs avaient suffisamment régressé pour qu'elle ne soit plus en danger. Bien que je ne sois pas pratiquante, je me glissai dans l'église déserte un matin et récitai une prière de remerciement.

Notre mère se sentait si bien qu'on ne pouvait plus l'arrêter.

— J'ai envie de planter des giroflées et des pois de senteur, dit-elle un jour à Edward.

— Quand ça ?

— Eh bien, tout de suite, voyons. Allez !

Elle insista également pour passer deux après-midi par semaine à la boutique, plus toute la journée du samedi.

— Mes clientes sont mes amies, expliqua-t-elle à Shirley. J'ai besoin de retrouver une vie normale.

Le soir, lorsque j'avais mal au dos, elle me massait avec de l'huile d'amande douce.

— Une de mes amies me massait ainsi il y a des années quand j'étais enceinte. Plus que quelques semaines à tenir. Tu as hâte ?

— Oui, mais j'ai peur aussi.

— C'est normal. Aimerais-tu que je sois à tes côtés pendant l'accouchement ?

J'avais songé à le lui demander, mais je m'étais demandé si ce serait approprié.

— Ça ne te dérangerait pas ?

— Tu plaisantes ?

Mes premières contractions se manifestèrent un vendredi après-midi. J'allai me coucher sans le dire à personne, le temps de savoir si le moment était vraiment venu. Je dus m'endormir, car une intense contraction me réveilla un peu plus tard. Quand elle fut passée, je me levai et descendis trouver maman. Shirley et elle bavardaient avec quelques clientes dans la boutique en buvant du thé.

— Maman ? Je crois que le bébé arrive.

Les réactions de toutes les personnes présentes furent extraordinaires.

— Cours chercher la sage-femme, dit maman à Shirley.

Une des clientes s'évanouit, tandis que l'autre courait vainement dans tous les sens comme une poule.

— Ressaisissez-vous, enfin ! s'écria maman. Dès que cette chiffe molle aura retrouvé ses esprits, retournez l'écriteau et fermez la porte en partant.

Une nouvelle contraction me paralysa alors que maman essayait de m'emmener dans le salon.

— Voilà, comme ça. Inspire profondément. Quand elle sera passée, je t'aiderai à monter l'escalier.

Sa voix calme me donna du courage.

Là-haut, elle me déshabilla et me mit au lit, puis j'entendis le pas ferme et assuré de la sage-femme.

Caroline Clara Bolitho naquit juste après minuit le 2 juin 1947, une touffe de cheveux foncés dressés sur la tête et un petit air renfrogné sur le visage.

— C'est ton portrait craché, dit maman.

Quel soulagement qu'elle ne ressemble pas à son père ! Caroline recevrait tout l'amour dont elle aurait besoin, entourée des femmes de la famille. Ce serait notre fille à toutes.

30

Hannah, Trevay
Automne 1947

Tout le monde adorait Caroline ; toutes les personnes qui la rencontraient s'accordaient à reconnaître que c'était le plus beau bébé du monde.

Chaque fois que je la promenais en landau, les passants m'arrêtaient pour pouvoir l'admirer. Je n'entendis qu'une seule femme dire à sa fille en s'éloignant :

— Elle devrait s'estimer heureuse que sa petite bâtarde ne soit pas née avec la marque du diable.

J'eus aussitôt envie de faire demi-tour et d'aller lui dire deux mots, mais mieux valait ne pas alimenter son ressentiment. Je n'aurais pu être plus fière de ma magnifique petite fille.

Cet automne était splendide. Trevay baigna dans une lumière tiède pendant des jours. La flottille de pêche rapportait de bonnes prises. Quant aux vacanciers, ils avaient regagné leurs nids, telles des hirondelles. Ma vie n'avait jamais été aussi heureuse et épanouie. Ma mère ne souffrait plus, mon bébé était en bonne santé ; c'était comme si tous mes souhaits les plus chers s'étaient réalisés.

Alors que je rentrais d'une de mes promenades, je tournai au coin de la rue qui menait à notre jardin et aperçus maman en train d'étendre des vêtements de Caroline, une cigarette entre les lèvres. Elle ne m'entendit pas arriver.

— Maman ! Que t'a dit le médecin ?

Elle sursauta et jeta sa cigarette sur le sol d'un air coupable avant de l'écraser avec sa chaussure.

— Je n'en ai fumé qu'une.

— C'était une de trop. Et je suppose que tu as acheté un paquet entier.

Elle se pencha sur le landau.

— Bonjour, Caroline.

— Ne change pas de sujet. Tu nous avais promis à tous d'arrêter de fumer.

— C'est ce que j'ai fait.

— Mais tu as recommencé.

— J'en fume juste une de temps en temps.

Elle se mit à tousser.

— Regarde dans quel état ça te met.

— J'ai la gorge sèche, rien de plus.

Elle souleva ma petite fille et la fit virevolter dans les airs. Le claquement du linge et le rire de Caroline s'envolèrent dans la brise marine.

Lorsque maman toussa de nouveau, l'euphorie qui m'avait gagnée fit place à un sentiment de terreur.

Le docteur Cunningham examina les résultats de la nouvelle radio. Toute la famille était présente. Chacun de nous redoutait d'entendre la nouvelle qu'il allait probablement nous annoncer.

— Je suis navré de vous l'apprendre, mais la radio montre de nouvelles tumeurs dans votre gorge, vos poumons et votre vessie.

— Encore des séances de radiothérapie, dit maman d'un ton serein, les mains jointes.

Le docteur Cunningham n'aurait pu paraître plus triste.

— Non, Clara. Je suis vraiment désolé, mais nous ne pouvons désormais rien faire d'autre que vous soulager si vous souffrez.

Effondré, Edward baissa la tête et se mit à sangloter.

— Non. C'est impossible !

— Comment ça ? s'écria Shirley en colère. Le médecin de l'hôpital nous a dit qu'il y avait des tas d'options la dernière fois. Qu'on pouvait l'opérer. Extraire les tumeurs.

Le docteur Cunningham secoua la tête.

— Je suis vraiment désolé.

— Combien de temps me reste-t-il ? demanda maman. Tiendrai-je jusqu'à l'été ?

— Je l'espère.

Nous quittâmes le bureau en état de choc. David était blanc comme un linge. Je passai un bras autour de ses épaules, mais il se dégagea rageusement.

— Il faut que j'aille travailler.

— Mais non, ton patron comprendra.

— Je veux y aller.

Il s'éloigna en courant.

— Laisse-le partir, dit maman.

Caroline avait quatre mois lorsque maman se mit à passer de plus en plus de temps au lit.

C'était étrangement réconfortant de l'avoir pour moi toute seule.

Dans la journée, quand tout le monde était au travail, je répondais à ses besoins et à ceux de Caroline quand elles étaient réveillées et j'exécutais mes tâches ménagères pendant qu'elles dormaient. La nuit était notre moment à nous. Nous avions nos petites habitudes.

Après le dîner, je montais donner son bain à Caroline. En fonction de son état, maman nous rejoignait et s'asseyait à côté de nous afin de profiter des sourires de Caroline, tandis que l'eau baignait son petit corps. Quand elle était propre, je la posais sur les genoux de maman où une serviette chaude l'attendait, puis je l'essuyais, lui mettais une couche et lui enfilais son pyjama.

Le petit berceau de Caroline était installé entre nos deux lits dans la chambre que nous partagions toujours.

Je m'asseyais sur le mien dans la douce lumière de ma lampe de chevet et je donnais le sein à ma fille, sous le regard de maman qui s'était recouchée.

— Tu es une bonne mère. Tu comprends si bien ton bébé.

— Merci, maman.

— Jamais je n'ai été aussi douée que toi.

— Arrête ! Tu nous as élevés tous les trois dans la jungle, à des milliers de kilomètres de ta famille et de tes amis.

Ma remarque la fit rire.

— Ce n'était pas si terrible. Votre *ayah* était là pour m'aider. C'était une femme très douce qui s'occupait aussi bien de moi que de vous. Elle m'a appris à me montrer tendre et patiente. Elle cuisinait même pour nous si je le lui demandais. Votre père adorait son curry.

J'étais contente qu'elle parle de papa, car une idée m'était venue à propos de lui, mais je ne savais pas comment aborder le sujet.

— Maman, aimerais-tu que je le prévienne que tu es malade ?

Elle soupira et se laissa lourdement tomber sur ses oreillers.

— Que pourrait-il bien faire d'aussi loin ? Et franchement, en aurait-il vraiment quelque chose à faire ?

— Nous sommes tout de même sa famille. Tu es sa femme.

— Je préférerais qu'on n'aborde pas les sujets qui fâchent.

Caroline avait cessé de téter, rassasiée. Je la calai contre mon épaule et lui frottai le dos en attendant son rot.

— Tu aurais pu trouver le bonheur auprès d'un autre.

— Je n'en avais pas besoin. Je vous avais, toi et les garçons. J'étais heureuse.

Elle regarda Caroline.

— Je suis heureuse.

— Est-ce que tu as aimé papa ?

— Il était gentil et me faisait rire. Cela me suffisait.

— Mais c'est triste de n'avoir jamais rencontré le grand amour.

— Oh, c'est de l'histoire ancienne, tout ça.

Elle se mit à tousser, mais leva la main lorsque je me levai pour l'aider.

— Ne dérange pas le bébé. Ça va aller.

— Je crois qu'elle est prête à aller se coucher, de toute façon.

Je déposai Caroline dans son berceau, la bordai, puis j'allai redresser un peu maman afin qu'elle tousse plus facilement.

— Voilà. C'est mieux ?

J'emportai son mouchoir souillé et le remplaçai par un propre.

— Je vais t'aider à te réinstaller.

Elle me sourit.

— Une mère ne pourrait avoir meilleure fille. Je t'aime tellement.

— Moi aussi.

— Quelle heure est-il ?

— L'heure pour nous de dormir. Tu veux que je te lise quelque chose ?

— Pas ce soir, ma chérie. Je suis un peu fatiguée.

Je l'embrassai. Le temps que j'enfile mon pyjama et que je revienne de la salle de bains, elle dormait à poings fermés.

Le lendemain matin, avant qu'Edward parte travailler, je lui demandai s'il valait mieux écrire à papa.

— Pour le prévenir que maman est malade.

— Est-ce qu'il mérite vraiment d'être mis au courant ? On ne peut pas dire qu'il a été un père aimant ni un mari dévoué.

— Je pense qu'il a le droit de le savoir.

— Tu en as parlé à maman ?

— Oui, brièvement hier soir. Elle semblait s'en moquer.

Edward termina sa dernière cuillerée de porridge.

— Ta lettre risque de mettre trop de temps à lui parvenir. Je suppose qu'on pourrait lui envoyer un télégramme.

— À mon avis, c'est la meilleure chose à faire.

J'étais si soulagée.

— Que faut-il lui écrire ? demandai-je.

— Quelque chose de direct. « Cher papa, maman est gravement malade. Peux-tu rentrer en Angleterre ? Edward, David et Hannah. »

— D'accord. Je ferai un saut au bureau de poste pour que le télégramme parte aujourd'hui.

Papa nous répondit une semaine plus tard.

MES*CHERS*ENFANTS – STOP –
PAS*DE*RETOUR*PRÉVU – STOP –
MES*AMITIÉS*À*CLARA

Après l'avoir lu, Edward le jeta sur la table.

— Quel salaud, dit-il avant de sortir dans le jardin en claquant la porte.

Je lus le télégramme à mon tour et fus choquée par l'insensibilité cruelle de son message. Je le déchirai et le brûlai avant que David ne le découvre. Heureusement que nous n'avions pas informé maman de notre démarche.

Elle passait plus de bonnes journées que de mauvaises ces derniers temps. Ce cher docteur Cunningham passait prendre de ses nouvelles chaque jour et augmentait lentement la dose de ses antidouleurs.

Un soir, elle ne me rejoignit pas pour assister au bain de Caroline, mais quand je retournai dans notre chambre, je la trouvai réveillée, adossée à ses oreillers.

— Ah, vous voilà, dit-elle. Est-ce que mamie peut avoir un petit câlin ?

Installée dans le creux de son bras, Caroline regarda sa grand-mère dans les yeux.

— Écoute-moi bien, Caroline, dit maman. Je suis désolée car je ne pourrai pas te voir grandir, mais je t'observerai de là-haut et je veillerai sur toi. Ta maman était ma petite fille à moi, alors je veux que tu te montres sage et obéissante avec elle. Tu comprends ?

En guise de réponse, Caroline fit une petite bulle.

— Je vais prendre ça pour un oui.

— Maman, dis-je, la voix étranglée par l'émotion, je ne supporte pas de t'entendre parler de cette façon. Tu vas peut-être aller mieux.

Elle m'adressa un regard sévère.

— Tu sais aussi bien que moi que c'est impossible. On ne peut pas échapper à la mort quand vient notre heure.

Je pris sa main libre.

— Je suis vraiment désolée, maman.

— De quoi ? Pas d'avoir donné naissance à Caroline quand même ?

— De t'avoir désobéi. D'être tombée enceinte. D'être une mère célibataire. De tant de choses.

Ses doigts cherchèrent les miens.

— Chuut. Comme je te l'ai déjà dit, une femme n'a pas besoin d'un homme pour rendre son enfant heureux et pour le protéger. Je l'ai appris à la dure il y a des années. Quoi qu'il arrive, tu seras toujours la maman de Caroline. Il arrive qu'une mère soit obligée d'abandonner son enfant, mais son cœur ne guérit jamais. Mais toi, tu ne l'abandonneras jamais, je ferai tout pour éviter cela.

Le bébé commença à gigoter. Maman sourit.

— Elle a faim. Il vaut mieux que tu la prennes.

Plus tard, quand Caroline fut nourrie et couchée, je remarquai que maman ne dormait pas aussi paisiblement que d'habitude. Elle était agitée et marmonnait des mots que je ne comprenais pas. Il fallait espérer que c'était simplement dû à l'augmentation de sa dose de morphine.

Le lendemain matin, elle était à nouveau elle-même, aussi ne pris-je pas la peine d'en parler au docteur Cunningham lors de sa visite. En fait, il parut très satisfait de son état.

— Je ne sais pas comment vous faites, Clara. Votre cœur est fort, vos bronches semblent beaucoup moins obstruées et vous avez incroyablement bonne mine.

Maman rit.

— La flatterie ne vous mènera nulle part, John.

— Continuez comme ça et vous ferez du patin à glace à Noël. À demain !

Au cours d'une de nos promenades, Caroline et moi prîmes froid, ce qui nous obligea à garder la chambre pendant quelques jours. Les poumons de maman étant très vulnérables, nous ne pouvions pas prendre le risque de lui donner notre rhume. Je dus par conséquent changer de chambre afin que maman ne l'attrape pas. David surprit tout le monde en acceptant de me prêter la sienne, mais il refusa de dormir dans mon lit à côté de maman. Il préféra s'installer sur le canapé et proposa de lui faire la lecture le soir tant que Caroline et moi serions en quarantaine, ce dont nous lui fûmes tous reconnaissants.

Ce que nous ignorions, c'était que David s'apprêtait à jouer un rôle très important dans la vie de notre mère.

Clara, Trevay
Octobre 1947

J'avais tellement de temps libre à présent que je repensais beaucoup au passé. Aujourd'hui, j'avais demandé à David de m'apporter discrètement du papier à lettres. Je devais écrire à Ernest et l'informer de la naissance de Caroline, sinon comment saurait-il qu'il avait une petite-fille ? Avec un peu de chance, il prendrait mieux la nouvelle si c'était moi qui la lui annonçais. Après tout, comment Hannah pouvait-elle lui avouer que la petite n'avait pas de père ?

David posta ma lettre en secret. C'était un jeune homme tellement adorable. Ernest avait manqué beaucoup de choses. Mais c'était ma faute puisque j'avais ramené les enfants en

Cornouailles. Il aurait pu nous suivre, mais j'étais soulagée qu'il ne l'ait pas fait. Ernest n'était pas Bertie, et Bertie était le seul homme que j'avais jamais aimé.

Une fois la lettre postée, je me sentis beaucoup mieux, mais mes pensées continuèrent à me maintenir éveillée.

Depuis quelque temps, pas un instant je ne cessais de songer à Michael, mon petit garçon. Aussi bien dans mes rêves qu'éveillée. Comment avais-je pu le rejeter quand il était venu me trouver ? C'était horrible de ma part de monter un frère contre l'autre en obligeant Edward à le chasser. J'étais profondément troublée car je savais que je lui devais des excuses. J'avais été si méchante que je devais confesser mes péchés avant qu'il ne soit trop tard. J'avais besoin d'une personne pour m'y aider, mais cela ne pouvait être Hannah, elle avait déjà tant à faire, et Edward non plus, car j'étais lâche. Je ne pouvais pas m'adresser à un prêtre puisque je n'avais pas la foi. Il ne restait donc que ce cher David. C'était le seul de mes enfants qui avait toujours vécu à mes côtés. J'avais failli le perdre à cause d'une crise de paludisme des années plus tôt, mais c'était devenu un homme fort et intelligent. Je savais qu'il trouvait pénible d'être le plus jeune. Edward et Hannah exerçaient une certaine emprise sur lui. Cependant, lorsqu'ils étaient partis se battre pour le roi et notre patrie, il était resté auprès de moi et m'avait aidée à ne pas perdre la tête tant j'étais inquiète pour mes deux aînés.

Oui, pensai-je, c'était le seul de tous qui comprendrait l'importance de cette dernière mission pour notre famille. Il n'allait pas tarder à monter pour me faire la lecture.

Il frappa à la porte.

— Entre, chéri.

— Salut, maman. Comment vas-tu ?

— J'ai hâte que tu me lises un nouveau chapitre de notre livre.

Nous avions commencé *Meurtre au champagne* d'Agatha Christie. David raffolait des romans policiers autant que moi. Ma bibliothèque était pleine de livres d'Agatha Christie et de Dorothy L. Sayers à Penang, mais je n'avais pas pu les emporter. Peut-être étaient-ils toujours à la même place.

— Tu t'es endormie au milieu d'un chapitre hier soir.

— C'est vrai ? C'est parce que ta voix est très apaisante. En fait, David, avant de commencer, j'aurais aimé te demander un petit service.

— Bien sûr, je t'écoute, maman.

— Merci, mon grand.

— Je souhaite envoyer une deuxième lettre. Cette fois encore, personne ne doit rien savoir à son sujet. Le problème, c'est que mes mains se fatiguent vite. L'écrirais-tu pour moi ?

— Maintenant ?

— Pourquoi pas ? Le papier à lettres est resté sur ma coiffeuse. Tu y trouveras aussi une enveloppe.

Hannah, Trevay
Novembre 1947

Le rhume que Caroline et moi avions attrapé se transforma en infection pulmonaire. Par conséquent, il nous fallut attendre deux bonnes semaines de plus avant de nous réinstaller dans notre chambre. Maman avait hâte de voir Caroline et moi, j'avais hâte de la voir. Elle me parut un peu plus frêle qu'avant, mais elle n'avait pas perdu sa bonne humeur. Il me semblait même que son regard brillait.

— Tu dois être si fatiguée, me dit-elle. Tu n'as pas beaucoup dormi quand vous étiez malades. Je vous entendais tousser toutes les deux la nuit.

C'était vrai. Je n'avais pas dormi plus de trois heures d'affilée ces deux dernières semaines.

— Oh, mince. J'ai essayé de ne pas te réveiller. Nous allons parfaitement bien maintenant, et j'ai appris que David et toi vous étiez bien amusés.

— Oh, oui. Nous sommes devenus détectives amateurs. C'était merveilleux de passer du temps avec lui, il m'a bien tenu compagnie.

— C'est formidable que vous ayez pu en profiter.

Maman se mit à tousser et la souffrance déforma ses traits. Caroline dans mes bras, je courus à la porte et criai :

— Edward, Shirley ? Vous êtes là ? Vous pourriez monter les médicaments de maman ?

Nous avions reçu la permission de lui en donner dès que nous sentions qu'elle en avait besoin.

Shirley apparut aussitôt.

— Tiens. Elle en a pris il y a une heure seulement.

— Combien de temps faut-il attendre ?

— Selon le médecin, quatre heures.

— J'ai juste besoin de me redresser un peu, dit maman en respirant difficilement.

— Aidons-la à se relever.

Nous nous plaçâmes de chaque côté d'elle et l'installâmes dans une position plus confortable. Je la trouvai plus légère et plus frêle que jamais. Shirley prit le mouchoir souillé qu'elle tenait et le remplaça par un propre, tandis que je lui caressais le dos en prenant soin d'éviter les os pointus de sa colonne vertébrale.

— Respire à fond, maman, dis-je du ton le plus calme possible.

— Elle n'est pas bien depuis hier soir, murmura Shirley.

— Que s'est-il passé ?

— Elle a été très malade. Je voulais te prévenir, mais tu dormais. Cela m'embêtait de te réveiller.

La quinte de toux de maman se calma.

— Est-ce que ça va un peu mieux ? lui demandai-je.

Elle parvint à sourire et à lever les pouces, avant de s'adosser à la pile d'oreillers que nous avions entassés.

— Je vais nous préparer du thé, dit Shirley. J'en ai pour une minute.

— Tu as donc été malade la nuit dernière ? Qu'est-ce qui s'est passé ?

— Je n'en sais rien.

Sa respiration était toujours sifflante.

— Est-ce que tu souffres ?

— J'ai mal au dos.

— Je vais aller te préparer une bouillotte.

Le temps que Shirley revienne avec nos tasses de thé, maman s'était rendormie. Elle somnola le reste de la journée.

Le docteur Cunningham passa la voir sans la réveiller.

— Sa poitrine semble encombrée, mais son cœur continue à résister et elle n'a pas de fièvre.

— Tant mieux, dis-je. Mais son état s'aggrave, n'est-ce pas ?

— Elle s'accroche à la vie. Il est hélas impossible de savoir quand elle partira.

— Nous ne la laisserons pas seule.

— Ce sont des moments très durs pour vous tous, mais au bout du compte, vous serez heureux d'avoir été à ses côtés.

Il souleva sa sacoche.

— Allez donc vous coucher, je reviendrai vous voir demain.

Les deux jours suivants, maman dormit de plus en plus. Quand elle était réveillée, elle était plutôt bavarde et demandait sans cesse s'il y avait du courrier, mais nous n'arrivions plus à lui faire avaler quoi que ce soit. David était impatient de finir le livre qu'il lui lisait et maman aimait entendre sa voix, même si elle s'endormait avant qu'il ait terminé.

Le troisième jour, elle dormit presque toute la journée. Son corps minuscule était à peine visible sous les couvertures. Comme ses mains et ses pieds se refroidissaient rapidement, Shirley et moi lui enfilâmes des mitaines et des chaussettes pour la réchauffer. Sans l'admettre, nous nous préparions pour la fin.

Maman se réveilla brièvement à l'heure du goûter et demanda une tasse de thé, mais à peine en eut-elle avalé une goutte qu'elle se rendormit.

Nous décidâmes tous de rester dans la chambre auprès d'elle. Shirley, toujours attentionnée, nous apporta un plein plateau de sandwichs afin que nous tenions le coup.

La lumière du jour commençant à décliner, j'allumai la petite lampe de chevet qui diffusa une douce lueur dans la pièce. Nous nous racontâmes nos journées jusqu'à ce que David décide que c'était le moment de lire le dernier chapitre de *Meurtre au champagne*. Nous étions tous captivés par l'histoire lorsqu'on frappa bruyamment à la porte du jardin.

Chacun de nous échangea un regard avec les autres.

— Mais qui ça peut bien être à cette heure-ci ? demanda Edward.

— J'y vais, dit aussitôt David.

— Qui que soit cette personne, demande-lui de partir, lui lança Shirley.

Maman remua et ouvrit les yeux.

— Est-ce qu'il est là ? demanda-t-elle.

Edward se pencha vers elle.

— Ce n'est rien, maman. Quelqu'un a frappé à la porte. David est allé voir qui c'était.

L'étincelle que j'avais aperçue dans ses yeux quelques jours plus tôt réapparut.

— Qui est-ce ? Est-ce qu'il est là ? répéta-t-elle.

Nous entendîmes deux personnes grimper l'escalier puis la voix de David.

— Elle va être si heureuse de vous voir.

Je lançai un regard interrogateur à Edward.

— Est-ce que c'est le médecin ?

La porte s'ouvrit et David entra dans la chambre, suivi d'un grand et bel homme que je reconnus. Je regardai de nouveau Edward qui se leva, prêt à le jeter dehors. Mais la voix claire de maman l'arrêta.

— Mikey, tu es venu.

Elle tendit ses maigres bras au nouveau venu.

— Edward, assieds-toi. Je vous présente Michael. Votre frère aîné.

Nous étions tous bouche bée.

— Viens que je te serre contre moi.

Tandis qu'il se penchait vers elle, elle passa les bras autour de ses épaules.

— Est-ce que tu me pardonnes de t'avoir tourné le dos la dernière fois ?

— Tu n'as rien à te faire pardonner. Je ne t'ai pas laissé le temps de réfléchir. J'aurais dû t'avertir.

— J'ai eu peur. Philippa était la seule à connaître ton existence. Comment pouvais-tu avoir envie de me rencontrer alors que je t'avais abandonné et que je refusais de répondre aux lettres qu'elle m'envoyait ?

Michael l'embrassa sur le front. David lui tendit une chaise.

— Je n'arrivais pas à le croire quand ta lettre est arrivée. C'était un vrai miracle. Merci de m'avoir invité.

Il lui prit les mains et les caressa.

— Quelle lettre ? demanda Edward. Maman, comment as-tu pu aller la poster ?

— Oh, c'est moi qui m'en suis chargé, dit David en souriant. D'ailleurs, je l'ai même écrite à la demande de maman. C'était notre secret.

— Mais qu'est-ce que c'est que ces histoires ? Maman, cet homme peut être n'importe qui.

Notre mère sourit.

— Non, Edward. C'est Michael, mon fils. Votre frère.

— Mais pourquoi ne nous as-tu jamais parlé de lui ? Comment se fait-il que papa n'ait jamais prononcé son nom ?

— Ernest n'était pas son père, répondit calmement maman.

Edward bondit à nouveau sur ses pieds.

— Tu as eu une aventure ?

Shirley le retint par le bras.

— Eddy, assieds-toi et écoute-la.

— En effet, j'ai eu une aventure, mais c'était avant de rencontrer votre père. J'ai fait la connaissance d'un homme merveilleux que j'aimais de tout mon cœur. Michael est son fils. Bertie était soldat et se battait en France, mais le soir où est né Michael, il a été abattu par l'ennemi.

— Bertie ? répétai-je. Le frère de papa ?

— Oui.

Je vis une larme couler de l'œil de maman tandis qu'elle regardait Michael.

— Philippa t'a-t-elle tout raconté ?

— Oui. Elle m'a expliqué que tu t'étais mariée et que tu étais partie vivre à Penang.

— M'en voulait-elle beaucoup de m'être enfuie ?

— Elle a fait en sorte que je te comprenne. D'après elle, tu ne m'aurais jamais abandonné si tu avais eu le choix. Malheureusement, il n'y avait aucune autre solution.

Maman hocha la tête, les paupières lourdes.

— J'aimais tellement cette femme. Elle a été une mère pour moi autant que pour toi finalement.

Les larmes de Michael tombaient à présent sur les mains de maman.

— Oh, c'est donc pour cette raison que tu m'as soutenue quand j'attendais Caroline ? demandai-je, prise d'une nouvelle compassion pour elle.

— Oui, mais je l'aurais fait sans ça.

Visiblement épuisée, elle prit une longue inspiration.

— J'ai attendu ce jour si longtemps que j'avais fini par croire qu'il n'arriverait jamais.

Elle posa sur chacun de nous un regard empli d'un amour pur.

— Edward, David, Hannah, Michael, approchez-vous. J'ai envie de tenir tous mes enfants dans mes bras pour la première et la dernière fois de ma vie. Chacun de vous m'a donné une raison de m'accrocher, et maintenant, il y a ma petite Caroline. Hannah, promets-moi de lui parler de mes erreurs et des tiennes. Elle aura le droit de trouver sa propre voie, bien sûr, mais il faudra qu'elle comprenne que la vie n'est jamais simple.

— Je le ferai, maman.

— Parfait. Maintenant, je suis très fatiguée, j'ai envie de dormir. Mikey, j'aimerais que tu restes ici cette nuit. Je veux me réveiller demain matin en sachant que tous mes enfants sont autour de moi, sous le même toit.

Caroline
Aujourd'hui

Grand-mère mourut deux jours plus tard, après avoir réalisé son souhait le plus cher.

C'est ce que j'appris en lisant la deuxième lettre de l'enveloppe, écrite par la fille de Michael, Kate. La malle lui avait été envoyée de Penang par la petite-fille du contremaître de mon grand-père, un homme appelé Nizam. Quelle histoire, me direz-vous ! Mais tous les arbres généalogiques sont tortueux, après tout.

Nizam était resté fidèle à grand-père Ernest, à grand-mère Clara et à ce pauvre oncle Bertie qui avait été son premier patron.

Il leur avait survécu à tous, puis à sa mort, sa fille avait découvert qu'il avait gardé les possessions des Bolitho à l'abri dans cette malle. Sa petite-fille, Adik, s'était débrouillée pour trouver l'adresse de Kate dans le Kent qui me l'avait ensuite transférée, après avoir retrouvé la trace des Bolitho à Callyzion.

À la suite de toutes ces découvertes, j'estimai que son père, mon oncle Michael, avait été assez mal traité par la famille. Par chance, il avait fini par rencontrer sa mère.

Tonton Edward n'avait manifestement jamais digéré de ne pas rester le fils aîné. Tante Shirley avait toutefois le don de l'apaiser, et quand elle avait eu des jumeaux, il s'était comporté comme un père extrêmement dévoué.

Tonton David, devenu le mécanicien principal d'une écurie de course automobile, avait épousé une femme capable de changer un pneu plus vite que lui lors des arrêts au stand. Ils vivaient à Monaco aujourd'hui.

Ma mère est restée à Trevay jusqu'à sa mort. Véritable pilier de la communauté, elle avait fait tourner la boutique de grand-mère pendant vingt ans. Elle ne m'avait jamais dit qui était mon père. « Cette bâtarde de Bolitho », m'avait-on un jour appelée à l'école. Dès que j'avais compris le sens de ce mot, je m'étais juré de rester vierge jusqu'à ma nuit de noces. Une promesse que j'avais fièrement tenue et dont j'avais souligné l'importance en la révélant à ma fille, Natalie.

J'aurais bien aimé rencontrer mon oncle Michael. Nous avions beaucoup en commun. Lui non plus n'avait jamais connu son père. Nous avions tous deux grandi au sein de familles où régnait le secret de nos origines ; un secret qui avait façonné nos identités, du moins la façon dont nous nous percevions. Peut-être avez-vous un secret, vous aussi. Si c'est le cas, posez-vous la question suivante : celui-ci ne concerne-t-il que vous ? Ou bien est-ce également celui d'une personne qui l'ignore ? Si elle venait à l'apprendre, ferait-il basculer son monde ? L'obligerait-il à reconsidérer tout ce qu'elle pensait savoir ? Ce secret serait-il la pièce manquante de son puzzle ?

L'arrivée de cette malle m'avait guérie d'une souffrance si profondément enfouie que j'avais oublié son existence. J'étais fière d'être la fille de ma mère, mais j'aurais tellement voulu connaître mon père. Enfin, après tout, peut-être maman m'avait-elle protégée d'une personne qui m'aurait fait souffrir ? D'un homme aux mœurs légères ? Qui n'avait rien à voir avec le héros que j'avais toujours attendu ? Peut-être valait-il mieux être élevé par un seul parent aimant, tout compte fait.

Alors que j'étais plongée dans ces réflexions, ma fille m'appela sur mon portable.

— Chérie, j'étais justement en train de penser à toi. Comment vas-tu ?

— Bien, maman. Très bien même, je nage dans le bonheur.

— C'est super.

— Oui, et j'espère que la nouvelle que j'ai à t'annoncer va te rendre aussi heureuse que moi.

— Je t'écoute ?

— Je suis enceinte !

— Quoi ?

— Maman, je sais que ce n'est pas ce que tu souhaitais pour moi, mais je suis vraiment aux anges et impatiente de te présenter Ade, mon petit ami. Tu vas l'adorer. On peut dire que c'est un accident, mais nous sommes ravis et je veux que tu le sois aussi.

Je souris en me retenant de rire.

— Tu n'es donc pas lesbienne ?

— Maman ! Mais qu'est-ce que tu racontes ?

— Ce ne serait pas grave si tu l'étais, bien sûr, mais… Oh, chérie, je vais donc devenir grand-mère ?

— Oui, et je pense que tu en seras une super.

— C'est vrai ? Oh, mon ange, un bébé apporte une telle joie dans… Tiens, Joy est un joli prénom, qu'en penses-tu ? Quand puis-je te voir ? Et quand rencontrerai-je Ade ? Que fait-il dans la vie ? Nous devons fixer la date du mariage. Au printemps, je dirais…

Une simple conversation entre mère et fille.

Filles de Cornouailles de génération en génération.

Aussi sauvages que la terre sur laquelle elles étaient nées…

Remerciements

Ce livre a en partie été écrit grâce aux archives du *Guardian* et au site internet de BBC History.
Je tiens à remercier le personnel des archives du London Scottish Regiment, du Cornwall's Regimental Museum et toutes les personnes qui m'ont renseignée. Ce livre étant un roman, je me suis permis des libertés avec la chronologie des deux guerres, ce que, je l'espère, me pardonneront les lecteurs.
Merci également à Anthony Adolph, un excellent généalogiste qui a découvert quantité de choses sur mon grand-oncle Bertie.

Bibliographie

Lieutenant-colonel Lindsay, J. H., *The London Scottish in the Great War*, Naval and Military Press, 2009 (1re éd. 1925).

Lloyd, Mark, *The London Scottish in the Great War*, Naval and Military Press, 2009 (1re éd. 1926).

Achevé d'imprimer en octobre 2022
sur les presses de la Nouvelle Imprimerie Laballery
58500 Clamecy
Numéro d'impression : 209664

Imprimé en France

La Nouvelle Imprimerie Laballery est titulaire de la marque Imprim'Vert®